M.R. Stevens

Club Fantasy

Mix Editions

N° ISBN : 978-2-37521-042-0

Disponible également en numérique N°ISBN : 978-2-37521-043-7

Dépôt légal : Juin 2017

Date de parution : Juin 2017

Mix Editions :

Impasse des Mares, 76970 Grémonville

Site Internet : www.mix-editions.fr

Pour tous ceux à qui on dit : « Tu n'es pas normal ».
Ils ont raison : vous êtes extraordinaires.

PROLOGUE

Le cimetière de la ville de Forest Hills est ce que l'on peut appeler paisible. Il est situé un peu en dehors de la bourgade, à l'ombre du clocher de la petite église qui permet à la population de quatre mille huit cent soixante-treize habitants de ressentir et chercher la présence de Dieu dans leur existence. Le cimetière en lui-même n'est pas très étendu, mais est probablement l'un des plus anciens du comté. Les tombes les plus vieilles sont éparpillées sur la colline qui surplombe le reste de la nécropole. Un groupe de grands chênes projettent leurs ombres majestueuses sur les pierres en granit. Les tombes les plus récentes sont un peu plus loin, proches de l'enceinte.

Ce jour-là, une petite brise glisse lentement entre les feuilles des arbres environnants et les oiseaux piaillent presque paresseusement. C'est une belle journée, pas trop chaude, même en étant en plein soleil, et la brise n'est pas trop froide, ce qui fait que l'on n'a pas besoin de porter de veste. Pourtant, la silhouette agenouillée devant l'une des plus récentes tombes frissonne.

Sean Matthews est un jeune homme de dix-huit ans qui n'est pas du genre à facilement avoir froid. Bien qu'ayant grandi toute sa vie à Forest Hills où règne un climat tempéré, les gens autour de lui disent qu'il pourrait vivre en Antarctique et encore avoir chaud. Et pourtant, depuis quelque temps, il n'arrive plus à retrouver cette sensation. C'est psychologique, il le sait, mais rien ne peut changer ce fait. Il a froid en permanence.

Le jeune homme a les épaules larges, mais on voit qu'il n'a pas fini sa croissance, il conserve un air un peu infantile, même si des rides plissent déjà le coin de ses yeux. La faute à sa tendance à rire de tout. Plus depuis quelques mois néanmoins. Aujourd'hui, des plis amers marquent les coins de sa bouche, durcissant son visage où ses grands yeux ambrés semblent prendre toute la place.

Il est loin le temps où il souriait tout le temps. Ses amis et sa famille pourraient probablement vous dire avec exactitude à quel moment il a cessé de rire. Même si personne n'a compris tout de suite ce qui se passait. Mais il ne veut pas penser à ça, pas maintenant, pas alors qu'il est là, devant cette tombe. Cette tombe qui n'existe que par sa faute.

C'est d'un doigt tremblant qu'il trace la gravure sur le marbre de la pierre.

Katherine Hamilton
1996-2014

L'inscription est simple et, en même temps, élégante. Elle reflète parfaitement la personne qui est étendue là, sous cette couche de terre. Sean a l'impression que c'est lui qui est allongé là-dessous, et il doit lutter pour que sa respiration reste la même, pour ne pas hyperventiler et peut-être même s'évanouir par manque d'oxygène. C'est déjà arrivé et il n'a pas besoin que quelqu'un appelle une ambulance qui l'emmènera à l'hôpital où son père est le médecin-chef des urgences. John Matthews s'inquiète déjà suffisamment pour son fils unique, le seul membre restant de la petite famille qu'ils formaient. Ils ne sont plus que tous les deux parce que Sandra Matthews est elle aussi étendue dans ce cimetière. Mais Sean ne veut pas non plus penser à elle maintenant.

Ce n'est pas que c'est douloureux, bien que, soyons honnêtes, même après dix ans, ça le soit encore, mais Sean souhaite se concentrer sur la jeune fille qu'il est venu voir aujourd'hui.

Katherine était une force de la nature, toujours souriante, prête à faire les quatre cents coups avec lui, mais également mortellement terrifiante. Après tout, elle dirigeait déjà son propre coven à dix-huit ans. Ce qui expliquait pourquoi elle pouvait faire des blagues de potaches dont un gamin de dix ans aurait eu honte tout en menant et canalisant une vingtaine de sorcières regroupées en une congrégation qu'elles avaient appelée « Les Tigresses ». Sean trouvait ça hilarant que la grande prêtresse du coven des Tigresses soit en couple avec l'alpha de la meute locale de loups-garous. Les deux jeunes gens se moquaient des conventions et du qu'en-dira-t-on. Entre Katherine Hamilton et Zach Miller, le jeune alpha de la meute Miller, ça avait été le coup de foudre au premier regard. Coup de foudre qui était rapidement devenu une romance à la Disney, propre à filer des caries à toute personne les regardant trop longtemps. Ils étaient l'un de ces couples qu'on envie et qu'on jalouse, tour à tour ou en même temps. Jusqu'à la mort de la jeune sorcière en tout cas.

Déglutissant péniblement, Sean prend une profonde inspiration et se décide à faire ce pour quoi il est venu. Il se rend sur cette tombe une fois par semaine environ et parle. Il parle de tout et de rien. De la vie de tous les jours, des petits et grands événements que la jeune fille ne peut plus vivre. C'est difficile pour lui, parce qu'avant il était du genre à babiller pour ne rien dire, mais depuis la mort de Kat, il n'ouvre quasiment plus la bouche. Si ses amis arrivent à lui tirer trois mots dans une journée, ils en sont heureux.

Ils en sont heureux, parce qu'ils savent. Tous savent à quel point Sean et Kat étaient proches. Oui Katherine était la petite amie de Zach, presque sa compagne, mais Sean est pratiquement le frère de l'alpha. Ce qui faisait des deux jeunes quasiment des frères et sœurs. Au plus grand désarroi de tous, ils s'étaient immédiatement connectés. Comme si la sorcière et l'humain s'étaient reconnus à un niveau quasi moléculaire. Et ils avaient rendu la vie des membres de la meute presque infernale. Ça les faisait rire.

Mais Sean ne rit plus désormais.

— Hey frangine, dit-il, la gorge nouée par l'émotion et la culpabilité. Je te demanderais bien comment tu vas depuis la dernière fois, mais… Enfin, tu vois ce que je veux dire, pas vrai ?

Tu as toujours su ce que j'avais en tête. Bien mieux que Zach, et lui me connaît depuis que j'ai quatre ans.

Il soupire. Il n'est pas venu pour parler de Zach, mais c'est souvent comme ça. Il a préparé tout un *speech* et ne s'en sert jamais. Aujourd'hui, il pensait qu'il pourrait vraiment s'excuser. Visiblement, ce n'est pas encore pour cette fois.

— Tu sais, murmure-t-il, toute la bande me prépare un anniversaire-surprise pour mes dix-huit ans. Mais tu connais Zach, incapable de garder un truc pour lui, même si sa vie en dépendait. Je ne sais pas ce que je vais faire. Pour mes dix-sept ans, tu étais là et je ne crois pas pouvoir le fêter sans toi. Sans penser à toi. Et tu sais ce que ça donne quand je pense à toi.

Il se tait un instant, avant de murmurer :

— Tu me manques, bordel ! Je veux que tu sois là. Ça sert à quoi que la magie existe si on ne peut pas garder les gens qu'on aime avec soi plus longtemps ?

Tout à coup, il est en colère. En colère parce que Katherine est morte. En colère que ce soit sa faute. En colère qu'elle n'ait rien fait pour empêcher ça. À quoi bon être la grande prêtresse de l'un des coven les plus puissants des États-Unis si on meurt d'un simple coup de couteau ?

C'est presque rageusement qu'il se lève et époussette les brins d'herbe accrochés à son jean. Il voudrait pouvoir partir comme ça, à grandes enjambées rageuses et sans se retourner. Mais c'est Katherine. Il ne peut pas lui faire ça…

— Au revoir, Frangine. Ne rends pas les anges fous.

Il ne se rend pas compte qu'il pleure. Pas plus qu'il ne voit l'homme qui l'observe d'un peu plus loin avec les yeux les plus tristes du monde.

CHAPITRE 1

Dylan entre dans le Club Fantasy d'un pas léger et le sourire aux lèvres. Si les membres de sa meute pouvaient le voir à cet instant, ils n'en croiraient pas leurs yeux. Mais pour ça, il faudrait déjà qu'ils sachent qu'il travaille dans ce club.

L'endroit porte bien son nom. C'est un club où tout ce dont vous pouvez rêver devient réalité. Vous voulez être un agent secret pendant quelques heures ou quelques jours ? Le club vous en offre la possibilité. Vous voulez qu'une top model tombe follement amoureuse de vous ? Le club le fait. Vous voulez être ravi par un cheikh arabe dans une tente en plein désert ? Le club ne pose aucune question. Vous voulez rendre votre ex-mari ou ex-femme d'un vert fluo, mettant sa jalousie en évidence ? Pas de problème, le club est là pour ça.

Dylan est l'un des loups-garous les plus demandés, pour la simple et bonne raison qu'il n'est pas qu'un corps. Même s'il faut bien avouer que le physique a de quoi en allécher plus d'une. Un mètre quatre-vingts, quatre-vingt-trois kilos de muscles qu'il entretient soigneusement, brun aux yeux verts perçants et une éternelle barbe de trois jours. Il ne manque pas de clients, qu'ils soient masculins ou féminins. Dylan se moque du genre de ses partenaires pour deux raisons. La première, c'est que comme la plupart des garous, il est pansexuel. Ce qui veut dire que s'il est attiré par une personne, peu importe que cette personne soit un mâle, une femelle, gros, mince, petit ou grand. Il est attiré, point. La seconde raison, c'est qu'il a fait spécifier dans son contrat qu'il refusait toute activité sexuelle avec les clients.

Rendre un mari jaloux comme il l'a fait aujourd'hui pour madame Garner lui convient largement. Et c'est gratifiant en plus. Voir le regard de haine que l'ex lui a lancé a suffi à son bonheur, mais il a obtenu, en plus, la cerise sur le gâteau. La nouvelle épouse-trophée – vingt ans, des seins comme des obus et le cerveau de la taille d'un pois chiche, le parfait cliché – l'a ouvertement dragué et il l'a ignorée avec plaisir pour ne se concentrer que sur sa cliente qui a eu un sourire fabuleux toute la journée.

C'est ce qu'il aime dans son boulot. Aider les autres, leur apporter un moment de rire ou de bonheur, ça le motive. Prenez madame Boria qui ne sort plus de chez elle parce qu'elle a peur de se faire agresser. Tous les jours, il va chercher la vieille dame de quatre-vingt-trois ans pour une promenade à quinze heures tapantes, sauf les week-ends et quand il pleut. Sans lui, cette dame resterait enfermée chez elle sans voir personne à part le livreur, et encore, ça c'est quand c'est le livreur habituel qu'elle connaît depuis qu'il est haut comme trois pommes.

Malgré tout, il ne faut pas croire que la propriétaire du club, Chloé Carter, accepte toutes les demandes. Il y en a qui sont tellement immorales et illégales qu'elle se fait un plaisir de les balancer à la police. Étant une lionne-garou, elle n'a aucun mal à assommer les indélicats s'ils deviennent un peu trop véhéments dans leur refus de se livrer. Comme cet homme, la semaine précédente, qui voulait que sa petite amie soit violée et assassinée. Chloé ne lui a même pas laissé le choix, le retenant le temps que la police arrive. Et si, quand les policiers sont enfin entrés dans le bureau, l'humain avait les deux bras cassés, c'est juste parce qu'il était tombé. Plusieurs fois.

C'est cette limite, cette ligne directrice, qui fait que Dylan aime son travail, même s'il n'en a pas besoin. Il est, comme on dit, riche comme Crésus. Alors pourquoi travaille-t-il ? Pour deux raisons. La première, c'est qu'il ne supporte pas d'utiliser l'argent qui lui vient de sa famille. Et ça peut se comprendre. Qui aimerait devenir riche parce que toutes les personnes qu'on aime ont été assassinées ? Personne, et lui encore moins que les autres. La seconde raison, c'est qu'il affectionne de se rendre utile. Faisant partie d'une meute bien établie, il n'est qu'un bêta parmi les autres, même si l'alpha apprécie de passer du temps avec lui. Sa place au sein de la meute lui laisse donc beaucoup de temps libre. Toutefois, lorsqu'il est seul trop longtemps, il ressasse et ce n'est jamais bon pour son humeur.

On peut dire que Dylan n'a pas eu la vie facile. C'est même plutôt l'inverse. Et pourtant, malgré l'assassinat de sa famille, malgré une ex-petite amie qui ne s'est mise en couple avec lui que pour les éviscérer, sa jeune sœur survivante et lui, il arrive encore à sourire. Faire confiance est un peu compliqué, et croire qu'il peut trouver le bonheur juste impossible. Mais il y travaille. Pas vite, mais quand même.

Il faut dire que son emploi au Club Fantasy l'aide beaucoup à se rendre compte que le monde n'est pas si moche. Que oui, il arrive que les choses dérapent, mais que ce n'est pas forcément par accident. Parfois, ça doit juste se passer comme ça.

Dylan traverse le couloir menant à la partie administrative du club quand il avise le panneau « Newbie » accroché à la poignée de la porte du bureau de Chloé. Il aime beaucoup Chloé. Elle est franche, vive et n'est pas la dernière pour déconner. Mais cette lionne peut être plus terrifiante qu'un ogre de trois mètres de haut qui n'a rien mangé depuis quatre jours. Ce qui est la raison pour laquelle personne ne l'interrompt jamais quand le panneau est en place.

Ça ne la dérange pas que quelqu'un frappe à sa porte pour lui poser une question ou lui rapporter un problème quand elle est en rendez-vous, mais si c'est un nouveau client, elle peut devenir pire qu'une harpie. Ce qui n'est pas très joli à voir, l'un des autres garous du club en porte encore les marques. Chloé refuse que les nouveaux qui ne sont déjà pas forcément très à l'aise soient encore plus embarrassés si quelqu'un entre et entend ou voit ce qu'ils veulent.

C'est pour cette raison que Dylan passe le plus silencieusement possible devant le bureau et ne prévoit pas du tout de s'arrêter. Jusqu'à ce qu'il entende :

— Monsieur Matthews, pourriez-vous m'expliquer ce que vous recherchez exactement ? Les réponses à votre questionnaire sont un peu vagues.

Il n'y a aucune raison pour que le Matthews qui se trouve dans le bureau soit celui que Dylan connaît. Parce qu'il n'y a aucune chance que Sean apprenne l'existence du Club. Et même s'il savait, il n'y viendrait pas. Le jeune humain a tout ce dont il rêve, non ? Une meute qui le soutient et l'adore quoiqu'il arrive, un père certes pas toujours très présent à cause de son travail, mais qui l'aime plus que tout, une petite amie géniale. Non vraiment, le Matthews qui se trouve dans le bureau n'est pas son compagnon de meute.

Cette certitude s'effondre dès que l'autre personne ouvre la bouche, et Dylan reste figé dans le couloir.

— Je… Euh… Qu'est-ce que vous savez de la meute locale ?

Dylan fronce les sourcils. Il n'a jamais entendu le jeune homme être aussi peu sûr de lui.

Sean déborde de confiance en lui, toujours. C'en est presque irritant et il passe souvent pour arrogant, alors qu'en fait, il sait juste ce qu'il fait et se repose sur ses connaissances. Dylan le sait maintenant, mais la première fois qu'ils se sont rencontrés, ça ne s'est pas super bien passé. Il faut dire qu'être détaillé des pieds à la tête par le regard sceptique d'un gamin d'à peine seize ans qui se tourne ensuite vers son alpha, guère beaucoup plus vieux, et l'entendre lui demander s'ils avaient vraiment besoin d'un autre loup surgonflé et hautain, ça a de quoi agacer même le plus zen des garous. Or Dylan n'est pas un maître zen, bien au contraire. Il se met moins facilement en colère maintenant, mais il a encore ses moments.

De plus, cette première rencontre était survenue alors que Dylan et Katherine revenaient à peine à Forest Hills, après dix ans d'absence et seulement quelques semaines après que Claire, la petite amie de Dylan, ait essayé de les couper en petits morceaux. On peut dire qu'il n'était pas dans le meilleur des états d'esprit.

Les choses se sont arrangées au fil du temps. Surtout parce que Zach Miller, l'alpha de leur petite meute, venait juste de reprendre les fonctions de sa mère, partie prendre des vacances bien méritées au soleil. Comme ils se faisaient attaquer tous les quatre matins par d'autres meutes qui pensaient pouvoir profiter de cette absence pour s'approprier leur territoire, Dylan et Sean se sont mutuellement sauvé la vie plus d'une fois. C'est difficile de ne pas faire confiance à quelqu'un quand on sait que cette personne sera toujours là pour assurer vos arrières quoi qu'il se passe.

Lentement mais sûrement, ils sont devenus amis. Ou quelque chose dans ce goût-là. Sean ne l'appelle pas en premier quand quelque chose le tracasse et Dylan ne court pas vers l'humain quand il fait un cauchemar. Mais chacun d'eux sait qu'il peut se tourner vers l'autre s'il en ressent le besoin. Et c'est ça l'amitié, non ?

Les choses ont à nouveau changé après la mort de Katherine, huit mois plus tôt. Tout le monde a eu beau assurer à Sean que ce n'était pas sa faute, il ne les a jamais crus et s'est renfermé sur lui-même. Dylan, lui, a accepté le secours de sa meute pour surmonter la mort de sa jeune sœur, qui était également la seule famille qui lui restait. Sauf que, comme l'a précisé Zach : « sa seule famille par le sang », parce qu'il en a retrouvé une autre avec la meute.

Étrangement, celui qui faisait le plus confiance à la meute est également celui qui s'en est presque coupé. Sean ne parle presque plus, ne rit plus et s'il participe encore aux activités communes, il est souvent en retrait. Personne n'arrive à l'aider, pas même Zach qui est pourtant, en plus de son alpha, son meilleur ami depuis la maternelle.

Alors le fait que Sean soit là est peut-être un bien finalement. Peut-être que ça veut dire qu'il a envie de faire quelque chose pour se sortir de cette espèce de spirale infernale qui l'entraîne toujours de plus en plus loin de tout ce qui compose sa vie. Mais pourquoi ne pas demander l'aide de son père, qui est quand même médecin, ou d'Amanda, sa petite amie depuis presque deux ans ? En plus, Amanda est la s*trategàs* – la stratège – de la meute. C'est elle qui planifie tout quand ils sont sous la menace d'une attaque. Et surtout, elle a une intelligence plus qu'impressionnante. Dylan est sûr qu'elle peut préparer un programme pour aider Sean en quelques heures à peine. Dans ce cas, pourquoi venir au club ?

— Vous voulez parler des attaques que la meute Miller essuie régulièrement ? demande Chloé. Ou bien d'un évènement un peu plus spécifique ?

— Je… La sorcière, répond simplement Sean.

— Ah…

Dylan n'a même pas besoin d'être dans le bureau pour savoir que Chloé a *cette expression* sur le visage. Celle qui dit qu'elle sait exactement ce que vous avez dans la tête et qu'elle meurt d'envie de vous faire de gros câlins. Elle est très maternelle et protectrice. On pourrait dire que ça vient de sa nature de lionne, mais en réalité c'est surtout dû à son propre passé. Dylan sait, pour en avoir parlé avec elle, qu'elle non plus n'a pas eu une vie facile.

Bien que les garous et autres créatures surnaturelles fassent partie de la vie de tous les jours depuis des siècles maintenant, il y a, et aura probablement toujours, des groupes haineux qui cherchent à les éliminer. Des organisations racistes qui font tout pour éradiquer ce qu'ils estiment être une abomination. Et Chloé l'a expérimenté de première main alors qu'elle n'avait que six ans, quand l'une de ces bandes a attaqué son clan et décimé sa famille, la laissant orpheline et complètement seule. Elle a été recueillie par un autre clan, mais on ne peut pas dire que ça se soit bien passé non plus. Depuis ce temps-là, elle est du genre mère poule, prenant sous son aile tous ceux qu'elle rencontre et qui sont un peu brisés, comme elle. Et on peut dire que Sean est un peu brisé. Surtout après les événements de l'année précédente.

Dylan aurait dû savoir que le jeune humain ne s'en était pas remis. Tout le monde s'en doute, mais l'entendre est différent. Entendre le ton de la voix de Sean et savoir que cet abattement provient de ce seul événement, ça donne envie au loup de tuer la sorcière encore et encore. Néanmoins, ça n'explique toujours pas pourquoi Sean est venu au club. Et peut-être que Dylan viole la vie privée de Sean en restant là à écouter, mais il est incapable de se sentir coupable. Qu'on le condamne pour ça s'il le faut, mais il prêtera l'oreille et fera tout son possible pour aider le jeune homme.

— Sur votre questionnaire, vous avez écrit que vous souhaitiez être contrôlé, dit Chloé. Mais si c'est en rapport avec la sorcière, je ne vois pas…

— Elle a pris le contrôle de mon corps contre ma volonté, la coupe Sean. Et depuis, j'ai l'impression d'être étranger à moi-même. Je veux quelqu'un qui m'aide à… Je ne sais pas comment le formuler.

— Vous voulez réapprendre à connaître votre corps ? propose Chloé, et Sean doit répondre d'une façon ou d'une autre, parce qu'elle poursuit. Je peux le concevoir. Ça ne doit pas être facile de ne plus pouvoir se faire confiance. Toutefois, je ne saisis pas pourquoi c'est vers nous que vous vous tournez quand vous avez une meute qui, j'en suis sûre, ferait tout pour vous aider.

— Ils ne comprennent pas, souffle Sean. Pour eux, il faut juste que j'arrête d'y penser et que je ne me sente plus coupable. Ils pensent que des câlins de groupe et du temps passé tous ensemble est ce qu'il me faut.

— Mais ce n'est pas suffisant, suppose-t-elle. Je vois. Qu'est-ce que vous aviez en tête, exactement ?

Dylan entend une chaise légèrement grincer, comme si Sean se tortillait dessus, mal à l'aise. Les narines du loup s'évasent et se contractent alors qu'il hume l'air qui s'échappe du bureau et qu'il essaye de déterminer l'état émotionnel de son compagnon de meute.

C'est l'un des nombreux avantages à être un loup-garou. En plus d'être plus rapide et plus fort qu'un humain, un garou peut voir, entendre et interpréter des choses là où les humains en sont incapables. Comme sentir une odeur et y associer une émotion. Et encore, Dylan n'est qu'un bêta, un second dans sa meute. S'il était un alpha, comme Zach, ses sens seraient encore plus développés. Pourtant son niveau suffit pour qu'il puisse dire qu'à cet instant, Sean est embarrassé et mal à l'aise. Ce n'est pas infaillible, il suffit par exemple d'omettre des détails pour qu'un mensonge n'en soit plus un. Le reste du temps ça rend quand même bien service.

Pourquoi ? Dylan est impatient de le savoir.

— J'ai fait des recherches et je pense qu'une scène BDSM pourrait être ce que je recherche.

— Être un Dom pourrait en effet vous aider à regagner le contrôle que vous pensez avoir perdu, convient Chloé. Mais…

— En fait, non, la coupe encore une fois Sean. Je ne veux pas être un Dom. Je ne veux pas contrôler quelqu'un ou que cette personne m'offre l'ascendant sur son corps. Je veux pouvoir me donner librement à un Dom. À quelqu'un qui fera en sorte que je me sente en sécurité et en confiance. Quelqu'un qui sera assez fort pour me contenir et s'assurer que je ne ferais rien de grave et que, même si ça arrivait, il ou elle sera là pour me retenir. Et en même temps, je veux que cette personne m'aide à réapprendre à me connaître. Je veux retrouver ma confiance en moi et apprivoiser à nouveau mes limites. Et aussi retrouver foi en une personne avec qui je n'ai pas d'historique.

— Eh bien, dit Chloé sur un ton surpris. Quelqu'un a fait ses devoirs…

— C'est comme ça que je fonctionne, explique simplement Sean. J'aime prendre des décisions en toute connaissance de cause et savoir tout ce qu'il y a à savoir sur un sujet. Je deviens un peu obsessionnel dans mes recherches parfois.

Elle fredonne légèrement, comme si elle réfléchissait. Puis elle annonce :

— Je pense que pour que vous obteniez le bon effet, il va vous falloir un garou. Homme ou femme, ça, c'est votre choix.

— J'ai pensé comme vous, confirme-t-il. Et je voudrais un homme, si c'est possible.

— Vous avez pourtant marqué que vous êtes hétéro, s'étonne Chloé.

— C'est justement pour ça que je veux un homme. Si je veux réapprendre à faire confiance aux inconnus, ou au moins leur laisser le bénéfice du doute, je veux sortir complètement de mes zones de confort. Enfin, en sortir autant que possible et quand même me sentir à l'aise. En fait, je souhaite ne rien savoir sur lui. Et je voudrais également avoir les yeux bandés. Je ne veux vraiment pas le connaître. Un parfait inconnu et qui le restera…

Dylan est… « Surpris » n'est pas le terme qui correspond le mieux. Complètement déphasé, et peut être même un peu flippé. Sean va vraiment faire ça ? Avec un inconnu ? Mais… Non, non, il est hors de question qu'il laisse ça arriver. Et si Sean était blessé ? Émotionnellement blessé ? Cette fois, ils le perdraient complètement. Il n'y aurait pas de retour en arrière possible et c'est hors de question. Plutôt se planter lui-même un couteau dans le cœur que permettre une telle chose.

Alors, il décide de tenter un truc probablement un peu fou et définitivement trop dangereux pour sa propre santé mentale.

— Je vais le faire, murmure-t-il de façon à ce que seule Chloé puisse l'entendre.

— Excusez-moi, je dois aller vérifier quelque chose, déclare celle-ci dans le bureau. Je reviens tout de suite.

Quand elle sort, Dylan voit tout de suite qu'elle est en colère. Ou peut-être que la colère est un terme un peu trop fort pour décrire la myriade d'émotions que son odeur charrie jusqu'à son nez. Mais au vu des éclairs que lancent ses yeux, c'est ce qu'elle ressent le plus fortement. Dylan ne recule pas, même s'il devrait. Une lionne en colère est capable de causer beaucoup de dégâts, même à un loup-garou.

— Je peux savoir ce que tu fabriques ? demande-t-elle avec agressivité. Tu ne fais pas dans le sexuel. Tu as été très clair quand on a établi ton contrat de travail ! Alors, c'est quoi ton délire avec ce gamin ?

— C'est Sean, répond-il simplement.

Et peut-être que ça suffit à tout expliquer, parce que la colère semble soudainement la quitter, un peu comme un ballon qui se dégonfle après avoir été percé. Parce qu'elle sait ce que ça veut dire. Elle sait que Dylan ne se sent pas toujours à sa place dans la meute Miller, qu'il a parfois l'impression d'être décalé, que sans sa sœur, il a du mal à s'ouvrir aux autres. Il n'a pourtant jamais eu ce problème avec Sean. Parler à Sean lui vient naturellement. Passer du temps avec lui est quelque chose qu'il adore et qu'il attend toujours avec impatience. Le seul problème, c'est que Dylan n'arrive pas à discuter de choses sérieuses avec Sean. Comme les sentiments qu'il lui porte par exemple.

Probablement parce que Dylan craint que le fait de dire tout haut « Sean, je suis amoureux de toi » ne lui fasse perdre cette amitié si précieuse. Après tout, mieux vaut son amitié que rien du tout.

Quand Dylan a discuté avec Chloé, il n'a pas évoqué que Sean évidemment. Il a parlé de tous les membres de la meute dont il se sent le plus proche. En même temps, depuis le départ de la précédente alpha, le nombre des membres s'est beaucoup réduit. Soit parce que certains sont partis avec Angela Miller, soit parce que d'autres ne supportaient pas de devoir suivre un alpha d'à peine seize ans à l'époque. Ça convient parfaitement à Dylan qui trouve qu'une meute plus petite permet des liens plus étroits.

Il a parlé de Zach, cet alpha qu'il a connu alors qu'il n'était qu'un louveteau pataud et que Dylan a retrouvé bien des années plus tard, devenu un jeune loup dominant, confiant et bien dans ses baskets. Il a parlé d'Amanda, cette jeune humaine qui cache sa redoutable intelligence sous un masque de froideur et d'arrogance et qui est devenue la *Strategàs* de la meute en quelques mois à peine. Et évidemment, il a parlé de Sean. De sa volubilité permanente, de son altruisme et de sa loyauté à toute épreuve. Il a raconté leur rencontre, comment ils se sont détestés pour finalement se rapprocher lentement mais sûrement, jusqu'à devenir ce qu'on pourrait appeler des « amis ». Il a parlé de la position de Sean dans la meute, meilleur ami de l'alpha et *Auraenas* – le « liseur d'âmes », en dialecte lycan. Il a également clairement dit qu'il était amoureux de Sean. Et que de le voir avec Amanda était douloureux, mais qu'il ne souhaitait que son bonheur, même si ce n'était pas avec lui.

Chloé prend une profonde inspiration et le bêta sait qu'elle va dire quelque chose qui ne va pas lui plaire.

— Dylan, tu n'es pas un Dom !

— Ce n'est pas d'un Dom dont il a besoin, corrige-t-il. Il a besoin de quelqu'un en qui il peut avoir confiance.

— Oh, parce que profiter du fait qu'il ne saura pas que c'est toi, c'est sûr que c'est de la confiance, ça, ironise-t-elle.

— Il le saura, promet-il.

— Avant ou après l'avoir baisé ? Parce qu'on est bien d'accord que si tu veux faire ça, c'est parce qu'ainsi tu pourras l'avoir au moins une fois, pas vrai ?

Dylan soupire et se passe la main sur le visage. Est-ce qu'il a déjà dit combien il apprécie le franc-parler de la lionne ? Oui ? Eh bien, pas à cet instant !

— Ça n'a rien à voir ! contre-t-il. Je veux juste l'aider. Chloé, s'il te plaît.

Elle gronde, puis finit par soupirer.

— J'espère que tu sais ce que tu fais, marmonne-t-elle. Je l'espère vraiment.

Il hoche la tête.

— Très bien, mais quand ça te pétera à la gueule, tu ne pourras pas dire que je ne t'ai pas prévenu. Comment veux-tu procéder ?

— Demande-lui son adresse mail et dis-lui que le loup-garou le contactera bientôt pour lui expliquer ce qu'il propose. Comme ça, il pourra voir ce qu'il trouve acceptable ou non.

Elle hoche simplement la tête et retourne dans le bureau.

— Désolée, j'ai été un peu longue, s'excuse-t-elle auprès de Sean. J'ai parcouru mes dossiers et je pense avoir trouvé la personne parfaite pour vous aider. C'est un loup-garou et un bêta.

— Oh, fait Sean. Et vous êtes sûre que…

— Qu'on peut lui faire confiance ? le coupe-t-elle. Absolument. Croyez-moi sur parole quand je vous dis qu'il n'aura que votre bien-être en tête.

— D'accord, acquiesce-t-il, soulagé.

— Parfait. Avant que nous n'allions plus loin, je vais vous demander votre carte d'identité. Ce n'est pas que je ne vous fais pas confiance, mais vous avez…

— Un visage juvénile, je sais, complète Sean en sortant son portefeuille, puis sa carte d'identité qu'il lui tend.

Chloé étudie quelques instants le document plastifié avant de sourire et de lui rendre.

— Bon anniversaire. Vous êtes venu à la minute où vous avez eu dix-huit ans ?

— J'ai attendu le début d'après-midi, avoue-t-il en haussant les épaules.

— Très bien. Maintenant, pourriez-vous m'en dire plus sur ce que vous aviez en tête ?

À nouveau, Dylan peut sentir la gêne émaner de l'humain. À quoi Sean peut-il bien penser pour être dans cet état ?

— Je… En fait, je… Je ne sais pas trop…

Oh ça, c'est un énorme mensonge et Dylan n'a même pas besoin d'écouter le cœur de Sean pour en avoir la certitude. Il commence à bien le connaître et sait que celui-ci est du genre à tout planifier une fois qu'il a pris une décision. Ce qui veut dire que Sean a quelque chose en tête, mais qu'il est trop embarrassé pour le demander.

— Écoutez, je vais être franche avec vous, déclare soudain Chloé. Je ne pense pas que du BDSM pur et dur soit ce qu'il vous faut. Principalement parce que ça demande de la confiance, mais aussi parce qu'au vu de votre passé, certains aspects ne vous conviendront pas du tout.

— Alors, vous ne pouvez rien faire pour moi ?

— Ce n'est pas ce que j'ai dit, réfute-t-elle. Je pense que vous devriez commencer par du bondage. Quelque chose de léger et qui vous permettra de vous sentir en confiance.

— Qu'est-ce que vous appelez léger ?

— Le bondage peut être léger ou imposant. Léger, ce sont juste des menottes ou des cordes qui lient les mains et/ou les pieds. On dit que le bondage devient imposant quand il empêche le soumis de faire le moindre mouvement. Je ne sais pas si c'est ce qui vous conviendra. Mais c'est par ça que je commencerais à votre place.

Dylan est légèrement choqué de sentir l'excitation s'échapper du bureau, et ça ne vient clairement pas de la jeune femme. Est-ce que ça veut dire que Sean veut être incapable de bouger ? Décidément, Dylan a encore beaucoup de choses à découvrir sur le jeune homme.

— Je… Euh…

— Vous n'avez pas à vous décider tout de suite, assure Chloé. Notre loup prendra contact avec vous par e-mail et vous verrez les modalités ensemble. Je dois quand même vous prévenir que si vous souhaitez quelque chose de plus… contraignant que du bondage léger, ça peut prendre du temps. Est-ce que vous n'avez vraiment personne de confiance dans votre entourage qui pourrait vous aider ?

Sean fait un bruit étrange, comme s'il reniflait et pouffait en même temps.

— De confiance, si, répond-il. Je lui confierais ma vie les yeux fermés. C'est juste que… Je ne pense pas que cette personne serait d'accord. Ce n'est pas comme ça entre nous.

— Très bien, poursuit-elle. Je vais prendre votre adresse mail, une photo et le loup vous contactera.

— Dans combien de temps à votre avis ?

— Oh, le connaissant, c'est comme si c'était fait.

Il faut être une créature surnaturelle pour percevoir l'ironie dans la voix de Chloé. Dylan secoue la tête et continue son chemin pour éviter que Sean ne le repère. De toute façon, il a un autre rendez-vous et s'il ne se dépêche pas, il va être en retard.

C'est ainsi que le bêta manque une partie de la conversation et une information probablement importante, si ce n'est capitale.

— Puis-je vous demander comment vous avez entendu parler de nous ? fait Chloé.

— Oh… Euh… par… Euh… Un ami ? Enfin, il ne m'en a pas parlé, mais j'étais chez lui et il y avait un post-it avec écrit « Club Fantasy 14h » dessus. Je suis curieux. Alors j'ai cherché, explique Sean, mal à l'aise. Je n'espionnais pas, ni rien ! C'est juste… Je me suis dit que si vous pouviez l'aider, vous pouviez peut-être le faire aussi pour moi.

— Je vois, dit-elle avec un sourire.

Chloé pense savoir qui est cet ami. Elle a également l'impression que Sean ne sait pas que Dylan travaille ici. Il a l'air de croire que c'est un client.

Sean lui rend son sourire, inscrit son adresse électronique sur son questionnaire, se laisse prendre en photo et, après avoir salué la jeune femme, quitte le club.

Chloé reste quelques instants à fixer le papier avant de secouer la tête. Ça va mal finir, elle en est persuadée. Mais ce n'est pas elle qui prend le risque de perdre quelqu'un d'important, alors ce n'est pas à elle de décider. Malgré tout, elle n'a pas envie que son ami ou l'humain soient blessés.

En soupirant, elle archive l'adresse dans le dossier de Sean et le range dans le classeur clients de Dylan. Le loup viendra probablement directement après son rendez-vous de toute façon.

CHAPITRE 2

Sean voit, mais ce n'est pas lui qui regarde. Il ouvre la bouche, mais ce n'est pas lui qui parle. Il entend, mais ce n'est pas lui qui écoute. Son corps bouge contre sa volonté. Il tente de hurler, de dire quelque chose, mais les sons qui sortent de sa bouche ne sont pas les siens. Le coin de ses lèvres se redresse, mais ce n'est pas lui qui sourit.

— Sean ! Qu'est-ce que tu fais ?

***

Sean Matthews procrastine joyeusement devant son ordinateur au lieu de réviser sa chimie. Il y a des jours comme ça où peu importe la motivation, il n'y a rien à faire, il glande au lieu de bosser. Il ne reste que quelques mois avant la fin de l'année scolaire et les examens approchent, mais rien ne semble arriver à le motiver à travailler.

Il y a un an, il aurait été occupé à toute autre chose. Il aurait fait des recherches ou se serait entraîné pour améliorer son « don » et ainsi aider un peu plus la meute. Son « don », pfff… *Quelle blague !* Il ne l'utilise plus. Pire, il le réprime, parce qu'au moment où il en a eu le plus besoin, celui-ci lui a fait défaut. Sean a découvert que lire les auras, et ainsi savoir si quelqu'un avait de mauvaises intentions, n'était pas aussi infaillible que ce qu'il pensait. Il s'est senti trahi et a tout enfoui aussi profondément que possible. Être l'*auraenas* de la meute ne l'intéresse plus.

Quand il était petit, sa mère était l'*auraenas* de la meute Miller. Une position généralement tenue par des femmes. Généralement, parce qu'après le décès de sa mère, le « don » lui était tombé dessus sans prévenir. Le lendemain de l'enterrement de Sandra Matthews, Sean s'était levé et le monde s'était mué en une explosion de couleurs. Certes sa mère lui expliquait parfois ce qu'elle voyait et ce que ça signifiait, mais il n'avait pas reçu, comme elle, de formation dès son plus jeune âge. Il avait été désemparé et avait mis longtemps, des mois, à comprendre pourquoi son père était entouré de gris, de noir et de rouge, les couleurs tournoyant en un ballet incessant. Il avait fini par percuter que son père était en deuil, triste et en colère. C'est comme ça que Sean avait découvert que, comme sa mère, sa grand-mère et toutes les femmes de la famille avant lui, il pouvait lire les auras des gens et interpréter ce qu'il voyait. Évidemment, ce n'était pas une science exacte, la sorcière l'avait prouvé.

Donc au lieu de faire quelque chose d'utile, il glande sur Facebook pour discuter avec des amis et partager des images drôles, il joue un peu à un jeu en ligne et, finalement, il vérifie sa boîte mail. C'est là que la procrastination cesse. Parce que le contenu d'un mail lui colle des palpitations.

« DWolf vous invite à vous inscrire sur CFM, Club Fantasy Messenger. Restez toujours en contact ! »

C'est suivi d'un lien.

Sean reste longtemps à fixer le message, hésitant quant à la marche à suivre. Va-t-il vraiment faire ça ? Après encore quelques minutes de réflexion, il décide que oui. Il s'éloigne de sa famille, de ses amis, de sa meute, et ça ne peut plus durer. Il faut qu'il change sa façon d'être. C'est bien pour ça qu'il est allé au Club Fantasy, non ? Donc aucune raison d'avoir les mains moites.

Sean prend une profonde inspiration et clique résolument sur le lien. Un nouvel onglet s'ouvre et un site qui n'est pas sans rappeler feu-MSN s'affiche. L'inscription est rapide et assez facile. Au moment de choisir un pseudo, il hésite un peu. Et puis finalement, il se décide pour SM Batman. SM pour Sean Matthews et parce que les initiales sont en elles-mêmes un clin d'œil que même lui ne peut laisser passer. Et Batman parce qu'il est fan du Chevalier Noir. Et aussi parce que Kathy… Non, il ne veut pas penser à Kathy, pas maintenant. Il n'est toujours pas prêt.

Il finalise l'inscription et va ensuite prendre une douche.

Quand Sean revient, un message du même DWolf qui lui a envoyé l'invitation l'attend.

« **DWolf**

Bonjour,

Suite à votre visite au Club Fantasy, Chloé m'a transmis votre requête. J'ai cru comprendre que vous souhaitez une relation BDSM où vous seriez le soumis. Comme ma collègue vous l'a expliqué, ce genre de relation ne se construit pas sur un claquement de doigts. Ça demande du temps, de la patience et de la confiance. Et il n'y a, pour l'instant, pas de confiance entre nous. Si nous ajoutons le fait que vous ne voulez ni me connaître, ni être capable de me voir, je vais appuyer le conseil de Chloé et vous proposer du bondage léger.

Ce qui nous amène à la question importante : que souhaitez-vous faire ?

Je vous informe tout de suite que je refuse tout autre fluide que la salive et le sperme, et si l'humiliation et le masochisme sont ce que vous voulez, je ne pourrai malheureusement pas vous aider. Mais pour tout le reste, je serais ravi de vous apporter ce dont vous avez besoin.

Ceci étant établi, j'aimerais savoir si vous avez pensé à des mots d'alertes. Même pour du bondage léger, de telles précautions sont nécessaires. Ils sont importants pour que je puisse savoir si vous allez bien ou si, au contraire, quelque chose ne vous convient pas. Dans une relation BDSM, et parfois même dans ce qu'on pourrait appeler une relation « Vanille », un simple « non » ou « stop » ne suffisent pas. Parfois, un stop ne veut pas dire qu'on veut arrêter, mais simplement qu'on est trop submergé. Je souhaite donc que vous réfléchissiez à trois mots, pas forcément liés les uns aux autres, mais que vous ne risquez pas d'oublier. Un pour me faire savoir que tout va bien. Un pour ralentir ou faire une pause. Et le dernier pour tout arrêter.

À bientôt. »

Sean lit plusieurs fois le message avant de répondre.

« **SM Batman**

Bonjour,

En effet, Chloé m'a expliqué que le BDSM pur et dur ne serait peut-être pas approprié pour les résultats que je souhaite obtenir. Après quelques recherches, le bondage léger pourrait être ce qu'il me faut, au moins dans un premier temps.

J'avoue que je n'arrive pas discerner ce que je veux tenter. J'ai juste réfléchi à ce que je ne voulais pas. Je ne sais pas ce que Chloé vous a dit de ma situation, mais pour que vous compreniez, il me semble important que vous sachiez que ce que je recherche, c'est le contrôle. J'ai conscience que vouloir une relation BDSM dans la position du soumis pour obtenir le contrôle peut paraître étrange mais, en réalité, c'est le soumis qui a le pouvoir. Parce que d'un mot, il peut tout arrêter et c'est ce que je veux. Pouvoir dire non et que ça soit terminé. Contrairement à ce que j'ai pu vivre récemment. Je veux juste pouvoir laisser quelqu'un prendre les décisions pour moi pendant un moment et dire quand c'est assez. Je veux une situation où je n'aurais pas peur de me laisser aller, où je n'aurais pas peur que quelque chose de mal puisse arriver et où je saurais que l'autre personne n'aura que mon bien-être en tête.

Je vous rassure tout de suite, l'humiliation et le masochisme ne m'attirent absolument pas, pas plus que les fluides autres que le sperme et la salive.

J'ai lu que la confiance et l'honnêteté étaient primordiales et Chloé, tout comme vous, me l'a expliqué. Je pense donc qu'il faut que je vous prévienne que je suis hétéro. Je n'ai jamais rien fait avec un homme, pas même une masturbation dans la même pièce. Je vous dis ça parce que si nous décidons d'avoir cette relation, je ne sais pas si je serai à la hauteur. Mais je suis prêt à essayer si vous l'êtes.

J'ai en effet cherché des mots d'alerte, même si je n'ai pas pensé à un pour dire que tout va bien. Bien qu'en y réfléchissant, ça ait du sens. Comme vous le soulignez, il ne faut pas qu'ils soient trop compliqués, je pense donc que je vais choisir vert, jaune et rouge. Qu'en pensez-vous ?

À bientôt »

Tout comme Sean, DWolf doit être devant son ordinateur parce que sa réponse ne met que quelques instants pour arriver.

« **DWolf**

Vous dites que vous savez ce que vous ne voulez pas, mais pas ce que vous voulez, ce que je peux comprendre, ceci est une situation totalement nouvelle. Mais comme vous avez fait des recherches, je suppose que vous avez vu des choses qui vous ont fait réagir, en bien ou en mal. Pourriez-vous m'en parler ? Je pense que ces informations pourraient nous donner matière à trouver ce qui vous conviendrait le mieux.

Être hétéro n'est absolument pas un problème. Mais que vous ayez demandé UN garou m'intrigue. Pouvez-vous m'expliquer ?

N'oubliez pas que même si je suis le Dom, c'est vous qui avez le contrôle. Essayer est tout ce que je vous demande. Et ne vous inquiétez pas, nous ne ferons rien qui vous mettra trop mal à l'aise, même si mon rôle est aussi de repousser vos limites.

Vert, jaune et rouge sont des mots d'alerte parfaits. Ils sont assez simples pour qu'aucun de nous ne les oublie. »

Sean contemple le message, lit et relit encore et encore une phrase.

Le fait que vous demandiez UN garou m'intrigue.

Le jeune homme déglutit péniblement. Il ne sait pas s'il a envie d'en parler avec DWolf. Après tout, c'est plutôt personnel et il ne connaît pas le loup. Il décide de lui servir la même excuse que celle qu'il a donnée à Chloé au Club.

L'humain commence à se dire que ne pas vouloir apprendre à connaître son peut-être futur Dom est une connerie. Mais comme il veut vraiment réussir à refaire confiance, il va rester sur l'idée d'anonymat. Toutefois, le jeune homme décide de garder les raisons de ses choix pour lui. Au moins dans un premier temps.

Prenant une profonde inspiration, il laisse ses doigts courir sur les touches de son clavier pour répondre.

« **SM Batman**

J'avoue que certaines des choses que j'ai vues en ligne m'ont inquiété, mais vous m'avez déjà rassuré en me disant que le masochisme, l'humiliation et les fluides autres que le sperme et la salive ne feraient pas partie de cette relation.

Le fait d'être attaché m'a pas mal attiré. Être incapable de bouger pourrait m'aider. Mon meilleur ami dit que j'ai du mal avec l'autorité, que je suis toujours en mouvement et que je parle beaucoup. Je ne sais pas si ça aide ou pas.

En fait, je ne sais pas trop ce qui pourrait me plaire. C'est difficile de juger des choses quand on les voit en vidéo ou en photo et qu'on ne les vit pas. Donc si vous avez des suggestions, je suis ouvert.

Et la raison pour laquelle j'ai demandé un homme et surtout un garou, c'est que je veux quelqu'un qui me fasse me sentir en sécurité tout en me garantissant que je ne pourrais rien faire de mal. De plus, un homme me sort de ma zone de confort, ce qui est un peu le but également. »

Cette fois, c'est la réponse du loup qui met un peu de temps à arriver.

Sean ne peut s'empêcher d'imaginer un homme, probablement musclé parce que la plupart des loups-garous le sont, et brun parce que le ton des messages lui donne cette impression. Non pas que les blonds écrivent autrement que les bruns, mais c'est la sensation qu'il a. Et s'il imagine une personne précise, ça ne regarde que lui.

Enfin, DWolf répond.

« **DWolf**

D'après ce que vous me dites, nous allons commencer par quelque chose de simple et facile.

Les vidéos et photos sont quand même une bonne manière de savoir ce qui vous fait réagir. Mais si vous le souhaitez, nous pouvons arranger une visite lors de la scène d'un autre soumis, afin que vous puissiez vous rendre compte par vous-même. Sachant quand même que les personnes que vous pourriez voir seront confirmées dans la pratique. Ce qui n'est pas forcément idéal non plus.

Que pensez-vous du voyeurisme/exhibitionnisme ? Est-ce quelque chose qui pourrait vous plaire ou vous stimuler ? Ou, au contraire, cela vous bloque-t-il ?

Je comprends vos raisons, malgré tout je pense qu'il y a plus. Pour l'instant, je ne vous pousserai pas à vous expliquer davantage, mais il le faudra probablement si vous souhaitez poursuivre cette relation. »

Sean lit le message et se découvre de moins en moins nerveux et inquiet par rapport à ce loup. C'est comme s'il faisait tout pour mettre l'humain le plus à l'aise et en confiance possible. Presque comme s'il le connaissait. C'est avec le sourire que Sean répond.

« **SM Batman**

Simple et facile me conviennent parfaitement. Je ne veux pas que ça se passe mal ou me dégonfler. Donc étape par étape, ça me va.

Je ne sais pas si voir en réalité sans le vivre est une bonne idée. Bien sûr, je comprends que regarder peut-être stimulant. Mais pas pour moi.

Dans la même optique, je ne pense pas que le voyeurisme/exhibitionnisme soit fait pour moi. Que des personnes nous regardent ou que nous les regardions ne me fait pas du tout envie. En fait, ça me crisperait plutôt.

Je suis quand même étonné que vous me demandiez mon avis. Je pensais que même si le soumis a le contrôle final, un Dom décide et le soumis n'a que le choix d'accepter ou de refuser, mais seulement une fois que c'est en cours. Et ce n'est pas l'impression que j'ai avec vous. »

Cette fois, la réponse n'est pas instantanée, mais pas loin.

« **DWolf**

Nous allons donc procéder ainsi.

Je comprends, il n'y aura donc pas de visite.

Quand je parle de voyeurisme/exhibitionnisme, je ne parle pas de quelqu'un nous regardant ou d'observer quelqu'un, mais plus de moi vous contemplant. Par exemple, imaginez-vous allongé sur un lit, nu, et les yeux bandés. Tout ce que vous pouvez faire, c'est m'entendre respirer dans la pièce. Je ne vous parle pas et ne vous touche pas non plus. Je vous regarde simplement vous donner du plaisir. Dites-moi ce que ça vous inspire.

C'est une erreur commune de penser que le Dom dit tout le temps « au pied » et que le soumis obéit instantanément. En réalité, chaque scène est longuement discutée et décortiquée pour que le soumis sache à quoi s'attendre. Surtout quand le soumis est débutant et facilement angoissé. Les choses sont plus « libres » dans une relation établie où la confiance est bien ancrée. »

Sean lit la réponse avant de revenir à la description qu'a faite le loup. Il ne peut s'empêcher de fermer les yeux alors que sa main se pose contre la fermeture éclair de son jean. Il n'a aucun mal à imaginer qu'il entend une respiration, juste là, presque contre son oreille. Son esprit est tellement créatif qu'il a même l'impression de sentir ce souffle frôler sa joue, lui donnant la chair de poule.

Le jeune homme gémit alors que son sexe pulse contre sa prison de tissu. Il appuie un peu plus pour tenter de se calmer. Il se promet de terminer rapidement la conversation qu'il a avec le loup pour ensuite s'occuper de ça.

Sean rouvre les yeux et répond au message.

« **SM Batman**

J'avoue que je n'avais pas pensé à ça quand vous avez parlé de voyeurisme/exhibitionnisme. Je ne croyais pas que je serais le seul à être regardé. Je me dis que ça me plairait. En tout cas, l'imaginer m'a plu.

Merci d'avoir corrigé mon erreur. »

« **DWolf**

L'imaginer vous a plu… Racontez-moi. Décrivez-moi ce que vous avez imaginé, ce que vous avez ressenti. »

« **SM Batman**

C'est gênant. »

« **DWolf**

Si vous voulez de cette relation, ce ne sera probablement pas la dernière fois que vous serez gêné par quelque chose que je vous demanderai. Surtout que vous l'avez dit vous-même : vous n'avez jamais rien fait avec un homme. Voyez ça comme lorsque vous êtes avec une fille pour la première fois. Les choses sont bizarres, on est embarrassé et on a peur du regard de l'autre. C'est pareil.

De plus, vous avez affirmé souhaiter sortir de votre zone de confort. C'est le bon moment pour commencer. »

En lisant, Sean se dit que le loup a totalement raison. Du coup, il prend une profonde inspiration et se lance. C'est comme pour sa première fois avec Amanda, le regard de la jeune fille en moins.

« **SM Batman**

J'ai lu votre message et j'ai ensuite fermé les yeux. J'ai imaginé que quelqu'un était là avec moi. Proche, pas assez pour me toucher, mais suffisamment pour que je sente sa respiration contre ma joue. Ça m'a excité. »

« **DWolf**

Et qu'avez-vous fait de cette excitation ? Des détails, monsieur Matthews. Des détails. »

« **SM Batman**

Je me suis un peu caressé par-dessus mes vêtements. Mais rien de plus. Je pensais m'en occuper après notre conversation. »

« **DWolf**

Et qu'avez-vous caressé par-dessus vos vêtements ? Juste votre sexe ? Bandiez-vous déjà ou est-ce que ce sont vos caresses qui vous ont fait durcir ? Vous êtes-vous touché ailleurs ? Vos tétons par exemple ? Les avez-vous tordus ? Pincés peut-être ?

Je crois avoir demandé des détails et je ne les ai pas eus. »

Sean peut presque entendre le loup parler en grondant. Il ne connaît pas sa voix, mais n'a aucun mal à l'imaginer. Profonde, rauque, probablement un peu rugueuse. Un frisson remonte le long de sa colonne vertébrale.

« **SM Batman**

Je me suis juste caressé un peu par-dessus mon jean et j'étais déjà complètement dur. Je n'ai pas caressé, tordu ou pincé mes tétons. C'est quelque chose que je ne fais jamais. En fait, je ne pense pas qu'ils soient très sensibles.

Je suis désolé de ne pas avoir été assez précis. »

Alors qu'il clique sur envoyer, Sean ne peut s'empêcher de rougir. Pour un premier contact, le contenu des messages devient quand même un peu plus explicite que ce à quoi il s'attendait et il doit bien avouer qu'il en est embarrassé. Les mots *honnêteté* et *confiance* flottent dans son esprit, ce qui le pousse à continuer.

« **DWolf**

C'est un peu court, mais c'est un début. Que diriez-vous que nous fassions exactement ça pour notre premier rendez-vous ? Vous aurez juste à vous masturber, comme vous le faites habituellement, pendant que je vous regarderais. Ça vous convient ? »

Sean laisse ses doigts planer au-dessus du clavier, effleurant à peine les touches. Est-ce qu'il se sent capable de se branler devant un inconnu ? *A priori* pas vraiment, alors même qu'il n'a eu aucun mal à l'imaginer. Encore une fois, le facteur « inconnu » l'inquiète. Mais c'est ce qu'il voulait non ? Réapprendre à faire confiance. Ne plus être aussi suspicieux.

Il prend une profonde inspiration et répond.

« **SM Batman**

Oui, je pense que ça pourrait être bien. »

Une étrange vague d'excitation et d'anticipation mêlées d'angoisse traverse le jeune homme et ça suffit pour qu'il sache avec certitude qu'il prend la bonne décision. Il laissera quand même une note dans sa chambre, disant où il se trouve quand il aura ce rendez-vous. Au cas où… Réapprendre à faire confiance ne veut pas dire être totalement inconscient.

« **DWolf**

Très bien, je mets donc ça en place. Une préférence pour la date ? »

« **SM Batman**

Plutôt un samedi soir. Je suis à la fac toute la semaine et le vendredi soir, c'est la nuit de la meute. Je peux essayer de trouver un autre moment si ça ne vous convient pas. »

« **DWolf**

Un samedi soir sera parfait pour moi. Je vous recontacte avec tous les détails et modalités dès que j'aurai mis tout ça en place.

Passez une bonne journée et à bientôt »

« **SM Batman**

Merci, bonne journée à vous aussi. »

« **DWolf**

Une dernière chose : aucun orgasme jusqu'à ce qu'on se voie. Vous pouvez vous caresser autant que vous le voulez, mais pas jusqu'à jouir. »

Sean en reste bouche bée, puis grogne et fixe son jean tendu par son érection. Franchement, il va vraiment accéder à la demande du loup ? Alors qu'il ne le connaît pas ? Oui, il va obéir, parce que c'est qu'il voulait, non ? Encore une fois, honnêteté et confiance.

Et une douche froide, une !

***

Dylan se déconnecte sans attendre de réponse. Il est un peu déstabilisé par la conversation qu'il vient d'avoir avec Sean. Certaines choses l'ont excité, par exemple que le jeune homme soit aussi ouvert et lui raconte ce qu'il a imaginé. Mais d'autres choses le font tiquer. Comme le fait que Sean ait dit qu'il ne voulait pas le décevoir.

C'est étrange, parce que Sean n'a jamais été du genre à être aussi peu sûr de lui. Depuis que le loup le connaît, il ne l'a jamais vu autrement que plein d'assurance, à la limite de l'arrogance. C'est d'ailleurs une des raisons qui ont poussé Dylan à le détester la première fois qu'ils se sont rencontrés.

Ça et aussi parce que le gamin n'avait clairement pas peur de lui. Jusqu'à ce moment-là, le loup n'avait jamais rencontré d'humain qui ne ressentait pas un minimum de peur face à un garou. Mais Sean, lui, l'avait juste regardé de haut. Dylan avait appris depuis que c'était justement comme ça que le jeune homme cachait sa peur mais, sur le coup, ça n'avait pas facilité leurs relations.

Dylan avait alors découvert que si le jeune homme avait l'air aussi sûr de lui, c'était surtout pour contrer le fait qu'il était le seul humain – c'est en tout cas de cette façon que se décrit Sean, comme si lire des auras ne le classait absolument pas dans la catégorie des surnaturels – d'une meute de créatures mythiques. Entre les garous, les sorciers et sorcières, il y avait en effet de quoi se sentir écrasé, voire inférieur. Mais Sean ne s'en laissait pas compter et le bêta avait fini par apprécier ce trait de caractère.

Seulement depuis la sorcière qui s'est servie de lui pour essayer de s'approcher de Zach, Sean n'est presque plus que l'ombre de lui-même. *Exit* les remarques sarcastiques et les commentaires à des moments parfois inopportuns. Finis les rires à gorge déployée. Depuis des mois Sean se montre sombre, renfermé, presque agressif. Et ça ne lui ressemble absolument pas.

Ça revient lentement, cette liberté de vivre et d'être lui-même. Trop lentement. Plus lentement que les autres membres de la meute ne le pensaient en tout cas, du moins si la conversation que les deux hommes viennent d'avoir est une indication. Et Dylan n'aime pas ça. Dans son esprit, Sean devrait toujours être vibrant, vivant et heureux.

Dylan décroche son téléphone pour planifier leur première session, en espérant que ça aidera Sean. Il l'espère vraiment. C'est pour cette raison qu'il fait ça après tout.

***

Sean observe ses amis, sa meute, rire et discuter. Il sait qu'il se met de lui-même à l'écart, qu'ils n'attendent que le moment où il reviendra vers eux et que ça ne sert à rien d'aller le chercher.

Il voit sans peine les regards que les autres lui lancent de temps en temps, mais il n'arrive pas à participer. Il reste en retrait tout en étant là. Il sait – bien sûr qu'il sait – qu'il faut qu'il fasse quelque chose. Et il espère bien que le lendemain soir va l'aider à changer son attitude envers ses amis. Peut-être pas tout de suite, mais avec un peu de temps et de la patience, ça viendra.

Sean sursaute quand Dylan vient s'asseoir à ses côtés, assez proche pour que leurs épaules se frôlent et que leurs cuisses soient pressées l'une contre l'autre. Le bêta lui tend une canette de soda sans dire un mot.

C'est ce qu'il aime chez Dylan. Sean n'a pas besoin de parler pour que le loup sache ce qui se passe dans sa tête. Parfois Sean se dit que l'autre homme est télépathe. Puis il repense à ce qu'il va faire le lendemain et espère vraiment que Dylan ne sait pas ce qu'il a dans la tête. Mais alors vraiment pas !

***

Quand Sean arrive au Club Fantasy le samedi soir, il est prêt à exploser. L'adrénaline surcharge son système nerveux et l'angoisse noie son cerveau. Pour tenter de se calmer, il relit les instructions que DWolf lui a envoyées par mail le matin même.

« **DWolf**

À partir de maintenant, je vais te tutoyer, mais tu continueras de me vouvoyer.

Je t'attends à 20 heures au Club Fantasy. À l'entrée, tu diras que tu as rendez-vous avec monsieur Wolf. On va te conduire dans une chambre où tu vas te déshabiller et mettre le bandeau qui sera sur le lit. Une bouteille de lubrifiant se trouvera sur la table de nuit. À toi de voir si tu veux t'en servir ou pas. Ensuite tu attendras jusqu'à ce que tu entendes la porte. Ne t'inquiète pas, personne d'autre que moi n'entrera. Et seulement quand tu sauras que je suis là, à te regarder, seulement alors tu pourras commencer à te toucher.

Je compte sur toi pour que ça dure au moins trente minutes. Sans aucune pause pour que tu fasses redescendre la pression. Si tu ne tiens pas les trente minutes, tu devras recommencer et ainsi de suite, jusqu'à ce que tu atteignes le temps voulu. Si tu dépasses les trente minutes, tu devras t'arrêter et tu n'auras pas le droit de te branler en sortant. Ou jusqu'à notre prochaine rencontre si tu décides de continuer.

Je ne dirai pas un mot et je ne te toucherai pas. Quand tu auras joui, tu attendras d'avoir à nouveau entendu la porte et, à ce moment-là, tu pourras enlever le bandeau.

Tu auras le droit de parler et d'exprimer ton plaisir ou ta gêne. Tu pourras même me parler en m'appelant Monsieur et en me vouvoyant. Et désormais, pour moi, tu seras Bambi. Il y a une photo de toi dans ton dossier et après l'avoir vue, surtout tes yeux, je trouve que ce surnom te convient à la perfection.

Quelle couleur après avoir lu ça ? »

Sean a dû attendre quelques minutes que sa respiration reprenne un rythme normal et que ses mains arrêtent de trembler pour pouvoir répondre. Et alors qu'il se relit, il se retrouve dans le même état que le matin même. Il ne va jamais tenir les trente minutes requises s'il continue comme ça.

« **SM Batman**

Vert. Totalement et complètement vert, Monsieur.

Comment je saurai que ça vous a plu ?

Bambi. »

Sean peut avouer deux choses. D'abord, qu'il est toujours aussi vert. Peut-être même vert pomme, genre Granny Smith. Ensuite que son surnom lui plaît, même si ça gâche légèrement son enfance. Il est certain de ne plus jamais pouvoir regarder le dessin animé sans immédiatement penser au loup.

La réponse est venue incroyablement vite. À peine quelques minutes plus tard, comme si DWolf attendait devant son ordinateur.

« **DWolf**

Tu le sauras.

À ce soir, Bambi. »

Bien sûr que le mail lui a fait de l'effet, de même que la réponse. Et savoir qu'en plus il ne pourra pas entendre la voix du loup augmente encore l'excitation et la nervosité qu'il ressent. Le surnom ajoute une intimité qu'il ne pensait pas ressentir. Lui, Sean Matthews, va se branler devant un homme pour la première fois ce soir. Un homme qu'il ne connaît pas, qu'il n'a jamais vu et qu'il ne verra pas. C'est juste incroyablement érotique et en même temps, complètement dingue.

***

Dylan vérifie une dernière fois la chambre qu'il a préparée. Simple et neutre. Les murs sont jaune paille, il n'y a qu'un lit double, une petite table de nuit à droite et c'est tout. Aucune décoration qui puisse distraire la ou les personnes qui s'y trouvent. C'est le genre de pièce multifonction qui peut facilement être transformée en chambre d'hôtel pour un jeu de rôle d'amants ou pour une personne qui reçoit un réparateur quelconque chez elle. Dans le cas des fantasmes sexuels, les gens sont incroyablement conventionnels. Et parfois, une personne entre au club et demande quelque chose qui sort de l'ordinaire parce que c'est plus qu'un besoin basique, c'est une nécessité. Comme Sean. Dylan espère juste être à la hauteur.

Il vérifie que le lit est correctement fait, que le bandeau noir opaque se trouve bien en vue sur le couvre-lit blanc et que la bouteille de lubrifiant est facilement accessible sur le plateau de la table de nuit. Il apporte ensuite une chaise d'une autre pièce et l'installe contre le mur, en face du lit pour être sûr de ne rien manquer du spectacle.

À ce stade, il devrait se sentir coupable ou au moins un peu honteux de profiter ainsi de Sean comme il le fait, mais non. Il est juste impatient et légèrement nerveux. Et si Sean n'aime pas ? Et s'il ne veut plus revenir ? Et si…

Mais comme le disait Lydia Hamilton, paix à son âme, avec des si, on transformerait des loups-garous en caniches. Avec des barrettes roses.

Dylan prend une profonde inspiration et quitte la chambre. Il ne reste que quelques minutes avant l'arrivée de Sean. Il se rend donc dans la pièce juste à côté pour attendre l'humain. Il s'appuie contre le mur et croise bras et jambes de manière à paraître stoïque, ce qui est stupide puisque personne ne le voit. Mais ça lui permet de se détendre et de laisser retomber un peu la pression. Il redresse la tête quand on frappe doucement à la porte et que Chloé entre. Il ne l'a pas entendue arriver, et pour cause : les chambres sont insonorisées pour des raisons évidentes.

— Il est là, lui apprend-elle.

— Merci, souffle-t-il, soulagé.

Soulagé que Sean soit venu, soulagé qu'il n'ait pas tout abandonné. Soulagé de pouvoir voir le jeune homme dans cette situation sans que Sean sache qu'il est là. Dylan ne se serait pas cru voyeur mais, apparemment, c'est une de ses perversions, en tout cas en ce qui concerne l'humain.

— Ne me remercie pas, gronde-t-elle. Dylan, tu es sûr de ce que tu fais ?

— Non, avoue-t-il franchement. Mais je ne peux pas le laisser faire ça avec quelqu'un d'autre. Ce n'est pas de la jalousie, contre-t-il alors que la jeune femme va parler. C'est juste... Il m'a trop souvent aidé pour que je le laisse tomber maintenant.

Elle soupire.

— Très bien. Très bien, si c'est vraiment ce que tu veux, je te soutiens. Mais, Dylan, c'est incroyablement dangereux ce que tu fais. Tu pourrais le perdre.

— Je ne peux pas perdre ce que je n'ai jamais eu, n'est-ce pas ? ironise le loup-garou avant de quitter la pièce.

Il prend une profonde inspiration alors qu'il attend devant la porte de la chambre où se trouve Sean, pendant que Chloé retourne dans son bureau à l'étage du dessous. Il patiente dix minutes. Le délai sert à deux choses. Déjà pour que le jeune homme ait le temps de se déshabiller et de s'installer confortablement sur le lit. Mais aussi pour faire monter la pression et l'impatience. Et connaissant Sean, ce doit être encore pire que la moyenne.

Quand il entre enfin, Dylan est presque asphyxié par l'odeur de nervosité et d'embarras. Mais il y a aussi clairement une note d'urgence et d'excitation. Odeurs confirmées par le fait que Sean bande pleinement.

D'un regard, Dylan englobe la vision qui s'offre à lui. Sean est allongé, nu sur le lit, les jambes tendues et les poings serrés le long de ses flancs. Le bandeau couvre ses yeux et une partie de son nez, sa bouche est entrouverte sur sa respiration un peu trop rapide, sa cage thoracique se soulevant en rythme. Le doux bruit de ses battements de cœur qui accélèrent quand ses oreilles lui confirment qu'il a bien entendu quelqu'un entrer dans la chambre, alors que la porte se referme avec un claquement étouffé, ajoute encore à l'excitation de Dylan.

Ce dernier se dit qu'il doit y avoir une place spéciale en enfer pour les gens comme lui. La plus proche des flammes. Mais s'il doit brûler pour l'éternité pour profiter de cette vision de Sean, le loup l'accepte avec joie.

CHAPITRE 3

Sean se déshabille fébrilement et, alors qu'il va poser ses vêtements sur la chaise contre le mur, il note le positionnement de celle-ci. Juste en face du lit. Juste en face de lui quand il sera allongé. Ça le fige quelques instants. Il savait bien sûr que le loup allait le regarder. Il ne pensait juste pas que ce serait de façon aussi directe. Dans sa tête, il imaginait plutôt un genre de miroir sans tain ou un truc comme ça. Savoir que DWolf sera si proche et qu'il verra tout le rend encore plus nerveux et, en même temps, envoie des frissons d'excitation le long de sa colonne vertébrale.

Déglutissant, il pose ses vêtements sur la table de chevet et prend le lubrifiant pour le mettre sur le lit. Il s'allonge, noue le bandeau autour de sa tête et attend. Néanmoins la patience n'a jamais été son fort. Il ne peut s'empêcher de remuer. Il bouge ses jambes comme s'il avait des fourmis. Croise et décroise les bras. Se tortille. Il sait qu'il ne devrait pas le faire, mais c'est plus fort que lui. Et puis DWolf, Monsieur, n'a pas dit qu'il ne pouvait pas du tout bouger. Juste qu'il ne pouvait pas se toucher tant qu'il était seul.

Ça ne l'empêche pas de bander juste à l'idée que quelqu'un le regarde. Que quelqu'un le voit se donner du plaisir et que ce soit fait de manière intentionnelle. Ça n'a rien à voir avec cette fois-là, quand son père l'a surpris. En même temps, c'était son père ! Ou encore quand Zach entre dans sa chambre sans frapper et sans renifler d'abord. Pour être honnête, ça, ce n'est pas arrivé depuis longtemps. Le pauvre Zach a été assez traumatisé comme ça.

Et d'un coup, sans prévenir, il a la sensation que quelque chose vient de changer dans la pièce. Pas une odeur, parce qu'il n'est pas les sens assez développés pour savoir quand une nouvelle odeur apparaît. C'est juste la sensation d'une présence qui n'était pas là avant, la sensation d'yeux braqués sur lui. Impression confirmée par le léger déclic de la porte qui se referme.

Le loup est là et Sean ne sait pas quoi faire de ses mains. Il respire un peu plus vite, sachant que l'homme le regarde et attend.

Un léger grondement résonne dans la pièce, l'humain se tend et sa respiration s'accélère encore. Il sent une goutte de liquide se former sur la tête de son sexe en érection et, même s'il est gêné, il ne peut plus rester immobile. Il doit se branler. Maintenant !

***

Dylan sent l'odeur d'excitation devenir plus forte et il retient à grand-peine le nouveau grondement qui veut quitter sa gorge sans sa permission. C'est juste trop. Trop à voir. Trop à sentir.

Trop à vivre. Mais qu'est-ce qui lui a pris de dire qu'il ne toucherait pas Sean ? Il devait avoir perdu la tête.

Il détaille le corps svelte et légèrement musclé, la fine ligne de poils qui part du nombril et se perd dans une toison pubienne sombre de laquelle émerge un sexe en érection. Objectivement, c'est un beau pénis. Long, pas trop épais et joliment veiné. Il est impatient de voir les longs doigts de Sean s'enrouler autour.

Pourtant, le jeune homme ne se touche pas tout de suite. Dylan sait qu'il l'a entendu entrer. Les battements de cœur se sont accélérés, la cage thoracique s'élève et s'abaisse plus rapidement et il peut même voir l'artère au cou de Sean pulser. L'avantage d'être un loup-garou.

Dylan n'a jamais été aussi reconnaissant à sa nature. Déjà en temps normal, il peut voir et entendre mieux et plus loin qu'un humain. Son sens de l'odorat est aussi même bien meilleur que celui du chien renifleur le plus performant du monde. Sans parler de la force accrue qui lui permet de soulever à peu près n'importe quoi. Il n'a jamais testé avec un char d'assaut, alors ce n'est pas une certitude.

À cet instant, toute son attention étant braquée sur l'humain, ses sens sont encore plus développés qu'en temps normal. Il voit sans problème la goutte de sueur se former au creux de la gorge du jeune homme. Il a envie de la lécher. Il se retient, mais avec beaucoup de peine. De même qu'il a du mal à contenir le grondement qui roule toujours dans sa poitrine, trop faiblement pour que Sean l'entende, mais s'il le pouvait, Sean demanderait probablement si les loups-garous sont capables de ronronner. Ou s'il est sûr d'être un Lycan et pas un chat-garou. Ça amène un sourire aux lèvres de Dylan. Sourire qui se fige quand, enfin, les mains de l'humain quittent ses côtés et passent lentement sur ses flancs, caressant ses hanches.

C'est avec une fascination presque désespérée qu'il regarde les doigts taquiner les bourses duveteuses. Sean remonte sa main droite le long de son membre et serre son poing juste sous son gland. Sa main gauche, elle, passe sur ses côtes et vient se poser sur un téton. Au début, c'est plus un effleurement qu'un véritable toucher. Comme si l'humain ne savait pas vraiment ce qu'il devait faire. Et Dylan, grâce à leur échange de messages, sait que c'est le cas. Voir que le plus jeune essaye, alors que c'est leur premier rendez-vous, l'empêche cette fois de contenir son grondement.

Sean sursaute au bruit et le mouvement fait déraper son ongle sur la pointe de son mamelon. La sensation semble lui plaire, puisqu'il gémit et recommence.

Dylan se demande pour la première fois, mais probablement pas la dernière, si cette mise en scène est réellement une bonne idée et s'il va y survivre. La réponse est non. Aux deux questions.

***

C'est la première fois que Sean stimule ses mamelons pourtant classés zone érogène, et autant le bout de ses doigts ne l'a pas plus excité que ça, autant ses ongles lui apportent du plaisir. Ce n'est pas un trouble intense ou vif mais, au contraire, diffus, et il recherche cette sensation. Fugitivement, il se dit que même si l'expérience ne va pas plus loin, il aura au moins découvert un nouveau truc.

Il se souvient soudain qu'il faut qu'il fasse durer les choses, parce qu'il est certain qu'il y a moins de trente minutes qu'il se touche. On peut même dire qu'il a à peine commencé. Oubliant complètement la personne avec lui dans la pièce, il tombe dans sa routine habituelle. Parfois, il utilise du lubrifiant et parfois sa salive suffit. Il a dans l'idée qu'aujourd'hui devrait être un jour avec lubrifiant. Il attrape la bouteille, en verse un peu sur son érection et la repose plus loin. D'une main, il continue de taquiner ses tétons, les transformant en de petites perles bien dures, alors que de l'autre il commence à se caresser. D'abord lentement, pour que le plaisir monte.

D'une lente caresse, il passe son index sur toute sa longueur, puis descend sur ses bourses qu'il soupèse avant de remonter sur son sexe pour se masturber lentement. Le rythme va le tuer, mais s'il doit réellement tenir trente minutes, il n'a pas le choix.

Sean rejette sa tête en arrière et lâche un gémissement alors qu'il passe son pouce sur la fente de sa verge. Il aime tellement ça qu'il recommence. Il ne sait pas depuis combien de temps il est là à se donner du plaisir sous le regard de DWolf. Il se dit vaguement qu'il aurait dû mettre l'alarme de son portable. Est-ce que Monsieur a au moins une montre ?

Puis il sent le lit bouger, comme si son observateur venait de le rejoindre et son cœur accélère. Il est excité et, en même temps, il a peur. L'adrénaline monte en flèche dans son système nerveux. Et si le loup veut faire quelque chose dont lui n'a pas envie ? Il sait que la pièce est insonorisée, Chloé le lui a dit, alors s'il crie, personne ne l'entendra. Il est prêt à se lever d'un bond et quitter les lieux comme s'il avait tous les chiens de l'enfer à ses trousses, quand il se souvient que la lionne lui a montré le bouton qui, une fois pressé, alerte un des vigiles du Club. Ça l'avait rassuré sur le moment.

Sauf que là, Sean panique parce qu'il n'arrive pas à se souvenir où se trouve ce satané bouton. Il sait qu'il n'est pas loin de la tête du lit, mais le temps qu'il tâtonne pour le trouver, le loup l'aura tué dix fois.

La panique et la terreur l'envahissent quand DWolf parle soudain d'une voix grondante.

— Calme-toi. Continue. Je regarde juste de plus près.

Même si Sean ne connaît pas cette voix déformée par le grondement, ça le met étrangement en confiance et il continue. Il faudra qu'il pense à dire aux garous de sa meute d'arrêter de lui grogner dessus. Ça a visiblement foiré ses instincts de survie. Sauf qu'il devra expliquer pourquoi il leur demande ça et c'est une conversation qu'il n'a pas du tout envie d'avoir.

— Cinq minutes, lui apprend Monsieur.

Sean en est soulagé, parce qu'il ne pense pas pouvoir continuer très longtemps à se taquiner comme ça. Il n'a pas joui depuis dix jours et là, il en crève d'envie.

***

Dylan regarde Sean se branler, fasciné. Il observe les joues de l'humain se teinter de rouge, son souffle s'accélérer, ses tétons durcir. Et quand la main de Sean glisse jusqu'à ses testicules et remonte lentement sur son érection, Dylan ne tient pas plus longtemps et ouvre son propre pantalon. Il se doutait que ça en viendrait là en s'habillant et il a réellement bien fait de ne pas mettre de sous-vêtements ce matin-là.

Il ne prête aucune attention à l'heure, entièrement concentrée sur Sean et son plaisir. Quand le jeune commence à geindre, il doit se mordre la langue pour ne pas l'imiter. Il aimerait lui donner des instructions, mais il ne peut pas parler. Sean reconnaîtrait sa voix. Il faudra qu'il trouve quelque chose pour la prochaine fois… S'il y a une prochaine fois.

Il est trop loin. L'odeur de l'excitation et du plaisir de l'humain l'intoxique et il ne peut plus se tenir éloigné. Il se rapproche du lit et pose un genou entre les jambes de Sean. Celui-ci se fige presque aussitôt, submergé par la terreur et la panique. Ça fait sortir le loup de Dylan et c'est la bouche pleine de crocs qu'il gronde.

— Calme-toi. Continue. Je regarde juste de plus près.

Sa voix est tellement méconnaissable que lui-même ne la reconnaît pas. L'effroi et la peur s'évaporent rapidement, et Sean reprend ses attouchements sans se rendre compte que le nez du bêta n'est qu'à quelques centimètres de sa main qui monte et descend sur son membre.

Dylan a une vue parfaite sur les bourses de l'humain qui se contractent, sur la verge qui laisse échapper de plus en plus de liquide séminal. Sans même avoir de montre, il sait que Sean n'a pas tenu les trente minutes, mais qu'il n'en est pas loin. Tout comme le loup qui continue de se branler au même rythme que le plus jeune. Il annonce, toujours de cette voix grondante :

— Cinq minutes.

Lâchant sa propre érection, il empoigne les chevilles de Sean qui ne réagit même pas – comme s'il avait compris que le loup n'allait vraiment rien tenter de mal, et Dylan doit se retenir de laisser échapper sa joie – et les écarte pour s'installer à genoux entre les jambes de l'humain. Puis il pose sa main sur le lit, juste à côté de la taille de Sean et, à moitié penché sur lui, reprend sa propre masturbation. Il veut jouir sur Sean, mélanger leurs odeurs et le marquer comme sien. C'est probablement une erreur, mais il n'est clairement pas en état de penser.

Il ne faut plus très longtemps pour que Sean se crispe et qu'il rejette encore plus la tête en arrière. L'humain est tellement contracté que, pendant un instant, Dylan craint qu'il ne se blesse.

Et puis… Et puis Sean jouit et le loup n'aurait jamais cru qu'entendre un long gémissement de plaisir sortir de cette gorge pâle lui ferait autant d'effet.

Il ne résiste pas plus longtemps et jouit sur le ventre de Sean, ajoutant son sperme au désordre déjà présent. Il entend le léger sursaut dans la respiration et les battements de cœur de l'humain, mais n'en tient pas compte. Tant que Sean ne dit rien, Dylan part du principe que tout va bien. Se redressant et posant ses fesses sur ses talons, le bêta passe un index léger sur le ventre pâle parsemé de grains de beauté et mélange les deux spermes présents à cet endroit.

Sur une impulsion, il porte son doigt aux lèvres entrouvertes de l'humain et l'introduit dans la bouche humide. Quand les lèvres de Sean se referment sur son index et qu'il le lèche, Dylan ne peut retenir un grondement approbateur.

Il lui faut toute sa détermination et son contrôle pour ne pas plonger sur cette bouche et envahir la cavité humide de sa langue. Ce n'est pas encore le moment. Mais bientôt. Très bientôt.

***

La respiration de Sean s'apaise lentement alors qu'il entend enfin la porte se fermer. Oh mon Dieu ! Mais qu'est-ce qu'il lui a pris de lécher ce doigt, bordel ?! Sur le moment, ce n'était pas bizarre, ce n'était pas pervers ou il ne sait pas quoi. Sur le moment, c'était juste parfait. Et maintenant, alors même qu'il vient de finir de se nettoyer avec les lingettes judicieusement placées dans le tiroir de la table de nuit, il a encore le goût de leurs spermes combinés sur la langue. Et il devrait être dégoûté, n'est-ce pas ? Sauf que non. Un indice de plus qu'il n'est pas si hétéro que ça. Il faut vraiment qu'il fasse des recherches.

Quand il quitte le club, il fait nuit depuis longtemps, mais il ne s'en inquiète pas, trop accaparé par les questions et les pensées qui se bousculent dans son esprit. Il ne voit pas les yeux luisants qui ne le quittent pas. Pas plus qu'il ne remarque l'ombre qui le suit jusque chez lui pour s'assurer qu'il rentre en toute sécurité.

***

Dylan sait très bien qu'il ne devrait pas continuer. Il sait qu'il doit dire la vérité à Sean. Il sait aussi qu'à la seconde où il avouera à l'humain qu'il est DWolf, ce sera terminé. Pas seulement les visites de Sean au club, mais également leur amitié. Après ça, Sean ne voudra plus jamais le revoir. Le loup devrait se sentir mal, non ? Bon, s'il est honnête, il se sent mal. Mais par-dessus tout, il est extatique. Il a vu Sean se masturber et a joui sur lui. Il a pu mélanger leurs odeurs. C'est presque comme s'ils étaient ensemble. Mais pas vraiment. Et quelque part, c'est déprimant. Parce qu'il ne sera jamais vraiment avec Sean de cette manière.

Mais pour l'instant, il va s'assurer que le jeune homme rentre chez lui sans encombre. Sauf qu'une fois arrivé à la maison Matthews, Sean fait quelque chose qui prend Dylan complètement par surprise. Sean s'installe devant son pc et commence à taper ... Mais pourquoi ?

***

Dès qu'il entre dans sa chambre, Sean se jette quasiment sur son ordinateur.

« Comment savoir si on est bisexuel ? »

C'est ce qu'il inscrit dans la barre de recherche de son navigateur internet. Et les réponses sont... décevantes, pour dire les choses simplement. La plupart des liens mènent à des discussions sur des forums où des gens se posent justement la question. Les réponses sont, au mieux, simplistes.

« T'es bisexuel quand tu es attiré par des personnes des deux sexes. »

Oui, merci, Sean s'en serait douté. Les trois quarts des réponses sont du même acabit. Puis il tombe sur quelque chose qui le fait réfléchir.

« Être bisexuel, c'est quoi alors ? C'est pouvoir tomber amoureux et concevoir un véritable désir, aussi bien pour les hommes que pour les femmes. Ce n'est pas rare. C'est comme aimer la glace au chocolat ET la glace à la vanille. La plupart d'entre nous ont quand même une petite préférence entre les deux. Le bisexuel, lui, ne veut pas faire de choix. Finalement, quand on y réfléchit, la bisexualité, c'est ne pas faire de différence et, surtout, ne rien s'interdire. Oser aussi bien être avec une fille qu'avec un garçon, et ne pas en faire tout un cinéma, voir les choses avec naturel et spontanéité. »

Il se pose maintenant la question. Est-ce qu'il aime autant la vanille que le chocolat ? Sur une impulsion, il attrape son téléphone et compose un numéro. Pourquoi celui-ci en particulier ? Il n'a pas envie de se demander ce genre de chose. En réalité, il connaît la réponse, mais n'a pas envie de l'admettre.

La personne au bout du fil décroche au bout de trois sonneries.

« Allô ? »

— Dis, tu préfères quoi ? La vanille ou le chocolat ?

Un silence interloqué lui répond, puis :

« Sean, tu te sens bien ? »

— Dylan, réponds juste à ma question, s'il te plaît.

Le loup pousse un soupir exaspéré avant d'obéir.

« J'aime les deux. Pourquoi ? »

— OK, merci. À plus.

Sean se ronge l'ongle du pouce en fixant son écran d'ordinateur. Est-ce que ça veut dire que Dylan est bi ? Et lui-même, a-t-il une préférence entre le chocolat et la vanille ? Il préfère quand même le chocolat. Seulement, à quoi peut bien correspondre le chocolat ? Filles ou garçons ? Bonne question. Le jeune homme sait très bien que ce genre de supposition est très réductrice, que ça ne reflète absolument pas la réalité.

Pour le coup, il n'a pas de réponse. Avec une grimace gênée, il lance une autre recherche.

Étrangement, il n'appelle ni Zach ni Amanda.

Secouant la tête, parce qu'il n'a pas obtenu les réponses qu'il cherchait, Sean va prendre une douche de manière à ce que personne ne puisse rien sentir. Il ne manquerait plus qu'un membre de la meute débarque et trouve l'odeur d'un loup étranger sur lui. Généralement, personne ne dit rien quand un autre garou est de passage. Étant si proche de New York, c'est fréquent. Il n'est donc pas rare de croiser un garou étranger dans les environs. En fait, Zach se fiche même que les membres d'une autre meute se baladent dans le coin, du moment qu'il n'y a pas de grabuge. Seulement, ses compagnons n'aimeraient peut-être pas qu'un étranger approche Sean d'*aussi* près, même si le club n'est pas dans Forest Hill même.

Mieux vaut ne prendre aucun risque.

***

Dylan fixe son téléphone avec une expression perplexe. Pourquoi Sean lui a-t-il demandé s'il préférait la vanille ou le chocolat ? Non, mais décidément, l'humain est bizarre. Encore plus que d'habitude.

N'empêche qu'il a eu de la chance. À une minute près, le loup devait répondre au téléphone sous la fenêtre de Sean. Et ça, ça aurait été plus que problématique.

Rangeant l'appareil dans sa poche, Dylan rentre chez lui en passant par toutes les petites rues qu'il peut pour éviter de croiser un membre de la meute. Il ne manquerait plus que l'un d'eux sente l'odeur de Sean sur lui. Dylan essaye de ne pas déprimer, parce que lui adorerait que la fragrance de Sean lui colle durablement à la peau et se mélange à la sienne. C'est néanmoins impossible.

***

Dylan se lève très tôt le dimanche. Trop tôt diront certains, mais il a toujours aimé regarder le soleil se lever. C'est un moment de paix pour lui. Un moment où il ne pense pas et où il profite simplement du silence des hommes et des bruits de la nature.

Pourtant, ce matin-là, il est incapable de profiter de cette quiétude qu'il aime tellement. Mille pensées tournoient dans sa tête, se télescopent et s'entrechoquent. Des sentiments contradictoires l'agitent. La culpabilité n'est bizarrement pas ce qui prédomine. C'est une grosse part de ce que le loup ressent, évidemment, mais même s'il sait que ce qu'il fait n'est pas bien, il ne peut s'empêcher de se sentir impatient.

Est-ce que Sean a aimé ? Est-ce qu'il va vouloir recommencer ? Aller plus loin ? Et s'il dit que non, qu'il ne veut pas revoir le loup, qu'est-ce que va faire Dylan ? Après tout, Sean aura toujours besoin d'aide. Alors quoi ?

Le bêta regarde sa montre et grimace en voyant qu'il est six heures trente-quatre du matin. Tout le monde sait qu'à moins d'y être obligé, Sean ne se lève jamais avant onze heures le dimanche. Sauf que le loup ne peut pas s'en empêcher, il doit savoir. Alors il allume son ordinateur portable et rentre l'adresse de CFM. Sean est connecté, mais indiqué comme absent. Tant pis, Dylan lui envoie malgré tout un message, même si ça lui donne l'air avide.

« **DWolf**

Bonjour, bien dormi ?

Alors, qu'as-tu pensé d'hier soir ? Est-ce que quelque chose t'a dérangé ? Mis mal à l'aise ? Ou, au contraire, est-ce que quelque chose t'a particulièrement plu ? Raconte-moi ce que tu as ressenti.

Et n'oublie pas, Bambi, j'aime les détails. »

Alors même qu'il sait qu'il n'aura aucune réponse avant plusieurs heures, Dylan reste connecté et traîne sur le net. Il regarde des vidéos stupides, passe un peu de temps à jouer à des jeux terriblement frustrants, lit le journal et consulte sa boîte mail.

À sept heures quarante-sept, il ferme tout et décide d'aller dépenser son excès d'énergie. Il trouvera probablement un compagnon de meute prêt à l'aider, et même si ce n'est pas le cas, un peu d'exercice ne peut pas faire de mal, n'est-ce pas ?

***

Sean se réveille lentement, bâille et s'étire avant d'ouvrir un œil et de vérifier l'heure. Neuf heures vingt-et-une. Il sourit paresseusement. Pour la première fois depuis longtemps, il a dormi sans qu'aucun cauchemar ne vienne le déranger et ça fait un bien fou. D'habitude, il est debout dès six heures du matin après avoir réussi à dormir au mieux quatre à cinq heures. Oui, il ment à la meute en leur disant de ne jamais appeler avant onze heures parce qu'il fait la grasse matinée. Mais peut-il vraiment leur dire qu'il revit la mort de Katherine toutes les nuits, parfois deux à trois fois par nuit, s'il arrive à se rendormir ? Non, bien sûr que non, il ne peut pas leur avouer ça. Il sait qu'un jour la vérité se saura, parce que la vérité se sait toujours mais, pour l'instant, il est juste content de ne pas avoir des cernes plus gros que son visage sous les yeux.

Il se tourne avec l'intention de replonger dans les bras accueillants de Morphée. Sauf que visiblement, son cerveau a décidé que non, désolé mon p'tit gars, il ne va pas se rendormir et va devoir réfléchir à ce qui s'est passé la veille, ou alors qu'il va en rêver. Que ce soit l'un ou l'autre, il est incapable de ne pas revivre la scène. Saleté d'imagination trop fertile !

Sean grogne et se met sur le dos, fixant le plafond. Acceptant qu'il est plus que vain de vouloir se rendormir, il décide qu'une douche bien chaude devrait lui permettre de s'éclaircir les idées. Un méga petit déjeuner est également à l'ordre du jour. Après ça, il a la ferme intention de larder devant la télévision et de débrancher son cerveau pour le reste de la journée. Vaste programme qui s'évapore quand, après avoir enfilé un pyjama propre, il sort son ordinateur de l'état de veille. Pourquoi, mais pourquoi a-t-il fait ça ?

La page du CFM est toujours ouverte et il remarque que la petite enveloppe des messages est marquée d'un « 1 » qui semble vouloir lui sauter dessus tant il clignote furieusement.

Sean a presque envie de ne pas lire le message. Seulement… Qu'est-ce que va dire Monsieur s'il le fait attendre trop longtemps avant de lui répondre ? Il ne pense pas que le loup lui en voudrait et, d'ailleurs, rien ne dit qu'il le saurait, mais étrangement, Sean se sent mal rien qu'à l'idée de ne pas être entièrement honnête avec le Dom.

C'est en soupirant qu'il clique sur l'icône et lit les quelques lignes que lui a envoyées le loup.

Ce qu'il a pensé d'hier soir ? Euh… Bon, question suivante.

Est-ce que quelque chose l'a dérangé ? Heu… Bon, il y reviendra plus tard.

Est-ce que quelque chose l'a mis mal à l'aise ? Genre, être à poil devant un inconnu et se branler ? Non, non, rien ne l'a mis mal à l'aise.

Est-ce que quelque chose lui a plu ? Étrangement, être à poil devant un inconnu et se branler. Il est peut-être légèrement exhibitionniste.

Maintenant, il n'a plus qu'à exprimer tout ça de manière cohérente. Il doit s'y reprendre à trois reprises avant d'être satisfait.

« **SM Batman**

Bonjour, j'ai très bien dormi, et vous ?

Si je peux parler franchement, hier soir m'a énormément plu, même si, maintenant, je me pose beaucoup de questions. Savoir que quelqu'un me regardait était excitant. »

Il faut moins de cinq minutes pour qu'une réponse arrive.

« **DWolf**

J'ai bien dormi également.

Heureusement que j'ai dit que j'aimais les détails…

Et évidemment que tu peux me parler franchement. C'est même très exactement ce que je veux.

Quel genre de questions te poses-tu ?

Je suppose que si je veux des réponses, je vais devoir te demander d'être plus précis. Qu'est-ce qui t'a le plus excité ? Le fait de savoir que j'étais là ? Ou quand je t'ai rejoint ?

Des détails, Bambi, des détails. »

Sean aurait dû se douter que ça finirait comme ça. Le loup a dû être Grand Inquisiteur dans une autre vie. Ou alors, il est flic ou avocat en dehors de son travail pour le club. L'humain s'arme de courage et répond du mieux qu'il peut. Lui qui n'aime pas parler de lui ou de ce qu'il ressent, il est servi.

« **SM Batman**

Les deux m'ont plu. Savoir que vous étiez là était excitant et quand vous êtes venu sur le lit aussi. J'avoue qu'au début, j'ai eu la trouille, mais ça, vous avez dû le sentir. Bizarrement quand vous avez grogné, ça m'a calmé.

Je me pose des questions sur ma sexualité. Je me pensais strictement hétéro, mais comme j'ai aimé… »

Il appuie sur la touche « entrée » avant d'avoir terminé son message. Ou alors inconsciemment, il ne veut pas avoir à reconnaître qu'il n'est pas forcément si hétéro que ça, même à l'écrit. Avant qu'il puisse envoyer un autre message pour terminer le précédent, le loup lui pose déjà une autre question.

« **DWolf**

Qu'est-ce que tu as aimé, Bambi ? »

Sean déglutit.

« **SM Batman**

Quand j'ai léché le sperme sur votre doigt.

J'ai aimé ça »

« **DWolf**

Alors nous le referons.

Si tu es d'accord.

Pour ce qui est de ta sexualité, ne t'enferme pas dans une petite case. Ta sexualité ne te définit pas en tant que personne. »

« **SM Batman**

Je crois que oui. Je crois que ça me plairait.

Merci, Monsieur. »

« **DWolf**

Tu crois ou tu es sûr ? Ce n'est pas la même chose.

De rien, Bambi. »

« **SM Batman**

Je suis sûr, Monsieur. »

« **DWolf**

Parfait. Samedi prochain, 20 heures. Cette fois, tu auras les mains attachées et c'est moi qui te toucherai. Couleur ?

N'hésite pas à me dire si tu penses que je vais trop vite. »

Sean ferme les yeux et prend une profonde inspiration. Dans son pyjama, son sexe montre son intérêt en durcissant légèrement.

« **SM Batman**

Vert »

« **DWolf**

Vert, qui ? »

Sean met quelques instants à comprendre ce que lui demande le loup.

« **SM Batman**

Vert, Monsieur. Pardon, Monsieur. »

« **DWolf**

Souviens-toi que je ne ferai rien que tu n'auras librement consenti en premier lieu. »

L'humain sourit.

« **SM Batman**

Je sais, Monsieur. Merci. »

« **DWolf**

Et si je te dis que j'ai un truc pour l'anulingus, tu me réponds quoi ? »

Sean bugue. Il n'y a pas d'autre mot pour décrire sa soudaine immobilité. Il est là, la bouche ouverte, les mains figées au-dessus de son clavier pendant de longues secondes. Et puis, presque frénétiquement, il tape deux mots.

« **SM Batman**

Jaune, Monsieur »

« **DWolf**

Pourquoi ? »

« **SM Batman**

Ça m'inquiète, Monsieur. Si on commence avec ce genre de chose, on va forcément aller plus loin et je ne sais pas si j'en serais capable ou même si j'en ai envie. »

« **DWolf**

Tu vois que c'est mieux quand tu t'exprimes.

D'abord, je voudrais t'expliquer quelque chose sur le BDSM. Souvent, on pense que le BDSM n'est qu'une histoire de prise de contrôle sur quelqu'un d'autre, qu'une façon d'avoir la mainmise sur le plaisir et la douleur de quelqu'un. Mais c'est également une façon de tester et repousser ses limites. Quelque chose qui te met mal à l'aise aujourd'hui pourra te sembler parfaitement naturel demain. Tout ce que je te demande, c'est d'essayer.

Comprends-tu ce que j'essaye de t'expliquer ? »

Oui, Sean comprend. Ou en tout cas, il pense comprendre.

« **SM Batman**

Je crois que oui, Monsieur.

Mais on en revient toujours au même point. Si nous commençons comme ça, il y aura forcément des relations sexuelles à un moment ou un autre. »

« **DWolf**

À terme, oui, probablement. À toi de voir quand et si tu te sens prêt pour ça ou pas. Ne t'angoisse pas inutilement, nous n'en sommes pas encore là. Et souviens-toi, c'est toi qui décides. »

« **SM Batman**

D'accord. Merci, Monsieur, de m'avoir expliqué ça. »

« **DWolf**

Je t'expliquerai toujours du moment que tu me dis ce qui t'inquiète. Je peux décrypter ton odeur et ton langage corporel jusqu'à un certain point, mais je ne suis pas dans ta tête. Je peux me tromper. Si ça arrive, ta confiance peut être mise à mal et ce n'est clairement pas dans l'intérêt de notre relation.

Donc, anulingus ? Sachant que tu pourras changer d'avis. »

Sean réfléchit et considère sérieusement la chose. Est-ce qu'il est prêt à laisser quelqu'un, un homme, le lécher à cet endroit-là ? Apparemment oui. Est-ce qu'il a dit qu'il était plus curieux qu'un chat ? Non ? Eh bien, il le dit maintenant.

« **SM Batman**

Vert, monsieur. »

« **DWolf**

Même consigne que pour hier. Ne jouis pas.

Bonne semaine, Bambi. »

« **SM Batman**

Bonne semaine à vous aussi, Monsieur »

***

Alors qu'il se déconnecte, Dylan se sent excité et anxieux.

Anxieux, parce qu'il n'a pas intérêt à foirer.

Excité, parce que qui aurait pu croire que Sean pouvait être aussi hésitant et docile ?

CHAPITRE 4

Sean voit, mais ce n'est pas lui qui regarde. Il ouvre la bouche, mais ce n'est pas lui qui parle. Il entend, mais ce n'est pas lui qui écoute. Son corps bouge contre sa volonté. Il tente de hurler, de dire quelque chose, mais les sons qui sortent de sa bouche ne sont pas les siens. Le coin de ses lèvres se redresse, mais ce n'est pas lui qui sourit.

Dans ses mains, il tient un couteau. C'est un de ces couteaux de boucher professionnel et il n'a absolument aucune idée de la manière dont il a pu l'obtenir. Il essaye de desserrer ses doigts, mais ses muscles refusent de lui répondre, mus par une volonté autre que la sienne.

— Sean ! Qu'est-ce que tu fais ? crie Zach.

Sean se réveille en hurlant.

***

Sean est distrait pendant toute la semaine qui suit. Ses amis le remarquent, mais depuis Kathy, ils le laissent plus ou moins tranquille. Ils ne se gênent pas pour garder un œil sur lui en permanence par contre.

L'avantage de tous avoir quasiment le même âge, c'est qu'ils vont à la même fac, même s'ils ne suivent pas des cursus similaires, bien qu'ils aient quand même quelques cours en commun.

L'inconvénient, pour Sean, c'est qu'il y a toujours un membre de la meute avec lui. Et si, normalement, ça ne le dérange pas, cette semaine-là, il aspire à un peu d'isolement pour pouvoir réfléchir.

Il fait des cauchemars toutes les nuits sans exception. Il n'a eu aucun répit, aucun moment de solitude, sauf le soir quand il est chez lui et que son père travaille. Avoir ses amis qui soufflent à chaque instant dans son cou lui pèse plus qu'il ne saurait l'expliquer. Sauf qu'il ne veut pas leur dire de lui lâcher la grappe. Parce qu'il se sent déjà assez coupable et, qu'en plus, il comprend parfaitement leurs inquiétudes. Ou en tout cas, il essaye de les comprendre. Il y parvient parfois.

Il finit néanmoins par exploser le jeudi midi, alors qu'il déjeune avec Amanda et Zach. C'est le seul jour de la semaine où ils ont une pause commune et d'habitude c'est un moment de détente sans prise de tête, où ils sont de jeunes adultes comme les autres. Mais là Zach vient de lui demander pour la quatrième fois s'il se sentait bien et Sean en a plus qu'assez.

— Pour la dernière fois, oui, Zach, je vais bien ! Désolé de ne pas être le rayon de soleil insouciant que tu veux que je sois en permanence ! Ça t'étonnera probablement, mais il arrive que je n'ai pas envie de sourire ! Moi aussi des fois, je veux qu'on me laisse tranquille ! Et ça n'arrive plus jamais ! Oh, vous faites tous attention à me laisser autant d'espace que je veux, mais il y a toujours quelqu'un qui m'observe ! À croire que vous avez tous peur que je pète un plomb et que je vous attaque !

— Quoi ? s'exclame Zach, choqué. Non, ça n'a…

Mais Sean n'écoute plus. Délaissant son plateau-repas, il récupère son sac à dos et quitte la cafétéria sans un regard en arrière. L'alpha se tourne vers Amanda, mais elle a le regard fixé sur la porte que le jeune homme vient de franchir.

— Amanda ?

Zach n'aime pas ce regard. C'est comme si elle planifiait quelque chose. Et comme elle est la s*trategàs* de la meute, c'est doublement effrayant.

— Zach, c'est chez qui vendredi ? demande-t-elle soudain.

La meute a pris l'habitude de se réunir au grand complet une fois par semaine. Au début, c'était un moyen de faire face au deuil. Aujourd'hui, c'est juste l'occasion de passer une bonne soirée tous ensemble.

— Euh, chez moi, pourquoi ? répond-il, un peu perdu.

Ce n'est pas nouveau, il est souvent perdu quand il discute avec la jeune femme. Ce n'est pas qu'il soit stupide, c'est juste qu'elle est plus intelligente que toutes les personnes qu'il connaît. Ajoutez à ça qu'elle a un cerveau qui travaille cinq à six fois plus rapidement que la normale et on comprend pourquoi peu de gens peuvent suivre le cheminement de sa pensée. C'est probablement la raison pour laquelle il est complètement déstabilisé par ce qu'elle annonce ensuite.

— Non, c'est chez Dylan.

— Quoi ? Mais c'était déjà chez lui la semaine dernière.

Elle plante ses yeux dans les siens et rétorque.

— Et ?

— Et on a dit que c'était chacun son tour.

— Et ? répète-t-elle.

Il ouvre la bouche, prêt à argumenter. Mais sous son regard implacable, il se retrouve sans voix. Il soupire et prend son téléphone pour informer le bêta du changement quand elle lui arrache l'appareil des mains.

— Je peux savoir ce que tu fais ?

— Ben, je préviens Dylan.

— Non.

— Comment ça, non ? dit Zach. Mais…

— Non, répète-t-elle avec plus de force.

— Mais…

— J'ai dit non !

— Mais…

— J'ai. Dit. Non !

—… OK…

Est-ce que quelqu'un se demande encore qui est l'alpha de cette meute ? Parce que Zach se pose parfois la question.

***

Dire que Dylan est surpris de voir tout le monde débarquer chez lui à dix-neuf heures, au lieu de vingt heures chez Zach, serait un euphémisme.

— Mais qu'est-ce que vous faites là ? s'étonne-t-il alors qu'ils rentrent tous comme s'ils étaient chez eux.

Amanda est la dernière à arriver et elle s'installe directement sur le canapé tout en lui lançant un regard entendu. Regard qu'il ne comprend absolument pas. Que veut lui dire la jeune femme ? Il écarquille un peu les yeux pour lui faire comprendre qu'il veut de vraies explications, mais elle se contente de fixer Sean pour toute réponse.

Sean est distrait, les yeux dans le vague et les poings serrés sur ses cuisses. Déjà qu'en temps normal il se tient à l'écart mais, là, c'est comme s'il était à des kilomètres d'eux.

Dylan fronce les sourcils. Qu'est-ce qui peut bien se passer dans la tête de Sean ?

***

Ce qui se passe dans la tête de Sean pourrait se résumer en deux mots : ça gratte.

Le jeune a fait des recherches en vue de son rendez-vous avec Monsieur. De longues recherches approfondies, suivies d'un nettoyage minutieux de son historique internet. Bref, tout ça pour dire qu'il a remarqué quelque chose dans les tutoriels (Lire : vidéos pornos) qu'il a regardés. Tous les hommes sont imberbes… à cet endroit-là.

Après quelques longues minutes de réflexion qui l'ont laissé rougissant, Sean a décidé de faire du zèle. Donc, mercredi, il s'est rasé. Et pas la barbe.

Seulement si Google est l'ami de tout le monde, ce n'est visiblement pas le sien. Parce que rien dans ce qu'il a lu et vu ne l'a préparé à ça. Figurez-vous que quand les poils repoussent, ça gratte. Beaucoup. Et autant quand il est chez lui, il ne se gêne pas pour être aussi grossier qu'il veut, autant ici, en présence de la meute, il doit supporter la démangeaison. Et pire : ne rien laisser paraître. Une véritable torture.

Un poids qui se laisse tomber à ses côtés sur le canapé le sort de ses pensées et Sean tourne la tête pour voir qui vient de s'asseoir. Son regard croise celui de Dylan et, dans les yeux du Bêta, il peut lire une certaine préoccupation.

— Oh non, pas toi aussi, grogne le plus jeune.

— Pas moi aussi quoi ?

— Tout le monde me regarde comme ça depuis le début de la semaine, ça commence à me gaver, explique Sean.

— C'est peut-être parce que tu n'as quasiment pas parlé de la semaine, propose Dylan.

— Et comment tu pourrais le savoir ? T'étais pas à la fac.

— Tu sais que je fais quand même partie de la meute, rappelle Dylan. Les autres en ont parlé.

Sean soupire et renverse la tête contre le dossier du canapé pour fixer le plafond.

— J'aimerais bien que tout le monde arrête de s'inquiéter pour moi comme ça, marmonne-t-il plus pour lui que pour l'autre. Je vais bien.

Dylan a un petit sourire de dérision.

— Tu sais, l'un des avantages d'être un loup-garou, c'est qu'on sait quand quelqu'un ment. Il y a mille petits détails qui passent trop rapidement pour qu'un humain les remarque, qui trahissent le mensonge. Mais un loup-garou les voit et les sent très bien. Parle !

Sean soupire encore et se redresse.

— C'est rien, c'est juste que je me pose beaucoup de questions en ce moment et que je ne sais pas si les réponses que je trouve sont les bonnes.

— Peut-être qu'on peut t'aider ? intervient Zach qui a écouté, l'air de rien.

— Je vois pas trop ce que la meute pourrait faire pour moi, contre Sean.

Mais il voit bien la façon dont tout le monde le regarde. Alors, il demande :

— OK. Alors, vanille ou chocolat ?

La meute lui jette des regards surpris. C'est quoi encore ces questions ?

— Sean…, commence Amanda.

— Je sais, je sais, coupe le jeune homme. C'est pas… Réponds seulement, s'il te plaît.

— Très bien, soupire-t-elle. Vanille.

— Vanille, fait à son tour l'alpha.

Les autres membres présents répondent également. Sean, lui, fronce toujours autant les sourcils. Il sait que Zach et Amanda sont hétéros. Alors, est-ce que ça veut dire que Vanille = hétéro ? Il n'ose pas demander. C'est le genre de question qui peut en amener beaucoup et, très franchement, il n'a pas du tout envie d'expliquer pourquoi il fait des recherches sur la sexualité, que ce soit la sienne ou celle des autres.

— Tu ne réponds pas à la question, Dylan ? s'étonne Amanda sur un ton un peu trop innocent pour être honnête.

— Sean sait déjà que j'aime les deux, dit-il distraitement, trop occupé à se demander pourquoi Sean continue avec ça.

— Oh vraiment ? Il le sait ?

L'humain ne peut s'empêcher de jeter un regard menaçant à la jeune femme qui lui sourit, imperturbable.

Sean saute sur ses pieds et lance tout en gagnant la porte :

— Je vous abandonne, j'ai des trucs à faire. Bye !

Et sans laisser le temps à personne de lui répondre ou d'essayer de le retenir, il disparaît.

Dylan reste longtemps le regard fixé sur la porte. Qu'est-ce que l'humain est encore allé inventer ? La question qu'il a posée n'explique absolument pas l'inconfort qu'il semblait ressentir.

Dylan se demande comment il pourrait faire pour que le jeune homme lui en parle le lendemain quand ils seront ensemble. Sauf qu'il ne peut pas dire qu'il sait ce qui se passe dans la meute sans dévoiler qui il est, pas vrai ?

***

Sean rentre chez lui et s'appuie contre la porte d'entrée qu'il vient de refermer avec un soupir. Mais pourquoi a-t-il fallu qu'il pose cette question ? Maintenant personne ne va le laisser tranquille jusqu'à ce qu'il explique pourquoi il voulait savoir ça. Il va falloir qu'il trouve un mensonge. Et un convaincant en plus, parce que les garous peuvent entendre et sentir les bobards comme d'autres entendent et sentent la pluie tomber. Donc, un mensonge auquel il peut lui-même croire.

Avec un nouveau soupir, il s'écarte de la porte, entre dans la cuisine pour boire un verre d'eau et peut-être se faire un petit sandwich, quand il découvre son père assis à table, un épais magazine médical ouvert devant lui.

Le jeune homme prend le temps de détailler le seul parent qu'il lui reste avant de faire connaître sa présence. John Matthews est ce qu'on appelle un homme qui s'est bonifié avec l'âge. Ses cheveux poivre et sel et ses petites lunettes carrées lui donnent un air distingué, tandis que les rides d'expression au coin des yeux prouvent qu'il sait rire.

Sean et John sont aussi proches qu'il est possible de l'être quand le médecin travaille entre quatre-vingts et cent vingt heures par semaine à diriger le service des urgences de la ville voisine. C'est comme ça depuis le décès de Sandra, la mère de Sean. Le jeune homme n'en veut pas à son père de s'être noyé dans le travail pour éviter de se laisser submerger par le chagrin. Sean, lui, avait Zach et la meute, ce n'est pas comme s'il était laissé à l'abandon. N'empêche que parfois, Sean en veut à son père de ne pas avoir été un peu plus présent.

Un jour, lors d'une dispute, il a laissé échapper cette information et John s'en est tellement voulu que Sean en a lui-même ressenti de la culpabilité. Avant cet accrochage, il pouvait arriver qu'ils ne se parlent pas pendant des jours. Quand Sean se lève pour aller en cours, son père est soit déjà parti soit pas encore rentré. Ça n'a pas changé après cette altercation mais, désormais, ils se laissent des petits mots. Ce n'est rien d'extraordinaire, juste des rappels que l'autre est là. Du genre, un petit post-it sur le miroir de la salle de bain pour se souvenir d'acheter du dentifrice. Un mot aimanté sur la porte du frigo pour prévenir que le repas est dans le four. Ce genre de petites attentions qui disent qu'ils ne vivent pas seuls tout en cohabitant sous le même toit.

C'est si rare qu'ils soient tous deux à la maison en même temps, sans que l'un dorme. Sean n'est pas loin d'aller serrer son père contre lui, mais ce n'est plus quelque chose de familier.

Malgré les mots, la distance s'est creusée entre eux. C'est dans ces moments-là qu'il regrette le décès de sa mère. Si elle était encore en vie, ce ne serait jamais arrivé. Et puis Sean pourrait lui parler de ce qu'il vit sans être embarrassé. Il sait sans l'ombre d'un doute qu'il arriverait à dire à sa mère qu'il s'engage lentement mais sûrement dans une relation BDSM avec un loup qu'il ne connaît pas. Il peut même entendre le soupir exaspéré qu'elle pousserait avant de lui dire de tout lui raconter. Il voit sans peine son regard le fixer avec sérieux et tendresse. Il n'a aucun mal à imaginer les bras fins s'enrouler autour de lui pour l'attirer dans un câlin qui sent bon le pain chaud et l'orchidée.

Sortant de ses pensées pour éviter de s'y enliser, Sean se racle la gorge pour signaler à son père qu'il est là sans le faire sursauter.

— Hey, fils, déjà rentré ? s'étonne John.

— Ouais, je me sentais pas bien, invente le jeune homme qui n'a pas trop envie d'expliquer ce qu'il a en tête.

John regarde son fils pour détecter d'éventuels signes de fièvre. Mais Sean n'a ni les yeux brillants ni la peau rouge. Le médecin se retient de soupirer parce qu'il se doute que ce n'est pas un mal physique. Il est peut-être un père un peu trop absent, mais il ferait tout pour son fils, y compris prendre la douleur qui le ronge. Il décide quand même de faire une tentative alors que le jeune homme ouvre le frigo pour en inspecter le contenu.

— Je sais que je ne suis pas souvent à la maison, hésite John. Mais si tu as besoin de parler…

— Ouais, je sais, marmonne Sean en refermant le frigo sans rien avoir pris dedans. Je suis fatigué, je vais me coucher.

John fait alors quelque chose qu'il a l'impression de ne pas avoir fait depuis des années. Il se lève et serre son fils dans ses bras avant que celui-ci puisse quitter la pièce. Sean reste figé quelques secondes, comme s'il ne savait pas comment réagir. Et c'est un peu le cas. Comment se comporter quand on reçoit soudain un câlin de son père qui ne vous en a pas fait depuis la mort de votre mère ? C'est déroutant et en même temps écrasant. Le jeune homme ferme les yeux pour éviter que les larmes ne coulent sur ses joues et serre la taille de son père entre ses bras, tout en enfouissant son visage dans son cou.

— J'aimerais que ta mère soit encore là, murmure John dans les cheveux de son fils presque adulte et qui reste malgré tout son enfant, son petit garçon. Tu as toujours pu lui parler et elle t'aidait à chaque fois à y voir plus clair.

Sean se crispe légèrement. Mettez ça sur le compte d'un trop-plein d'émotion ou traitez le de sale gosse capricieux si vous voulez. Toujours est-il qu'il dit quelque chose qu'il regrette avant même que les mots ne quittent sa bouche, mais qu'il ne peut retenir.

— C'est parce qu'elle était là, elle.

Le ton n'est pas accusateur, mais ce n'est pas nécessaire quand les paroles le sont. John se crispe à son tour, puis relâche son emprise sur son fils et s'écarte. Son visage est neutre, mais Sean sait bien qu'il vient de profondément blesser son père.

— Papa, commence-t-il avant d'être proprement coupé dans son élan.

— Je dois aller travailler, annonce le médecin en rassemblant ses affaires et en mettant sa veste. Ne te couche pas trop tard.

Et comme ça, John Matthews laisse son fils seul, désemparé et culpabilisant dans la cuisine.

— Et merde, souffle Sean.

Il regarde autour de lui, mais il n'y a rien qu'il puisse faire pour se changer les idées. Il n'a pas faim, n'a plus envie de se coucher et regarder la télé lui semble absurde.

Il se passe les mains sur le visage avant de monter rageusement dans sa chambre et de se jeter sur son lit, écœuré par son propre comportement. Il fixe longtemps le plafond et finit par s'endormir sans même s'en rendre compte.

***

Dans ses mains, il tient un couteau. C'est un de ces couteaux professionnels de boucher et il n'a absolument aucune idée de la manière dont il a pu l'obtenir. Il essaye de desserrer ses doigts, mais ses muscles refusent de lui obéir, mus par une volonté qui n'est pas la sienne.

Et quand la lame s'enfonce dans la chair tendre, les bruits qui sortent de sa bouche ne sont pas les hurlements d'horreur qui se répercutent dans son esprit, mais le ricanement heureux de quelqu'un qui obtient enfin ce qu'il veut.

— Pourquoi Sean ? Pourquoi tu l'as tuée ? demande Zach, la voix pleine d'une accusation rageuse.

Sean se réveille en hurlant à quatre heures vingt-deux du matin et ne se rendort pas.

***

En plus d'avoir l'impression de se transformer en zombie, Sean a une boule dans le ventre qui refuse de partir malgré tous ses efforts. Il a essayé de faire une sieste et de se détendre dans un bon bain bien chaud (il en a profité pour se nettoyer en profondeur, accroissant au passage sa nervosité). Il a même essayé de regarder la dernière trilogie de Batman, mais ça lui a rappelé Katherine alors, en plus d'être stressé, il a déprimé.

Au final, il s'est abruti devant un jeu vidéo avec plus de zombies à dégommer que de réel scénario. Résultat des courses, il est épuisé, angoissé et a l'impression d'être défoncé tant il a les yeux explosés et brûlants. Ce qui n'est pas une bonne combinaison.

Et pourtant… Et pourtant, tout son corps frémit d'excitation et d'anticipation, comme peut en témoigner l'érection qui tend l'avant de son jean. Note à lui-même : penser à mettre un pantalon large la prochaine fois, histoire de planquer un peu les choses. Il se fige alors qu'il va passer l'entrée du club et analyse la dernière pensée qu'il vient d'avoir.

La prochaine fois…

Ça veut dire qu'à moins que cette séance se passe mal, il y a de grandes chances pour qu'il accepte de continuer et d'aller plus loin. Merde, est-ce qu'il va vraiment devenir le soumis d'un Dom-garou ? Est-ce qu'il va vraiment obéir et faire des trucs, sexuels ou non, parce qu'un mec qu'il ne connaît pas le lui ordonnera ? Du moment que rien n'est humiliant et ne le blesse, on dirait bien que la réponse est oui.

Nom de Dieu ! Il doit être cinglé, mais pour la première fois en presque un an, il se sent un peu plus comme son ancien lui.

C'est d'un pas résolu qu'il entre dans le club. Alors qu'il s'avance vers le bureau d'accueil, sa démarche s'altère légèrement lorsqu'il voit des couleurs très pâles s'élever lentement autour du réceptionniste. Il s'arrête et ferme les yeux, se concentrant pour qu'elles disparaissent. Il ne veut plus lire les auras, ça ne sert à rien ! Quand il rouvre les yeux, les couleurs ont disparu. Il continue son chemin jusqu'au comptoir et décline son identité. C'est en le gratifiant d'un « Passez une bonne soirée, Monsieur » que l'homme le laisse entrer pour rejoindre la jeune femme qui l'escorte jusqu'à la chambre où il doit retrouver DWolf.

Il repense aux instructions que lui a envoyées le loup. Ce n'est pas compliqué de s'en souvenir puisque ce sont les mêmes que celles de la semaine précédente. Se déshabiller. Mettre le bandeau. S'allonger. Le seul changement, c'est qu'il doit être face contre le lit. Et il y a eu, bien sûr, la petite phrase si rassurante à la toute fin : « Couleur, Bambi ? ». C'est rassurant parce que le loup s'assure toujours que Sean est bien d'accord avec tout ce qu'il lui propose. Quand Sean a émis une hésitation, le loup a demandé des explications et répondu à ses questions sans aucune réserve. Il est même sûr que si un jour, il dit « rouge », DWolf s'arrêtera immédiatement. D'où lui vient cette certitude ? Il n'en a aucune idée, mais c'est incroyablement apaisant d'avoir confiance en ses instincts. Ça ne lui est pas arrivé depuis tellement longtemps.

En fait, les seules nouveautés par rapport à la dernière fois, c'est qu'il sera attaché, or il a découvert lors de ses pérégrinations sur internet que ça l'excite plus que ça ne l'inquiète. Contrairement à la situation avec la sorcière, il sait que d'un mot il sera libéré s'il le veut. La seconde nouveauté c'est que, cette fois, Monsieur va le toucher. Merde, Monsieur va même le lécher et peut-être lui permettre de jouir comme ça. Sean se mord la lèvre pour ne pas gémir.

L'adrénaline et l'anticipation l'aident à se réveiller un peu alors qu'il entre dans la chambre. C'est la même que la dernière fois, ce qui est étrangement réconfortant. Néanmoins, il se déshabille sans un regard pour le lit. Il ne pense pas pouvoir s'empêcher de rougir si ça arrive. Ce qui est stupide, il en a conscience, merci bien. Il est obligé de s'en approcher pour prendre le bandeau et s'allonger mais, même comme ça, il arrive encore à ne pas vraiment le regarder.

C'est là qu'il les voit, trônant fièrement sur le bois verni de la table de chevet. Les menottes. Contrairement à ce qu'il a cru quand Monsieur lui a dit qu'il allait l'attacher, ce ne sont pas des menottes traditionnelles. Elles ne sont pas en métal et elles ne révèlent pas le moindre gramme de fourrure. Elles sont noires, en cuir large et épais et les deux bandes sont reliées par une chaînette que même lui pourrait briser sans trop d'efforts si les choses dérapent. En plus, elles se ferment avec des velcros. Pas de risque de perdre la clé ou d'être réellement à la merci de son partenaire.

Quelque part, Sean est déçu. Il aurait voulu quelque chose de plus… De moins… Bref, ces menottes sont un peu trop sécurisantes pour ce qu'il en attend. Il se demande s'il peut avouer qu'il est dépité ou pas. Et puis il se rappelle que DWolf lui a dit d'être absolument honnête.

Il prend une profonde inspiration, se met à genoux sur le lit, place le bandeau sur ses yeux et s'allonge. Peut-être que l'effet combiné du bandeau et des menottes suffira après tout. Si ce n'est pas le cas, il parlera. En attendant, il va attendre de voir ce que ça donne.

CHAPITRE 5

Avant que Dylan puisse entrer dans la chambre, il est arrêté par Chloé. Il grogne légèrement, sachant qu'il est bon pour une leçon de morale. Certes, il la mérite. Après tout, il va partager une intimité sexuelle avec Sean alors que l'humain ne saura pas qui il est. C'est illégal ? Immoral ? Probablement les deux. Mais tout ce que Dylan veut, c'est que l'homme qu'il aime aille mieux, et il est prêt à tout pour ça.

Avant même que Dylan ouvre la bouche, Chloé lève la main et gronde à son tour.

— Ta gueule ! Dis-toi bien que c'est pour lui que je fais ça, pas pour toi ! Maintenant, colle ça sur ta gorge !

Perplexe, il prend la pastille transparente de la taille de l'ongle de son pouce qu'elle lui tend. Il l'étudie et remarque que l'objet n'est pas totalement translucide, des circuits imprimés en parcourent tout la surface.

— Qu'est-ce que c'est ?

— Ça va modifier ta voix en faisant vibrer tes cordes vocales de façon différente. Parce que te connaissant, la dernière fois, soit tu n'as pas parlé du tout, soit tu as juste grogné. Sauf qu'un jour, tu vas te louper. Je ne peux peut-être pas t'empêcher de faire cette connerie, mais je peux empêcher qu'il découvre la vérité de cette façon !

— T'es ma patronne, tu pourrais m'empêcher de faire ça, contre-t-il sans réfléchir.

Il ne sait pas pourquoi il lui dit ça. Parce que la connaissant, Chloé pourrait décider d'un coup que tout s'arrête ici et maintenant. Il n'a franchement aucune idée de ce qu'il ferait si elle l'écoutait.

Elle lui lance un regard hargneux qui le pousse à reculer.

— Parce que je sais très bien que si j'entre dans cette chambre pour dire à Sean que tout est annulé, tu te contenteras de trouver un autre lieu de rendez-vous. Au moins, ici, je peux maîtriser un minimum les choses.

Dylan doit reconnaître qu'elle a raison. Si elle lui avait dit dès le départ que c'était hors de question, il aurait simplement procédé autrement et le résultat serait le même.

— Merci, murmure-t-il.

— Ouais, ouais. Encore une fois, c'est pas pour toi que je le fais.

Mais ils savent tous les deux que si, c'est aussi un peu pour lui qu'elle s'implique comme ça.

— Parle-lui ! exige-t-elle. Sérieux, c'est quoi qui t'empêche d'entrer dans cette chambre et de lui dire que c'est toi ? Ah, mais non, j'oubliais ! C'est trop tard ! Tu aurais dû le faire dès le départ. Maintenant, il t'en voudrait, alors tu ne vas absolument rien lui dire.

Elle part sans rien ajouter, mais sa démarche rageuse exprime parfaitement ce qu'elle ressent. Dylan s'appuie contre un mur et soupire en se passant une main lasse sur le visage. Elle a raison, plus que raison même, et il le sait. Il ne sert à rien de se voiler la face. Il a fait un choix et il doit maintenant vivre avec. Il doit aussi faire face au fait que quand – et pas si – Sean découvrira la vérité, il va le haïr et ne lui pardonnera pas.

Est-ce que Dylan est prêt à perdre l'amitié qu'ils ont mis si longtemps à construire ? Et peut-être même sa place au sein de la meute ? La réponse est oui. Aux deux questions. Si ça permet à Sean de retrouver une vie aussi normale que possible, sans le spectre de la sorcière qui plane dans son esprit en permanence, alors ça en aura valu le coup. C'est bien plus résolu qu'avant, ses doutes s'étant envolés, que Dylan colle la pastille sur sa gorge et entre dans la chambre.

***

Sean est allongé sur le lit, dans le noir complet. Pourquoi n'a-t-il pas demandé à enlever ce satané bandeau ? Il n'y voit rien et ça va finir par le rendre dingue. Il sait qu'il n'est pas seul, il a entendu la porte, mais depuis un moment il n'y a plus aucun bruit dans la pièce. Monsieur est entré et c'est tout. L'attente va le rendre fou. Si au moins il ne portait pas ce bandeau, il pourrait regarder ce qui se passe.

Plus il doit patienter, plus Sean se demande s'il y a oublié quelque chose. Peut-être qu'il n'est pas dans la bonne position ? Peut-être qu'il a lu les instructions trop vite et qu'il en a loupées ? Si ça se trouve, le loup a écrit qu'il devait se mettre à quatre pattes dès qu'il l'entendrait entrer et il ne l'a pas vu ?

Après encore un long moment d'attente sans que son partenaire ne bouge ou ne prononce un mot, Sean décide que ça doit être ça. Il s'est trompé quelque part et Monsieur attend qu'il se corrige de lui-même. Il déplace ses bras dans l'intention de s'appuyer sur ses mains pour se redresser quand un claquement de langue le fige.

***

Dylan savait bien qu'il avait eu raison de rester silencieux. Il en a profité pour observer les quelques grains de beauté et les petites marques qui parsèment la peau de Sean ainsi que les fossettes qui accentuent sa chute de reins. Ça lui donne envie de laisser sa propre trace sur les fesses juste charnues comme il faut. Une façon de dire qu'il était là. Quelque chose que Sean ne pourra pas nier. Pas forcément une morsure, parce qu'ils n'ont pas parlé de ce genre de chose, mais un suçon. Ou plusieurs.

Dylan est récompensé de sa patience lorsque Sean bouge, comme s'il voulait changer de position. Le loup claque la langue et demande :

— Ai-je dit que tu avais le droit de bouger ?

Dieu que sa voix est rugueuse. On dirait que ses cordes vocales ont été passées au papier de verre. Lui-même ne reconnaît pas les sons qui sortent de sa bouche, alors aucun risque que Sean le puisse.

***

Sean fait tout ce qu'il peut pour réprimer le frisson qui lui parcourt l'échine. Merde ! Est-ce que la voix de DWolf était aussi râpeuse la dernière fois ? C'est complètement dingue, mais il n'arrive pas à s'en souvenir. Quelque part il se dit que ce n'est pas le genre de chose qu'il pourrait oublier. Alors quoi ? Le grondement permanent de la semaine précédente aurait caché ça ? Possible, mais il a du mal à y croire.

Ce n'est toutefois pas le moment de réfléchir à ça. Le problème quand on est curieux, c'est qu'on finit par se poser des questions sur tout et n'importe quoi aux moments les plus inopportuns. Comme à cet instant. Sean vient de faire une erreur et au lieu de la rectifier, il débat intérieurement de la voix du loup.

Il se secoue mentalement et se laisse retomber sur le matelas en disant :

— Désolé.

— Désolé ? répète DWolf.

Est-ce qu'il vient d'entendre comme un avertissement dans le ton employé par Monsieur ? Sean réfléchit à toute vitesse pour essayer de comprendre pourquoi, quand ça tilte soudain sous son crâne. Merde, deuxième erreur. Et s'il se souvient bien de ses recherches intensives, il va probablement recevoir une punition. Il se crispe alors qu'il recommence.

— Désolé, Monsieur.

— C'est mieux, approuve DWolf. À quatre pattes !

Sean s'exécute lentement, en tremblant un peu. Il fait ce qu'il peut pour réprimer ce tremblement, mais il sait que le loup-garou derrière lui l'a perçu.

— Couleur ?

— Je… Jaune, Monsieur, murmure-t-il.

— Explique-moi, demande gentiment DWolf.

— Je… Est-ce que vous allez me frapper ?

Sean doit bien s'avouer, et pas qu'à lui d'ailleurs, qu'il est complètement flippé. Il ne sait pas à quoi s'attendre. Est-ce que le loup va lui coller une fessée, lui qui n'en a jamais reçu une seule de toute sa vie ? Est-ce que ce sera avec sa main ? Ou pis, avec une ceinture ? Ou un de ces trucs en bois dont il a oublié le nom ?

Sean est prêt à dire son mot d'alerte, celui qui arrête tout, parce que vraiment il ne pense pas pouvoir supporter cette tension, cette attente et la déception qui doit probablement se lire sur le visage du loup. Après tout, celui-ci n'est pas là pour apaiser ses petites angoisses. Si DWolf est ici, c'est pour avoir un soumis qui lui obéisse. Au lieu de ça, il se retrouve avec un pauvre humain qui ne supporte même pas l'idée qu'on puisse le punir.

La respiration de Sean est de plus en plus laborieuse et ses doigts se crispent légèrement. Il écarquille les yeux sous son bandeau parce qu'il y a des années qu'il n'a pas été sujet à une crise d'angoisse et, visiblement, celle-ci sera couplée à une bonne dose de spasmophilie. Ce qui le panique un peu plus. Si la crise devient trop importante, il n'est pas sûr de pouvoir tenir la position. Quelle sera la réaction de Monsieur ?

Un geignement presque pathétique s'échappe de sa gorge quand une main vient doucement caresser son dos en un geste apaisant.

***

Dylan fronce les sourcils en voyant la tension des épaules du jeune homme s'alourdir.

— Couleur ?

— Je… Jaune, Monsieur, murmure presque misérablement l'humain.

— Explique-moi, demande gentiment Dylan.

— Je… Est-ce que vous allez me frapper ?

Il fronce les sourcils. Ainsi, c'est ce qui inquiète Sean. Et ça doit même beaucoup l'inquiéter parce que sa respiration devient difficile. Il peut entendre l'air se frayer un chemin laborieux jusqu'à ses poumons. Il sent l'angoisse qui teinte rapidement l'odeur de l'humain. Il perçoit la crispation des muscles. Brièvement, il se demande ce qui peut bien se passer dans la tête du jeune homme. Pourquoi est-ce qu'il angoisse comme ça ? Et puis le sens de sa question percute le loup comme un train lancé à pleine vitesse.

« Est-ce que vous allez me frapper ? »

Mais pour qui Sean le prend-il ? Pour un mec assoiffé de violence ? Qui prend son pied en passant ses nerfs sur un autre ? Il n'est pas Christian Grey, bordel ! Sean le connaît pourtant, il sait que… Mais non, justement, il ne le connaît pas. Parce que là, devant lui, en train d'hyperventiler et de stresser comme un malade, ce n'est pas Sean Matthews, c'est Bambi. Et lui n'est pas

Dylan Hamilton, bêta du meilleur ami du jeune homme, il est DWolf, Monsieur, le Dom, celui qui décide. Mais aussi celui qui aide. Il est temps qu'il s'en souvienne. Et c'est d'autant plus urgent que Sean est au bord de la crise d'angoisse.

Il passe gentiment une main caressante sur le dos de Bambi qui sursaute. Il ne cesse jamais ses attouchements pour tenter d'aider Bambi à calmer ses angoisses.

— Détends-toi, exige DWolf d'une voix douce, même s'il sait qu'on ne peut pas forcer ce genre de chose. Je ne vais pas te frapper, que ce soit une fessée ou pire, d'accord ? Respire. Détends-toi. Si tu penses que c'est trop ou que tu ne peux pas le faire, n'hésite pas à dire tes mots.

Un horrible soupçon lui traverse l'esprit et il demande :

— Est-ce que tu te souviens de tes mots d'alerte ?

Quand il voit Bambi hocher la tête, il est soulagé, mais pas encore complètement rassuré.

— Dis-les-moi, ordonne-t-il.

— R-rou-rouge pou-pour tout arrê-arrêter. J-jaune p-p-pour f-faire une-une pau-pause, bégaye Bambi.

— Encore. Juste les mots.

— R-rou-rouge. J-j-jaune.

DWolf n'est complètement satisfait que quand Bambi arrive à parler sans bégayer et que sa respiration redevient normale. Pourtant, il voit bien que l'espèce de crise qu'il vient de traverser a pris beaucoup d'énergie au jeune homme. Alors il lui offre une porte de sortie.

— Est-ce que tu veux dire ton mot d'alerte ? lui demande-t-il le plus gentiment possible. Je ne t'en voudrais pas, tu sais ? On pourrait simplement remettre la scène à plus tard.

Il n'est même pas étonné quand Bambi secoue presque violemment la tête pour refuser d'arrêter la séance. Il aurait dû s'en douter, il sait combien Sean peut être borné quand il s'y met. Il ne peut s'empêcher d'insister quand même.

— Tu es sûr ? Je te promets que je ne me mettrai pas en colère, assure-t-il.

Les mots qui sortent ensuite de la bouche de Bambi l'étonnent plus que ce à quoi il aurait pu s'attendre. Pourtant, il a bien remarqué à quel point Sean s'adaptait vite à la situation.

— Vert, Monsieur. S'il vous plaît.

— D'accord, d'accord, se rend finalement DWolf. Mais on oublie les menottes pour cette fois.

— Quoi ? Vous êtes con ou quoi ? crie Bambi.

— Excuse-moi ? s'exclame DWolf avec incrédulité.

Et aussitôt après avoir parlé, le loup se rend compte que le stress refait son apparition dans l'odeur du soumis.

— Il va vraiment falloir qu'on travaille sur tes angoisses. Calme-toi, Bambi, je ne vais pas me fâcher, mais tu te rends compte qu'il faut que je te punisse, n'est-ce pas ?

Bambi émet un gémissement de bête blessée et se crispe à nouveau.

— Ne t'inquiète pas, je ne vais pas te mettre de fessée, assure DWolf. Je pourrais, mais non, je ne le ferai pas. D'abord parce que nous n'en sommes pas là et de loin. Et ensuite parce que nous n'en avons pas discuté. Mais tu m'as insulté et tu t'es rebellé. Je sais que nous n'avons jamais parlé de punition non plus, poursuit le loup alors qu'il caresse toujours la peau crémeuse du dos de Bambi, mais tu comprends bien que je ne peux pas laisser passer ça, n'est-ce pas ?

L'humain penche la tête entre ses bras, comme s'il cherchait à se cacher.

— Oui, Monsieur, je comprends.

— Bon garçon. Alors, selon toi, quelle serait la meilleure punition ?

C'est une des choses que Dylan a découvertes. Il a passé un temps fou à faire des recherches, à parler avec des Doms sur le Net et a appris quelques petits trucs. Par exemple, s'assurer que le soumis choisisse lui-même la punition. Ce n'est pas par sadisme ou pour lui mettre le nez dedans. C'est tout simplement parce que, de un, ça implique le soumis dans la décision, ça participe du principe de consentement. Et de deux, que le soumis choisisse l'aide à bien apprendre sa leçon et à ne plus recommencer la même erreur. Consentement, apprentissage et communication. Ce sont les trois maîtres mots de la scène BDSM. Ou devraient l'être pour toute personne s'impliquant dans ce genre de relation.

***

Sean se rend compte qu'il vient de faire une énorme erreur dès que les mots quittent sa bouche. Il s'enfonce un peu dans le matelas, mortifié. Cette fois c'est sûr, Monsieur va lui dire qu'il peut oublier toute cette histoire, lui ordonner de se rhabiller et de rentrer chez lui. Il va se retrouver au même point qu'avant et devra demander de l'aide à la meute. Sauf que personne ne pourra l'aider de cette manière. Pas même Dy…

Pourtant, ce n'est pas ce qui se passe. Au lieu de ça, Monsieur lui assure qu'il ne va pas lui mettre la fessée, qu'ils n'en sont pas encore là. Il l'appelle même « bon garçon » quand Sean assure qu'il comprend qu'il doit être puni.

Tout ça le rassure alors même qu'il sait que la punition des transgressions est une part importante d'une relation BDSM. Et même s'il est vrai qu'ils n'en ont jamais parlé, l'humain a appris grâce à ses lectures en ligne que les châtiments sont une section à part entière lors de l'établissement d'un contrat entre un Dom et son soumis. Tout est décidé à l'avance. En tout cas, les limites à ne pas franchir le sont. Et les pénitences varient selon la gravité de la transgression.

Sean est plus que surpris quand le loup lui dit de choisir lui-même sa punition. C'est… un peu sadique, non ? Mais il y réfléchit, parce que si Monsieur lui demande ça, c'est qu'il doit y avoir une bonne raison, non ? Peut-être parce qu'ils ne se connaissent pas très bien et que Monsieur ne veut pas aller trop vite ou trop loin ? Peut-être pour voir s'ils sont sur la même longueur d'onde ? Ou alors, c'est juste pour le tester, voir jusqu'où il est prêt à aller ? Ce genre de question ne l'aide pas à prendre une décision, mais ça lui occupe l'esprit. Et puis une idée germe dans sa tête. Elle pousse même tellement vite que Sean est incapable d'en trouver une autre.

Il y a bien la fessée, mais non, il ne se sent pas prêt pour ça. Néanmoins s'il y pense, c'est qu'il va probablement finir par en demander une lui-même. Et pas forcément dans très longtemps en plus. Juste pour voir… Sa curiosité le perdra un jour.

Il finit par marmonner sa première idée, le visage enfoncé dans le matelas.

— Bambi !

Merde ! Encore cet avertissement dans la voix et l'autorité sous-jacente, ça va finir par le rendre dingue. Pourtant, ça ne lui ressemble pas de se plier à ce genre de chose ou d'y être sensible.

Il lui est même arrivé de parler sans interruption ou presque pendant trois heures, juste parce qu'on lui avait dit de la fermer. Entre son esprit de contradiction et sa curiosité, il risque de gros ennuis. Peut-être même pas plus tard que maintenant.

Sean n'a pas joui depuis une semaine. Une semaine longue, frustrante, déprimante et fatigante où il aurait vraiment aimé pouvoir se branler jusqu'à l'orgasme une à deux fois par jour, comme il en avait l'habitude avant de décider de venir au club. Oui, il a conscience que c'est peut-être un peu beaucoup, merci bien, et certains penseraient sûrement qu'il est un Satyriasis, mais même pas. Parce que malgré ce qu'en dit la loi, à dix-huit ans, il est encore un adolescent avec la libido qui va avec. Il s'estime déjà heureux que les événements passés n'aient pas tué son désir. Alors oui, il en profite. Probablement trop, parce que si ce que Monsieur a prévu de lui infliger lui plaît, il ne sait pas trop comment il va arriver à se retenir. En pensant à des trucs dégueulasses peut-être…

Néanmoins, il se rappelle fermement que c'est ce qu'il voulait : quelqu'un à qui abandonner le contrôle. Quelqu'un en qui avoir confiance et qui peut l'arrêter si les choses vont trop loin. Quelqu'un qui s'arrêtera si c'est ce que lui veut.

C'est ce qu'il veut, se rappelle-t-il encore, même s'il se doute qu'il suppliera à un moment ou à un autre. Oui, il a choisi de ne pas avoir d'orgasme, mais ce n'est pas la première fois qu'il prend une mauvaise décision, pas vrai ? C'est pour cette raison qu'il répète en prenant soin de bien articuler et en soulevant légèrement sa tête pour sortir son visage de la literie.

— Je ne devrais pas être autorisé à jouir, Monsieur.

— Aucun orgasme ? s'étonne DWolf.

— Non, Monsieur, aucun orgasme.

— Très bien, Bambi. Personnellement, je t'aurais laissé jouir au moins une fois au lieu des trois ou quatre que j'avais prévues, mais soit. C'est ton choix.

Si Sean n'était pas aussi estomaqué, il en pleurerait de frustration. Trois ou quatre orgasmes, bon Dieu ! Il aurait pu jouir trois ou quatre fois ! Mais pourquoi a-t-il ouvert sa gueule lui aussi ?

CHAPITRE 6

Pour la première fois, Dylan se sent réellement un Dom. C'est une sensation étrange et écrasante. Parce que ça veut dire que c'est lui qui décide. Si quelque chose se passe mal, ce sera sa faute. Il ne laisse pourtant pas cette pensée le déstabiliser. Au lieu de ça, il ajoute avec un brin de sadisme :

— Et tu as raison, on va utiliser les menottes, ça t'empêchera peut-être de te rebeller à nouveau.

Bambi laisse échapper un gémissement qui a l'air légèrement désespéré aux oreilles du Dom. DWolf doit retenir un rire. Il ne pensait pas que ce genre de situation pouvait être drôle. Et pourtant…

— Colle ton torse au matelas et je veux tes bras le long de tes jambes pour que tes mains soient à côté de tes chevilles, ordonne-t-il.

Et quand Bambi lui obéit, il déglutit avec difficulté. Ça expose totalement l'humain. Dans cette position, il ne peut rien lui cacher et DWolf salive. Mais avant de pouvoir poser sa bouche entre les fesses tentantes, il a une dernière chose à faire. Prenant les menottes en cuir, il encercle rapidement les poignets du jeune homme et les relie à ses chevilles. Voilà, dans cette position, Bambi est à sa merci.

C'est là qu'il remarque quelque chose.

— Tu t'es rasé ?

— Je… Oui, Monsieur, je… J'ai regardé des vidéos et tous les acteurs étaient rasés. Alors… Euh…

De sa place, DWolf peut voir la rougeur présente sur les joues et le cou du jeune homme s'étendre jusqu'à ses épaules. Puis son regard se repose sur l'anus dénudé et il doit se retenir de l'attaquer comme un animal.

— Bon garçon, le félicite-t-il.

Il ne manque pas le plaisir et la joie qui nimbent l'odeur de Bambi. *Il faudra qu'il le félicite plus souvent*, se dit-il. Plaçant un coussin sur le sol, le Dom s'agenouille et prend Bambi par les hanches afin de le tirer au bord du lit.

— Couleur ? demande-t-il en se léchant les lèvres.

— V-Vert Monsieur, soupire Bambi.

— Parfait.

DWolf commence par gentiment caresser les fesses du soumis tout en y déposant de légers baisers. Ce genre de geste tendre n'était pas franchement prévu au départ, mais Bambi est tellement tendu que Dylan veut juste qu'il soit aussi relaxé que possible. Il passe doucement ses mains sur le dos cambré, puis descend sur les côtes et remonte sur le torse. Quand ses doigts effleurent les tétons du soumis, celui-ci lâche un soupir. Dylan sourit, les lèvres contre la peau douce de la fesse gauche du jeune homme.

— Je vais te marquer, Bambi, et ensuite je vais te lécher jusqu'à ce que tu me supplies de te laisser jouir.

— Me m-marquer, Monsieur ?

— Juste un suçon, assure le Dom. Ou deux. Couleur ?

— Je… Vert, Monsieur.

DWolf note avec plaisir que Bambi n'oublie plus de dire « Monsieur ». Ça lui arrache un nouveau sourire. Il continue ses lentes caresses alors qu'il colle un peu plus sa bouche contre la peau douce. Après quelques instants, il relâche la pression qu'il exerçait et admire son travail. L'épiderme crémeux commence à prendre une belle couleur rouge. Il décide de répéter l'opération de l'autre côté.

Une fois les suçons réalisés, il empoigne les fesses et les écarte largement. Joueur, il souffle sur l'anneau plissé, puis lèche lentement une bande humide des testicules jusqu'à la base de la colonne vertébrale, faisant sursauter Bambi.

— Souviens-toi que « non » et « stop » ne me feront pas arrêter, rappelle-t-il.

— Oui, Monsieur, murmure Bambi.

DWolf se redresse un peu et l'oblige à remonter ses hanches, écrasant un peu plus le torse de Bambi contre le matelas.

***

Sean tente de respirer le plus calmement possible pour se détendre au maximum, mais c'est extrêmement compliqué quand il est plus que conscient du spectacle qu'il doit offrir. Et c'est encore pire quand les menottes relient ses poignets à ses chevilles, le restreignant efficacement. Pas complètement, pas au point qu'il se sente pris au piège, mais suffisamment pour que la pensée qu'il ne peut pas bouger comme il le veut ne le quitte pas et envoie de l'adrénaline dans son système.

Pas menaçantes, les menottes ? Ouais, ben, il a changé d'avis. Et le fait qu'il soit aveuglé n'arrange rien. C'est décidé, il va demander à ce qu'ils se passent du bandeau la prochaine fois. *Oh merde, il n'y a plus aucun doute : il va y avoir une prochaine fois.* S'il survit à cette séance. Et vu comme ses joues et son cou le chauffent, il pourrait bien mourir de combustion spontanée avant.

Et puis la bouche de Monsieur se pose sur lui et Sean ne sait plus trop comment réagir ou quoi penser. Pas qu'il ait quoique ce soit à faire, mais qui aurait cru qu'avoir une langue à cet endroit de son anatomie serait aussi plaisant ? Aussi… Bon, pas jouissif, parce qu'il a été assez débile pour se priver volontairement d'orgasme. Et encore, « débile » n'est pas le mot qui convient. Il a très envie de dire qu'il a été assez con, parce qu'il ne lui faudrait pas grand-chose pour jouir. Et ce serait sûrement l'un des meilleurs orgasmes de sa vie. Meilleur que le meilleur qu'il ait eu avec Amanda, et il a été amoureux d'elle dès qu'il a été en âge de comprendre ce que c'était.

***

DWolf a du mal à se retenir de dévorer le soumis. Surtout que Bambi est plus qu'expressif. Il montre sans aucune honte que ça lui plaît. Les gémissements et halètements qu'il émet montent rapidement à la tête du bêta, alors qu'il lèche du plat de la langue et pénètre légèrement l'entrée palpitante de la pointe.

Très vite, il se laisse porter par les sensations qu'il éprouve. Le goût de Bambi dans sa bouche et dans sa gorge est pire qu'un aphrodisiaque. Il doute d'en avoir un jour assez.

***

Sean se mord la lèvre dans l'espoir de retenir ses gémissements. Il n'a pas le droit de parler, bon Dieu !

— Non, gronde soudain DWolf derrière lui. Je veux t'entendre.

Alors, Sean se lâche. Il gémit, geint, halète et émet des petits sons plaintifs qui font rire Monsieur.

Il proteste aussi bruyamment que possible quand la langue du loup quitte son entrée et ça lui vaut une morsure joueuse sur le postérieur, lui arrachant un glapissement. Sean grogne et rougit d'avoir émis un tel son.

***

Dylan doit se retenir de rire aux éclats quand Bambi montre clairement qu'il n'est pas content que son Dom ne joue plus avec lui. Il lui administre une légère morsure, très légère, et le jeune homme glapit. Presque aussitôt, son odeur se teinte d'embarras.

— Ne sois pas gêné, lui dit-il. Moi je trouve ça mignon. Mais ce n'est pas pour toi aujourd'hui, tu te souviens ? Tu es puni.

Bambi se dandine légèrement, comme pour essayer de ramener l'attention du loup sur cette partie de lui, mais DWolf a une autre idée.

— Tu ne vas pas me remercier, prévient-il. Je vais jouir et toi non.

Défaisant enfin son jean plus qu'étroit et libérant son érection qui, si elle le pouvait, en soupirerait de soulagement, Dylan se place sur le soumis, son membre entre les deux globes qu'il a marqués et commence à se mouvoir, la salive l'aidant à glisser facilement.

La bouche près de l'oreille de Bambi, il murmure :

— Imagine si j'étais en toi. Imagine combien tu serais serré autour de ma queue. J'espère vraiment qu'un jour tu seras prêt pour ça, parce que moi, j'en crève d'envie.

Bambi geint à nouveau et essaye de se reculer, comme pour s'empaler sur lui, mais DWolf place ses mains sur ses hanches et l'oblige à rester immobile. Il s'écarte pour observer son membre coulisser et parfois buter contre l'entrée humide.

— Tellement sexy comme ça, murmure-t-il.

Il ne lui faut pas longtemps pour jouir et marquer encore un peu plus cette peau. Du plat de la main, il étale sa semence sur toute l'étendue des fesses et descend pour également imprégner de son odeur les testicules et l'érection du jeune homme. Il se sent un rien sadique quand il branle doucement Bambi qui couine.

— Tu as envie de jouir, non ? demande DWolf, alors qu'il connaît parfaitement la réponse. Dommage que tu ne puisses pas.

Il se redresse et se rhabille. Ensuite, il détache les poignets et les chevilles de Bambi, vérifie que ses mains et ses pieds ne sont pas froids au toucher et les masse pour être sûr que le sang circule correctement. Une fois satisfait, sur une impulsion, il embrasse le jeune homme qui lui rend son baiser malgré sa surprise.

— Merci, Bambi, dit-il contre les lèvres de l'humain, avant de les mordiller et de reculer. Tu pourras enlever le bandeau quand je serai parti.

Et il quitte la pièce.

***

Sean se laisse retomber sur le lit et couine quand son érection plus que douloureuse se retrouve prise au piège entre son estomac et le matelas. Et dire qu'il faut qu'il se rhabille… Il va douiller quand il va falloir qu'il range son matos. Il le saura pour la prochaine fois, il mettra un pantalon de survêtement et pas de sous-vêtements. Ça va être une torture.

Alors qu'il bouge pour s'asseoir sur le lit, il sent quelque chose couler entre ses fesses. Oh Seigneur ! Il avait déjà oublié. Monsieur a joui sur lui et… Et il est curieux, d'accord ? Il ne peut pas s'en empêcher, c'est dans son code génétique. Quand il est né, y a un truc qui a dit : « Toi, tu seras curieux. Trop pour ton propre bien. » Donc ce n'est pas sa faute s'il tend la main derrière lui et passe un doigt dans la substance visqueuse, avant de le porter à sa bouche pour tester. Il reconnaît le goût et ne peut s'empêcher de gémir.

Au temps pour les questions qu'il se pose sur sa sexualité. Il est maintenant très clair qu'il n'est pas aussi hétéro qu'il le pensait. Reste juste à découvrir s'il est réellement gay, ou plutôt bi, ou si ce sont juste les circonstances qui font que… eurg.

Il se laisse retomber sur le matelas et enlève enfin le bandeau qu'il a oublié depuis un bon moment. Néanmoins, il garde les yeux fermés parce que, zut, il a besoin de réfléchir et que s'il voit la chambre ou le sperme sur sa peau, il va juste flipper.

C'est sans s'en rendre compte qu'il s'endort. Il n'entend même pas la porte de la chambre s'ouvrir et Chloé entrer pour vérifier qu'il va bien. Elle renifle l'air et soupire. La pièce est saturée par les odeurs de plaisir, de gêne et de frustration. La jeune femme espère franchement que ces deux-là savent ce qu'ils font, parce qu'elle sent que ça va partir en couilles et très vite. Ça leur explosera à la tronche et elle ne sait pas si elle pourra recoller les morceaux.

***

Dylan fait les cent pas dans son appartement. Il ne sait pas comment réagir et il n'aime pas ça. Normalement, il devrait envoyer un message à Bambi pour savoir comment il va et quelles sont ses impressions sur la scène de la veille. Au lieu de ça, il se prend la tête pour savoir comment il peut se rapprocher de Sean. Il y a de quoi virer barjo !

En temps normal, le loup est un homme d'action, il n'est pas du genre hésitant et il n'aime vraiment pas ça. Il faut qu'il se décide. Il pourrait… *Oui, non, mauvaise idée. Peut-être que s'il… Non, non, non ! Argh, il va devenir dingue, si ce n'est pas déjà le cas !*

Il se laisse tomber sur l'un des canapés et fixe le plafond. En réalité, il sait parfaitement ce qu'il doit faire. Il aurait dû écouter Chloé et raconter tout de suite à Sean qu'il est DWolf. Maintenant, il est trop tard. Le jeune homme n'aura plus jamais confiance en lui et il va le perdre. Sauf qu'il vaut mieux tout avouer tant que c'est encore – peut-être, il croise les doigts – réparable.

Fort de cette décision, il empoche son portefeuille, met sa veste et attrape ses clés. C'est décidé. Il va voir Sean maintenant et tout lui avouer. Avant de se dégonfler. Sauf que devant la porte de la maison des Matthews, Dylan se rend compte que c'est plus facile à dire qu'à faire. Comment expliquer une chose pareille ? Comment amener le sujet sans passer pour un dégénéré ou un pervers ? Ou pire, un pervers dégénéré ?

Oh putain, Sean va être tellement en colère, pense-t-il.

Tout en réfléchissant – lire : paniquant – il écoute les bruits dans la maison. Il sait déjà que Sean est seul, puisqu'il n'y a que la voiture du jeune homme qui est garée dans l'allée. Il l'entend bouger dans la cuisine et regarde l'heure. Onze heures cinquante-deux. Sean doit être en train de se préparer à manger. Il devrait repasser plus tard, ça ne se fait pas de venir chez les gens aux heures des repas.

Dylan grimace quand il se rend compte qu'il cherche simplement des excuses pour repousser l'échéance. Il ne veut pas perdre l'amitié de l'humain, mais il refuse également de renoncer à ce qu'ils ont en tant que DWolf et Bambi.

C'est pathétique. Deux séances et il est déjà accro. Pire qu'un drogué. Il se demande ce qu'un psy en dirait. Probablement qu'il est malade et qu'il doit se faire soigner. Il prend une profonde inspiration et lève le poing pour frapper. Il sursaute quand la voix de Sean lui parvient depuis l'intérieur.

— Tu comptes entrer ou tu vas rester sur le pas de la porte toute la journée ?

Dylan serre les dents. Évidemment que Sean sait qu'il est là. Il traîne avec des loups depuis assez longtemps pour que certaines choses aient débordé. Ça peut arriver, vous savez. Des humains qui font partie d'une meute et finissent par acquérir des sens plus développés. Pas autant que des loups-garous, évidemment, mais ils sont définitivement plus à l'écoute de leurs instincts. Ou alors, Sean a regardé par la fenêtre et vu sa voiture garée dans la rue. L'un ou l'autre.

Le bêta prend une nouvelle inspiration profonde et entre. Il laisse ses chaussures à côté du placard de l'entrée et suspend sa veste au porte-manteau avant de rejoindre l'humain dans la cuisine. Il s'appuie contre le chambranle et observe Sean. C'est presque comme s'ils étaient en couple. Il pourrait rentrer du travail et découvrir son jeune compagnon qui prépare un repas pour deux, qu'ils prendraient à la table de la cuisine, tout en discutant de leurs journées et…

Dylan se secoue avant que sa rêverie ne l'envoie trop loin. Oui, il est amoureux de Sean. Ça ne veut pas dire qu'il y a un espoir que Sean le soit un jour de lui. Et avec ce qu'il va lui annoncer, ça n'arrivera jamais. Autant qu'il tue tout de suite ses espoirs dans l'œuf. Il prend une profonde inspiration – oui, encore – pour se donner du courage et manque de s'étouffer avec sa salive.

Sean ne s'est pas douché… Sean ne s'est pas douché ? Pourquoi Sean ne s'est-il pas douché ? Il pue. Enfin, non, il ne pue pas, mais l'odeur du loup est toujours sur lui. Et si ça avait été un autre membre de la meute ? Et si…

— Je peux savoir pourquoi tu paniques ? demande Sean en le regardant avec curiosité.

Dylan ne sait pas trop quoi répondre. En même temps, ce serait plus simple non ? Il pourrait simplement lâcher : « Tu as encore mon odeur sur toi ».

— Oh merde !! s'exclame soudain Sean. Je sais ce que tu vas me dire !

Il sait ? Comment ça, il sait ? Oh merde, il sait !

— Je peux tout t'expliquer ! continue Sean. Je sais que je sens comme un autre loup, mais c'est pas ce que tu crois ! Je ne traîne pas avec une meute concurrente !

Dylan hausse un sourcil. Oui, ça il le sait. Et c'est même la raison de sa présence ici. Il est venu avouer à Sean qu'il est le loup avec qui il… Non, ils ne couchent pas ensemble, mais si ça continue comme ça, c'est ce qui va se produire. Il ouvre la bouche pour lui dire qu'il connaît le loup, puisque c'est lui et se prépare mentalement à se faire jeter dehors.

— Je…

Mais il n'a pas le temps d'aller plus loin. Sean s'écroule sur une chaise, ne prêtant plus aucune attention à son repas qui va probablement finir cramé de toute façon.

— Dylan, j'ai besoin d'aide, murmure-t-il.

Le bêta panique. Sean a besoin d'aide ? Pour quoi faire ? Est-ce que c'est en rapport avec lui ? Enfin DWolf ? Est-ce que ça veut dire que l'humain se sent pris au piège dans cette relation et qu'il ne sait pas comment s'en sortir ?

— Est-ce que tu peux t'asseoir, s'il te plaît ? demande Sean, légèrement exaspéré. Ça n'aide pas que tu sois là à paniquer ou je ne sais quoi, en me fixant comme ça.

Dylan soupire, parce que c'est ce qu'il ferait s'il n'était pas en mode panique, comme l'a si justement remarqué Sean.

— Tu sens le loup, déclare Dylan en s'installant avant de grimacer intérieurement.

Pourquoi n'a-t-il pas dit « Tu portes mon odeur » ? C'était l'occasion ou jamais de tout déballer. *Abruti ! Abruti ! Abruti !*

— Je sais, répond Sean en se passant la main dans les cheveux. Écoute, je vais t'expliquer pourquoi, mais tu dois me promettre de ne pas en parler aux autres.

— Pourquoi ?

— Parce que… parce que je pense, non je sais, qu'ils ne comprendraient pas. Et ils vont probablement encore plus s'inquiéter et je n'ai déjà plus une minute tranquille. Je vais péter un plomb s'ils en rajoutent.

— Et tu penses que moi, je ne vais pas m'inquiéter ? s'étonne Dylan. Et que je comprendrai ?

Sean soupire et regarde par la fenêtre.

— Je sais que tu t'inquiètes, avoue l'humain. Mais comme on est moins proches, tu ne le montres pas autant que les autres. Du coup, ça a pas le même impact. En plus, je sais que tu ne te sentiras pas blessé par ce que je vais te dire.

Ouch. Ça fait mal.

À cet instant, Dylan se rend compte que dans ses efforts pour que personne ne découvre ses sentiments pour Sean, il s'est lui-même mis en retrait. Ce qui veut dire que s'il ne se sent pas spécialement intégré dans la meute, c'est de sa faute. N'empêche que c'est douloureux d'apprendre que Sean ne le voit même pas comme un ami. D'accord, ce n'est pas ce qu'il a dit, mais ça revient au même, non ?

— En fait, je vois quelqu'un depuis quelque temps, annonce Sean comme on arrache un pansement.

— Mais… Et Amanda ? s'entend demander Dylan.

— Quoi, Amanda ?

C'est au tour de Sean d'être étonné. Comme s'il ne comprenait absolument pas ce que la jeune femme venait faire dans la conversation.

— Eh ben, vous êtes ensemble. T'es en train de me dire que tu la trompes ?

Parce qu'il est grand temps de clarifier ce point. Ça travaille le loup depuis trop longtemps. Jamais il n'aurait cru que Sean soit du genre à cocufier sa petite amie, mais les faits sont là. Il est bien placé pour le savoir, après tout, il est *l'autre.*

— Amanda et moi ne sommes plus ensemble depuis presque six mois, Dylan, lui apprend Sean.

Six mois ? Mais, mais, mais !

— Mais vous portez toujours l'odeur de l'autre, balbutie Dylan. Et… Six mois ??

— Évidemment qu'on porte toujours l'odeur de l'autre, on est amis depuis la maternelle et on est dans la même meute, s'exaspère Sean.

— Ouais, ben excuse-moi de ne pas avoir compris que vous n'êtes plus un couple quand votre comportement n'a pas changé ! s'énerve Dylan.

C'est vrai, quoi ! À croire que c'est de sa faute s'il n'a pas percuté qu'ils ont rompu quand Sean continue de prendre la jeune femme dans ses bras ou quand Amanda se blottit de la même façon contre lui quand ils regardent un film. Franchement, à part les baisers, leur attitude est la même et Dylan a simplement cru que c'était le contrecoup de la mort de Kathy. Qu'ils ne voulaient pas faire de mal à Zach en étalant leur relation quand lui avait perdu sa petite amie. Sean va vraiment lui reprocher de ne pas avoir compris ça ?

Et puis, Dylan percute. Sean est célibataire… Sean est célibataire ! Ça veut dire que… Ça ne veut rien dire du tout. Ça ne veut pas dire qu'il est prêt à lui tomber dans les bras. Ça veut juste dire qu'il faut qu'il se calme.

— Désolé, reprend Dylan, empêchant Sean de parler alors qu'il ouvre déjà la bouche. Comme tu l'as dit, nous ne sommes pas proches, ça ne me regarde pas.

— Tu vois ? C'est ça qui m'agace le plus chez toi ! s'écrie Sean en se levant et en éteignant le feu sous sa casserole.

Il tente de remuer le contenu de ladite casserole, mais au vu de l'odeur, ça doit être peine perdue et il a l'air de le comprendre puisqu'il la balance dans l'évier avant de revenir s'asseoir.

— Ça quoi ? questionne le bêta.

Dylan est perdu. Il ne comprend pas comment ils sont passés de « J'ai quelqu'un » à « Tu m'agaces ». Il a clairement loupé quelque chose, mais il est bien incapable de comprendre quoi.

— ÇA ! crie Sean en le pointant d'un index accusateur. Tu fais partie de la meute et on dirait que ça t'emmerde ! Quand Kathy était là, tu t'impliquais le minimum vital. Mais depuis qu'elle est morte, on doit te forcer pour être avec nous !

— C'est faux ! explose Dylan.

— Ah ouais ? ricane amèrement Sean. Ta dernière activité avec nous, c'était quoi ? Autre que la soirée film tous les vendredis.

Le loup ouvre la bouche, prêt à répondre sèchement. Et la referme parce qu'il n'a rien à dire.

— AH ! triomphe l'humain. Tu vois ! Si on ne s'imposait pas chez toi, on ne te verrait jamais !

— Vous ne m'invitez jamais, se défend comme il peut le pauvre bêta qui n'en mène pas large.

— On n'invite jamais personne, contre Sean. On envoie un message groupé et tout le monde se pointe. C'est comme ça que ça marche.

Dylan baisse la tête et fixe ses mains. Il ne savait pas. Quand Kathy était là, elle lui disait quand et où venir. Il n'avait pas conscience que ça fonctionnait comme ça pour tout le monde.

— Je suis désolé, murmure-t-il. Je ne me rendais pas compte.

— Je suis désolé de t'avoir agressé, s'excuse à son tour Sean.

— Non, ne t'excuse pas. Des fois, il faut me hurler dessus pour que je comprenne, se moque-t-il gentiment en regardant Sean.

— Tu te rends compte que ça fait deux ans qu'on se connaît et que je ne le découvre que maintenant ? fait remarquer Sean avec un petit sourire de dérision.

— Désolé, marmonne encore le loup.

— Je ne dis pas ça pour que tu t'excuses, ronchonne l'humain. Enfin bref, de quoi on parlait déjà ? Ah oui. Donc, je vois quelqu'un et c'est un loup.

Dylan attend la chute… qui ne vient pas.

— Et ?

— Je sors avec un loup ! insiste Sean.

Le bêta fronce les sourcils. Est-ce que Sean pense que le fait qu'il sorte avec un loup va poser des problèmes à la meute ? Ce serait plus qu'hypocrite, non ?

— Pourquoi tu penses que la meute ne comprendrait pas ?

— Mec, t'as loupé le moment où j'ai dit *un* loup ?

— Je ne vois toujours pas le problème, avoue Dylan. C'est un alpha ? Tu crois que Zach va avoir peur pour sa place ? Je le connais moins que toi, évidemment, mais je ne pense que pas que ça l'inquiète.

— Sérieusement ? s'exclame l'humain, incrédule. Je te dis que je sors avec un loup et c'est tout ce que tu trouves à me dire ?

Dylan cligne des yeux. Il doit ressembler à une chouette.

— Franchement, je ne comprends pas ce que tu attends de moi. Je ne vois pas où est le problème, reconnaît Dylan.

— Un loup Dylan ! UN ! insiste le jeune homme.

Non, mais, qu'il le traite de débile aussi ! Il a parfaitement compris, merci bien ! En plus, il est bien placé pour le savoir, puisque c'est lui. Et il ne comprend toujours pas pourquoi ce serait un problème pour la meute que Sean sorte avec un…

Oh…OH !

CHAPITRE 7

— Tu penses que le fait que ce soit un mec va poser problème à la meute, dit Dylan d'un ton sans émotion.

— Alléluia, la lumière est montée à tous les étages !

Dylan gronde. Sean se fout de lui en plus. Il n'avait qu'à être un peu plus clair aussi ! Et il le dit sans prendre de gants. Avec beaucoup de maturité, Sean lui tire la langue. Le bêta choisit de ne pas relever.

— Et donc, tu penses que ça va poser problème, parce que… ?

— Eh ben, parce que je ne me suis jamais intéressé qu'à des nanas et… Et s'ils sont homophobes ? conclut-il avec une toute petite voix.

— Ce serait hypocrite de leur part, répond Dylan, rassurant. Surtout qu'ils n'ont rien dit quand j'ai annoncé être pansexuel.

— Pansexuel ? C'est quoi ça ?

— Ça veut dire que je me moque du genre, du sexe ou de la sexualité de la personne avec qui je suis.

— Oh, est la seule réaction de Sean.

Et se rogner l'ongle du pouce aussi.

— Arrête de te ronger les ongles, ordonne le bêta, agacé.

Dylan n'y peut rien, c'est un réflexe. Il s'est battu pendant des années pour que sa petite sœur arrête de maltraiter ses ongles. Empêcher quelqu'un de le faire est visiblement une habitude qu'il ne perdra pas.

— Oui, Monsieur, ironise Sean. N'empêche que ça ne veut pas dire qu'ils le prendront bien pour moi.

Dylan doit se faire violence pour ne pas réagir quand l'humain le surnomme Monsieur. Il se rappelle fermement à l'ordre. Ce n'est pas le même contexte et Sean n'a clairement dit ça que pour l'embêter.

Couché, panier !

— Et pourquoi pas ? Quand ils vous verront heureux ensemble, je suis sûr que…

— Ils ne nous verront pas ensemble, le coupe Sean. Je… Ce n'est pas comme ça…

— Pas comme ça quoi ? demande Dylan.

Non, mais qu'est-ce qu'il est en train de faire ? Mais qu'il arrête ! Il parle comme si Sean allait annoncer qu'il est en couple et que lui-même n'est pas concerné ! *Stop !*

— C'est pas romantique entre nous, clarifie Sean. C'est juste… C'est… Aaaah, c'est compliqué ! finit-il par dire, frustré.

— Je ne vois pas en quoi, contre Dylan. Si ce n'est pas romantique, c'est sexuel, et je pense que ça ne regarde pas la meute.

— Tu vois, c'est pour ça que je préfère t'en parler, révèle Sean. Tu ne me juges pas. Zach me regarderait avec cet air un peu perdu et Amanda froncerait tellement les sourcils qu'elle resterait bloquée comme ça. Et les autres…

Sean laisse sa phrase en suspens, ne sachant visiblement pas comment la terminer.

— J'ai compris, lui assure Dylan. Par contre, si ce n'est ni romantique ni sexuel, c'est quoi ?
L'humain se lève et commence à faire les cent pas dans la cuisine.

— C'est compliqué ? finit-il par proposer. J'en sais rien. Ça me prend la tête.

— Je vois ça, soupire Dylan. Et pour rien en plus. Franchement, à ta place, je ne me poserais pas de questions.

Profites-en tant que ça dure et inquiète-toi du reste le jour où ça devient sérieux. En attendant, détends-toi.

— Mais et les autres… ?

— C'est ta vie, pas la leur, s'énerve Dylan. Dis-leur de se mêler de leurs affaires et puis c'est tout. Ils te racontent tout, eux ? Non ! Tu n'as pas besoin de tout leur dire. Et en attendant, fais attention à ne pas porter son odeur quand tu vois les autres. Ça évitera les questions.

— Tu crois ? insiste Sean, incertain.

— J'en suis sûr. Et maintenant, si tu me disais quel est le vrai problème ?

Parce que, même si le loup sait que la meute est une inquiétude légitime, ce n'est pas ce qui tracasse vraiment l'humain. Certes comme l'a souligné Sean, ils ne sont pas très proches tous les deux, mais Dylan l'a assez observé pour avoir remarqué quelques tendances. Par exemple, quand il est inquiet, Sean déblatère sur le truc le moins grave et garde le plus mauvais pour lui, jusqu'à ce que ce soit encore pire.

Sean se rassoit et laisse tomber son front sur la table. Il marmonne quelque chose que, même avec sa super ouïe, Dylan ne peut décrypter.

— Et en français, ça donne quoi ? se moque-t-il.

— J'ai pas de nouvelles, répète distinctement Sean. On s'est vu hier et, d'habitude, j'en ai. Enfin, on s'est vu que deux fois, donc il est peut-être un peu tôt pour parler d'habitude, mais…

— Il s'est passé quelque chose hier ?

L'effet de la question est immédiat. Les joues de l'humain deviennent cramoisies et son odeur se réchauffe tout en se teintant d'embarras.

Dylan cligne des paupières. C'est officiel, appelez-le la Chouette.

Pour lui, le réchauffement d'une odeur a toujours évoqué le confort, quelque chose qui rassure. Est-ce que ça veut dire que DWolf réconforte l'humain ?

— Sean ! s'exclame-t-il, parce qu'il doit bien avouer que c'est la deuxième fois que son jean devient trop étroit. Je croyais que ce n'était pas sexuel !

— C'est pas sexuel ! proteste Sean. Enfin, si ! Enfin, pas encore ! Ah merde ! À la base, c'était pas sexuel, mais ça commence à le devenir et…

— Et ?

— Et je ne sais pas si je suis prêt pour ça, finit par avouer Sean.

— Il te met la pression pour coucher ? s'inquiète Dylan. Sean, s'il te force…

Il serre les poings. Il n'a pas l'impression de pousser Sean à faire des choses pour lesquelles il n'est pas prêt, mais qu'est-ce qu'il en sait ? Il n'est pas un vrai Dom et il ne fait ça que pour aider l'humain. Mais< s'il obtenait le résultat inverse ? Si, au contraire, il aggravait les choses ? Il doit tout avouer. Maintenant ! Il ouvre déjà la bouche pour dire « Je suis DWolf », quand Sean lui coupe l'herbe sous le pied.

— C'est le contraire, avoue Sean. En fait, si je suis honnête, c'est moi qui pousse, ou plutôt, qui vais pousser les choses un peu plus loin.

Dylan en reste bouche bée.

— Oh ? Vraiment ? croasse-t-il avant de se racler la gorge. Et ce n'est pas une bonne chose ?

Sean grimace et roule des yeux.

— Si, je suppose que c'est une bonne chose. Ça prouve que je me sens à l'aise. Mais comme je le disais, je n'ai pas de nouvelles…

— Est qu'est-ce qui t'empêche de l'appeler ? Si ça se trouve, il se pose exactement les mêmes questions que toi. Par rapport à sa meute, le sexe, tout ça.

— Tu crois ? s'étonne Sean.

— C'est plausible, non ? argue le loup. Pourquoi il ne se poserait pas de questions ?

— Je ne sais pas, concède Sean. J'ai juste… Il est plus âgé et a plus d'expérience que moi, alors j'ai juste supposé que…

Il fait un vague geste de la main pour conclure sa phrase et le bêta doit retenir un grognement d'exaspération.

—Qu'il soit plus vieux et expérimenté ne veut pas dire qu'il ne peut pas avoir de doutes. Parle-lui, insiste Dylan. C'est le seul conseil que je peux te donner. Il n'est pas devin, après tout.

— C'est vrai, tu as raison, répond Sean avec un sourire, soulagé. Merci.

— De rien, dit le loup en se levant. Je vais te laisser.

— Ou tu pourrais rester et manger avec moi ? Par contre, ce sera pizzas, parce que j'ai cramé ma casserole.

Dylan est surpris, mais un sourire étire ses lèvres.

— Ça me plairait, acquiesce-t-il.

C'est comme ça que Dylan et Sean passent l'après-midi ensemble, se bourrant de pizzas et de sodas, jouant à des jeux vidéo tout en discutant.

Quand Dylan finit par repartir, il n'est pas loin de dix-sept heures et il est à la fois euphorique et misérable. Euphorique, parce qu'ils ont passé plusieurs heures rien que tous les deux. Misérable, parce qu'il a l'impression d'être un salaud qui profite de la situation et va jusqu'à donner des conseils pour une relation qui le concerne. Il n'est qu'un salaud. Et alors que Sean lui adresse un signe de la main depuis le pas de la porte, un grand sourire aux lèvres, il n'arrive pas à le regretter.

***

Alors que Sean referme la porte, son sourire glisse de son visage. Oui, il a passé un super après-midi alors qu'il ne s'y attendait vraiment pas. En fait, les choses n'auraient pas pu mieux se dérouler. Lui et Dylan ont ri et plaisanté comme deux amis peuvent le faire et ça n'a même pas été bizarre. Au contraire, ils ont été tous les deux super à l'aise.

Mais sérieusement, qu'est-ce qu'il lui a pris de dire « Oui, Monsieur » à Dylan ? Heureusement, le loup n'a pas relevé et lui a réussi à ne rien laisser paraître, mais ce n'est pas passé loin. C'est juste… Sur le moment, ça lui a paru tellement naturel, tellement normal. Quelque chose lui dit qu'il aurait pu parler de cet aspect de sa relation avec DWolf et que Dylan ne l'aurait pas jugé.

Pour la première fois, Sean se dit qu'il aurait pu demander au bêta de l'aider et que Dylan l'aurait probablement fait. L'assister comme il l'a demandé au club.

Sean ne sait pas d'où lui vient cette idée et il n'a pas envie de le savoir. Il pourrait passer des heures à l'analyser, la décortiquer jusqu'à connaître chaque lettre qui la compose. Au lieu de ça, il la repousse fermement jusqu'à ce qu'elle se retrouve dans le cimetière des idées stupides, dans un coin de sa tête. Pourquoi ? Parce que s'il se met à y penser, vraiment y penser, il pourrait suivre cette idée jusqu'au bout et ça gâcherait l'amitié qu'ils sont en train de construire. De toute façon, le fait que Dylan joue les conseillers matrimoniaux prouve bien qu'ils ne sont qu'amis.

Alors qu'il monte lentement les escaliers, il réfléchit à ce que Dylan lui a dit. Peut-être que son compagnon de meute a raison. Peut-être que DWolf s'interroge aussi. Finalement, il n'y tient plus et se connecte sur le site du Club Fantasy.

Après réflexion, il envoie un message à DWolf.

« **SM Batman**

Bonjour, Monsieur. J'espère que vous avez bien dormi et que vous avez passé une bonne journée.

Vous m'avez dit que je devais être honnête et que je pouvais vous parler de tout. Et j'ai une question. »

Sean reste devant son ordinateur, patientant alors que la réponse tarde à venir. Certes, il sait que DWolf n'est pas connecté, le petit sens interdit apposé juste à côté de son pseudo le lui indique. Ça ne l'empêche pas d'être pressé.

Enfin, après une attente interminablement longue – Quinze minutes, une éternité – Sean reçoit enfin une réponse.

« **DWolf**

Bonjour, Bambi. J'ai très bien dormi et j'ai passé une très bonne journée. Et toi ?

Désolé de ne pas t'avoir contacté avant, j'ai eu un imprévu.

Pose-moi ta question. »

Sean lit plusieurs fois les différents messages. Non, rayez ça. Il lit plusieurs fois le second message.

Un imprévu…

Qu'est-ce que ça peut-être ? Est-ce que Monsieur a des problèmes avec sa meute ? Peut-être qu'il en a avec son alpha ? Peut-être que celui-ci ne veut pas qu'il ait un soumis issu d'une meute étrangère ? Ou pire, peut-être qu'il en a un autre et qu'il a passé la journée avec lui ? Et pourquoi spécifiquement un « lui » ? C'est peut-être une femme. Une belle soumise qui n'hésite pas, elle. Qui est bien entraînée et n'a pas peur du sexe. Pour ce que Sean en sait, son Dom a peut-être même plusieurs soumis, hommes et femmes, qui ne vivent que pour lui faire plaisir et qui n'ont rien de commun avec un ado apeuré. Qui a peur du sexe. Qui a peur de dormir. Qui a peur de ses souvenirs.

Un nouveau message apparaît.

« **DWolf**

Bambi ? »

Sean cligne des yeux et fixe son surnom, *son nom de soumis*, et, dans sa tête, il peut entendre la voix grondante et rugueuse du loup. Il frissonne. Un jour, il faudra qu'il se penche sur ce que cette voix lui fait. Un jour.

« **SM Batman**

Je dors toujours bien après vous avoir vu. »

Il s'en taperait la tête sur son bureau. C'est pas possible d'être aussi guimauve ! En plus, c'est beaucoup trop tôt pour dire ce genre de chose, même si c'est la réalité. Les deux fois où il a vu le Dom, il a dormi comme un bébé et sans faire de cauchemars. Il espère que ça va continuer.

« **SM Batman**

J'ai passé la journée avec un compagnon de meute, c'était chouette. »

Il se mordille la lèvre, avant d'ajouter rapidement.

« Je lui ai un peu parlé de nous, j'espère que ça ne vous dérange pas ?

Et j'avoue que ça m'a inquiété de ne pas avoir de vos nouvelles. »

Il appuie fermement sur « entrée » avant de pouvoir effacer sa dernière phrase. La réponse du loup le laisse perplexe.

« **DWolf**

Bambi, quand tu as rempli ton inscription sur le site, est-ce que tu as mis ton numéro de téléphone ? »

Sean fronce les sourcils. Qu'est-ce que ça a à voir avec ce qu'il a dit ? Malgré tout, il répond. C'est étonnant que le réflexe d'obéir et de répondre à cet homme lui soit venu aussi vite.

« **SM Batman**

Oui, Monsieur. J'ai mis mon numéro de téléphone. »

« **DWolf**

Parfait. »

Et c'est tout. Sean porte son pouce à sa bouche pour mordiller son ongle. Sauf qu'il entend la voix de Dylan dans sa tête.

« Arrête de te ronger les ongles ! »

S'il commence à réagir comme ça à deux loups différents, il n'est pas sorti de l'auberge, pense Sean tout en enlevant son pouce de la bouche.

Son téléphone sonne, annonçant l'arrivée d'un SMS, mais très franchement, il n'a aucune envie de regarder qui le dérange, surtout à un instant comme celui-ci. Il est au milieu de quelque chose d'important, bordel ! Il ne fait absolument pas le rapprochement avec le fait que DWolf vient juste de lui demander si son numéro était dans son dossier. Il est fatigué, d'accord ?

Il sursaute en voyant le message que DWolf lui envoie ensuite.

« **DWolf**

Regarde ton téléphone ! »

Inquiet – comment DWolf peut-il savoir que son téléphone a sonné ? – Sean se lève de sa chaise et vérifie rapidement par la fenêtre s'il voit quelqu'un à l'extérieur. Mais la rue est déserte, à part madame Simmons qui promène le saucisson sur pattes qu'elle appelle un chien. Nerveusement, il lui adresse un signe de la main pour la saluer. La vieille dame prend un air grincheux, l'ignore et tire sur la laisse pour que son roquet avance plus vite.

Vieille pie, pense Sean.

Il se réinstalle sur sa chaise de bureau pour ouvrir le SMS qu'il a reçu. Et manque de s'étouffer avec sa salive.

« DWolf vous invite à utiliser l'application Messenger Club Fantasy »

Suivi d'un « télécharger l'application » souligné, montrant que c'est un lien internet.

Le club a une application. Pourquoi Chloé ne lui a-t-elle pas parlé de ça ? C'est quand même beaucoup plus pratique que sur un pc.

Il télécharge l'application et, alors qu'il rentre son pseudo – il pense d'ailleurs qu'il faut qu'il le change – et son mot de passe, un nouveau message apparaît sur son ordinateur.

« **DWolf**

Quand tu auras terminé l'installation de l'application, tu iras dans ta liste de contacts. À côté de mon nom, il y aura un petit rouage. En cliquant dessus, tu verras le symbole d'un téléphone. Ça te permet de m'appeler sans rentrer mon numéro dans ton répertoire. Et *vice-versa.* »

Oh, ça, c'est super pratique. Certains membres de la meute ont un sens de la propriété privée assez particulier. En clair, ils n'en ont pas. Ils se servent des affaires des autres autant que des leurs. Donc ne pas avoir le numéro de DWolf dans son téléphone évitera qu'on lui pose des questions. Parfait !

« **DWolf**

Est-ce que tu es d'accord pour que je t'appelle ? »

Est-ce qu'il est d'accord pour que le loup l'appelle ? Il jette un coup d'œil à l'heure, mais ce n'est pas ce qui va lui dire à quel moment son père va rentrer. S'il rentre. Depuis leur pseudo dispute, les deux hommes se sont à peine vus et encore moins parlés. Même leur système de post-it est lentement en train de mourir. Le jeune homme décide de ne pas s'en inquiéter. Il est plus que temps qu'il fasse le deuil de sa relation avec son père. Ce n'est pas maintenant qu'il pourrait changer quoi que ce soit à leurs rapports de toute façon.

« **SM Batman**

Je suis d'accord, Monsieur. »

Il faut moins de cinq secondes pour que son téléphone se mette à sonner et que le nom de DWolf s'affiche sur son écran. Soudain, Sean a les mains moites et le souffle court. Ce n'est pas la première fois qu'ils se parlent, mais ça pourrait tout aussi bien.

Il décroche.

— Allo ?

« Bonjour, Bambi. »

Oh mon Dieu, cette voix !

« Comment vas-tu ? »

— J-Je vais bien. Et vous ? Monsieur, ajoute-t-il avec un temps de retard.

« Nerveux ? » semble s'étonner Monsieur.

— Je… Oui, un peu. Je ne sais pas pourquoi je suis plus nerveux au téléphone que quand je vous vois. Désolé.

« Ne t'excuse pas. Tu as le droit d'être nerveux », lui assure DWolf. « Est-ce que tu veux en parler ? »

— Je… Je ne sais pas vraiment quoi en dire, avoue Sean. C'est bizarre que je sois nerveux au téléphone, alors qu'en votre présence, tout va bien. Je veux dire, je suis nerveux, faut pas se leurrer, mais c'est pas pareil. Je…

Quand Sean se rend compte de ce qu'il fabrique, il s'interrompt abruptement et rougit furieusement. Heureusement que le loup ne peut pas le voir, il ne pense pas qu'il s'en remettrait.

« Tu babilles », s'amuse DWolf.

— Désolé, marmonne le jeune homme. C'est mon truc quand je suis stressé. Enfin c'était, parce que j'ai beaucoup travaillé là-dessus et… Je recommence. Pardon.

« Bambi, ne t'excuse pas », gronde DWolf. « Je trouve ça charmant. »

Charmant ? Étrangement, ça vexe Sean. C'est comme s'il était un petit animal exotique ou un truc dans ce genre-là.

— Oh, répond-il simplement.

« Donc, tu as passé la journée avec un compagnon de meute. Parle-moi de lui », demande DWolf.

Est-ce que c'est bizarre de parler de sa journée avec son Dom ? Pour ceux qui sont dans une relation D/s plus conventionnelle, ça n'a probablement rien d'étrange, mais pour Sean, ça l'est. Il répond néanmoins à la question.

— Oui, Dylan. Ça ne fait pas très longtemps qu'il est dans la meute et sa sœur…

Sa voix se brise légèrement quand il parle de Kathy, mais il se force à continuer.

— Sa sœur est décédée et c'est elle qui servait principalement de lien entre la meute et lui. Mais j'ai bien aimé qu'on fasse des trucs ensemble, explique Sean. C'était fun.

« Et tu lui as parlé de nous », ajoute Monsieur.

— Et je lui ai parlé de nous, confirme-t-il. Je ne lui ai rien raconté de spécifique, juste que j'avais quelqu'un et que vous êtes un loup. Je veux dire, je ne sais pas si vous êtes d'accord pour que je parle de nous et je…

« Tu babilles encore, Bambi », le coupe le loup d'une voix amusée.

— Pardon.

« Arrête de t'excuser », gronde DWolf. « Et je suis content que tu parles de nous. Ça veut dire que tu es à l'aise, autant avec notre relation qu'avec la personne à qui tu en as parlé. Après, c'est à toi de voir si tu veux rentrer dans les détails ou pas. Ce qui me fait penser, que voulais-tu me demander ? »

Sean s'étouffe encore avec sa salive. Ah merde, c'est vrai, il a une question. Il ne s'attendait tout simplement pas à devoir la poser de vive voix. Mais comme dit la mère de Zach, si tu ne peux pas en parler, tu n'es pas prêt à le faire.

— J-je… Oui, en f-fait… Euh… J-je…

Peut-être qu'il n'est pas prêt à le faire.

« Donc quand tu es nerveux, tu babilles, et quand tu es embarrassé, tu bégayes », constate Monsieur avec un petit rire. « C'est bon à savoir et je trouve ça très mignon. »

Je t'en ficherais moi, des « mignon », se retient de dire Sean. Ce n'est pas le moment. Et surtout, il aimerait bien jouir dans un avenir plus ou moins proche, merci bien.

« Je ris, mais je ne me moque pas », assure Monsieur. « Prends ton temps, j'ai un forfait illimité. »

Cette dernière information est tellement triviale que Sean s'écrie sans même réfléchir :

— Fellation !

Et c'est tout. Cette fois, Sean grogne et se tape le front sur son bureau. *Débile ! Débile ! Débile !*

« Fellation ? », répète DWolf. « Juste ça ? Il va falloir m'en donner un peu plus, Bambi, si tu veux que je te réponde. »

Sean ouvre la bouche. Puis la referme. Comment expliquer ce qu'il veut essayer.

« Sans voix, hein ? », fait Monsieur. « Tu as raison, laisse-moi essayer de deviner, c'est beaucoup plus drôle comme ça. Alors, voyons. Fellation. Est-ce que tu as envie que je prenne ta queue dans ma bouche ? Tu veux sentir ton gland taper contre le fond de ma gorge ? Tu veux gémir pendant que je te lèche ? Et que j'avale le sperme que tu me donneras quand tu jouiras ? Ou l'inverse peut-être ? Dis-moi Bambi, tu as envie de me sucer ? Tu veux connaître le poids de ma queue sur ta langue ? Le goût qu'elle a ? Tu veux m'entendre gémir et te dire que tu es un bon garçon ? Tu préfères que j'aille doucement et que tu prennes le temps de découvrir ma queue ? Ou tu veux que je baise ta bouche comme je baiserais ton petit cul ? Dis-moi, Bambi, qu'est-ce qui accélère ta respiration comme ça ? »

Et c'est vrai que la respiration de Sean s'est clairement accélérée. Au fil des descriptions de son Dom, l'excitation et l'embarras se sont emparés de lui et les images qu'ils ont fait naître dans sa tête sont plus que pornographiques. Il a dû mal à suffisamment rassembler ses idées pour répondre dans un souffle.

— La deuxième, Monsieur.

« Mmm », fait DWolf. « Tu n'as pas envie que je te suce, Bambi ? »

— Je… Si, halète Sean. C'est juste… Je ne pensais pas que l'option existait.

« Oh si, elle existe », assure Monsieur avec force. « Et maintenant que je sais que tu en as envie, on va garder ça en récompense pour quand tu seras un très très bon garçon pour moi. »

Sean ne peut pas s'en empêcher, il gémit.

« Je savais que l'idée te plairait, Bambi. », ronronne presque Monsieur. « Ou alors, c'est le fait que je te dise que tu es un bon garçon ? Dis-moi. »

— J-J'aime quand vous me dites que j-je suis un bon g-garçon, avoue Sean.

« Hum, *praise kink*. Tu es décidément plein de surprises. »

— C'est quoi le *praise kink*, Monsieur ? demande Sean, parce qu'il n'a absolument aucune idée de ce que ça peut être.

« Ça veut dire que le fait que je te félicite te fait bander. Tu bandes, Bambi ? »

Euh… Encore une fois, Monsieur lui pose une question qui semble sortie de nulle part, mais Sean commence à comprendre que son Dom ne fait rien pour rien. Il y a toujours une raison derrière chacune de ses paroles.

— Je… Pas complètement, explique-t-il en regardant son entrejambe toujours couvert par ses vêtements.

« Parfait. Tu as du lubrifiant ? »

— Oui. C'est plus pratique quand je me branle.

Puis avec une pointe de panique :

— Pas que je me branle ! Je jure que je ne l'ai pas fait sans autorisation ! Je le jure ! Ce serait comme si…

« Babillage », constate Dwolf, lui coupant efficacement la parole. « Qu'est-ce qui te rend nerveux, Bambi ? Ce que je vais te demander ou ce que je pourrais te faire si tu n'obéis pas ? »

— Je… Je… Les deux, Monsieur, reconnaît Sean d'une toute petite voix.

« Bon, évacuons les punitions tout de suite », commente Monsieur. « Que penses-tu de cinq fessées avec ma main pour chaque transgression ? Couleur ? »

Cinq fessées ? Avec la main ? Oui, ça a l'air bien. Enfin, bien, tout est relatif, parce qu'une fessée, ça a un léger goût d'infantilisation. Mais, justement, des milliers d'enfants ont survécu et survivent à des fessées tous les jours. Donc rien d'insurmontable. En théorie.

— Vert, Monsieur. Ça me paraît bien.

« Parfait. », dit DWolf sur un ton léger. « Maintenant, je veux que tu me mettes sur haut-parleur, que tu te déshabilles et que tu sortes ton lubrifiant. Tu penses pouvoir faire ça ? »

— Je… Oui. Monsieur, ajoute-t-il, encore une fois avec un temps de retard.

Il va falloir qu'il fasse un peu plus attention. Ce n'est pas parce que cinq fessées, c'est pas la mer à boire, qu'il faut qu'il se relâche.

Après tout, maintenant, il a un objectif. Être un assez bon garçon pour gagner cette fellation. Sean rougit à nouveau. C'est quoi sa vie, sérieux ? Il est là, pensant très sérieusement à *gagner* le droit de se faire sucer.

« Bambi, je ne t'entends pas te déshabiller. », le rappelle à l'ordre Monsieur.

— Pardon, Monsieur.

Sean met le haut-parleur et se déshabille en se disant que, oui, visiblement, sa vie se résume maintenant à être appelé Bambi et être un bon garçon pour obtenir le droit qu'une bouche s'approche de sa queue. Ou, en tout cas, c'est une partie de sa vie.

Il sort le lubrifiant de sa table de chevet en se disant qu'il y a des vies bien pires que ça, après tout.

— Voilà, Monsieur.

« Parfait. Mets-toi dans la position que tu estimes la plus confortable pour te doigter, Bambi. », ordonne DWolf.

— Me doigter, Monsieur ? s'exclame Sean, surpris.

« C'est ce que j'ai dit, oui. Il y a un problème ? », demande Monsieur avec nonchalance.

— Je… Non, vert, Monsieur, hésite quand même Bambi.

« Sûr ? »

— Oui, Monsieur. Sûr.

« Bien. Installe-toi alors. »

Bambi réfléchit quelques instants. Allongé sur le dos, il va s'étirer le bras et se fatiguer rapidement. Mais allongé sur le ventre, il aura du mal à suffisamment écarter les fesses. À quatre pattes, étrangement, là, seul dans sa chambre, ça lui paraît un peu top dégradant. À genoux alors ? Il pourra passer le bras derrière lui ou par en dessous. Il pourra facilement prendre appui ou changer de main s'il fatigue. C'est décidé, ce sera à genoux. Il l'annonce à DWolf qui semble approuver son choix, sans toutefois le commenter.

« Maintenant, je veux que tu te mettes du lubrifiant sur un doigt et que tu joues avec ton petit trou. Tu penses pouvoir faire ça pour moi ? », demande DWolf.

Bambi savait bien que ça allait arriver à un moment ou un autre, mais il ne pensait pas que ça se ferait comme ça. Au téléphone. Lui se tapant tout le boulot. Non pas que ça le dérange. Au contraire, il sera probablement plus à l'aise comme ça.

— Oui, Monsieur.

Il obéit et, lentement, en passant le bras derrière lui, applique son doigt sur son anus. Puis il pousse et grimace parce que, très franchement, c'est désagréable et douloureux. Il n'est pas sûr d'arriver à aimer ça.

« Bambi, j'espère pour toi que tu n'essayes pas de faire pénétrer ton doigt », gronde soudain DWolf.

L'humain se fige. Ce n'est pas ce que son Dom lui a demandé ?

— Euh, si. Pourquoi ?

Un soupir lui répond.

« Bambi, je t'ai dit de jouer. Pas de te préparer. »

Oui, ben il n’est pas devin, OK ? DWolf n’a qu’à être plus clair.

— Euh, je fais ça comment ? questionne-t-il. C’est la première fois, Monsieur.

C’est comme ça que Monsieur le guide pas à pas. Comment caresser lentement cette partie de son anatomie jusqu’à ce qu’elle se détende doucement sous son doigt. Comment il peut alors pousser pour entrer. Et ainsi de suite. Ce n’est qu’au moment où Bambi a deux doigts entre les fesses que Monsieur lui demande d’effectuer des va-et-vient.

Les premiers mouvements sont plus qu’étranges mais, assez rapidement, ça devient, non pas moins étrange, mais au moins plus facile. Et puis…

« Ton érection en est où ? », demande DWolf.

— Euh, inexistante. Je suis désolé, Monsieur.

« C’est normal », lui assure Monsieur. « Je ne m’attendais pas à ce que tu bandes pour ce premier contact avec ton petit cul. Mais on va arranger ça. Je voudrais que tu passes ta main sous tes bourses, si ce n’est pas déjà le cas, et que tu cherches ta prostate. »

— Euh d’accord.

Sean obéit et pour être dans une position plus confortable, place son autre main sur le matelas et écarte un peu plus les genoux.

S'il se souvient bien de ses lectures en ligne, cette petite glande spongieuse est censée se trouver à quelques centimètres de son entrée et vers l'avant. Il enfonce profondément ses doigts et les replie un peu. Rien.

« Bouge tes doigts, Bambi », lui ordonne DWolf. « Ne sois pas timide. »

Sean obéit encore, même s'il est clairement dubitatif. Peut-être qu'il n'est pas fait comme les autres ? Certains ont bien le cœur à droite, alors il est totalement possible que lui n'ait pas de prostate, non ? Peut-être que le sexe anal n'est tout simplement pas pour lui et que… Oh. *OH !*

— Ooooh.

« Ah, je vois que tu l'as trouvée », dit DWolf avec amusement. « Masse-la. Apprends-la. Fais ce qui te donne le plus de plaisir. »

Bambi commence à masser en petits cercles et… Nom d'un chien !

— Monsieur, halète-t-il. Oh putain !

« Tsk, pas de vulgarité, s'il te plaît. Je préfère quand tu es un jeune homme poli et bien élevé. »

— Pardon… Oh mon Dieu, geint-il alors qu'il masse plus activement sa prostate. Oh Seigneur.

« Drôle de moment pour trouver Dieu, mais pourquoi pas », se moque légèrement le Dom.

Bambi se permet un truc qu'il ne pourrait pas faire s'il était en présence du loup. Il jette un regard noir au téléphone et lui tire même la langue.

Sérieusement, ce n'est pas le moment de plaisanter, bon Dieu. Il est en train de vivre une vraie révélation, là ! Quoique, à bien y réfléchir, elle est presque divine du coup, si, c'est le moment pour trouver Dieu.

Comment a-t-il pu vivre aussi longtemps sans se douter qu'un tel plaisir pouvait exister ? Et sa curiosité ? Elle était où quand il avait besoin d'elle, celle-là ?

DWolf le fait jouer avec sa prostate pendant de longues minutes – que Sean passe à gémir et haleter – tout en lui demandant de lui décrire ce qu'il ressent. Ce qui, bien évidemment, amène un beau rouge sur les joues de Bambi.

« Alors ? Tu bandes ou pas ? », demande soudain DWolf.

Très franchement, tout à la découverte de ce nouveau plaisir, Bambi ne pensait plus à sa qu… Sexe ? Pénis ? Érection ? Bref, il verrait ça plus tard. La vérité, c'est que oui, il bande. Comme un âne.

— Oui Monsieur, dit-il entre ses dents. Est-ce que je peux… Monsieur, je peux me toucher ? S'il vous plaît ?

« Non. »

La réponse du Dom est implacable et Bambi en gémit de frustration. Il ne lui manque pas grand-chose pour jouir, il le sait.

« Et tu ne jouis pas non plus. »

— Monsieur ! s'exclame-t-il en guise de protestation.

« Pas sans moi. », déclare fermement DWolf.

— Mais je suis avec vous, là !

« Pas vraiment, non », le contre Monsieur. « Ce ne sont pas mes doigts qui sont dans ton petit cul. »

Bambi ne peut pas s'en empêcher, il gémit. Longuement et bruyamment.

« Est-ce que tu te rebelles ? », grogne DWolf. « Est-ce qu'il faut déjà que je te punisse ? »

— N-Non, halète Bambi. Monsieur, je vais…

« Sors doucement tes doigts, respire profondément et lentement pour te calmer. »

C'est avec beaucoup de regrets que le jeune homme obéit encore. Franchement, qu'est-ce qu'il lui a pris de vouloir une relation BDSM ? Il devait être cinglé le jour où il a cru que c'était ce qu'il lui fallait.

« Couleur ? », demande soudain DWolf comme s'il pouvait entendre les doutes de son soumis.

Juste comme ça, Bambi se souvient du pourquoi : laisser librement le contrôle à quelqu'un d'autre. Alors il répond aussi sincèrement que possible.

— Vert, Monsieur.

« Parfait. On se voit samedi ? »

Bambi trouve que la question fait très couple qui prévoit un rendez-vous. Sauf qu'ils ne sont pas un couple. Il refuse d'analyser la sensation étrange qui lui crispe soudain l'estomac.

— Oui, Monsieur. À moins qu'il se passe un truc important avec la meute. Mais si c'est le cas, je vous préviendrai.

« Pareil pour moi. », promet DWolf. « J'aimerais que tu stimules ta prostate au moins une fois par jour jusqu'à samedi. Deux fois, si tu peux. Et sans jouir, évidemment. »

— Oh pu… rée !

Oui, Bambi s'est souvenu en plein milieu d'un mot qu'il ne devait pas jurer, mais il a bien rattrapé le coup, non ?

« Joli. », le félicite son Dom, ce qui prouve bien que son presque faux-pas n'est pas passé inaperçu.

Apparemment, le loup approuve ce genre d'improvisation.

« Couleur ? »

— Vert, Monsieur. Mais ça, sans me bran… Euh… Me masturber, ça va être dur, explique-t-il.

« Ah, mais j'espère bien que ce sera dur », rétorque DWolf d'une voix suggestive.

Sean rougit violemment, mais avant qu'il puisse dire quoi que ce soit, le bruit de la porte d'entrée lui apprend que son père est de retour.

— Je dois y aller, Monsieur. Mon père vient de rentrer.

« Pas de problème, Bambi. À samedi et n'oublie pas tes devoirs. »

Sean sourit. Des devoirs…

— Promis, Monsieur. À samedi.

Les deux raccrochent et Sean envisage très sérieusement de juste se laisser tomber comme une masse sur son lit. Sauf qu'il est tellement proche de l'orgasme qu'il n'est pas sûr qu'un simple effleurement de ses draps sur son membre ne suffira pas à l'envoyer par-dessus bord. Il grogne et décide d'aller prendre une douche froide. Encore.

Ça va être une semaine foutrement frustrante.

CHAPITRE 8

Sean voit, mais ce n'est pas lui qui regarde. Il ouvre la bouche, mais ce n'est pas lui qui parle. Il entend, mais ce n'est pas lui qui écoute. Son corps bouge contre sa volonté. Il tente de hurler, de dire quelque chose, mais les sons qui sortent de sa bouche ne sont pas les siens. Le coin de ses lèvres se redresse, mais ce n'est pas lui qui sourit.

Dans ses mains, il tient un couteau. C'est un de ces couteaux de boucher professionnel et il n'a absolument aucune idée de la manière dont il a pu l'obtenir. Il essaye de desserrer ses doigts, mais ses muscles refusent de lui répondre, mus par une volonté autre que la sienne.

— Sean ! Qu'est-ce que tu fais ? hurle Zach.

***

Quand le vendredi arrive, Sean est au bord de l'implosion. La frustration va finir par le rendre dingue et il a recommencé à avoir des cauchemars à partir du mardi soir, ce qui le prive de sommeil et n'arrange pas son caractère. Pire que tout, il a fait deux crises d'angoisse. Heureusement – ou malheureusement, ça dépend de quel point de vue on se place – il était seul et aucun de ses amis n'est au courant. Ils s'inquiètent suffisamment pour lui, merci les valises qu'il se traîne sous les yeux.

Après ses deux crises, son premier réflexe a été d'attraper son téléphone pour appeler quelqu'un. Les deux fois, son pouce n'a pas hésité sur le nom de son meilleur ami, Zach, mais sur celui de Dylan. Pourquoi, ça reste un mystère. Peut-être du fait de l'après-midi qu'ils ont passé ensemble. Peut-être parce qu'il sait que le bêta ne le traitera pas comme une poupée de porcelaine qu'il faut enrouler dans du papier bulle pour lui éviter de se briser au moindre choc.

Néanmoins, les deux fois, Sean n'est pas allé jusqu'au bout de son geste et a simplement verrouillé l'appareil.

À aucun moment, il ne pense à appeler DWolf.

***

Dylan regarde la meute envahir son salon. C'est la troisième semaine de suite et, s'il se souvient bien, normalement, ça devrait être le tour d'Amanda d'accueillir leur soirée. Pourtant, il ne dit rien. Zach doit avoir une bonne raison pour vouloir que ça se déroule encore une fois chez lui. Et comme personne d'autre n'objecte ni ne demande d'explications, c'est ainsi que se passent les choses.

Il regarde Sean avec inquiétude. Le jeune homme est pâle, sauf pour les cernes sombres qui s'étalent sous ses yeux. Ses mains tremblent légèrement. Il a l'air sur le point de s'évanouir. Dylan jette un coup d'œil à Zach et Amanda, mais les deux jeunes gens sont engagés dans une conversation qui a l'air plutôt virulente. Ou, au minimum, passionnée.

C'est à cet instant qu'il se rend compte du rapprochement subtil, mais réel, de l'alpha et de la *strategàs*. Ça dure depuis peut-être un mois ou deux, maintenant qu'il y pense. Est-ce que ça veut dire que Sean a raison ? Dylan se met-il réellement à l'écart de la meute ? C'est ce qu'il semble, puisqu'il ne se rend compte du possible couple Zach/Amanda que maintenant. Cette constatation lui serre la poitrine. Si Kathy était là, elle lui botterait les fesses. Il faudra qu'il change de comportement.

Dylan se laisse tomber sur un des canapés, juste à côté de Sean qui tambourine sur sa cuisse du bout des doigts. Sans réfléchir, il pose sa main sur celle en mouvement et dit :

— Sean, ça va ?

Sean tourne la tête et lui offre un pauvre sourire qui fait mal au cœur.

— Ça va.

Dylan hausse un sourcil narquois.

— Est-ce que tu viens réellement de mentir à un loup-garou ?

Sean grogne.

— Pu… rée, s'exclame-t-il. C'est chiant ça ! Et c'est franchement injuste !

Dylan cligne des yeux. La Chouette est de retour…

— Est-ce que… Depuis quand tu dis « purée » au lieu de « putain » ?

— C'est le nouveau truc de Sean, déclare Amanda en se laissant tomber de l'autre côté de son ex. Il n'a pas dit un seul juron de la semaine.

— C'est faux, la contredit Zach depuis un fauteuil. Il a juré deux fois et s'est excusé juste après.

— J'essaye de ne plus jurer, grommelle le jeune homme. C'est pas la peine d'en faire un fromage.

— Non, mais d'accord, approuve Dylan. C'est même une bonne idée. Mais « purée » ? Sérieusement ?

— Ah non, mais il ne dit pas ça tout le temps, assure l'alpha. Hier, j'ai eu droit à un « putréfaction ».

Dylan se mord l'intérieur de la joue, mais ne peut pas se retenir. Il explose de rire. Sean lui met un coup de poing dans l'épaule, ce qui redouble son hilarité. Et c'est un rire plus que communicatif puisque, bientôt, les trois autres se joignent à lui. Et si celui de Sean est un poil hystérique, personne n'en dit rien. Ça fait trop longtemps qu'ils n'ont tout simplement pas entendu ce son alors ils en profitent. Dylan serre la main de Sean dans la sienne.

***

Quelques heures après le départ de la meute, Dylan est en train de lire lorsqu'il reçoit un message de Bambi sur CFM. Il ne s'attendait clairement pas à ça. Ou à ce que Sean ait changé son pseudo.

« **Bambi**

Bonjour, Monsieur, comment allez-vous ?

Est-ce que je peux vous demander quelque chose ? »

Il sourit. Il ne sait pas vraiment pourquoi, mais le fait est là. Il regarde son téléphone et lit le message avec un immense sourire aux lèvres. Et puis, il doit bien avouer que ça l'amuse que le jeune demande toujours s'il peut poser une question au lieu de la formuler directement.

« **DWolf**

Bonjour, Bambi, je vais bien et toi ?

Tu sais que tu n'as pas besoin de me consulter à chaque fois pour savoir si tu peux me demander quelque chose, n'est-ce pas ? »

Il n'a même pas le temps de reposer son téléphone qu'il a déjà une réponse.

« **Bambi**

Je vais bien, merci

Je préfère demander. On ne sait jamais. »

Avec cette simple phrase, Dylan sait que Sean pense à une possible punition. Il se demande si Bambi fera un jour exprès de désobéir pour en recevoir une. S'il espère que oui, ça fait de lui un pervers ?

« **DWolf**

Et donc ? Ta question ? »

Cette fois, la réponse met un peu de temps à lui parvenir et il s'interroge sur ce que l'humain a encore inventé. Quoique, rien ne peut être plus surprenant que sa demande pour une fellation. Et pas pour la recevoir, non. Il veut la donner. Dylan doit bien avouer qu'il en est resté sur le cul. Il ne s'y attendait vraiment pas.

Enfin :

« **Bambi**

Est-ce qu'on pourrait se passer du bandeau demain soir ? S'il vous plaît, Monsieur ? »

Et là, c'est la panique. La vraie. La totale. Celle qui noie son cerveau d'adrénaline en hurlant « MAYDAY !! MAYDAY !!! DANGER IMMINENT !!! ÇA VA TOUT PETER !!! »

Dylan ne sait pas quoi faire. Il a envie de voir les yeux de l'humain quand il aura sa queue dans sa bouche. Il veut voir les beaux yeux couleur bronze se voiler de plaisir et de désir. Il a donc plus qu'envie de répondre : « Pas de problème. »

Sauf qu'il ne peut pas.

Il ne répond rien, pas encore, et passe plusieurs heures à fouiller le net à la recherche de ce qui pourrait masquer son visage, mais laisser sa bouche accessible. Parce que, merde, demain soir, il a bien l'intention de dévorer les lèvres de Bambi des siennes.

Bien évidemment, il ne trouve absolument rien. Rien de chez rien. Même pas sur les sites spécialisés BDSM. Rien pour les Doms. Par contre, pour les soumis, c'est en veux-tu en voilà. Des cagoules de privation sensorielle. Des cagoules complètes ou partielles. Des masques. Des bandeaux. Mais pour le Dom, rien du tout. *Niet. Nada.* Les Doms peuvent se la mettre derrière l'oreille et la fumer plus tard.

C'est donc en désespoir de cause qu'il appelle Chloé à l'aide. Il a juste oublié un détail…

« Quelqu'un a plutôt intérêt à être mort, parce que sinon, ça va saigner ! »

… Il est quatre heures vingt-sept du matin. Tant pis, il faut qu'il ait sa réponse.

— Chloé, faut que tu m'aides !

« Putain, Hamilton ! Tu te fous de ma gueule ? », hurle-t-elle.

— Il veut enlever le bandeau, qu'est-ce que je fais ?

« C'est une putain de blague, en fait ? », grogne-t-elle. « Magasin de déguisements, espèce d'abruti ! Et je te préviens, la prochaine fois que tu m'appelles au milieu de la nuit alors que personne ne meure, je t'étrangle avec tes intestins et je te pends à un arbre, façon déco de Noël, compris ? »

Chloé est créative, on ne peut pas lui enlever ça. Dylan en frissonne juste à l'imaginer.

— Compris, merci, Chloé, articule-t-il.

« Imbécile de loup de merde. », l'entend-il marmonner alors qu'elle raccroche.

Magasin de déguisement… Pourquoi n'y a-t-il pas pensé ?

Après une rapide recherche, il découvre qu'il y a trois magasins dans les environs immédiats de Forest Hills. Il parcourt rapidement les pages et trouve exactement ce qu'il veut sur le site de l'un d'eux. Une cagoule qui laisse la partie inférieure de son visage à découvert. C'est parfait. Il ne lui reste plus qu'à l'acheter et se raser.

Dylan fait partie de ces hommes qui doivent se raser tous les jours s'ils veulent être glabres. S'il se rase maintenant, ce sera à refaire le soir même. Et le lundi soir, ce sera comme s'il ne s'était pas approché d'un rasoir. Il devra juste éviter la meute jusque-là et, soyons honnêtes, ça ne devrait pas être très difficile. Surtout qu'en général, le dimanche, c'est chacun pour soi.

Il ne pense pas qu'il pourra dormir tellement il est excité d'être au soir. Pourtant, quand il pose sa tête sur son oreiller, il s'endort immédiatement. Le bêta rêve d'une bouche étirée autour de sa queue et de deux yeux couleur bronze qui le fixent dans l'attente de ses ordres.

***

En arrivant dans le magasin, Dylan est un peu dépassé par la quantité de déguisements, d'accessoires et de décorations proposés.

Une odeur particulière lui fait tourner la tête sur la droite, en direction d'une jeune femme qui porte l'uniforme du magasin. Cela vient d'elle.

Dylan connaît cet arôme. Excitation. Luxure. Envie. Si ce mélange l'attire particulièrement quand il provient de Sean, sur elle, ce serait plutôt un répulsif. Quand elle s'avance vers lui d'une démarche prédatrice, il n'a qu'une envie : la mordre. Il ne se retient qu'avec difficulté. Il n'est pas souvent comme ça. D'accord, il a parfois du mal à interagir socialement, mais il est très rare qu'il lance des vagues de « Éloigne-toi de mon espace vital, je vais te tuer si tu t'approches encore ». Kathy appelait ça sa tête de tueur en série.

— Bonjour Monsieur, que puis-je faire pour vous ? minaude la vendeuse.

Il se retient de lui dire qu'elle peut se barrer, sort son téléphone pour afficher la page de ce qu'il veut et qu'il a pensé à sauvegarder sur son appareil, puis le tourne pour qu'elle puisse voir.

— Je veux ça, grogne-t-il.

La vendeuse ne s'attendait visiblement pas à ça et semble déstabilisée pendant un instant, bien qu'elle se reprenne très vite.

— Bien sûr. Par ici, s'il vous plaît.

La jeune femme ne minaude plus et est même beaucoup plus froide. C'est parfait pour le loup. Elle l'emmène dans une allée située dans le fond du magasin avant de farfouiller pour finalement lui tendre ce qu'il veut.

— C'est une taille unique, déclare-t-elle. Il vous fallait autre chose ?

— Non, grogne-t-il à nouveau.

— Bonne journée.

Et elle l'abandonne sans aucun état d'âme dans le rayon. L'excitation, la luxure et l'envie ont été remplacées par de la froideur et même une pointe d'agacement. Probablement parce qu'il a été impoli. Le loup s'en fout complètement.

Il accède à la caisse et un présentoir posé sur le comptoir attire son regard.

Des lentilles de couleur.

Alors qu'il allait en prendre des rouges, Dylan se dit que c'est une mauvaise idée. Sean pourrait croire qu'il est un alpha. Il en remarque des noires. Noir, c'est parfait.

Il paye et sort rapidement du magasin. Arrivé à sa voiture, il rajuste son érection, parce que rien qu'à l'idée de pouvoir bientôt baiser la bouche toujours en mouvement de Sean, il est proche de jouir.

Il va directement sous la douche en rentrant. Parce qu'il a bien l'intention de se branler, et que si un membre de la meute décide de passer le voir dans la journée, il n'a pas du tout envie que celui-ci puisse renifler quoi que ce soit. C'est sa vie privée. Et en plus, ça lui permettra de durer un peu plus longtemps le soir même.

***

Sean est anxieux, nerveux et tous les autres synonymes de ces deux mots-là, alors qu'il se tient devant l'entrée du Club Fantasy pour la troisième semaine consécutive. Il sort son téléphone pour relire les instructions que DWolf lui a envoyées un peu plus tôt.

Il doit bien avouer qu'il était proche de la crise d'angoisse quand il n'a pas reçu la réponse à sa demande avant ce jour-là, deux heures à peine avant leur rendez-vous. Qu'est-ce qui a pris aussi longtemps au loup ? Il n'en a aucune idée et il n'a pas demandé. Quelque chose lui dit qu'il n'aurait pas eu de réponse à cette question-là. Il se concentre pour lire les messages reçus. Celui d'il y a deux heures et celui d'il y a une demi-heure.

« **DWolf**

OK pour se passer du bandeau.

Ce soir, quand tu m'attendras, tu seras nu, agenouillé sur le sol devant le lit, le visage levé, mais les yeux baissés et tes mains à plat sur tes cuisses. Couleur ? »

Sean a répondu Vert, évidemment. Qu'est-ce qu'il aurait pu répondre d'autre, alors qu'il s'est mis à ban… durcir rien qu'en lisant le message. À ce stade, il est plus que certain d'être bi. Ça ne le dérange même plus. Il faut juste qu'il trouve le bon moment pour en parler aux gens importants de sa vie.

Mais ce n'est pas le moment de penser à ça, sinon il va paniquer. Il prend une nouvelle profonde inspiration et entre en tendant déjà sa carte d'identité au portier. Celui-ci sourit et ne vérifie même pas son nom, comme s'il était un habitué. Ça lui fait bizarre. Sean suit la jeune femme qui l'escorte jusqu'à la chambre trente-deux et il se demande si, un jour, ils feront ça ailleurs.

Oh nom d'un chien ! Il va trop vite là. Ils ne sont pas un couple, bord… Bon sang !!

Il entre dans la pièce, le souffle court et les mains tremblantes. Il vérifie l'heure avant de se déshabiller.

Dix-neuf heures cinquante-deux.

Huit minutes à attendre. Tout plein de temps pour paniquer. Sean ne sait pas s'il va tenir le coup. Il pose ses vêtements sur la chaise, en se disant que Monsieur n'en aura probablement pas l'utilité ce soir. Cette fois, il se met à transpirer, l'énormité de ce qu'il va faire lui sautant au visage.

Il va su… prendre dans sa bouche le sexe d'un homme qu'il connaît à peine et dont il n'a même jamais vu le visage. Si Zach l'apprend, Sean est bon pour être enfermé dans sa chambre jusqu'à la fin des temps, parce que l'alpha ne se gênera pas le balancer à son père. Et autant John Matthews est un paternel absent, autant c'est le genre de chose qu'il jugerait dangereuse. Et il aurait probablement raison, mais Sean n'arrive pas à s'en soucier. Pour la première fois depuis longtemps, il se sent plus léger et plus vivant. Moins coupable.

Il s'installe comme le loup le lui a demandé et ferme les yeux pour patienter. Quelque chose d'étrange se passe alors. Alors qu'il se focalise sur l'attente, son esprit se vide. Ça ne lui arrive jamais. Il a toujours mille pensées en tête, toujours un sujet sur lequel il cogite parce qu'il faut qu'il fasse des recherches dessus. Alors, avoir l'esprit vide, c'est comme si des bulles de champagne lui montaient au cerveau. C'est relaxant et apaisant.

Quand il entend la porte, il ouvre les yeux, mais veille à les garder au sol alors qu'il lève le visage. Il n'a plus peur. Il n'est plus anxieux ou nerveux. Il attend.

***

Dylan entre dans le club à très exactement dix-neuf heures cinquante-cinq. Il avait peur d'être en retard après avoir bataillé pour mettre en place les lentilles de contact, et quand il y est enfin parvenu, il s'est senti victorieux. Comme s'il venait de gagner un combat contre un ennemi plus fort et dangereux que lui.

Il salue le portier d'un signe de la tête et va directement vers la chambre qu'il a réservée pour ce soir – la même que d'habitude – un sac en plastique à la main.

— Dylan ! crie une femme derrière lui.

Il n'a pas besoin de se retourner pour savoir qui lui hurle dessus comme ça, il l'a parfaitement reconnue.

— Chloé, commence-t-il à la saluer sans pouvoir aller plus loin.

— Garde tes salamalecs pour quelqu'un que ça intéresse, gronde-t-elle. Montre-moi ce que tu as acheté !

— Bonjour à toi aussi, Chloé, ironise-t-il. Je vais bien, merci et toi ?

— C'est ça, grogne-t-elle.

Et le grondement rappelle au loup que les lionnes sont plus dangereuses que les lions.

— Je te rappelle que tu m'as réveillée à quatre heures du mat', poursuit-elle. Je peux encore te transformer en déco de Noël ! Alors, ne m'emmerde pas ! Maintenant, arrête de faire chier et montre-moi ton putain de masque !

Il lui tend le sac sans rien dire, parce qu'il sait que tout ce qu'il pourrait rétorquer ne lui vaudrait que des insultes et des sarcasmes. Voire des blessures corporelles graves et longues à guérir, même pour un garou. Parfois quand on veut rester en bonne santé, il vaut mieux se taire. Surtout quand on a un rendez-vous qu'on ne veut pas manquer, comme c'est le cas pour Dylan.

Chloé farfouille dans le sac et grogne en voyant les lentilles de couleur.

— Tu es tellement en train de merder, lâche-t-elle.

— Écoute, Chloé, commence-t-il avant d'être encore une fois interrompu.

— Je n'ai strictement rien à foutre de tes raisons ou de tes excuses, grogne-t-elle, les yeux luisants. Tu es en train de merder et tu vas tout perdre si tu continues !

Elle l'observe quelques instants et soupire, ses yeux retrouvant leur aspect humain.

— Mais je pourrais tout aussi bien pisser dans un violon, pas vrai ? Tu as pris ta décision. J'espère pour toi que ça en vaudra la peine.

Elle lui colle le sac contre la poitrine et, sans attendre, se détourne et remonte le couloir au pas de course. Puis elle s'arrête pour lancer par-dessus son épaule :

— T'aurais pu prendre une autre couleur pour les lentilles ! Ça fait costume ! Remarque, ça ira bien avec le reste des conneries que tu as prises !

Cette fois, elle part pour de bon.

Dylan soupire et se passe une main hésitante sur la nuque. Elle a raison. Il sait qu'elle a raison. Il doit tout arrêter et tout confesser à Sean. Lui avouer que DWolf et lui ne font qu'un. Maintenant, avant que les choses n'aillent trop loin. Sûr, l'humain va lui en vouloir mais, au moins, il n'y a rien eu de trop sexuel entre eux. Oui d'accord, il l'a regardé se branler et l'a léché et… et merde ! C'est déjà trop tard.

Carrant les épaules, Dylan reprend son chemin vers la chambre. Plus il avance vers la pièce, plus il note quelque chose d'étrange avec l'odeur de Sean qui s'échappe de sous la porte. Si les salles sont toutes insonorisées, elles ne sont pas totalement hermétiques, de façon à ce que les agents de sécurité – presque tous des garous – puissent sentir si quelque chose ne va pas.

Parfois, une odeur en dit plus long que des mots. Comme à cet instant. Il fait une pause devant la porte et inspire profondément. C'est… étrange, pour ne pas dire plus. Sean n'a jamais produit une odeur comme celle-ci. Il sent… Le calme ? L'attente ? Un peu des deux probablement. Pas une seule fois depuis qu'il le connaît, Dylan n'a flairé ça sur lui. C'est déconcertant et en même temps réconfortant.

Oui, il est en train de merder, mais c'est pour une bonne raison… Une bonne cause. Aider Sean à surmonter sa culpabilité et retrouver une vie normale. Et si ce qu'il sent est exact, alors ça vaut le coup que le jeune homme ne lui parle plus jamais une fois qu'il connaîtra la vérité.

Il se rappelle fermement que ce n'est pas pour lui qu'il fait ça, c'est pour Sean.

Mais plus il approche de cette chambre, moins ses intentions sont solides. C'est comme si avec cette odeur de calme, l'humain l'appelait. Un appel plus que puissant.

Une fois devant la porte, jetant sa bonne résolution par la fenêtre, Dylan met le masque en place et vérifie que la puce est au bon endroit sur sa gorge. Puis il entre dans la pièce et doit se retenir de se jeter sur Bambi.

Le jeune homme est nu, agenouillé devant le lit, les mains à plat sur ses cuisses, le visage levé, mais les yeux au sol.

Une posture d'attente et de soumission.

C'est encore plus bandant que de l'imaginer. Parce que bien sûr que Dylan l'a imaginé comme ça. Quoique, pas tout à fait.

— Mets tes mains derrière ta nuque, Bambi, ordonne-t-il.

Son soumis lui obéit, juste comme ça.

— Redresse-toi.

Voilà, là, c'est parfait. Bambi est toujours à genoux, mais son cul n'est plus posé sur ses talons.

— Tu es magnifique comme ça, gronde-t-il.

Il ne peut pas s'en empêcher. Voir Bambi dans cette position, attendant son bon plaisir, fait remonter son loup à la surface et il doit se retenir de mordre, de marquer cette peau de son empreinte, pour que tous sachent qu'il est à lui. Il ne cédera pas, évidemment, mais ce n'est pas l'envie qui lui manque.

DWolf sort une bouteille de lubrifiant et la jette sur le lit.

— Colle ton torse au lit et ouvre ton petit cul pour moi, Bambi. J'ai une surprise pour toi, ordonne-t-il en farfouillant dans sa poche pour en sortir un objet.

Vraiment, voir le frisson qui remonte le long de la colonne vertébrale de Bambi et son obéissance ne le lassera jamais.

***

Bambi frémit parce qu'il est obligé de s'avouer que cette voix est désormais synonyme de plaisir. L'intonation rugueuse de son Dom est une promesse de futurs délices, même s'il ne sait pas encore lesquels. Étrangement, après seulement trois semaines – où il n'aura « vu » le loup que trois fois – il se sent en confiance. Il en soupirerait presque de soulagement. Parce qu'après tout, c'était l'un de ses objectifs en venant au club. Réapprendre à faire confiance. Oublier sa paranoïa. Être moins suspicieux.

Alors qu'il se penche à genoux sur le lit et qu'il prend la bouteille de lubrifiant, il se demande brièvement quel spectacle il offre ainsi. Monsieur est derrière lui, doit l'observer et, surtout, tout voir. Sauf que ce n'est pas le moment d'être timide. Surtout que ce n'est rien que le Dom n'ait déjà observé. Ou même goûté. Bambi rougit encore au souvenir de la langue de Monsieur à cet endroit.

Un léger grondement le rappelle à l'ordre et l'enjoint à activer les choses, alors qu'il reste là, sans bouger, perdu dans ses pensées.

Il se secoue et ouvre la bouteille pour se verser du lubrifiant sur deux doigts. C'est ce qu'il a fait toute la semaine, une à deux fois par jour, comme le lui ordonné dit le Dom. Il était encore dans cette même position seulement deux heures plus tôt.

Alors qu'il plonge lentement ses doigts dans son anus encore distendu par ses précédentes activités, son sexe se tend presque immédiatement et il se dit qu'il a déjà des réactions conditionnées. Doigts entre les fesses = plaisir et massage de la prostate. Il se donne lui-même raison quand il trouve presque immédiatement la petite glande. C'est quelque chose qu'il a quasiment élevé au rang d'art cette semaine : localiser sa prostate le plus rapidement possible. Il est devenu un expert.

— Est-ce que je t'ai dit de jouer avec ta prostate ? grogne Monsieur derrière lui.

Bambi se fige et réfléchit. Non, en effet, le Dom lui a dit d'ouvrir son c… derrière. Il reprend ses mouvements en éloignant le bout de ses doigts de cette petite glande magique et détend encore ses muscles.

— Tu peux arrêter, lui dit DWolf. Ce n'est pas très gros, il n'y a pas besoin de plus te préparer.

Pas très gros ? Préparer ? Est-ce que Monsieur va le prendre ? Est-ce que ça veut dire que le Dom n'est pas monté comme un âne ? D'un côté, c'est rassurant, parce que pour sa première expérience gay, Sean aimerait autant ne pas être écartelé par un truc énorme. D'un autre côté, c'est légèrement décevant, parce que pour sa première expérience gay, il voudrait bien sentir quelque chose. Il n'a rien contre les petites tailles, ne vous y trompez pas, mais à choisir, il préfère quelque chose d'un peu plus conséquent. Enfin, s'il doit en croire les réactions qu'il a obtenues en regardant du porno en tout cas. En plus, ce n'est pas du tout ce qui était prévu pour ce soir.

Quand une large main se pose sur le bas de son dos, Sean se crispe légèrement, anticipant une pénétration qui ne vient pas.

— Détends-toi, murmure Monsieur à son oreille – à quel moment s'est-il approché aussi près ?? – je ne vais pas te baiser, juste t'aider à te détendre. On peut aussi dire que j'anticipe un peu ta récompense.

Récompense ? Parce qu'il va avoir une récompense ? Ce n'était pas censé être une fellation, sa récompense ?

Quelque chose de froid et qui ne ressemble définitivement pas à quoi que ce soit de vivant pousse contre son entrée et, doucement, les muscles anaux cèdent le passage. Bambi peut constater qu'en effet, ce n'est pas très gros. À peine la circonférence de deux de ses doigts. Ça ne l'empêche pas de gémir quand l'objet est placé contre sa prostate.

— Voilà, fait Monsieur d'une voix satisfaite. Recule et remets-toi en position, Bambi.

Sean obéit et se mord la lèvre quand l'objet bouge à chacun de ses mouvements, massant sa prostate et durcissant encore son érection.

— C'est chouette, non ? rit DWolf.

Étrangement, ce n'est pas ce qu'aurait dit le soumis. Ce serait même plutôt l'inverse. Comment ce truc peut-il être une récompense quand ça le torture de cette façon ?

Bambi reprend difficilement sa position au milieu de la pièce et patiente, se crispant pour ne plus bouger. Hors de question que ce truc frotte encore sa prostate.

— Lève les yeux, Bambi, ordonne Monsieur.

Bambi obéit à nouveau et doit retenir l'exclamation de dépit qui menace de franchir la barrière de ses lèvres. C'est quoi cette horreur que son Dom porte sur la tête ? Après avoir observé le truc avec attention, il se rend compte que c'est une espèce de demi-cagoule qui couvre intégralement la tête du loup, son front et son nez, avec des ouvertures pour ses yeux et laissant sa bouche, une partie de ses joues et son menton, visibles. Sauf que lui voulait voir son Dom, vraiment. Il voulait pouvoir le détailler à loisir. Bambi a l'impression que Monsieur lui gâche une partie de son plaisir.

Et puis cette considération passe aux oubliettes, parce que le loup se penche sur lui et l'embrasse, la langue lupine envahissant sa bouche et caressant sa consœur. Sean gémit.

Ce n'est pas son premier baiser mais, étrangement, c'est probablement le plus intime et le plus ravageur qu'il ait jamais reçu. C'est un baiser dévastateur qui le fait gémir et lui donne envie de passer ses bras autour du cou du loup pour enfoncer ses mains dans les cheveux cachés par la demi-cagoule. Sauf qu'il ne peut pas. Il est obligé de rester passif, au moins dans ses gestes. Néanmoins, ça ne l'empêche pas de lancer sa propre langue à l'assaut de la bouche de son Dom. DWolf gronde et intensifie le baiser.

La présence de la cagoule n'est plus si importante depuis qu'il a la bouche de Monsieur contre la sienne. Parce qu'il pourrait rester comme ça pendant des heures. Mais il y a autre chose qu'il a envie d'essayer, quelque chose qu'il a demandé à faire. Ça ne l'empêche pas de protester d'un geignement quand le Dom met fin au baiser.

Monsieur lâche un petit rire et recule pour s'asseoir sur le lit. Il ouvre son pantalon et le baisse juste assez pour libérer son sexe en érection. De cette voix rugueuse qui colle des frissons au jeune Matthews et lui donne envie de satisfaire les moindres désirs du loup, celui-ci ordonne :

— Viens ici. En restant à genoux.

Dire que Bambi se sent ridicule et tout sauf sexy alors qu'il crapahute comme il peut sur ses genoux pour prendre place entre ceux écartés de son Dom, serait comme de dire que le soleil est jaune. Une évidence. Mais il s'exécute quand même.

Une fois en place, entre les genoux de Monsieur, Bambi le regarde à travers ses cils et se lèche inconsciemment les lèvres. Il est intimidé, nerveux, et pourtant l'excitation et l'adrénaline parcourent ses veines tel un feu liquide. Il a tellement envie. Envie de goûter à cette colonne de chair. Envie de sentir son poids dans sa bouche. Envie de la titiller du bout de la langue.

La main de Monsieur passe dans ses cheveux et s'y agrippe, l'obligeant à relever le visage pour regarder le Dom droit dans les yeux. Bambi est assez près désormais pour les voir correctement et, pour une raison inconnue, il pense qu'ils ne sont pas de la bonne couleur. Ils sont noirs mais, dans sa tête, ils devraient être bleus ou verts. Plus probablement verts. Pourquoi ? Alors là, il ne se pose même pas la question. Il y a un moment qu'il a arrêté de se demander pourquoi il pense telle ou telle chose en présence de DWolf.

Et puis, encore et toujours cette voix. Peut-être même qu'il peut jouir juste en l'écoutant !

— Je ne vais pas te demander tes mots aujourd'hui, Bambi. Tu ne pourras pas parler, pour des raisons évidentes. À la place, si quelque chose ne va pas, je veux que tu tapotes ma cuisse. Ne frappe pas, mais mets assez de force pour attirer mon attention. Tu as compris ?

— Oui, Monsieur, approuve Bambi avec impatience.

Mais pourquoi sont-ils encore en train de parler ?

— Bambi ! claque le Dom.

— J'ai compris, Monsieur, promet le soumis. Je dois tapoter votre cuisse à la place de dire jaune ou rouge.

— Bien. Tu es prêt ?

— Oui Monsieur, je suis prêt.

Et c'est vrai. La nervosité et la timidité ont disparu. À la place, ne reste que le besoin et l'envie. L'envie de commencer, le besoin d'avoir ce sexe dans sa bouche. Il n'aurait jamais cru ressentir ça. Et pourtant…

Le loup lui caresse la joue avec tendresse et murmure :

— Bon garçon. Mets tes mains sur mes cuisses pour être bien stable et ouvre la bouche pour moi, Bambi.

Bambi suit les ordres, place ses mains sur les cuisses fermes et musclées et ouvre largement la bouche.

CHAPITRE 9

Bambi en place pour prendre sa queue dans sa bouche, ses grands yeux de biche emplis de concentration et de désir, c'est quelque chose que DWolf n'oubliera jamais. Ce sera son précieux souvenir de quelque chose qu'il ne pensait jamais obtenir et que, maintenant, il va avoir. Pas pour longtemps, certes, mais il refuse de penser à ça pour l'instant.

D'une main dont il maîtrise le tremblement au maximum, il guide sa queue dans la cavité moite. Dès que les lèvres humides de son soumis touchent son gland, il doit retenir un gémissement. Bambi ne ressent pas les mêmes contraintes et la plainte qui quitte sa gorge est obscène. Le Dom espère juste qu'il va tenir le coup et ne pas jouir en un temps ridiculement court. Ce serait plus qu'embarrassant.

Enfin, l'humain referme sa bouche sur le gland du loup et ferme les paupières.

— Regarde-moi, exige DWolf. Garde tes yeux sur moi.

Alors que Bambi rouvre les yeux, le loup grogne. Parce que son soumis est si beau comme ça, la bouche étirée autour de sa queue et son regard innocent braqué sur lui.

Déplaçant une main sur l'arrière de la tête de Bambi, il appuie légèrement pour l'encourager à descendre, prenant plus de sa longueur dans sa bouche. Le soumis met un peu trop d'enthousiasme dans la manœuvre et quand le gland de son Dom touche l'arrière de sa gorge, il se recule précipitamment et lutte contre le réflexe nauséeux qui menace de le submerger.

— Doucement, Bambi, l'encourage DWolf. Ne va pas trop vite. On a le temps. Toute la nuit, s'il le faut.

Bambi hoche la tête, essuie ses yeux larmoyants et reprend la tête de la queue de son Dom dans sa bouche.

C'est cette détermination qui fait presque perdre son contrôle à DWolf. Pendant une seconde, il donne un coup de hanches pour s'enfoncer plus profondément dans la caverne humide. Il se reprend très vite. Bambi n'est pas encore prêt à ce que sa bouche soit proprement baisée. Pas encore. Mais bientôt. Très bientôt. Après quelques semaines de pratique, ce sera possible.

Le soumis grogne alors qu'il descend avec plus de précautions et DWolf regarde, fasciné, sa queue être lentement avalée par cette bouche toujours en mouvement.

Il caresse doucement les cheveux du jeune et murmure :

— Si bon. Tu es un si bon garçon pour moi…

Bambi gémit, un son qui vibre le long de l'organe qu'il engouffre dans sa bouche.

— Utilise ta langue, Bambi. Bouge-la contre ma queue. Caresse-moi avec… Voilà… Comme ça… C'est bien, Bambi…

DWolf se demande si Bambi a regardé des heures et des heures de vidéos sur le net pour être aussi doué alors que c'est la première fois qu'il fait ça. Peut-être qu'il a cherché et trouvé des tutoriels pour apprendre à bien réaliser une fellation, ça ne l'étonnerait même pas. Ou alors, il est naturellement doué.

Le soumis le caresse comme il peut avec sa langue. Il n'y a pas tant de place que ça pour manœuvrer, mais il se débrouille très bien. Il taquine le dessous de la queue du loup, remonte et creuse les joues pour sucer légèrement.

DWolf ne peut retenir le long grognement qui s'échappe de sa gorge. Il place ses deux mains sur la tête du soumis et doit s'empêcher d'appuyer pour qu'il le prenne plus profondément.

— Continue… C'est si bon… Tu fais ça si bien, Bambi…

Il souhaiterait pouvoir se retenir encore un peu, mais il est proche, tellement proche de sa jouissance. Alors, autant en profiter au maximum.

— Utilise tes mains. Joue avec mes couilles. Découvre. Explore.

Bambi laisse glisser la queue hors de sa bouche, mais est immédiatement rappelé à l'ordre.

— Je ne t'ai pas dit d'arrêter de me sucer !

Le Dom sourit au frisson qui parcoure la colonne vertébrale de son soumis quand il le réprimande.

Bambi obéit immédiatement. Il reprend le gland dans sa bouche avec un grognement et encercle la base de la queue de ses longs doigts. Avec son autre main, il fait légèrement rouler les bourses de son Dom dans sa paume.

— C'est ça… Continue, Bambi… Fais-moi jouir…

Le soumis enroule sa langue autour du gland, taquine la fente et bouge doucement sa tête de haut en bas. Cette fois, c'est DWolf qui ferme les yeux. Il ne peut pas s'en empêcher. Son orgasme est tout simplement trop proche et regarder le soumis à cet instant le pousserait par-dessus bord.

— Bambi, branle-moi…

Le soumis ajoute le mouvement de son poing et continue de sucer, accélérant légèrement.

DWolf rouvre les yeux et déplace sa main pour caresser la joue de l'humain et passer son pouce sur sa lèvre inférieure.

— Je vais jouir, prévient le Dom. N'avale pas !

Et quelques instants plus tard, il décharge dans la bouche de son soumis et, putain, que c'est bon !

DWolf grogne son plaisir et, cette fois, ne retient pas le léger mouvement de ses hanches, propulsant son sperme presque au fond de la gorge du jeune homme.

***

Bambi sent un liquide chaud envahir sa bouche et Monsieur pousse sa hampe un peu plus profondément pendant la durée de son orgasme. Un long grognement de plaisir résonne à ses oreilles.

Le jeune homme se sent euphorique et, en même temps, très puissant. Oui, il est celui qui est resté à genoux, mais c'est lui qui avait le contrôle sur le plaisir de son Dom. On pourrait croire le contraire, parce que Monsieur lui a donné des directives, mais c'est lui qui l'a fait jouir avec sa bouche et ses mains. Le pied !

Et maintenant, il attend, la bouche pleine de sperme. Il attend que Monsieur se remette assez de son orgasme pour lui donner l'ordre suivant.

Ce que le Dom fait peu de temps plus tard. DWolf se lève, s'étire et referme son jean. Il en tire un paquet de mouchoirs en papier et en sort un qu'il déplie avant de le présenter devant la bouche de Bambi.

Juste à l'oreille du soumis, il murmure :

— Je te laisse le choix, aujourd'hui. Tu peux cracher dans ce mouchoir ou avaler. Comme tu veux.

Bambi a reconnu le goût. Et il est assez honnête pour dire qu'il l'aime. Il avale et déglutit avec un bruit audible. Le Dom dépose un baiser sur sa joue et murmure encore :

— Un si bon garçon. Tu es un si bon garçon pour moi, Bambi. Reste là et prends la position.

Après son ordre, Monsieur quitte la pièce.

Bambi remet ses mains sur sa nuque et aligne ses fesses avec ses genoux, le dos bien droit. Il a mal à la mâchoire et crève de soif, mais il garde parfaitement la position.

Quand la porte se rouvre dans son dos, il résiste difficilement à l'envie de se retourner pour voir son Dom se déplacer. Monsieur revient s'asseoir sur le lit devant lui et approche une bouteille d'eau munie d'une paille de sa bouche.

— Bois, ordonne-t-il gentiment.

Pas besoin de le dire deux fois, Bambi ne se fait pas prier. Sean boit avale toute la bouteille en quelques longues gorgées. Une fois sa soif apaisée, il dit :

— Merci, Monsieur.

Le Dom pose la bouteille, encadre le visage de Bambi de ses grandes mains et plante ses yeux noirs dans ceux couleur bronze.

— Merci à toi, déclare le Dom.

Puis il l'embrasse légèrement.

— Dis-moi, Bambi, sur une échelle de un à dix, à combien tu évalues ton besoin de jouir ?

Le simple fait d'en parler rappelle son sexe douloureux au jeune homme. C'est comme si la fellation avait occulté son propre corps, mais maintenant, il ne peut plus penser à rien d'autre.

— Douze, Monsieur. Douze, gémit-il avec force.

Monsieur rit.

— Oh, tu as vraiment très envie de jouir, alors. Voyons ce que nous pouvons faire pour ça.

Bambi en pleure presque de soulagement. Il va avoir le droit de jouir.

— Je reviens tout de suite, dit DWolf.

***

DWolf va jusqu'à sa veste qu'il a posée sur la pile de vêtements de Bambi et prend une bouteille rouge dans sa poche, puis revient vers le lit. Il doit bien avouer que Bambi l'impressionne. Il ne pensait pas que l'humain serait capable de se tenir aussi tranquille et d'obéir comme ça, sans se plaindre.

En fait, celui qui se contrôle le plus dans cette situation, c'est bien Bambi. Il est celui qui a pris la décision d'obéir. DWolf ? Eh bien, lui ne se maîtrise pas aussi bien. La preuve, quand Bambi a avalé son sperme, les yeux étincelants de plaisir, il aurait pu jouir à nouveau s'il avait assez récupéré.

— Allonge-toi sur le lit, sur le dos, les genoux pliés et les pieds bien écartés, exige-t-il.

Encore une fois, Bambi se soumet sans discuter.

DWolf prend quelques instants pour l'observer. Ça fait longtemps qu'il pense que le jeune homme est beau. Bambi l'est encore plus que lors de leur première rencontre. Depuis, il a pris un peu de muscles et a laissé pousser ses cheveux.

Mais le regarder allongé là, sur le lit, dans la position qu'il lui a dit de prendre, la queue dure et suintante de liquide séminal, son torse légèrement musclé se soulevant au rythme de sa respiration haletante… Putain, le jeune homme est carrément hors catégorie. Il est plus que beau. Le soumis est juste magnifique et DWolf se sent privilégié. Il a dans l'idée que même Amanda ne l'a jamais vu dans cet état.

DWolf s'allonge sur le côté et place un tendre baiser sur les lèvres entrouvertes. Puis il verse une généreuse dose de lubrifiant chauffant sur la queue érigée.

— Monsieur, geint Bambi.

— Chut, Bambi, le réprimande gentiment DWolf avec un sourire. Tu vas aimer, je te le promets. En fait, je te promets que tu vas pleurer de plaisir.

— Pleurer ? s'exclame Bambi, légèrement incrédule.

Et DWolf le comprend. Crier de plaisir, c'est quelque chose de commun. Pleurer de plaisir en revanche, c'est un concept un peu plus… difficile à appréhender.

Mais il a bien fait ses devoirs. Il a cherché, s'est inscrit sur quelques forums qui lui ont paru sérieux et, grâce à Chloé, a parlé avec quelques Doms confirmés, hommes et femmes confondus. Il a même pu discuter avec quelques soumis.

Il a appris quelques petites choses. Par exemple ce qu'était le déni d'orgasme qu'il a déjà testé sur Bambi. Mais aussi, l'orgasme forcé. Soit le contraire de l'orgasme dénié. En gros, il va faire éjaculer Bambi jusqu'à ce qu'il soit incapable de produire du sperme. Ce qui peut être extrêmement long et douloureusement bon. Il n'ira probablement pas jusque-là, mais il va s'en approcher au maximum.

— Je vais t'apprendre que la douleur peut faire partie du plaisir, murmure le Dom à l'oreille de son soumis. Et tu vas être un bon garçon, n'est-ce pas ? Tu vas me laisser te faire jouir parce que tu n'en as même plus envie, tu en as besoin, n'est-ce pas Bambi ?

— Monsieur, ça chauffe, gémit misérablement le soumis alors que ses hanches sont prises de mouvements apparemment incontrôlables.

— Je sais, le taquine DWolf. Je sais que ça chauffe. Est-ce que c'est bon ? Ou est-ce douloureux ?

— Les deux. Monsieur… S'il vous plaît ? Vous voulez bien que je jouisse ? S'il vous plaît ? J'ai été un bon garçon… S'il vous plaît… Monsieur… Vous avez dit que j'avais été un bon garçon…

Mais DWolf continue de l'asticoter de cette voix rugueuse qui semble lui faire tant d'effet.

— Je parie que tu vas jouir dès que je vais poser un doigt sur toi. Qu'est-ce que tu en penses ? Tu crois qu'un seul doigt va suffire ou tu auras besoin de ma main ? Dis-moi, Bambi, insiste le Dom alors que Bambi gémit seulement.

— J-je sais pas, Monsieur. S'il vous plaît !

— Un si bon garçon, murmure encore le Dom. Tu vas être un si bon garçon pour moi, Bambi.

D'un doigt léger, avec à peine un effleurement, il fait le tour du gland et ça suffit pour que l'humain jouisse dans un grand cri muet.

— Ça fait du bien, n’est-ce pas ? demande le loup toujours à son oreille. Dis-moi, Bambi.

— O-oui, oui, merci, Monsieur.

— Pourquoi tu me remercies ? le titille le Dom. Je n’ai pas fini de jouer avec toi.

Bambi se tend, mais avant qu’il puisse dire quoi que ce soit, DWolf empoigne rudement son membre et le branle sans concession.

***

Bambi ne s’attendait clairement pas à ça. Quand Monsieur l’a caressé – avec un seul doigt ! – il a joui avec une telle force que ça l’a rendu muet.

Mais Monsieur n’en a visiblement pas terminé avec lui. Il le masturbe. Juste un peu trop vite et un peu trop fort pour que ce soit réellement agréable, mais même ainsi, c’est bon, si bon ! Surtout après cette semaine passée à s’amener au bord de la jouissance, encore et encore, sans jamais l’obtenir. D’un coup, ça parait presque trop.

Bambi voudrait pouvoir parler, dire quelque chose, ne serait-ce que pour demander un peu de douceur, mais se retrouve incapable de s’exprimer alors que son deuxième orgasme le frappe avec force.

Cette fois, il a assez de voix pour crier. Mais Monsieur l'embrasse au même moment et boit son cri à même la source. Le baiser est du même acabit que la masturbation. Rude, dur et fort. Un baiser qui le domine complètement. Ça le laisse pantelant et haletant.

Il pense que cette fois le Dom en a fini avec lui. Après tout, il a déjà eu deux orgasmes. C'est le double de ce à quoi il s'attendait.

Visiblement, il se trompait. Le loup se déplace entre ses jambes et remet un peu de lubrifiant sur son sexe trop sensible.

— Non, non, marmonne-t-il en essayant de chasser la main qui étale consciencieusement le gel sur lui.

Son Dom claque la langue en signe de mécontentement et quitte le lit.

Pendant un instant, Bambi a peur. Peur que Monsieur lui dise que c'est fini, qu'il ne veut plus d'un soumis qui se refuse à lui. Et étrangement, il en a les larmes aux yeux. Il ouvre la bouche pour parler, s'excuser. Mais se retrouve incapable de le faire.

Et puis le soulagement déferle sur lui. Parce que DWolf sort juste une paire de menottes de la table de nuit et, OH, ces menottes-là sont bien plus menaçantes que les précédentes. Pas encore super super menaçantes, mais avec des boucles semblables à celles des ceintures. Sean sait qu'il ne pourra pas les détacher comme il le craignait pour les autres.

Rapidement et avec des gestes sûrs, le Dom lui attache les mains à la tête du lit.

— Voilà, comme ça, tu vas garder la position et tu ne pourras plus chasser mes mains, dit durement Monsieur. Tu sais que pour ça, tu vas être puni, n'est-ce pas ?

— Oui, pleurniche le soumis.

C'est étrange. Bambi a peur. Ça n'a rien à voir avec la crainte qu'il peut ressentir quand il fait face à une menace avec la meute. C'est moins fort, mais étrangement, aussi plus intense. Il a du mal à expliquer. Cette peur est excitante.

Bambi songe un instant à dire son mot de sécurité, mais l'excitation et la curiosité – cette curiosité qui le pousse à toujours en savoir le plus possible sur n'importe quel sujet – le retiennent. Alors il se mord la langue et patiente. Il prend de profondes inspirations et tente de calmer ses nerfs en attendant de savoir à quelle sauce le loup va le manger.

Il sursaute quand une main se pose sur son ventre et qu'un doigt léger trace des arabesques sur sa peau, étalant le sperme qui s'y trouve.

— Tes mots, Bambi ? demande doucement le Dom.

— Vert, jaune et rouge, halète Bambi.

— Bien. Couleur ?

Il hésite une seconde, et puis :

— Vert, Monsieur.

— Tu es sûr ?

Parce que bien sûr que Monsieur a perçu son hésitation.

— Oui, Monsieur, je suis sûr.

Avant même de comprendre ce qui se passe, il se retrouve sur le ventre, les fesses en l'air et les mains croisées au-dessus de sa tête.

Monsieur le déplace un peu en arrière, pas beaucoup, juste assez pour que ses bras soient étirés et que la position soit légèrement inconfortable.

Et puis… Oh merde !

— Je parie que tu avais oublié ton jouet, s'amuse DWolf.

Et c'est vrai. À un moment, quelque part entre l'instant où Monsieur a ouvert son jean et celui où il a eu le sexe de son Dom dans sa bouche, Bambi a oublié le truc, qu'il pense être un plug, qui se trouve dans ses fesses. Il gémit alors que le Dom joue avec.

***

DWolf a un rictus carnassier alors qu'il fait lentement coulisser le plug dans le petit cul de son soumis. Les gémissements et la façon dont Bambi se tortille l'excitent tellement qu'il est obligé de serrer rudement la base de sa queue pour s'empêcher de jouir.

Une fois calmé, il sort lentement le jouet de sa prison de chair, met du lubrifiant chauffant dessus et le réinsère.

— Juste pour que tu le saches, dit-il, j'ai mis du gel sur ton ami. Ça devrait être intéressant, qu'est-ce que tu en penses, Bambi ?

— Je… Je…

— Han-han. Oui, je comprends ce que tu veux dire, ironise le Dom. Voyons maintenant cette punition.

Bambi se tend légèrement, mais il n'a pas le temps de réellement s'inquiéter parce que, déjà, DWolf le baise avec le plug.

DWolf observe son soumis s'agiter, gémir, crier et finalement jouir alors qu'il frotte sans aucune pitié le jouet contre sa prostate.

— Monsieur ! S'il vous plaît ! supplie Bambi alors que le loup n'arrête pas ses mouvements.

— Je suis sûr que tu peux jouir encore une fois, commente le Dom qui aime vraiment beaucoup que Bambi le supplie.

Et puis, il déclare en levant la main :

— Cinq fois. Sur chacune de tes fesses.

Oui, c'est une impulsion. Ce n'est pas vraiment ce qui était prévu. Il avait dit cinq fessées. Il vient juste de décider que chaque globe devrait recevoir le même nombre de coups.

Il laisse fermement tomber sa main sur les fesses tendues vers lui.

— Ah !

Le cri de Bambi est un étrange mélange de douleur et de plaisir. Alors, il recommence sans jamais cesser de faire aller et venir le plug. Ses mouvements sont juste un peu plus brutaux.

— Couleur ? gronde-t-il entre deux claques.

— Vert ! Ah ! Monsieur !

— J'ai promis de te faire pleurer de plaisir, tu te souviens ?

***

Bambi est incohérent maintenant. Il semble incapable de penser correctement. C'est juste trop. Trop de sensations. Trop d'émotions. Si seulement Monsieur voulait bien s'arrêter ne serait-ce qu'une minute, il pourrait réfléchir. Mais le Dom continue.

Bambi a mal, c'est douloureux, mais étrangement, c'est une bonne douleur. Il ne savait même pas que la douleur pouvait être bonne.

— Mal… Fait mal, balbutie-t-il alors que le plug frappe toujours sa prostate abusée et que ses fesses le tiraillent et le cuisent.

Tout s'arrête instantanément.

— Couleur ? veut aussitôt savoir son Dom.

— V-vert, marmonne-t-il.

Bambi est fatigué. Il a juste envie de dormir, mais alors qu'il vient de jurer que tout va bien, les mouvements du jouet reprennent en lui et, cette fois, une main forte encercle son érection – sérieusement, comment est-il possible qu'il puisse encore bander ?? – et le masturbe.

Cette fois, il pleure. Parce que sa peau est trop sensible, que c'est trop fort et trop intense. Il jouit en pleurant et s'évanouit.

***

Dylan observe Sean alors qu'il est inconscient. Il vérifie que son cœur bat régulièrement et que sa respiration est correcte, soulagé de constater que c'est le cas. Avec des mouvements délicats, il détache les menottes et installe l'humain sur le ventre, les bras le long de son corps.

Il ne peut s'empêcher d'admirer les fesses de son soumis et passe lentement la main dessus en une caresse aérienne. C'est rouge et ça irradie de chaleur. Le loup ressent un mélange étrange de fierté et de culpabilité.

Fierté, parce que c'est lui qui a fait ça.

Culpabilité, parce que c'est lui qui a fait ça.

Sean va avoir des marques, des bleus. Merde, il s'est laissé emporter et, maintenant Dylan ne ressent plus que de la culpabilité. Ça tue immédiatement son érection.

Un coup frappé à la porte le détourne du corps alangui de son humain. Quand il ouvre, il n'y a personne, juste un sac accroché à la poignée.

Chloé, pense-t-il.

Il découvre une pommade à l'arnica et une grande bouteille de jus d'orange dans ledit sac.

Il pose la bouteille sur la table de nuit, bien en vue, et étale ensuite une généreuse dose de pommade sur les rondeurs charnues de son humain. Puis il place le tube à côté de la bouteille et quitte la chambre.

Il aura de la chance si Sean accepte encore de lui parler. Enfin à DWolf.

***

C'est la sonnerie de son téléphone qui réveille Sean le lendemain matin. Il ouvre un œil et met quelques instants à se souvenir de l'endroit où il se trouve.

Et ça lui revient en bloc.

La fellation. Le plug. Les orgasmes – au pluriel, bon sang ! – et… les claques sur ses fesses. Disons-le carrément, la fessée. Et nom d'un chien, que c'était bon. Est-ce que ça fait de lui un pervers ? S'il doit se fier aux conventions sociales, oui, ça fait de lui un pervers. Pourtant, il ne se sent ni dépravé ni anormal.

Oh, et puis que les conventions sociales aillent se faire foutre ! Il a aimé, point ! Il ne se sent pas différent de celui qu'il était la veille. Il a juste découvert une nouvelle facette de lui-même. Et il a bien l'intention de l'explorer.

Son téléphone qui sonne une nouvelle fois le tire de ses pensées, et il se lève avec une grimace pour aller chercher l'appareil dans son pantalon. Les quelques pas qu'il a à faire ne sont pas une torture, mais presque. Portant une main à son postérieur dans l'intention de se masser, il découvre que sa peau est couverte d'une substance graisseuse.

Qu'est-ce que… ?

Il renifle ses doigts. Il n'a peut-être pas les sens surdéveloppés de ses amis loups-garous, mais il est capable de reconnaître de la pommade à l'arnica quand il en sent.

Monsieur lui a mis de la pommade ?

C'est… gentil, non ? Oui, définitivement, c'est gentil.

Son téléphone se remet à sonner et, cette fois, il grogne, exaspéré. Il ne sait pas qui l'appelle, mais ça commence à le gonfler. Et puis, il pense :

« Et si c'est Monsieur qui me téléphone pour prendre de mes nouvelles ? »

Il marche un peu plus vite, une main sur ses reins, et se dépêche de sortir son téléphone de sa poche.

— Allô ?

Et si sa voix est un brin nerveuse, c'est normal, non ?

« Sean ? T'es où, mon pote ? »

Bon, définitivement pas Monsieur. Et définitivement Zach. Grosse, grosse déception.

— Hey Zach, mon pote, comment tu vas ?

« T'as oublié. »

Il est évident au ton de l'alpha que ce n'est pas une question. Sean balance aussitôt tout ce qui lui passe par la tête, alors qu'il tente de réfléchir à toute vitesse.

– Oublié ? Moi ? Pfff, n'importe quoi. Comme si c'était mon genre d'oublier quelque chose. Allons, Zach, tu me connais mieux que ça, non ? C'est pas mon genre d'oublier quelque chose, surtout si cette chose concerne mon frère en tout, sauf le sang. Quoiqu'on a fait un pacte de sang quand on avait neuf ans, alors si ça se trouve, on est aussi frères par le sang. On ne peut jamais savoir. Si ça se trouve, on a réalisé un pacte magique qui s'est activé quand tu es devenu l'alpha. Faudra qu'on se renseigne et…

« Sean, combien de litres de café tu as bu ? », demande Zach.

Sean connaît ce ton. C'est celui qu'on prend quand on parle avec quelqu'un qui nous inquiète beaucoup. Mais pourquoi l'alpha utiliserait-il ce ton maintenant ? Il n'y a aucune raison, si ?

— Aucun Zach, répond Sean avec une patience exagérée. Je n'ai pas bu de café du tout. Je ne suis pas chez moi et je viens juste de me lever de toute façon.

« Je sais que tu n'es pas chez toi », s'exaspère Zach. « J'y suis et pas toi. Tu es où d'ailleurs ? »

— T'es chez moi ? s'étonne Sean. Pourquoi ? Il y a une urgence ? Un problème ? Je…

« Sean, calme-toi ! » ordonne Zach.

Vraiment, Zach prend ce truc d'alpha un peu trop au sérieux.

« Tu as réellement oublié », continue son meilleur ami.

— Mais oublié quoi ? s'exclame Sean en commençant à se rhabiller.

« Toi, moi, Call of Duty ? »

Et ça tilte dans la tête de Sean.

— Mer… Credi ! J'arrive ! Je suis en chemin ! Je suis déjà dans ma voiture !

Il raccroche sans autre forme de procès.

Il s'habille aussi vite que ses douleurs postérieures le lui permettent et vérifie du regard qu'il n'a rien oublié, quand il avise la bouteille de jus d'orange et le tube de pommade. Après une seconde d'hésitation, il embarque le tout. La pommade va probablement lui servir dans les prochains jours et il va boire le jus d'orange en route.

Il croise Chloé alors qu'il boitille vers la sortie et se contente d'un geste de la main, le nez collé à son téléphone, parce que Monsieur ne lui a toujours pas envoyé de message. *Pourquoi ?* se demande-t-il. Il ne voit pas le regard inquiet que la lionne pose sur lui, pas plus qu'il ne l'entend marmonner : « Imbécile de loup ».

Le trajet jusque chez lui se passe un peu au radar. Parce qu'il est trop concentré sur l'absence de nouvelles de la part de DWolf. Est-ce qu'il a fait quelque chose de mal la veille ? Peut-être que DWolf ne veut plus de lui et attend le bon moment pour le lui dire ?

S'il restait des endorphines et de l'adrénaline dans son système, les niveaux viennent brutalement de chuter, laissant Sean légèrement déprimé. Il se secoue quand il se gare dans son allée et voit Zach qui l'attend, assis sur les marches du porche. Il n'a pas envie d'embêter son meilleur ami avec ses problèmes ou de l'inquiéter. Et puis, si ça se trouve, il n'y a aucun problème et il se monte juste la tête.

Alors qu'il rejoint l'Alpha, les yeux de Zach s'écarquillent et il plisse le nez comme s'il sentait quelque chose de particulièrement fort et désagréable. Ce n'est qu'à ce moment-là que Sean réalise.

Il ne s'est pas douché…

CHAPITRE 10

Zach est… Il ne peut pas dire qu'il est confus. Il ne l'est pas. Il est perplexe. Voilà. Perplexe. Il est là, devant la maison de son meilleur ami, alors que celui-ci n'y est pas. Jamais Sean ne l'a oublié. Pas une seule fois. Sauf aujourd'hui visiblement.

Est-ce qu'il y a quelque chose qui a changé dans la vie de Sean ? Bien sûr que oui, tout le monde peut le voir. Il faudrait être aveugle pour ne pas avoir perçu qu'il est plus détendu depuis quelque temps, plus relaxé…

À en juger par l'odeur qui recouvre presque entièrement celle de son meilleur ami quand il sort de sa voiture, après être enfin arrivé, Zach se dit que ce changement est dû à Dylan. Bien sûr, l'alpha a bien vu que ces deux-là se rapprochaient. Sauf qu'il pensait que c'était un développement récent et surtout lent. Ça ne peut pas dater de ce vendredi, si ? Non. Sean n'est pas gay ou ne l'était pas, enfin aux dernières nouvelles. Du coup, ça n'a pas pu être aussi rapide. Mais alors… ?

Encore une fois, Zach n'est pas aveugle et surtout, son nez fonctionne très bien. Les sentiments de Dylan pour Sean sont plutôt évidents. Mais jamais, à aucun moment, il n'a perçu la moindre attirance chez Sean. Il a de quoi être perplexe et… Bon, OK, il est confus. Mettez-vous à sa place aussi, il y a de quoi !

Maintenant que son meilleur ami n'est qu'à trois pas de lui, Zach est bien obligé de se rendre compte que ce n'est pas aussi récent que ça. Ou même aussi lent que ce qu'il pensait. Surtout quand Sean ouvre la bouche pour parler et que son haleine, et surtout l'odeur qu'elle charrie, atteint ses narines.

S'il y a bien une chose dont Zach se serait passé, c'est de savoir à quoi ressemble l'odeur du sperme de Dylan. Il aurait même largement préféré éviter pour pouvoir continuer à vivre dans une bienheureuse ignorance. N'empêche, s'ils en sont à… à… Oh putain ! S'ils en sont à ÇA, c'est qu'ils sont ensemble depuis un bon moment, non ? Et il aurait dû le voir.

Oui, il n'arrive pas à le dire. Ne le jugez pas. Sean est son frère en tout, sauf le sang. Est-ce que vous, vous avez envie de savoir ce que vos frères et sœurs font avec leurs partenaires ? Non ! Ben voilà, lui c'est pareil. C'est quasiment la même chose que de surprendre ses parents en pleine action. Zach en frissonne d'horreur.

Il grimace et voit Sean se figer en réaction.

Son meilleur ami ouvre la bouche, la referme et la rouvre. Pour la fermer encore. Zach réfléchit rapidement à ce qu'il va dire. Il s'agit de ne pas merder et de ne pas braquer Sean. Il ne veut pas que celui-ci croie qu'il est contre, homophobe ou il ne sait pas quelle autre connerie.

— Mec, depuis quand tu aimes les hommes ?

Oh, bien joué, Zach, bien joué. Tout y est : l'accusation, l'agressivité. *Bravo, bien joué,* grimace-t-il intérieurement.

— Sean, je…, commence-t-il, mais son meilleur ami le coupe.

— Si on doit vraiment avoir cette discussion, je préférerais qu'on le fasse à l'intérieur, déclare simplement Sean.

Zach a une moue gênée. Son ami a raison. Ce n'est pas le bon endroit pour avoir ce genre de conversation. Surtout que madame Simmons, la vieille voisine commère et curieuse, est à sa fenêtre, occupée à les observer. Il lui semble même apercevoir le reflet d'une paire de jumelles. Zach n'aime pas cette femme. Elle ne cache pas son racisme envers toutes les créatures surnaturelles et il n'a aucune patience envers ce genre de personne sectaire. Malgré tout, sa mère l'ayant bien élevé, il la salue d'un geste de la main. Les rideaux se ferment brutalement et il ricane en suivant Sean dans la maison. Oui, il est poli et bien élevé, mais faut pas pousser non plus.

Les deux jeunes hommes s'installent sur le canapé, dans le salon. Zach s'assoit de manière à faire face à son meilleur ami, même si celui-ci ne le regarde pas. Sean a les coudes sur les genoux, le menton dans ses mains et fixe le sol avec une concentration que l'alpha ne lui a pas vue depuis longtemps. Il suppose que Sean n'a pas besoin de connaître à fond le motif du plancher qui est là depuis toujours ou presque, aussi il doit vouloir éviter ses yeux.

Est-ce qu'il pense vraiment que le loup va le juger ? S'il faut en croire par l'odeur d'embarras qui émane de Sean, oui c'est le cas. Zach décide de le mettre immédiatement à l'aise.

— Mec, je me fiche que tu aimes les hommes, les femmes ou les pingouins, tu seras toujours mon meilleur ami, mon frère d'une autre mère.

Zach fait semblant d'hésiter, puis dit avec une fausse inquiétude :

— Mec, tu n'aimes pas les pingouins, si ?

Sean ricane, attrape un coussin et le lui jette à la figure. Zach éclate de rire. Puis reprenant son sérieux, il pose la main sur l'épaule du jeune Matthews et la serre légèrement.

— Hey Sean, tu sais que je m'en fiche, pas vrai ? dit-il avec insistance. À moins que tu n'attaques des petites vieilles dans des parkings, je me fiche de qui tu aimes ou avec qui tu couches, du moment que tu es heureux.

Sean a un petit sourire amusé.

— Oh, alors je peux attaquer les petites vieilles du moment que ce n'est pas dans un parking ?

Zach grogne, joueur, avant de sauter sur son meilleur ami pour l'attaquer à coup de chatouilles. Ils dégringolent du canapé et s'étalent sur le sol, alors que Sean se tortille dans tous les sens pour échapper aux doigts impitoyables qui le maltraitent, tout en essayant de ne pas montrer que son postérieur n'a pas apprécié sa rencontre un peu brutale avec le parquet.

— Noooooon, couine l'humain, couvrant par la même tout gémissement de douleur qui pourrait lui échapper. Pas les chatouilles !! Non ! Non ! Pitié ! Aaaaargh !!!

— Fallait pas te moquer !

Sean déclare rapidement forfait et ils restent tous les deux, haletants côte à côte, les yeux fixés sur le plafond. Il faut encore quelques minutes pour que Sean reprenne un souffle à peu près normal, et c'est avec une petite voix qu'il finit par demander :

— Tu ne vas pas me poser de questions ?

— Une ou deux, reconnaît l'alpha.

— Vas-y.

— Tu sens… Eh bien tu sens le… Ah merde ! Je peux pas le dire ! Bref, tu sens comme lui… Euh… Au niveau de la bouche et aussi… Euh… L'arnica au niveau de… enfin, tu vois, conclut pitoyablement Zach avec un vague geste de la main.

Sérieusement, cette conversation est encore pire que celle que Zach a eue avec la mère quand elle a estimé qu'il était assez grand pour qu'elle lui parle des choses de la vie. Oui, sexe, il veut dire sexe. Eh bien, croyez-le ou non, mais il ne pensait pas qu'il était possible d'avoir une conversation plus gênante que celle-ci. Et pourtant, l'ancienne alpha de la meute Miller n'y est pas allée par quatre chemins et a même utilisé des mots tels que « pipe », « queue » et « chatte ». Est-ce que vous imaginez combien cette conversation a pu être traumatisante ? Oui ? Parfait. Eh bien, multipliez ça par dix et vous pourrez comprendre comment il se sent à cet instant.

— Je… Euh…, bafouille Sean.

Ah, il n'est pas le seul à être gêné, découvre Zach et, quelque part, ça le rassure. C'est bête, mais il ne peut pas s'en empêcher.

— Pour ta bouche, j'ai une explication plutôt évidente, confie Zach. Pour ton cul aussi, maintenant que j'y pense, ajoute-t-il en fronçant les sourcils. Est-ce qu'il est trop brutal ?

— Non, non, promet Sean. C'est juste que… La relation qu'on a…

— N'en dis pas plus, le coupe l'alpha. Je sais.

— Tu sais ? semble s'étonner Sean. Comment ça, tu sais ?

À croire qu'il ne fait pas partie d'une meute de loups-garous et autres créatures depuis des années. De temps en temps, Sean semble oublier de quoi ses amis sont capables grâce à leurs sens surdéveloppés. C'est parfois drôle et quelquefois exaspérant. À cet instant, les deux sentiments sont présents.

— Loup-garou, tu te souviens ? s'exaspère Zach en se tapotant le côté du nez pour attirer l'attention sur son sens de l'odorat.

Sérieusement, est-ce que sa relation avec Dylan bouffe tous les neurones de Sean ? Quoique, à bien y réfléchir, il n'a pas du tout envie de connaître la réponse à cette question. On ne sait jamais, elle pourrait comporter des détails sexuels.

Ce n'est pas qu'il soit mal à l'aise avec l'homosexualité. Ça n'a rien à voir. C'est surtout qu'il ne veut pas du tout pouvoir être capable d'imaginer son meilleur ami engagé dans une quelconque activité sexuelle. Oui, il l'a déjà dit. Non, ce n'est pas Alzheimer – est-ce que les loups-garous peuvent avoir Alzheimer ? Il faudra qu'il pense à le demander à Sean, à l'occasion. Il veut juste que ce soit bien clair pour tout le monde.

Sean écarquille les yeux, comme s'il ne réalisait qu'à cet instant les implications des sens surdéveloppés d'un loup.

— Et mer… mince, marmonne-t-il en posant son bras sur ses yeux comme pour se cacher.

— Ouais, commente Zach. Alors, c'était vraiment un secret ? Pourquoi t'as rien dit ? Tu avais peur que je dise quelque chose ? Ou les autres ? Personne n'aurait posé de problème, tu sais. Après tout, Dylan est pansexuel et une fois qu'il a eu expliqué ce que ça veut dire, on a juste fait genre « ouais OK, cool ». Au contraire, on aurait été contents que tu nous en parles.

C'est peut-être ce qui le dérange le plus, en fait. Que Sean, celui qui le connaît le mieux après sa mère, ne lui ait pas fait assez confiance pour se confier à lui. Est-ce que Zach lui a donné l'impression, à un moment ou un autre, qu'il était homophobe ? Ou bien qu'il se sentirait menacé par une relation entre eux deux ? C'est stupide. Au contraire, après ce que Dylan et Sean ont traversé, il aurait été content pour eux. Il est d'ailleurs content pour eux. Il est temps que l'*auraenas* de sa meute le comprenne. Et pour l'alpha, une séance de confidences est le meilleur des moyens pour le lui faire comprendre. Alors il se lance. Parce qu'après tout, le jeune Matthews n'a pas été le seul à cacher des choses.

— Je pense inviter Amanda à sortir la semaine prochaine, déballe-t-il comme on arrache un pansement.

Sean se redresse brusquement et fixe son alpha avec incrédulité.

— Amanda ? Mon Amanda ? s'écrit-il.

Ah… Ça ne va peut-être pas aussi bien se passer que ce que Zach espérait. Peut-être que Sean a encore des sentiments pour la jeune femme ? Et s'il pense que c'est une trahison ? Et s'il lui en veut ?

— Je… Ouais, avoue-t-il. Ça t'embête ?

Le visage de Sean passe par plusieurs expressions successives et tellement compliquées qu'on dirait qu'il est constipé. C'est étrange à voir et, dans d'autres circonstances, ce serait très très drôle. Pas à cet instant. Plus tard, peut-être qu'ils pourront en rire ?

— Amanda et toi, murmure Sean.

— Ouais, répète l'alpha en se frottant la nuque. Écoute, mec, si ça te dérange, je comprendrais et je…

— Pourquoi ça me dérangerait ? l'interrompt Sean.

— Eh bien, c'est ton ex et…

— Aaaah, mais on s'en fout ça ! s'écrit-il. Tu vas l'emmener où ? Vous sortez déjà ensemble ou pas ? Allez, mais raconte ! Je meurs de curiosité là !

Zach jette un coup d'œil à son meilleur ami et le grand sourire qui étire sa bouche lui donne envie d'éclater de rire. C'est comme si une bulle venait d'exploser, dispersant toute l'anxiété que le loup pouvait ressentir. Jamais il n'aurait dû douter de son presque frère et, juste comme ça, il comprend pourquoi Sean n'a rien dit. La peur du regard de l'autre peut parfois nous faire oublier ce qu'on sait depuis toujours.

— On discute beaucoup et on passe beaucoup de temps ensemble, c'est tout, assure Zach. Mais je me dis qu'il pourrait y avoir plus et que ça me plairait beaucoup. Et je pensais l'emmener chez *Pierre's*.

Sean siffle. *Pierre's* est un petit restaurant français, situé à deux villes de leur bourgade. C'est le genre d'endroit très chic où les hommes portent des costumes avec cravate et les femmes des robes de soirée et des bijoux.

— Elle va adorer, promet Sean.

— Si elle dit oui…

— Et pourquoi elle dirait autre chose ? s'étonne Sean. Je sais que je n'ai pas été très… Euh… Attentif ces derniers mois mais, même moi, je sais qu'elle va dire oui.

Zach lâche un petit rire, soulagement et plaisir mêlés. Si Sean dit qu'elle va accepter, alors il peut le croire. Et puis que son meilleur ami semble approuver lui fait un bien fou.

— Et toi ? demande l'alpha. Comment ça s'est fait, vous deux ?

Sean perd aussitôt son sourire. C'est inquiétant de voir à quelle vitesse son visage s'assombrit.

— Sean ?

— Je sais pas trop quoi te répondre en fait, avoue-t-il.

Zach n'a même pas besoin de son nez pour savoir que c'est un mensonge. Enfin, pas un mensonge. Disons plutôt que c'est comme si l'autre garçon voulait garder certaines choses pour lui. Et le loup ne va pas le pousser à parler. Le principal, c'est qu'il soit heureux et qu'il s'ouvre, ne serait-ce qu'un peu. C'est toujours mieux que sa récente attitude.

— Dis-m'en juste un peu, propose l'alpha.

— Eh bien, pour être honnête, c'est plus le hasard qu'autre chose, confie Sean. Mais tu sais, je veux y aller tranquillement, ne rien précipiter. J'ai pas envie qu'on se prenne la tête. Donc…

— Donc, tu préfères ne pas en dire plus, complète Zach. Je comprends. Je suis content pour vous deux. Mais dis-lui que s'il te fait du mal, la meute viendra lui botter le cul.

— Merci, mon pote, murmure Sean en serrant son ami dans ses bras. Je lui dirai.

Ils restent un moment en silence, blottis dans les bras l'un de l'autre. Et puis :

— Comment ça se fait que tu ne me menaces pas ? s'enquiert soudain Zach en s'écartant, les sourcils froncés.

— Comment ça ?

— Ben oui, moi je t'ai dit de le prévenir qu'on lui tomberait dessus si jamais il te faisait du mal, explique le loup, mais toi, tu ne m'as pas menacé de la même chose pour Amanda.

Sean glousse – oui, il glousse ! – et s'explique alors qu'il se lève.

— Mec, si ça arrive, j'aurais même pas le temps d'ouvrir la bouche qu'Amanda t'aura déjà découpé en tous petits morceaux et filé à bouffer à la meute. C'est à elle que je devrais dire de ne pas te faire de mal.

Zach ouvre la bouche, prêt à s'insurger. Seulement… Il doit bien avouer que c'est plutôt proche de la réalité. À côté de cette frêle humaine, il n'est qu'un petit garçon qui a tout à apprendre. Il hausse les épaules. Ça lui va, il aime qu'elle soit terrifiante.

— Bon, si on jouait ? propose Sean.

Zach se relève également et se mordille la lèvre, pas vraiment sûr de la meilleure façon d'aborder le sujet. *Oh et puis zut !*

— Sean, mec, commence-t-il en hésitant quand même un peu. Ne le prends pas mal, mais… est-ce que tu peux aller te laver, s'il te plaît ?

L'humain le fixe, faussement scandalisé.

— Est-ce que t'es en train de me dire que je pue ?

— J'aurais pas dit ça comme ça, contre Zach. C'est juste qu'il t'a marqué de son odeur. Beaucoup.

Sean éclate de rire et se dirige vers l'escalier.

— Pas de souci, j'y vais. Installe le jeu en attendant.

— Et un bain de bouche aussi s'il te plaît, ajoute l'alpha alors qu'il se baisse devant la télé pour brancher la console et mettre le jeu.

Sans trop de surprises, il se prend une chaussure sur la tête. Il savait que Sean lui lancerait un truc. Après tout, il vient quand même d'indiquer qu'il sait ce que lui et Dylan ont fait. Toutefois, il ne pensait pas que ce serait une chaussure.

Bah, rien que pour le petit cri scandalisé qui accompagne le lancer, ça valait largement le coup, décide l'alpha avec un grand sourire.

***

En sortant de la douche, Sean attrape un aperçu de son dos dans le miroir en pied de la salle de bains. Ses fesses sont encore bien rouges et, par endroit, des empreintes de doigts sont même visibles. Il va avoir des bleus.

Étrangement, il se sent fier de porter ces marques. Il ne saurait pas comment l'expliquer, mais il aime voir sa peau meurtrie comme ça et se demande même ce que ça donnerait d'en avoir ailleurs et d'un autre genre. Cette pensée le fait rougir.

Sur une impulsion, il attrape son téléphone sur le comptoir et prend une photo de ses fesses marbrées. Il se connecte ensuite rapidement à CFM et envoie un message à DWolf avec l'image.

« Merci, Monsieur »

Il reste connecté, mais se positionne en « indisponible ». Ainsi, il sera averti si un nouveau message arrive, mais son Dom saura qu'il ne répondra pas immédiatement.

Il s'habille rapidement d'un pantalon de survêtement et d'un vieux t-shirt, avant de rejoindre Zach qui a déjà chargé le jeu et l'attend pour lui mettre une raclée.

— Je vais te botter le cul ! promet le loup avec enthousiasme.

— Rêve, poilu ! contre Sean en riant. C'est moi qui vais te démonter !

***

Dylan est incapable de dormir cette nuit-là. Chaque fois qu'il ferme les yeux, il ne voit que les fesses martyrisées de Sean.

Il s'en veut.

Il n'aurait pas dû lui en mettre autant. Il aurait dû s'en tenir à cinq fessées au total. Il a mal dosé sa force. Et plus que tout, il n'aurait pas dû s'embarquer là-dedans. Sérieusement, devenir le Dom de Sean, mais à quoi il pensait, bon Dieu ?! Il aurait très bien pu l'aider autrement, non ? Bien sûr que oui. Mais non, il a fallu qu'il pense qu'il pouvait maîtriser la situation. Parce que ça lui réussit tellement bien.

Frustré et en colère contre lui-même, il se lève et décide de se lancer dans une intensive séance de sport. Il commence par s'échauffer un peu, puis attaque un itinéraire qui lui fait parcourir une partie de la ville et pas mal des champs alentour. Deux fois… Cinquante kilomètres de course rapide devraient l'aider à se vider un peu l'esprit.

Il rentre deux heures plus tard – Loup-garou, vous vous souvenez ? – à peine en sueur. Parfois, il déteste être une créature surnaturelle. Un humain serait sur les rotules et appellerait son lit de tout son corps. Dylan, lui, entame une série de cent cinquante abdos et enchaîne avec cent cinquante pompes. Trois heures plus tard, il se sent toujours aussi énergique et ça l'agace.

Un coup d'œil à sa montre lui apprend qu'il n'est que neuf heures du matin. Il soupire et ouvre son frigo pour se faire un petit déjeuner. Il n'a pas spécialement faim mais, pour son bien, il se doit de prendre soin de lui.

On ne dirait pas comme ça, parce qu'il est jeune, mais Zach garde un œil sur les membres de sa meute quasiment en permanence. Et il remarque tout en plus. Ce n'est pas qu'il surveille ses bêtas, c'est juste qu'il prend ses responsabilités très au sérieux. S'il voit que Dylan perd du poids, il voudra savoir pourquoi. L'alpha l'obligera à s'asseoir et à raconter ce qui ne va pas. C'est comme un super pouvoir que le jeune loup posséderait. Une seule plongée dans ces grands yeux sombres, pleins de sollicitude, et on a envie de déballer tout ce qu'on a sur le cœur pour que Zach nous réconforte. Normalement, c'est rassurant. Là, c'est exaspérant.

Dylan en a des sueurs froides rien que d'imaginer la conversation. L'alpha le fixerait avec un regard doux et compréhensif et lui… Lui serait incapable de ne pas parler. Et comment réagirait Zach si Dylan lui disait : « Je me tape ton meilleur pote. En fait, je le domine et lui demande des choses sexuelles. Et il ne sait pas que c'est moi. Mais je l'aime ! » ? Ouais, ça ne peut pas bien se finir.

Il grogne et le son se réverbère dans le vide abyssal qui habite son réfrigérateur. Sur un coup de tête, il décide d'aller faire un tour au marché. D'une, ça le détendra et le sortira de chez lui. Et de deux, Zach a toujours un ou deux bêtas qui surveillent le territoire à tout instant. Ils diront qu'ils l'ont vu au marché et Dylan n'aura pas Zach sur le dos, comme les premières semaines après le décès de sa sœur. Alors même que Zach pleurait également Kathy, il avait pris le temps de s'inquiéter pour Dylan. Il doit bien avouer qu'il en a été touché.

Et voilà comment il le remercie : en se servant de Sean pour assouvir ses pulsions et avoir ce qu'il ne pourrait pas autrement. Il peut bien se dire tout ce qu'il veut : qu'il ne désire qu'aider Sean, qu'il l'aime ; il sait que ce qu'il fait est mal, que Sean ne lui pardonnera jamais, qu'il lui explique pourquoi ou pas. Quand Zach saura – parce que Dylan ne se fait aucune illusion, il saura – il le massacrera avant de l'éjecter de la meute.

C'est triste et la mine sombre qu'il arrive sur le marché et flâne devant les étals. Il examine distraitement quelques tomates quand une voix amusée à son oreille le fait sursauter.

— Vous n'allez pas les tuer, vous savez ?

Il se retourne d'un bond et se retrouve face à une jeune femme d'environ trente ans qui le regarde, les yeux rieurs. Il la connaît et elle n'est clairement pas une menace. Il rentre ses griffes en espérant qu'elle n'ait rien vu.

— Bonjour Serena, dit-il avec un petit sourire.

Serena est une amie de Chloé. Elle vient de temps en temps au club pour passer la voir et Chloé les a présentés. Il aime bien l'humaine. Elle est franche, parfois brute de décoffrage, mais toujours gentille et polie. Quand ils se croisent dans les couloirs du club, ils discutent un peu. Pas grand-chose, juste des « Comment ça va ? », « Et la famille ? », ce genre de chose, mais ça suffit à Dylan pour l'apprécier.

— Comment allez-vous ? lui demande-t-elle avec un sourire sincère.

— J'ai connu mieux, avoue-t-il.

— C'est ce qu'il m'a semblé oui. Vous regardez ces tomates comme si l'idée de les manger vous donnait envie de vous pendre.

— Oh, fait-il. Non, je pensais à autre chose.

— Eh bien, ça ne devait pas être joyeux, remarque-t-elle. On aurait dit que vous alliez pleurer.

— Je…

— Hey, ma belle ! l'interpelle un homme.

Elle tourne la tête pour regarder l'homme qui s'avance vers eux à grandes enjambées et le sourire qu'elle affiche fait mal au loup. Parce que c'est un sourire heureux, plein d'amour et qui éclaire son visage comme si le soleil venait de se lever. Personne ne l'a regardé comme ça depuis… Il ne sait même pas. Sean ne le regardera jamais comme ça.

— Tout va bien ? demande l'homme en venant poser une main possessive sur la nuque de sa compagne.

Les yeux de la jeune femme deviennent légèrement brumeux, comme si le geste avait une signification particulière. Puis l'homme déplace un peu sa main et joue avec le collier qu'elle porte. Ce qui attire l'attention de Dylan sur ledit collier C'est un joli bijou. Une simple chaîne en or, fine, avec des petites pierres rouges à intervalles réguliers et enroulée un peu serré autour du cou. Il n'y a qu'un truc qui retient particulièrement l'attention du loup. Posées au creux de la gorge, les pierres forment comme un anneau. C'est un peu étrange en fait.

— Tout va bien, assure Serena en levant les yeux au ciel. Arrête de t'inquiéter tout le temps, j'vais pas m'envoler. Je te présente Dylan, il travaille avec Chloé.

L'homme serre la main du bêta en grognant légèrement et Dylan se retrouve soudain à penser qu'il ferait un bon loup. Une aura de dominance, mais en même temps de contrôle. Cet humain serait un bon Alpha. Pas que Dylan ait envie de se mettre sur le dos pour montrer son ventre, mais certains pourraient certainement être tentés.

Et puis, dans les yeux de l'homme, le message est encore plus clair qu'avec la main sur la nuque.

« Ne l'approche pas. Elle est à moi. Je me battrai pour la garder. »

Ce n'est pas comme si le bêta avait l'intention de lui voler sa compagne, mais il reconnaît parfaitement la mise en garde. Parce qu'il ressent la même chose envers Sean. Même si, lui, ce serait plutôt : *« Mien ! Dégage ! »*

Ce qui se passe ensuite le laisse d'abord perplexe, avant que ses yeux ne s'écarquillent de compréhension.

— Dis au revoir, ma belle, murmure l'homme à l'oreille de la jeune femme.

— Au revoir, ma belle, lance-t-elle, alors même qu'elle tourne les talons.

— Impertinente, s'amuse l'homme en lui mettant une légère claque sur les fesses.

— Oups, je vais être punie ?

Le regard clairement demandeur de Serena veut tout dire.

Elle rit, visiblement libre et heureuse, quand l'homme lui confirme que, oui, elle va être punie.

Dylan comprend soudainement. Le collier, l'attitude de l'homme. C'était un Dom et sa soumise.

Cette rencontre plonge Dylan dans une profonde réflexion. Est-ce que c'est ce qu'il aurait pu avoir avec Sean s'il avait tenté quelque chose avec lui ? Une relation qui semble tellement naturelle, « normale ».

Le loup observe le couple quelques instants. L'homme parle et ce qu'il raconte semble exaspérer sa compagne, puisqu'elle lève les yeux au ciel et lui tire la langue. L'homme se penche alors et lui murmure quelque chose à l'oreille qui la fait rougir.

Dylan les envie.

C'est même plus que ça. Il crève de jalousie. C'en est même risible à quel point il est jaloux et envieux. Il ne pourra jamais avoir ça avec Sean. Peut-être avant, mais plus maintenant.

***

Ce n'est que plus tard dans la matinée qu'il voit qu'il a un message sur le CFM. Il sort juste de la douche et ne porte qu'une serviette autour des hanches alors qu'il s'assoit sur son lit et fixe le petit « 1 » qui clignote à côté de l'enveloppe. Intrigué, il l'ouvre et télécharge la pièce jointe. Quand elle s'ouvre, Dylan manque d'en avaler sa langue. Nom d'un chien !

Les fesses de Sean s'étalent en gros plan sur l'image et… Wow. Est-ce que ça fait de lui un pervers s'il bande juste en voyant cette photo ? Peut-être, peut-être pas. S'il se branle en la regardant, là oui, il en sera définitivement un. Tant pis, de toute façon, il est dans la merde, alors foutu pour foutu, autant profiter de la descente en enfers, non ?

Les yeux rivés sur la photo, il s'installe confortablement sur son lit et défait le nœud qui maintient la serviette autour de sa taille. Il devrait probablement sortir le lubrifiant du tiroir de la table de chevet, mais il veut que ce soit sec et rugueux. Une masturbation oui, mais un peu comme une punition, parce que ce qu'il s'apprête à faire n'est vraiment pas bien. Il n'arrive plus à se sentir coupable. Ça viendra plus tard. Pour l'instant, il empoigne fermement son membre presque complètement érigé et commence lentement à bouger son poing serré. Il passe sa langue sur ses lèvres, comme s'il pouvait y sentir le goût de Sean, et parcourt des yeux chaque marque qu'il a laissée sur les fesses bombées.

Il accélère les mouvements sur sa queue, alors que les souvenirs de la veille envahissent son esprit. La bouche étirée de

Sean. Sa langue taquinant son méat. Sa gorge se contractant autour de lui. La sensation des fesses sous ses doigts. La chaleur qui a fini par s'en dégager. Il ne lui faut pas longtemps pour jouir et il laisse retomber sa main, tenant le téléphone sur le lit.

Haletant, il tente de reprendre ses esprits. Mais la culpabilité revient s'abattre sur lui au galop et il se sent comme un pervers dépravé. Non seulement il ment à Sean, mais en plus il en retire du plaisir. Ça ne devrait pas se passer comme ça. Pourquoi est-ce qu'il ne peut pas être un mec normal ? Un mec qui aurait invité le jeune homme a un rendez-vous et se serait pris un râteau, parce qu'il n'y aucune raison pour que Sean soit attiré par lui.

Oui, il sait qu'il est séduisant. Ce n'est pas de l'arrogance ou du narcissisme, c'est juste qu'il a des yeux et qu'on lui répète assez souvent qu'il l'est. Malgré tout, le fait qu'il soit bien foutu ne veut pas dire qu'il plaît à Sean. Et puis, si ça se trouve, Sean préfère des hommes humains. Ou moins musclés. Ou… juste pas lui. Le fait que Sean ait demandé un garou mâle ne veut absolument rien dire.

Soupirant, l'effet de son orgasme gâché, il se redresse et décide de reprendre une douche. Froide.

Évidemment, avant même qu'il puisse faire un pas en direction de la salle de bains, quelqu'un frappe à sa porte. Il soupire et attrape le premier jean qui lui tombe sous la main. Qui se trouve également être celui qu'il portait la veille au soir.

Mauvaise idée. Très mauvaise idée s'il doit en croire la tête de Zach quand il ouvre la porte. L'alpha tire une tronche de trois mètres de long et plisse le nez comme si l'odeur le dérangeait particulièrement. Et c'est probablement le cas.

— Non, mais sérieux, vous avez un problème avec les douches aujourd'hui ou quoi ? s'exclame le jeune loup en entrant dans l'appartement. Encore que tu pues moins que Sean…

Dylan fronce les sourcils. Ça veut dire quoi ça ? La lumière se fait presque immédiatement. Merde ! Son jean porte encore l'odeur de Sean. Et Zach revient clairement de chez son meilleur ami qui, en rentrant du club, semble avoir fait l'impasse sur la douche. C'est du moins ce que Dylan déduit du peu qu'a dit l'alpha.

La cata. Totale.

Refusant de laisser la panique le gagner, Dylan prend deux grandes inspirations pour tenter de se calmer.

Réfléchis, crétin !

Zach n'a pas l'air sur le point de l'éviscérer avec le premier objet à portée de main. En fait, il agit comme s'il était tout à fait normal que Dylan se trimbale avec des fringues portant l'odeur de Sean. Ce qui doit vouloir dire que l'alpha a *flairé* quelque-chose, mais que le secret n'a pas été complètement éventé. Faut-il y voir un miracle ? Non, non, Dylan n'a pas du tout passé l'age de croire aux interventions divines. Malgré tout, il aimerait bien savoir exactement ce que croit avoir deviné Zach.

Pour ça, il décide de jouer les imbéciles. Il va devoir manœuvrer subtilement pour ne pas vendre la mèche… OK, on inspire profondément et on se calme, Dylan peut le faire. Il peut mentir et tromper son alpha. Facile… Mais si, il est convaincu ! Chut ! Vous le déconcentrez !

— De quoi est-ce que tu parles ? demande Dylan en fermant la porte et en rejoignant son alpha au salon.

Zach s'installe sur le canapé et son visage prend une expression qui dit très clairement : « Oh je t'en prie, ne joue pas à ce jeu, pas avec moi », et Dylan pense qu'il est dans la merde.

— Je reviens de chez Sean, annonce Zach.

— Etttttttt ? répond Dylan en étirant la syllabe.

Hum… L'alpha est décidément bien trop calme pour avoir découvert *toute* la vérité. Une vérité tellement bien cachée d'ailleurs, que même Sean n'est pas au courant. Bref, passons.

— Pourquoi tu ne m'as rien dit ? questionne maintenant Zach. Sean m'a expliqué pourquoi il voulait garder votre relation secrète et je le comprends, mais toi, tu aurais dû savoir que ça ne me ferait rien. Enfin, que je ne t'en voudrais pas.

Dylan fait de son mieux pour garder un visage aussi impassible que possible Bon Dieu, mais qu'est-ce que Sean a bien pu raconter à son meilleur ami ? Surtout que le jeune humain ne possède pas beaucoup plus d'informations que Zach. Alors quoi ? Est-ce que Sean a compris que Dwolf et Dylan ne sont qu'une seule et même personne ? Et il n'aurait rien dit, faisait semblant de ne rien avoir deviné, parce que… Non, ça ne tient pas debout.

Ou alors, Dylan se retrouve face à un énorme quiproquo. Il tente d'imaginer la scène. Zach arrive chez Sean et sent l'odeur de Dylan sur lui. Sauf que s'il ne mentionne pas ledit Dylan, Sean peut croire que Zach ne lui parle d'aucun loup en particulier. Et tout ce petit monde s'emmêle joyeusement les pinceaux.

Dylan se choppe pratiquement une migraine rien que d'y penser ! Il décide donc de noyer le poisson. Oui, encore plus.— De quoi est-ce que tu parles ? demande-t-il, parce qu'avant de dire des trucs qu'il pourrait regretter, il vaut mieux qu'il sache où il met les pieds.

Zach hausse un sourcil, puis soupire.

— Je parle du fait que Sean et toi êtes ensemble. Il est arrivé, puant ton odeur comme d'autres puent la transpiration. Apparemment, il n'a pas eu le temps de prendre une douche. Ou de se laver les dents, ajoute-t-il avec une grimace.

Dylan se sent rougir en se rappelant pourquoi l'haleine de Sean porte ainsi son odeur.

— Et là, tu m'ouvres la porte avec des fringues qui puent presque autant l'odeur de mon meilleur ami, continue Zach. Je suis content pour vous deux, ne te trompe pas. Mais j'aurais bien aimé que vous m'en parliez.

Dylan peine à ne pas se sentir encore plus mal qu'il ne l'est déjà par rapport à cette situation. Il n'a jamais été dans ses intentions d'embarquer tout le monde là-dedans. À la base, il ne devait y avoir que lui. Maintenant son alpha, qui est accessoirement le meilleur ami de Sean, sait également. Ce qui veut dire que l'humain en voudra autant à Zach qu'à Dylan quand il découvrira la vérité.

À moins que…

Et si Zach avait bel et bien demandé à Sean pourquoi il portait l'odeur de Dylan ? Peut-être que Sean est déjà au courant ? Peut-être qu'il n'a envoyé la photo que pour lui montrer ce qu'il n'aurait plus jamais ? Peut-être que l'alpha est là pour le virer de la meute, ou même le tuer ? Il ne pense même pas que Zach aurait l'air beaucoup moins calme si c'était le cas. En dépit de tout ses beaux projets pour découvrir exactement ce qu'il en est, le cerveau de Dylan se retrouve tout à coup bloqué sur : « Zach sait… Zach sait… ».

Ses mains se couvrent de sueur et il commence à paniquer.

— Hey, hey, souffle Zach en se plaçant devant lui. Respire ! Ne panique pas ! Tout va bien ! Je ne suis pas en colère.

Il faut une bonne minute pour que les paroles rassurantes atteignent le cerveau de Dylan et qu'il en comprenne la signification. L'alpha n'est pas en colère. Il n'est pas là pour le jeter hors de la meute, le transformant ainsi en solitaire. Zach n'a pas non plus l'air enclin à lui dire de rester loin de Sean.

— Eh ben, si j'avais su que tu réagirais comme ça parce que Sean m'a dit que vous étiez ensemble, je ne serais pas venu, soupire Zach.

Cette fois, Dylan ne peut pas rester impassible. Il écarquille les yeux et balbutie :

— Sean t'a dit que… ?

— Évidemment, rétorque l'alpha. Il m'a dit que c'était encore tout frais, que vous vouliez garder ça pour vous pour l'instant, mais que vous étiez un couple. Pourquoi tu as l'air étonné ?

Oh purée ! Alors c'est vraiment arrivé ? Le quiproquo…

Sean ne parlait certainement pas de Dylan, mais de Dwolf. Le jeune humain devait lui aussi tenter de limiter les dégâts sans savoir que Zach venait bel et bien de *flairer* un indice capital : l'odeur de Dylan.

Et tout cela vient de se télescoper dans un joyeux bordel de « qui est qui ».

Zach fixe son bêta, attendant une réponse qui tarde à venir.

Dylan ne peut certainement pas lui dire : « Ben écoute, je me le tape, mais il ne sait pas que c'est moi. Et visiblement ça ne le dérange pas de dire qu'il sort avec son Dom. Dom qu'il ne connaît pas. » Ça ne le ferait pas du tout, non ?

Au lieu de ça, il déclare :

— On n'a pas encore parlé de ce que nous sommes. Je veux dire, on est ensemble, mais on ne s'était pas collé d'étiquette.

Il s'enfonce. Dylan sait qu'il s'enfonce de plus en plus. Le mensonge devient trop réel et prend des proportions trop importantes. Quand la vérité se saura, et il n'a aucun doute qu'elle se saura, il va non seulement perdre l'homme qu'il aime, mais il perdra aussi sa meute.

CHAPITRE 11

Le lundi, Sean va en cours avec la sensation qu'il lui manque quelque chose. Il ne sait pas trop quoi, mais sa routine lui semble différente. Il a beau réfléchir, il n'arrive pas à se souvenir de ce que c'est. Il passe la journée à naviguer entre les cours, prenant les notes nécessaires, répondant aux questions et donnant des réponses qu'il espère justes aux contrôles surprises ou prévus, alors même que son cerveau tourne à plein régime pour savoir ce qui a changé.

Ça lui revient à la pause déjeuner, alors qu'il est attablé avec Zach et Amanda. Il se coupe en plein milieu d'une phrase et se fige. Il ne s'est pas massé la prostate. Du tout. Est-ce qu'il est censé continuer ? Monsieur n'a rien dit. Peut-être qu'il aurait dû. Si c'est le cas, il va être puni et il ne sait pas si son postérieur peut endurer une punition par semaine. Enfin, ses fesses le peuvent, mais sa qu… son sexe pourrait ne pas survivre à l'expérience et mourir d'une combustion spontanée, l'emportant avec lui. Oui, ça veut dire qu'il a aimé la fessée.

Seigneur, il est bon à enfermer.

Oh et puis zut. Quitte à s'enfoncer dans les méandres de la dépravation, autant le faire joyeusement et volontairement, non ? Il se lève pour quitter le self et sort son téléphone de sa poche, quand une main se pose sur son avant-bras.

Zach regarde son meilleur ami avec inquiétude.

— Sean, ça va ?

Qu'est-ce que Sean pourrait lui dire ?

« T'inquiète, j'ai juste oublié de demander à mon Dom si je devais continuer à me doigter et ça va peut-être me valoir une fessée que j'ai très envie d'avoir » ?

Alors, oui, pour le fun, rien que pour voir la tête de l'alpha, il pourrait sans problème le sortir. Mais non, il ne le fera pas. Pas parce qu'il a honte, entendons-nous bien. C'est plus parce que, pour une fois, il a quelque chose à lui, que personne d'autre ne sait.

Quand on fait partie d'une meute de loups-garous et autres créatures surnaturelles, il est compliqué de conserver ne serait-ce qu'un semblant de vie privée. Tout peut être interprété. Son odeur, le rythme des battements de son cœur, ses silences, son langage corporel. Il a déjà de la chance d'avoir pu cacher qu'il voyait quelqu'un aussi longtemps. Et s'il n'avait pas commis cette toute petite erreur le dimanche précédent, il aurait peut-être réussi à taire ça pendant encore une ou deux semaines, mais pas beaucoup plus.

Il fut un temps où ça l'agaçait, parce qu'il était un gamin de dix-sept ans qui n'avait pas besoin que ses amis sachent à quelle fréquence il se masturbait ou faisait l'amour avec sa petite amie, merci bien. Puis la sorcière était arrivée et les choses sont maintenant différentes.

Ou en tout cas, elles l'étaient.

Après la sorcière, il a été presque couvé. Comme s'il était une petite chose fragile qui pouvait se briser en quelques secondes. À ce moment-là, il en avait besoin.

Désormais, c'est un peu étouffant, pour ne pas dire *très* étouffant. Il se sent mieux. Il n'est plus à deux doigts de s'écrouler à chaque pas. Ses amis n'ont plus besoin d'être là pour le rattraper. Mais allez leur faire comprendre ça. Et c'est encore pire quand on est humain. Pour une raison que Sean ne comprend pas, il semble que tous les garous et autres êtres surnaturels aux sens surdéveloppés pensent que les humains sont bien plus fragiles qu'eux. Physiquement, peut-être bien. Mais Sean a vu des humains résister à des choses qui ont mis des garous à genoux. Alors pour la fragilité, ils peuvent repasser.

Bref, tout ça pour dire que maintenant, il étouffe.

Oui, il arrive qu'il n'ait pas envie de parler. Oui, parfois, il a envie de rester dans son coin et de se comporter en ermite. Ce n'est pas pour ça qu'il va mal. Ça arrive à tout le monde de vouloir s'isoler.

Il soupire avant de répondre à son meilleur ami.

— Je vais très bien, Zach. J'ai juste un coup de fil urgent à passer, c'est tout.

— Oh. Tu es sûr ? insiste l'alpha.

— Que c'est urgent ? Totalement.

Oui, Sean fait exprès d'être obtus et de ne pas comprendre la question. Étouffement, tout ça, tout ça.

Il quitte la cafétéria sans un mot de plus et réfléchit rapidement à l'endroit qui lui offrira le plus d'intimité. Probablement les toilettes du deuxième étage, de l'autre côté du campus. À cette heure-ci, il ne devrait y avoir personne.

C'est presque au pas de course qu'il monte les escaliers et parcourt les couloirs, ne croisant effectivement pas âme qui vive. Il entre dans les toilettes et va s'enfermer dans une stalle. Rapidement, il clique sur l'icône du CFM, puis sur le nom de DWolf et enfin sur le petit engrenage qui va lui permettre d'appeler le loup. Sauf que ça tombe directement sur la boite vocale.

Pendant une seconde, il se dit qu'il va entendre la vraie voix de son Dom, qu'il va peut-être apprendre des choses sur le loup grâce à ça. Mais non, même pas. Une voix robotique lui dit de laisser un message et il hésite quelques instants avant de se décider.

— Bonjour, Monsieur, c'est Bambi. Voilà, j'ai une question. Vous ne m'avez pas dit si je devais continuer à masser ma prostate, du coup, je ne sais pas quoi faire. J'attends votre appel ou votre message. Là, j'ai cours jusqu'à dix-sept heures, mais je vous réponds dès que je peux.

Il réfléchit pour savoir comment conclure ce message, ne trouve rien qui pourrait convenir et raccroche tout simplement.

***

Sean voit, mais ce n'est pas lui qui regarde. Il ouvre la bouche, mais ce n'est pas lui qui parle. Il entend, mais ce n'est pas lui qui écoute. Son corps bouge contre sa volonté. Il tente de hurler, de dire quelque chose, mais les sons qui sortent de sa bouche ne sont pas les siens. Le coin de ses lèvres se redresse, mais ce n'est pas lui qui sourit.

— Sean ! Qu'est-ce que tu fais ? hurle Zach.

Dans ses mains, il tient un couteau. C'est un de ces couteaux de boucher professionnel et il n'a absolument aucune idée de la manière dont il a pu l'obtenir. Il essaye de desserrer ses doigts, mais ses muscles refusent de lui répondre, mus par une volonté autre que la sienne.

Et quand la lame s'enfonce dans la chair tendre, les bruits qui sortent de sa bouche ne sont pas les hurlements d'horreur qui se répercutent dans son esprit, mais le ricanement heureux de quelqu'un qui obtient enfin ce qu'il veut.

— Pourquoi Sean ? Pourquoi tu l'as tuée ? demande Zach, la voix pleine d'une accusation rageuse.

***

Le vendredi matin, Sean est… Comment dire ça poliment ? Une loque ? Oui, disons une loque. Il n'a quasi pas dormi de toute la semaine, l'esprit envahi de souvenirs dès qu'il ferme les yeux. Le stress l'a empêché de garder la moindre nourriture et il a l'impression qu'il flotte dans ses vêtements. La principale cause de tout ça, c'est qu'il n'a pas eu de nouvelles de DWolf de toute la semaine. C'est dingue la place que le loup a prise dans sa vie en aussi peu de temps.

C'est même limite inquiétant. Que se passera-t-il quand ils cesseront de se voir ? Parce que Sean est assez lucide pour savoir que cette relation – quelle qu'elle soit – ne durera pas toujours. On n'est pas dans un conte de fées où ils vont tomber amoureux l'un de l'autre et vivre heureux pour toujours. Il est inutile de se voiler la face, de rêver ou d'espérer. C'est même quelque chose qu'il se refuse à faire.

Ses amis et compagnons de meute le regardent avec une inquiétude qu'ils ne dissimulent même plus. Zach le traite comme une poupée de porcelaine qu'on vient à peine de sortir de son papier bulle. Et Sean n'a plus l'énergie de s'en agacer. Il est apathique. Une loque, je vous dis !

Il est dix heures trente quand son téléphone vibre dans sa poche. Pendant quelques secondes, il hésite à regarder le message qui vient d'arriver. Pour quoi faire, après tout ? Et puis, la curiosité, cette satanée curiosité qui lui a déjà tant coûté, le pousse à vérifier que le professeur de maths est toujours occupé à écrire au tableau. Il sort son téléphone et constate qu'il n'a aucun SMS. Il fronce les sourcils. Qu'est-ce que ça veut dire ?

Son appareil vibre encore et ce n'est qu'à ce moment-là qu'il repère le numéro « 2 » apposé sur l'icône du CFM. Deux ? Deux messages ? Il n'y a qu'une personne qui peut le contacter par ce biais et c'est DWolf. Son cœur s'emballe et il commence à paniquer.

Et si le fait qu'il n'ait pas eu de nouvelles de la semaine voulait dire que le loup ne veut plus de lui ? Et si les deux messages lui annonçaient qu'il mettait fin à leur arrangement ?

Il faut qu'il sache et, en même temps, Sean ne veut pas. Il sent le regard inquiet de son meilleur ami sur lui, ses sens de loup-garou lui ayant probablement appris qu'il se passait quelque chose, alors que Sean clique sur l'icône. Il arrive aussitôt sur la page des messages qu'il échange avec son Dom et soupire de soulagement.

« **DWolf**

Désolé de ne pas avoir répondu à ton message. Ma meute a eu un petit souci qui a été plus long à régler que prévu. »

Sean comprend parfaitement cette excuse, parce qu'il sait qu'à un moment ou un autre, il devra dire la même chose. Même s'il suspecte que si lui reste presque une semaine sans contacter Monsieur, il se ferait remonter les bretelles.

Puis, il lit le second message.

« Comme je n'ai pas pu te dire que tu devais continuer à te doigter, demain soir, tu le feras devant moi. »

Alors qu'il lit, un nouveau message arrive.

« Et pour compenser mon absence de contact, tu vas avoir le droit à cette pipe que je t'avais promise si tu étais un bon garçon. »

Cette fois, quand le rythme cardiaque du jeune homme s'accélère, ce n'est plus sous l'effet de la panique. L'excitation sexuelle envahit son système et lui monte à la tête, lui donnant l'impression qu'elle est aussi légère qu'une bulle de savon.

Et puis, il se rend compte qu'il va devoir répondre immédiatement s'il ne veut pas que Monsieur s'imagine qu'il l'ignore et il rougit furieusement. Un petit bout de gomme qui atterrit sur sa joue le pousse à tourner la tête. Zach le regarde en fronçant les sourcils. Comme si l'alpha ne comprenait pas le soudain changement dans l'odeur de son meilleur ami. Et il y a de quoi. Même lui ne conçoit pas qu'il soit possible de passer de la dépression à l'euphorie aussi rapidement. À croire qu'il est maniaco-dépressif. Sauf que non. Ou peut-être que si. Qu'est-ce qu'il en sait après tout ?

Un nouveau bout de gomme lui saute à la figure et, vraiment, il va falloir qu'il dise à Zach d'arrêter de faire ça, ça l'agace prodigieusement. Il ne peut pas « psiter » comme tout le monde ?

— Quoi ? grogne-t-il en murmurant.

— Mec, il t'arrive quoi ? articule Zach en silence.

— Rien, répond Sean de la même manière.

Puis, il replonge le nez sur son téléphone, vérifiant du coin de l'œil que son prof ne l'intercepte pas. Il est quand même censé être en travaux dirigés.

Rapidement, il tape son message.

« **Bambi**

Bonjour, Monsieur, j'avoue que je me suis inquiété, mais me voilà rassuré. J'espère que le problème n'était pas trop grave.

En plus, sans nouvelles de votre part, je ne savais pas trop ce que j'avais le droit de faire ou pas, du coup, j'ai préféré m'abstenir.

Merci, Monsieur, j'ai hâte d'être à demain. »

D'un coup, il se sent plus léger. C'est dingue quand même l'effet que peuvent avoir trois petits messages sur le moral de quelqu'un. Un fin sourire étire ses lèvres alors qu'il se met à fixer le tableau rêveusement. Dans sa tête, il est déjà au lendemain soir.

Sean ne peut s'empêcher d'imaginer la bouche de son Dom autour de son sexe. Est-ce que Monsieur est du genre à aller vite et vigoureusement ? Ou au contraire à prendre son temps, le torturant lentement ? Peut-être qu'il va alterner, le gardant au bord de l'orgasme pendant des heures ? Oui, ce serait absolument son genre. Sean se dit qu'il y a des chances qu'il tienne un bon moment. Après tout, il ne s'est pas taquiné de la semaine, donc ce n'est pas comme s'il était frustré.

Bon, techniquement, si, il est frustré. C'est même l'une des raisons de son humeur morose des derniers jours. Pas la principale, mais une quand même.

***

Depuis sa place, Zach assiste à la transformation de son meilleur ami. C'est comme de voir le soleil se lever après une tempête. D'un côté, c'est un soulagement que Sean aille mieux. Mais de l'autre, c'est légèrement perturbant. Principalement à cause des changements dans l'odeur de l'humain. Depuis le lundi, le jeune homme semble de plus en plus misérable, mal à l'aise et parfois terrifié. Mais juste après avoir lu les SMS, le visage de Sean s'est éclairé, perdant ce froncement de sourcils quasi permanent et un fin sourire joue maintenant sur ses lèvres. C'est assez étrange à voir, parce que ça donne l'impression que le bien-être de l'autre garçon dépend de quelqu'un d'autre que lui-même, et Zach n'est pas sûr que ce soit très sain.

Dans la tête de l'alpha, il est évident que les messages qu'a reçus Sean proviennent de Dylan, et il ne peut s'empêcher d'être inquiet. Que se passera-t-il s'ils rompent ? Il ne pourra pas supporter de voir son meilleur ami retomber dans cet état de dépression. Ce serait pire qu'après la mort de Kathy et ce n'est pas peu dire. L'humain n'a plus été que l'ombre de lui-même suite à ça. Ça peut se comprendre, bien évidemment, surtout au vu des circonstances. Mais voir son presque frère dans cet état, ça a failli achever Zach, lui qui n'était pas non plus au mieux de sa forme.

Et puis l'odeur de Sean change encore et Zach doit retenir la nausée qui remonte le long de sa gorge. Ce n'est pas que ça l'écœure ou qu'il soit dégoûté, mais merde ! Sentir ce genre de truc chez Sean, c'est super perturbant ! Même quand il était avec Amanda, il ne dégageait pas autant d'excitation et… Et de bonheur ?

Zach fixe toute son attention sur son meilleur ami et le regarde. Il le regarde vraiment. Pas juste pour savoir s'il va bien et si les cernes sous ses yeux ont encore gagné du terrain. Non, il se concentre sur lui, comme Zach ne l'a certainement pas fait depuis longtemps. Ils se connaissent tellement bien qu'il pourrait dire sans se tromper où se trouvent toutes les petites cicatrices que les humains récoltent au cours de leur enfance, et il peut également raconter l'histoire à l'origine de chacune d'entre elles. Ce qu'il voit le pousse à se tenir plus droit. Comme si un poids qu'il n'avait pas conscience de porter venait d'être enlevé de ses épaules.

Sean a un regard rêveur et un léger sourire aux lèvres. C'est ce sourire qui rassure complètement le loup. Ce n'est pas un immense sourire en tranche de courge, ce serait même plutôt l'inverse. C'est un petit sourire, un peu comme celui de la Joconde. Comme si l'humain connaissait le secret de l'univers et que c'était d'une telle évidence qu'il ne comprenait pas pourquoi il était le seul au courant.

Zach sourit à son tour, complètement rassuré. Tout se passera bien pour son meilleur ami, il n'a aucun doute.

***

Chloé regarde Dylan entrer dans le Club Fantasy avec un air sombre. Elle ne sait pas trop ce qui se passe entre lui et Sean, et peut-être qu'elle devrait se tenir un peu plus informée mais, quelque part, elle n'a pas envie de s'en mêler.

Oui, elle est sûre que ça va péter à un moment ou un autre, mais est-ce qu'une intervention de sa part ne précipiterait pas l'explosion ? Et puis, qui sait, peut-être que cet âne bâté de loup a un plan pour que Sean ne l'éviscère pas ou n'envoie pas son alpha le démembrer ?

Elle y réfléchit pendant quelques secondes, puis secoue la tête. Non, elle va certainement devoir trouver un remplaçant à Dylan dans pas longtemps. Le temps qu'il guérisse de son combat avec l'alpha, vous comprenez.

En tant que patronne de Dylan, elle devrait probablement se sentir un peu plus concernée par ce qui pourrait lui arriver. Mais franchement, elle l'a prévenu, non ? Et puis, oui, elle dirige, mais elle n'est pas non plus un tyran. Elle n'a pas besoin de savoir ce que font ses employés à chaque instant de la journée et de la nuit. Du moment qu'ils bossent et que les clients sont contents, elle n'en demande pas plus. Oui, ça donne l'impression qu'elle ne prend pas soin de ses employés, elle en est consciente. Mais croyez-la quand elle dit que c'est tout le contraire. Elle se soucie d'eux. Elle les connaît, eux et leurs capacités, c'est bien pour ça qu'elle a confiance en eux. Elle sait qu'ils sont à la hauteur de ses exigences.

Elle a quand même des doutes pour Dylan. Quand elle l'a embauché, il a précisé dans son contrat qu'il n'y aurait jamais rien de sexuel entre lui et ses clients. Et ça ne l'a pas dérangée, parce que Chloé avait et a toujours une pléthore de demandes pour de la compagnie ou réaliser un rêve tout en étant accompagné lors de cette aventure. C'était gagnant-gagnant. Sauf que Sean est arrivé et tout a changé. Soupirant, elle prend son téléphone et commande une dose massive d'alcool pouvant affecter les garous. Quelque chose lui dit qu'elle en aura besoin. Ou plutôt que Dylan en aura besoin. Aucun d'eux n'est du genre à picoler, mais à situation désespérée, mesure désespérée.

***

Dylan essuie ses mains sur son jean. Il n'angoisse pas vraiment, mais appréhende ses retrouvailles avec Sean. Il ne sait pas comment il va lui expliquer pourquoi il ne l'a pas contacté de la semaine. Certes, il lui a dit avoir eu un problème de meute, mais est-ce que l'humain l'a vraiment cru ? Et s'il ne l'a pas cru, comment lui faire comprendre qu'il a flippé parce que Zach est venu le voir pour le féliciter de leur couple ? Sans dire à Sean que Dylan et Monsieur ne sont qu'une seule et même personne ? Il en est presque à s'arracher les cheveux. C'est juste… Ça devient trop compliqué. Sauf qu'il n'est pas sûr d'être capable de s'arrêter maintenant. Il sait qu'il ne le pourra pas dès qu'il entre la chambre au club et que Sean est déjà là. À genoux, le dos bien droit, mains croisées derrière le crâne, les coudes écartés pour dévoiler son torse, la tête haute, mais les yeux au sol. Il est magnifique et Dylan doit se retenir de se jeter sur lui. Il y parvient, mais de justesse. Ce n'est pas encore le moment.

Oh et puis merde !

D'une voix grondante, peut-être même un peu plus rauque et râpeuse que d'habitude, il ordonne à Bambi de s'allonger sur le lit. Il regarde le soumis obéir rapidement, les yeux légèrement écarquillés, la respiration haletante. DWolf sait pourquoi. Il n'a même pas dit bonjour ou demandé comment allait l'humain, ce qui est, en temps normal, les premières paroles qu'il prononce. Mais là, il est juste trop impatient pour agir comme d'habitude.

Le programme de départ c'était : Bambi se doigte pendant que Monsieur le suce jusqu'à ce qu'il jouisse. Et en fait, à l'arrivée, ça va être : Monsieur suce et doigte Bambi jusqu'à ce qu'il jouisse. Parce qu'il ne peut pas passer à côté de cette occasion. Qui sait quand il pourra à nouveau prendre cette colonne de chair dans sa gorge. DWolf commence à se dire que cette règle de ne le sucer que si Sean a été un très bon garçon est profondément débile. Il n'était pourtant pas drogué, bourré ou lobotomisé ce jour-là, donc il n'a même pas d'excuse.

D'une démarche prédatrice, il s'avance vers le lit, s'agenouille et, d'un geste brusque, attrape Bambi par les hanches et le déplace pour que ses fesses soient au bord du matelas. Il sourit du couinement surpris du soumis, mais ne s'attarde pas à expliquer ce qu'il a en tête pour la suite. Déjà, il se penche et, écartant les deux globes laiteux, place son visage entre les fesses et d'une langue gourmande lape l'entrée qui palpite sous ses attentions.

— Monsieur ! couine Bambi.

DWolf ne répond que d'un grondement et entreprend de dévorer le jeune homme. De la langue, des dents et des lèvres, il mouille, lèche et mordille l'anus et la peau tendre alentour, jusqu'à qu'il puisse lentement pousser son index dans le canal étroit.

Bambi soupire, geint, gémit et se tortille. En temps normal, DWolf lui intimerait l'ordre de se tenir tranquille, sauf que c'est un peu pour se faire pardonner qu'il le titille comme ça. Enfin ça, c'est l'excuse qu'il se donne. En vérité, c'est surtout parce qu'il en a envie. Il veut l'odeur de Bambi sur lui, son goût dans sa bouche, sur sa langue et ses cris qui résonnent à ses oreilles. Il veut emmagasiner les souvenirs pour quand il sera seul et rejeté.

Secouant légèrement la tête pour en sortir ses pensées angoissantes et surtout prématurées, il remonte lentement son visage le long du périnée de Bambi, puis sur ses testicules et enfin tout le long de sa queue. Il refait le même trajet du bout de la langue, alors qu'il pompe toujours son doigt entre les fesses.

— Tu as envie que je te suce, Bambi ? demande le loup, léchant le gland déjà humide de liquide séminal.

— S'il vous plaît… Monsieur… S'il vous plaît…

— Chuuuut, pas besoin de me supplier, assure DWolf.

Et d'un coup, sans attendre de réponse, il ouvre la bouche et enfourne la queue de Bambi. Il ne s'arrête que lorsqu'il la sent cogner à l'entrée de sa gorge. Il recule alors et recommence la manœuvre. Le cri que pousse Bambi est plus que satisfaisant. Dylan se demande comment va réagir le soumis quand il le prendra dans sa gorge. Il n'y a qu'un seul moyen de le savoir, non ?

***

Sean ne s'attendait certainement pas à ça quand son Dom est entré dans la chambre. À ce que le loup lui ordonne aussitôt d'aller sur le lit, ni qu'il le tire sur le matelas pour le mettre au bord ou qu'il s'attaque directement à ses fesses sans rien lui avoir dit d'autre. Il aurait pu s'en offusquer si ce n'était pas aussi bon. Et quand Monsieur l'a pris dans sa bouche ? Il n'a pas pu se retenir de crier. Même maintenant, alors que la tête du loup monte et descend pour lui, il sait qu'il émet des bruits. Il le sait parce qu'il sent sa gorge vibrer, mais il n'entend rien. Ses oreilles ne perçoivent que le bruit de son sang qui rue dans ses veines, comme des chevaux sauvages dans la plaine. Et puis…

Et puis, le doigt en lui n'est plus seul et, surtout, ils doivent s'être transformés en missile à tête chercheuse, parce qu'il est impossible qu'ils trouvent sa prostate aussi facilement. Ce n'est pas humain. Ils ont un logiciel de recherche, ce n'est pas possible autrement.

Même cette pensée incongrue, pour ne pas dire complètement déplacée dans le contexte, est aussitôt noyée dans le plaisir intense qu'il ressent soudain, alors que les doigts de son Dom stimulent sans relâche cette glande en lui et que la gorge du loup travaille autour de son sexe. C'est comme s'il était en train d'être avalé et c'est juste… C'est indescriptible.

***

Est-ce que Bambi se rend compte qu'il hurle à s'en briser la voix ? DWolf ne le pense pas, mais il n'a pas l'intention de le lui dire. C'est trop gratifiant et il n'a pas du tout envie d'interrompre ce qu'il est en train de faire pour parler de toute façon. Alors, il ne s'arrête pas. Le grognement de dépit qui s'échappe de la gorge de Bambi doit probablement vouloir dire qu'il regrette de jouir aussi vite. Pour sa part, Monsieur savoure le flot de liquide qui envahit soudain sa bouche, son grognement exprimant clairement son plaisir alors qu'il avale.

Sur une impulsion, il garde les dernières gouttes en bouche, enlève ses doigts d'entre les fesses du soumis et serpente sur le corps complètement relaxé pour se rapprocher de la bouche légèrement ouverte. Bambi a les yeux fermés, la respiration saccadée et les mains encore crispées sur les draps. Dylan regrette un peu que son soumis n'ait pas posé ses mains sur sa tête pour lui empoigner les cheveux, mais même s'il avait dit à Bambi qu'il pouvait le faire, le Dom porte ce satané masque.

Quand il embrasse le soumis, DWolf peut voir qu'il le prend par surprise. Encore plus quand Bambi se rend compte qu'il a encore son sperme dans la bouche et qu'il le partage avec lui. Ils s'embrassent longtemps, jusqu'à ce que Bambi commence à se frotter contre lui et, surtout, contre sa queue bandée, prisonnière de son jean et de son boxer. DWolf grogne et se recule pour prendre une grande goulée d'air.

— Monsieur ? gémit Bambi.

DWolf gronde pour toute réponse et le soumis comprend parfaitement que c'est une invitation à poursuivre. Il faut toute la volonté du loup pour ne pas jouir quand le jeune homme parle.

— Est-ce que je peux… Je peux vous faire pareil ? S'il vous plaît ?

DWolf plante ses yeux dans ceux de son soumis et y réfléchit très sérieusement. Sa propre érection bat furieusement contre le denim de son jean, et même s'il crève d'envie de sentir à nouveau les lèvres roses écartelées autour de lui, ce soir, c'est pour Bambi, pas pour lui. Seulement, il y a tellement d'espoir et d'envie dans les yeux du jeune homme qu'il ne peut pas lui refuser cette demande.

Il hoche simplement la tête et roule pour se laisser tomber à côté de l'humain, sur le lit. Bambi a l'air confus quand le Dom ne bouge pas plus, mais comprend très vite que c'est à lui de faire tout le travail. C'est avec le même regard qu'un prédateur a pour une proie que DWolf observe Bambi ramper le long de son corps pour venir s'installer entre ses jambes, et Monsieur esquisse un sourire avec beaucoup trop de dents quand il voit Bambi frissonner.

***

Bambi ne peut s'empêcher de frémir sous le regard presque affamé du loup, alors qu'il ouvre le jean que porte Monsieur pour accéder à la colonne de chair qu'il convoite. Grâce à un peu d'aide de son Dom, le jeune homme arrive à enlever les vêtements qui le séparent de son but et lèche lentement et délicatement le sexe bandé. Un gémissement involontaire lui échappe et il ne se retient pas plus. Avec gourmandise, presque goulûment, il attaque cette fellation comme un homme se jette sur une gourde après avoir traversé le désert.

Il ne faut pas longtemps à l'humain pour se rendre compte que ce n'est pas aussi gratifiant que la dernière fois. Il se redresse et observe son Dom en fronçant les sourcils. Monsieur le reluque avec un petit sourire moqueur.

— Un problème, Bambi ? s'enquiert le loup.

Bambi se retient de ronchonner. Il n'a pas envie de recevoir une fessée pour avoir été impertinent. Bon, s'il est honnête, il aimerait une fessée, parce qu'il peut bien avouer que la seule qu'il a reçue lui a fait de l'effet, mais il ne veut pas que ce soit pour une punition. Pourtant, il meurt d'envie de dire à son Dom que, oui, il y a un problème. Seulement, il ne sait pas trop lequel ou comment l'exprimer.

D'une contraction de ses abdominaux, le loup se redresse et emprisonne le visage de Bambi dans ses grandes mains. Plantant ses yeux noirs dans ceux ambrés du jeune homme, il déclare :

— Si tu veux quelque chose, Bambi, il faut le demander.

Pendant un instant, Bambi pense que les yeux du loup ne devraient pas être de cette couleur. Ce n'est pas la première fois qu'il se le dit et une intuition lui annonce que ce ne sera pas la dernière fois non plus. Puis les paroles de son Dom atteignent son cerveau et il rougit. Il rougit, parce qu'il est encore gêné de devoir demander des choses comme ça. Des choses sexuelles. C'est… embarrassant et même humiliant.

Pourtant, le regard sans équivoque de son Dom ne laisse aucun doute sur le fait qu'il va devoir en passer par là. Il suppose que c'est une autre façon de travailler sa confiance envers les autres. Demander ce qu'il veut et croire que personne ne s'en servira pour lui faire du mal ou se moquer de lui.

Bambi prend une profonde inspiration, mais il ne peut pas regarder le loup dans les yeux. C'est trop gênant. Il sent la rougeur et la chaleur envahir ses joues et son cou alors qu'il marmonne quelque chose que même la créature surnaturelle en face de lui ne semble pas pouvoir comprendre, puisque DWolf gronde :

— Bambi, articule !

Mais Bambi se sent trop gêné. Il ne peut pas, il ne s'en sent pas capable. Honteux, ayant l'impression d'avoir foiré, fait défaut à son Dom et, quelque part, de l'avoir déçu, il dégringole du lit et se laisse tomber sur le sol, en position, comme quand Monsieur est arrivé dans la chambre. Des larmes lui brûlent les yeux et sa poitrine se comprime, l'empêchant presque de respirer.

Bambi comprend qu'une crise d'angoisse se profile à l'horizon. Il écarquille les yeux. Il ne peut pas faire une crise d'angoisse. Pas ici. Pas maintenant. Pas devant Monsieur. Sauf que plus il se dit ça, moins il arrive à respirer.

***

DWolf met quelques longues, trop longues, secondes à comprendre ce qui se passe quand Bambi descend du lit et se remet en position. Quand il percute enfin que l'humain fait une crise d'angoisse, il saute au sol et s'agenouille devant le jeune homme. Empoignant délicatement son visage, il le relève pour l'obliger à le regarder, mais les yeux de Bambi sont perdus dans le vague, comme s'il n'arrivait pas à les concentrer sur un point précis. Étrangement, ce n'est pas ce qui inquiète le plus le loup. Non, par contre le bruit de l'oxygène quand il arrive aux poumons du jeune homme, oui. Ou plutôt, quand il n'arrive pas à ses poumons.

Inspirant profondément, il pose l'oreille de Sean contre son torse.

— Concentre-toi sur mon cœur et sur ma respiration ! ordonne-t-il.

Et Dylan parle. Il ne sait pas ce qu'il raconte, mais il parle. Il espère juste qu'il ne donne aucun indice sur son identité, parce que Sean n'a pas besoin de ça à cet instant-là.

Il a l'impression que ça fait des heures et des heures que Sean n'a pas respiré normalement, mais quand le jeune homme se calme enfin, il ne s'est pas passé plus de dix minutes, ce qui veut dire que ce n'était pas une grosse crise. Malgré tout, le loup est soulagé quand il constate qu'elle est terminée. Il ne devrait donc pas être surpris quand Sean parle, pourtant il l'est.

— Comment vous saviez quoi faire ? demande-t-il d'une voix épuisée.

Dylan resserre ses bras autour de lui, comme pour tenter de le protéger de tout ce qui pourrait l'atteindre, y compris de lui-même.

— J'ai un compagnon de meute à qui ça arrive aussi, répond-il.

Dire que le loup est énervé de ne pas pouvoir être lui-même alors qu'il réconforte Sean serait un doux euphémisme. C'est pire, parce que même s'il le savait depuis le début, Chloé a raison. Il ne peut plus faire machine arrière maintenant. Il a trop à perdre. Et plus le temps passe, plus il a à perdre.

Ils restent longtemps sans rien dire. Quand Sean parle enfin, Dylan sursaute légèrement, parce qu'il le pensait endormi.

— Je suis désolé, marmonne l'humain en frottant son visage contre le cou du bêta, comme le ferait un vrai loup.

Le geste, plus que les paroles, met le garou en colère. Il s'écarte de Sean et plante son regard dans le sien.

— Je peux savoir de quoi tu t'excuses ? gronde-t-il.

C'est au tour de Sean de sursauter. Il ne s'attendait pas du tout à cette réaction.

— Eh bien… Je… J'ai tout gâché, balbutie-t-il.

Le loup grogne, menaçant, et s'il ne tenait pas aussi bien le jeune homme, il est certain que celui-ci reculerait dans une vaine tentative de se mettre hors de portée. Son odeur se teinte de l'acidité de la peur et sa respiration s'accélère à nouveau. Dylan se mettrait bien des claques, mais ça devra attendre.

— Écoute-moi bien, Sean. Tu n'as aucune raison de t'excuser, tu m'entends ? Les crises d'angoisse, ça ne se contrôle pas, c'est clair ? Ce n'est pas comme si tu avais fait exprès ! Si quelqu'un doit s'excuser ici, c'est moi. Tu n'y es absolument pour rien, c'est compris ?

Alors même qu'il explique ça, Dylan se rend compte que le jeune homme tremble de plus en plus et que sa respiration laborieuse redevient de plus en plus hachée.

— Merde, Sean, dis-moi ce qui se passe ! Dis-moi ce que j'ai encore fait ! s'affole-t-il.

— S-s-sean, bégaie l’humain. P-p-pas Bam-bambi. P-p-p-plus ?

Je vous jure, des fois, Dylan aimerait pouvoir se battre comme plâtre. Il le mérite. Pourquoi il n’y a pas pensé, bon Dieu ? Il reprend Sean dans ses bras et replace son visage dans le creux de son cou.

— Tu seras toujours Bambi, promet-il sur un ton grave. C’est juste que la scène est terminée et je ne voulais pas t’angoisser. Enfin, pas plus que tu ne l’es déjà. C’est vachement bien réussi, constate-t-il amèrement.

Sean laisse échapper un petit rire humide et se colle un peu plus au loup.

— J’voulais vot’e marque que'que pa', marmonne Sean à moitié endormi.

— Ma marque ?

— Hum. Plus s’mes fesses. Aime pas ça.

Dylan retient avec beaucoup de difficultés le grondement possessif qui prend naissance dans ses plus bas instincts. Est-ce que Sean se rend compte de ce qu’il dit ? Et surtout de la manière dont un loup-garou peut l’interpréter ? Porter la marque d’un loup, même si ce n’est qu’un suçon, c’est un gros truc. Un truc super important. Chez les humains, ça équivaudrait à faire des tests pour vérifier qu'ils sont clean. C'est une preuve de confiance et d'exclusivité.

Dylan est un peu amer que ce ne soit pas pour lui, mais il se refrène parce qu'il n'est pas celui qui compte à cet instant. C'est Sean et son bien-être le plus important. Alors si le jeune veut une marque, eh bien, il aura une marque.

CHAPITRE 12

Le lendemain matin, Sean se réveille seul dans la chambre du club. Il est déçu, il doit bien l'avouer, mais il est obligé de reconnaître que c'est un peu de sa faute. C'est lui qui a dit qu'il ne voulait pas connaître son Dom. Ça n'a donc rien d'étonnant si Monsieur n'a pas dormi avec lui.

Malgré tout, il a le sourire quand il sort du lit, parce que Monsieur lui a remis son boxer. Il ne sait pas trop pourquoi, mais il trouve ça adorable. C'est donc un peu plus joyeux qu'au réveil qu'il se rhabille et quitte la pièce pour rejoindre l'entrée et quitter le club. Dans le couloir, il croise le videur qui vérifie les identités à l'entrée et la jeune femme qui l'a accompagné à sa chambre la veille au soir. Les deux le regardent avec de grands sourires entendus. La jeune femme lui adresse même un clin d'œil complice. Sean se demande ce que ça peut bien vouloir dire, parce que c'est la première fois qu'ils réagissent comme ça. C'est quand il monte dans sa voiture et jette un regard dans son rétroviseur extérieur qu'il a l'explication.

Sur tout le côté gauche de son cou, depuis le dessous de l'oreille jusqu'au creux de sa gorge, sa peau est violacée. Ça pourrait passer pour un suçon s'il n'y avait pas des traces de dents çà et là. En fait, on dirait qu'il a échappé à l'attaque d'une sangsue géante ou d'un groupe de vampires qui se seraient battus pour le mordre.

Du bout des doigts, il tâte l'énorme tuméfaction et se demande comment il a pu dormir pendant la réalisation de ce… cette énormité. Certes, les crises d'angoisse le laissent généralement épuisé, mais là, clairement, c'est abusé. Il ne devait pas dormir, mais s'être évanoui, ce n'est pas possible autrement.

Il est déçu d'avoir manqué ça et, en même temps, il est fier de porter ce suçon. Il passe encore quelques minutes à observer la marque dans son rétroviseur et puis… et puis, il hurle soudain de rire parce qu'il imagine la tête de Zach quand il verra ça. Oh ! Et son père !

Sean est probablement un sale gosse, mais rien que d'imaginer la tête que va faire son paternel devant la preuve flagrante qu'il ne sait plus rien de la vie de son fils le met dans un état proche de l'euphorie. C'est moche, mais il assume. Un grand sourire aux lèvres, il démarre et rentre chez lui.

Vous savez quoi ? Il est super déçu quand il constate que son père est encore et toujours au travail…

***

Encore une fois, Dylan a très mal dormi. Mais contrairement à la semaine précédente, il ne s'abrutit pas avec de la musculation et de la course à pied. Cette fois, il passe le temps en naviguant sur internet. Inconsciemment ou non, il débouche sur un site d'achats en ligne. Et pas n'importe quel site. Un site d'accessoires BDSM. On peut franchement débattre sur la partie inconsciente du processus, mais ça ne change rien au fait qu'il dépense beaucoup trop d'argent sur ledit site. Il achète des bâillons, des pinces à tétons, des martinets et des palettes, des plugs et des bougies. Bien trop de choses qu'il n'utilisera probablement jamais avec Sean, mais sait-on jamais. Mieux vaut prévenir que guérir, comme on dit. Alors qu'il va cliquer sur « voir mon panier », son regard tombe sur une catégorie qu'il n'a pas visitée.

Lingerie Homme…

Ça l'intrigue assez pour qu'il clique.

Dylan ne se considère pas comme quelqu'un de particulièrement pervers ou il ne sait pas quel est le terme politiquement correct utilisé de nos jours. Il serait même plutôt du type vanille. Enfin ça, c'est ce qu'il pensait avant de devenir le Dom de Sean. Maintenant, il sait que la sexualité en général, et la sienne en particulier, n'est pas aussi fluide et figée que ce qu'il pensait. Il sait que certaines choses que beaucoup considèrent comme déviantes lui font de l'effet. Et il peut dire sans se tromper qu'il vient d'en découvrir une nouvelle. Vu la réaction de sa queue dans son boxer, il est plus que partant pour voir Sean dans une jolie culotte rouge à dentelle. Intéressant. Il ajoute tous les articles qui lui plaisent au panier. Ça ne veut pas dire qu'il en prend un de chaque, mais pas loin. Et parce qu'il est dans ce qu'on peut appeler une situation financière confortable, il paye un supplément pour être livré en quarante-huit heures. Donc normalement, ce sera là mardi, mercredi au plus tard si le propriétaire du site décide que le dimanche ne compte pas. Il a hâte. Plus que hâte même.

Un coup d'œil à sa montre lui apprend qu'il a passé plus de quatre heures sur le site. Il ne s'était pas rendu compte que le temps avait filé aussi vite. Il se lève et s'étire, faisant craquer ses cervicales, ce qui lui arrache une grimace. Néanmoins, il se sent bien et détendu. Il ne devrait pas, après tout il n'a pas dormi de la nuit. C'est dingue ce que l'idée de coucher avec Sean ou même juste de jouer avec son corps peut détendre. La culpabilité n'arrive même pas à l'atteindre, pas à cet instant.

Son téléphone sonne et il reconnaît la sonnerie qu'il a attribuée aux appels passant par le CFM. Il bondit pour mettre la puce qui transforme sa voix et répond rapidement.

— Bonjour, Bambi.

« Bonjour, Monsieur. Vous avez bien dormi ? »

La question à la con. Ça l'énerve de devoir mentir dès le départ. Enfin, plus qu'il ne le fait déjà.

— Très bien, et toi ? Bien remis ? demande-t-il avec un temps de retard.

Oui, il avoue, la crise et la semi-crise d'angoisse de la veille lui sont sorties de la tête. Il est un mauvais Dom et un encore plus mauvais compagnon de meute.

« J'ai dormi comme un bébé, mais j'ai eu une sacrée surprise au réveil. »

Dylan ne retient absolument pas l'immense sourire qui manque de faire sauter les commissures de ses lèvres. Il espère bien que ça a été une sacrée surprise, il y a passé trois heures quand même. Ça l'a d'ailleurs étonné que le jeune homme ne se réveille pas. Il devait vraiment avoir été épuisé par ses crises.

— Une surprise, vraiment ? fait-il mine de s'étonner. Une bonne ou une mauvaise ?

« Oh, une bonne. Définitivement une bonne. », reconnaît Sean. « Mon père va péter une pile et Zach, c'est mon alpha, va me regarder de travers, mais ça vaut le coup. »

À la mention du père du jeune homme, Dylan se tend. Merde, il n'y avait pas pensé. Le but n'est pas que leur relation crée des problèmes à Sean. Le but est de l'aider. Ou en tout cas, c'était le but au départ. Maintenant, c'est un peu flou.

— Ah merde, désolé, je n'y ai pas pensé, s'excuse-t-il.

« Pourquoi vous êtes désolé ? Je vous ai dit que j'avais envie de porter votre marque et, franchement, elle est top », s'enthousiasme Sean. « Bon on dirait que je me suis fait attaquer par des vampires cinglés, mais j'aime bien le résultat. »

Dylan hausse un sourcil. Il connaît bien ce ton, il l'entend assez souvent quand la meute se réunit. C'est un ton mi-taquin, mi-moqueur.

— Bambi, gronde-t-il, serais-tu en train de te moquer de moi ?

« Quoi ? Non ! »

— J'ai senti du sarcasme dans ta voix, ronronne Dylan. Il me semble que ça mérite une petite punition.

« Mais je ne me suis pas moqué ! »

— Et pas de sarcasme non plus, bien sûr ?

Seul le silence lui répond.

— C'est bien ce que je pensais. Pour la peine, je veux que, toute la semaine, tu attires l'attention sur ta bouche. C'est une jolie bouche que tu as, tout le monde devrait pouvoir l'imaginer autour d'une queue, tu ne crois pas ? le taquine-t-il. Imagine ça : tous les mecs de ta fac qui te regardent et qui t'imaginent en train de les sucer. Qu'est-ce que tu en dis ?

Un marmonnement indistinct lui répond.

— Et avec le décodeur, ça donne quoi ? dit Dylan en souriant.

Décidément, il adore embarrasser le jeune homme. Pas au point de l'humilier, parce que ce n'est pas le but, mais il imagine sans peine une légère rougeur teinter les joues de Sean et, il l'avoue, ça l'excite.

« J'ai dit que je n'étais pas intéressé par les mecs de ma fac. », clarifie le jeune homme. « Et puis, aucun ne va faire attention à moi. »

Dylan sait très bien que c'est faux. À chaque fois qu'il allait chercher Kathy, il pouvait constater les nombreux regards féminins ou masculins qui suivaient son soumis. Il doute que les choses aient beaucoup changé en un an. Quoique cette fois, avec la marque que Sean a dans le cou, il se pourrait qu'il obtienne un peu plus que des regards.

— Ça n'empêche que tu es puni toute la semaine. Couleur ?

« Vert », dit aussitôt Bambi. « Une idée de comment je fais ça ? »

— Ce n'est pas ma punition, Bambi. À toi de découvrir un moyen de m'obéir.

« Euh, d'accord, Monsieur. »

— Bon garçon. Je te rappelle dans la semaine. Bonne journée, Bambi.

Dylan raccroche sans attendre que l'humain lui réponde, sachant qu'ils risquent de se lancer dans du sexe par téléphone s'ils continuent à parler. En soit, ce ne serait pas gênant et surtout pas la première fois, mais il préfère patienter jusqu'à ce qu'il ait reçu sa commande avant d'entreprendre quoi que ce soit de ce genre.

***

Sean regarde son téléphone, interloqué de s'être fait raccrocher au nez. Bon pas vraiment au nez, parce que Monsieur lui a dit au revoir, mais ce n'était pas loin quand même. Néanmoins, il a autre chose à penser.

Attirer l'attention sur sa bouche…

Et comment va-t-il bien pouvoir faire ça ? Avec dérision, il pense que Google est son ami et se pose devant son ordinateur pour lancer une recherche. Croyez-le ou non, mais la recherche « Comment attirer l'attention sur ma bouche ? » l'envoie principalement vers des liens qui parlent maquillage. Sauf qu'il se voit mal mettre du rouge à lèvres. La féminisation, très peu pour lui et il est presque sûr que ce n'est pas ce que voulait dire son Dom. Du coup, il ne sait pas trop quoi faire. Il décide d'aller dans une grande surface ouverte sept jours sur sept, il aura peut-être des idées en passant dans les différents rayons. Et puis il doit remplir un peu le frigo de toute façon, donc ce ne sera pas un voyage pour rien.

Il attrape ses clés de voiture, la liste de courses accrochée au frigo, l'argent que son père laisse dans une tasse dans le vaisselier pour ce genre d'occasion, et le voilà parti. C'est en passant devant le rayon confiserie qu'il a une idée. Il est quasi sûr que c'est une mauvaise idée et que ça ne fonctionnera pas, mais quand DWolf lui demandera s'il a obéi à son ordre, il pourra honnêtement répondre que oui et, qu'en plus, il n'a vu aucun changement dans le comportement de ses camarades.

***

Sean rencontre Maïka alors qu'il déambule dans une librairie ésotérique. Il croise son regard, elle lui sourit, et bien qu'il soit en couple avec Amanda, le jeune homme ne peut s'empêcher de lui parler, de flirter.

Une petite voix au fond de son esprit lui dit qu'il y a quelque chose d'anormal, mais c'est distant, brumeux et il évacue la pensée d'un haussement d'épaules.

Les deux jeunes gens parlent pendant des heures et ils ont tant en commun qu'aucun d'eux ne voit le temps passer.

La culpabilité s'abat sur Sean dès qu'il n'est plus en présence de la jeune femme. Il a ignoré la meute, dont sa petite-amie, pendant presque toute une journée. Il n'a jamais refusé de prendre un appel de ses frères et sœurs de meute, jamais ! Qu'est-ce qui lui est passé par la tête ?

***

Sean arrive dans un tel état de nerfs à la fac le lundi matin qu'il a les mains qui tremblent. Étrangement, ce n'est pas le fait qu'il ait un suçon de la taille de l'Australie qui a cet effet-là sur lui. Non, ce qui le rend nerveux, c'est de devoir attirer l'attention sur sa bouche. Ce qui est stupide, mais on peut le comprendre, non ? Imaginez que quelqu'un ait des idées et lui fasse des propositions ? Qu'il en parle à Monsieur et que celui-ci se mette en colère ? Ça lui colle des sueurs froides. Bon, en toute logique, il sait que son Dom ne le tiendra pas pour responsable de ce genre de chose, que c'est même probablement l'effet recherché. Émotionnellement… Émotionnellement, il ne veut pas contrarier son Dom. Ce qui est stupide, parce qu'il sait que personne n'est parfait et qu'ils feront tous les deux des erreurs. C'est même normal dans une relation comme la leur parce qu'ils ne se voient pas souvent. Sean se demande s'il ne devrait pas proposer plusieurs rencontres par semaine. Sauf qu'il sait parfaitement qu'il ne peut tout simplement pas. Pas s'il veut garder son niveau scolaire aussi optimum qu'à l'heure actuelle. Et puis, peut-être que Monsieur ne peut pas, ou ne veut pas, le voir plus souvent.

Et voilà, il a réussi à s'angoisser encore plus.

Crétin des cavernes !

Pourquoi des cavernes ? Il n'en sait rien, mais il aime bien cette expression. Ça le fait toujours sourire et c'est exactement ce dont il a besoin à cet instant. Inspirant profondément, il pêche une sucette Fraise/Crème dans le sachet de friandises qu'il a glissé dans son sac à dos, se bat avec l'emballage et se la colle dans la bouche alors qu'il descend de voiture. Claquant la portière, il épaule son sac et rejoint l'entrée de l'amphi où l'attendent ses amis. Il note avec amusement qu'Amanda et Zach se tiennent plus près l'un de l'autre que d'habitude. Sean agite les sourcils en un mouvement compliqué accompagné d'un regard et l'alpha répond de la même manière. Pour les non-néophytes qui ne comprennent pas leur langage, ça donne à peu près ça :

« Alors, tu l'as invitée ? »

« Non, pas encore. Me stresse pas ! »

Sean se retient d'éclater de rire. Ils en ont parlé il y a une semaine. Qu'est-ce que son meilleur ami attend ? Qu'un autre la lui vole sous son nez ? Mais soit, il ne va pas stresser Zach avec ça. Pas tout de suite en tout cas. Il va attendre encore au moins une semaine.

Et puis, soudain, les yeux du loup-garou s'élargissent démesurément. Sérieusement, le jeune homme ne pensait pas qu'il était possible pour quelqu'un d'écarquiller autant les yeux sans qu'ils sortent de leurs orbites. C'est assez impressionnant à voir, en fait. C'est moins ahurissant que la façon dont le cerveau de Zach fonctionne, mais ça tient à pas grand-chose. La preuve.

— Sean ! Qu'est-ce qui t'es arrivé ? s'écrie Zach en se rapprochant. Tu t'es fait agresser ?

Au début, Sean ne comprend pas de quoi il lui parle. Et puis le regard de Zach posé sur son cou prend tout leur sens et ça fait tilt. Le suçon ! Crétin des cavernes !

— J'ai pas été agressé ! s'exclame-t-il. Détends-toi !

— Sérieux, Zach ? intervient Amanda. T'es plus capable de différencier un suçon et une ecchymose ? Tu sais quoi ? Quand tu auras trouvé le courage de m'inviter à sortir, je te montrerai. Quoique, je ne pense pas pouvoir en faire un de cette taille. Félicite-le de ma part, conclut-elle en regardant Sean, avant de les planter là et de rentrer dans l'amphi.

Les deux jeunes hommes restent figés un instant, puis Sean brise le silence.

— Mec, ta nana est géniale, j'espère que tu en es conscient ?

— Va pas me porter la poisse, c'est pas encore ma nana, grimace Zach.

Ils se rendent compte qu'il est l'heure d'aller en cours et ils se dépêchent de rejoindre leurs amphis. Sean traverse les couloirs jusqu'à sa salle tout en suçotant sa friandise. Parfois, il la sort de sa bouche pour enrouler sa langue autour ou coller ses lèvres dessus, façon ventouse. Un bruit de chute attire son attention sur sa gauche et il découvre Miranda Tate assise par terre, les yeux clignant comme ceux d'une chouette, ses cours éparpillés autour d'elle. Quand il s'approche pour l'aider, elle lui jette un regard paniqué qui le fige. Est-ce qu'il lui fait peur ? Ou alors elle a peur qu'il se moque d'elle, parce qu'on dirait bien qu'elle est rentrée dans un mur.

— Je vais bien, lui dit-elle en se dépêchant de ramasser ses affaires et en filant en quatrième vitesse, comme si elle avait le diable à ses trousses.

Le jeune homme la regarde partir, légèrement confus. Puis, il hausse les épaules et reprend son chemin vers sa classe, sans plus se préoccuper de l'incident. S'il doit commencer à chercher à comprendre les autres étudiants, il va y passer sa vie et, franchement, il préfère de loin… occuper son temps à autre chose. Des choses bien plus intéressantes.

Il reprend sa sucette en bouche et entre dans son amphi avant de s'installer au milieu, sur la gauche de façon à ne pas être proche des fenêtres pour ne pas se laisser distraire. Il commence toujours sa journée du lundi par l'histoire médiévale et ce n'est pas sa tasse de thé. Surtout qu'il est seul dans le groupe de ses amis à avoir ce cours à cette heure-là. Ce qui veut dire que Sean est seul, sans personne pour lui certifier que si, il a bien vu, quand il surprend les yeux du capitaine de l'équipe de basket posés sur lui. Un regard pour le moins affamé. Au départ, Sean ne comprend pas. Surtout que le mec est connu pour être un gros homophobe. Il n'a jamais rien dit ou fait quoi que ce soit de méchant envers ceux et celles ouvertement homosexuels mais, parfois, on peut surprendre le regard hargneux qu'il pose sur eux.

C'est quand Sean hausse un sourcil en une question muette et que l'autre se détourne en rougissant qu'il comprend enfin. Le capitaine – Trevor, s'il se souvient bien – n'est pas homophobe. Il est encore dans le placard. Un placard très profond et fermé avec quatre verrous. Au moins. Très franchement, Sean compatit, parce qu'il n'en est pas franchement sorti non plus, même s'il n'est pas gay. Peut-être bi, mais… Oh et puis de qui se moque-t-il ? Son Dom est un mec, un loup, alors oui, il est bi, point ! Il est grand temps qu'il se l'avoue et qu'il en soit fier, bon Dieu ! D'un coup, il se sent plus léger. Comme si un grand poids venait d'être enlevé de ses épaules et, pfffiou, ça fait un bien fou.

Il se retrouve à sourire comme un débile. Parce qu'il se sent bien et aussi parce que sa ruse plus qu'enfantine fonctionne. Incroyable ! Et vous savez le truc qui est encore plus incroyable ? C'est que DWolf avait raison : on le regarde. Et avec envie en plus !

Le reste de la journée se déroule sans encombre et à chaque nouvelle sucette – et une banane au déjeuner, ce qui lui a valu des coups d'œil intrigués et perturbés de ses camarades de meute et celui, bien plus concupiscent, de Trevor – Sean découvre de plus en plus de regards posés sur sa bouche. Masculins et féminins, ce qui explique peut-être le comportement de Miranda le matin même. Et même – et ça, c'est beaucoup plus perturbant – de certains professeurs. Mais il aime la sensation de ces regards sur lui. Après des années à avoir eu l'impression d'être invisible, à n'être que le meilleur ami du futur alpha, qu'on le voit pour lui-même, eh bien c'est un sacré *boost* pour son ego. Même s'il n'est remarqué que pour des capacités sexuelles, réelles ou imaginaires.

Étrangement, personne ne dit rien sur son suçon, apparemment trop obnubilés par sa bouche et sa langue occupées avec une sucette. À la fin de la journée, Sean est étrangement déçu de ne plus avoir de sucreries. Mais comme c'était quand même un paquet de vingt-cinq, il va falloir qu'il se calme les prochains jours ou qu'il trouve autre chose, sinon il va faire une overdose de sucre.

Le jour suivant, il décide de prendre une paille qu'il coupe en deux pour la raccourcir. Ça fonctionne presque aussi bien qu'avec la sucette, voire mieux. Là, il peut passer sa journée à sucer la paille, l'entrant et la sortant de sa bouche au rythme de ses aspirations. Ça doit visiblement éveiller des choses chez la population masculine du campus, parce que Sean se retrouve soudain à discuter avec des mecs qui ne l'ont jamais regardé avant ce jour.

Zach, lui, est mort de rire. Le jeune alpha passe son bras autour des épaules de son meilleur ami et le taquine sans merci.

— T'as passé une annonce dans le journal pour prévenir que tu es bi, avoue ? ricane le loup.

— Même pas ! Sérieux, comment ils savent ?

— Probablement parce que tu fais des fellations à tout ce qui te tombe sous la main depuis deux jours ? propose Amanda qui vient de les rejoindre.

— C'est tellement sale quand tu le dis comme ça, grimace Sean.

— Ça, c'est parce que tu t'es pas vu le faire, argumente la jeune femme en frissonnant au souvenir de la veille.

Elle sait de première main à quel point la langue de son ex peut être agile, mais elle ne pensait pas que c'était à ce point-là.

Le téléphone de Sean émet un bip et il se précipite pour le sortir de sa poche, comme s'il attendait un message super important. Zach et Amanda échangent un regard entendu. Ils n'ont pas besoin de savoir qui contacte Sean. Ils pensent tous les deux à Dylan.

— Je… Euh… Je dois y aller, annonce Sean après avoir pianoté une réponse et rempoché son portable. On se voit demain. Salut !

Sans laisser le temps à ses amis de réagir, le jeune homme fonce jusqu'à sa voiture et démarre sans un regard en arrière.

— Ah, l'amour naissant, sourit Amanda.

— Je trouve que c'est mignon, commente Zach.

L'alpha ne regarde pas la jeune femme et se dandine légèrement. Puis il prend une profonde inspiration et la fixe bien en face.

— Dis, qu'est-ce que tu fais vendredi soir ? demande-t-il le plus sérieusement du monde.

Le regard d'Amanda s'adoucit et un fin sourire joue sur ses lèvres.

— Eh bien, normalement, il y a la soirée de la meute, mais je suppose que je peux être convaincue de ne pas y aller.

Elle se rapproche de lui et lève la main pour jouer avec le col de sa veste, effleurant la peau de Zach au passage. Il frissonne et, sur une impulsion, se penche et l'embrasse doucement sur la bouche.

— Je passe te prendre à dix-neuf heures, vendredi soir, ça marche ?

— Ça marche, répond-elle.

Les deux jeunes gens se séparent pour regagner leurs véhicules respectifs et l'alpha attend d'être hors de vue pour exécuter une petite danse de la victoire sur son siège. Il appellera son meilleur ami plus tard dans la soirée pour lui annoncer la nouvelle. Ou peut-être qu'il attendra le lendemain, Sean va certainement être occupé ce soir.

***

Sean se retient d'appuyer sur la pédale de l'accélérateur. Ce n'est pas l'envie qui manque mais, plus jeune, quand il accompagnait sa mère pour manger avec son père à la cafétéria de l'hôpital, il leur est arrivé de se présenter à l'accueil des urgences au moment même où des victimes d'accidents de la route étaient amenées. Ça a suffi pour que, plus âgé, il devienne un conducteur presque trop circonspect. Mais comme dit son père : « Mieux vaut être trop prudent que mort. » Et pour une fois, il est d'accord.

Néanmoins, aujourd'hui, il doit bien avouer qu'il est moins attentif que d'habitude. Il regarde moins ses rétroviseurs, prend des virages un peu trop brusquement et oublie parfois de mettre son clignotant. Mais il a une bonne raison pour être aussi distrait. Cette raison tient en deux phrases :

« Passe au club en sortant des cours. Il y a une surprise pour toi à l'accueil. »

Dire qu'il meure de curiosité est un euphémisme. Normalement, quand quelque chose l'intrigue, il entre immédiatement en mode « je veux tout savoir ». Sauf que là, il ne peut visiblement pas le faire. De toute façon, sa méthode habituelle, c'est d'aller sur le net et de fouiller. À part que ça ne fonctionnera pas dans ce cas précis, parce que qu'est-ce qu'il inscrirait dans le moteur de recherche ? « Quelle surprise vais-je recevoir ? » Mouais. Autant aller au club, ce sera moins hasardeux et, surtout, moins frustrant.

Quand il se gare devant, Sean en tremble presque tellement il est excité. Il entre et c'est le même vigile qu'habituellement dans le hall. Celui-ci l'accueille avec un sourire, le salue et, sans attendre, lui tend une mallette en aluminium.

— Merci.

— À samedi, monsieur Matthews.

Est-ce que ça vient de lui ou l'homme – Mac, comme c'est indiqué sur son badge – a un petit air entendu en disant ça ? Non, il doit se faire des idées. Sean salue Mac et quitte les lieux, mallette à la main. Il ne l'ouvre pas dès qu'il monte en voiture, mais ce n'est pas l'envie qui lui manque. Sauf qu'il a la très nette impression qu'il voudra être seul, dans un endroit privé, pour fouiller dedans et en détailler le contenu. Alors il prend une profonde inspiration et démarre sa voiture pour rentrer chez lui.

Quand il pénètre dans la maison, il n'a même pas besoin de vérifier pour savoir qu'il est seul. Encore une fois. Son père travaille de plus en plus. Sûrement pour éviter son fils. Ce n'est pas comme s'ils avaient quelque chose à se dire de toute façon.

Sean se débarrasse de ses chaussures dans l'entrée et monte les escaliers quatre à quatre, la mallette battant contre sa jambe. Malgré son impatience, il la pose délicatement sur son lit et s'installe en tailleur devant. Prenant de profondes inspirations pour tenter de calmer sa nervosité et sa curiosité, Sean finit par l'ouvrir et reste bouche bée devant le contenu. Son téléphone sonne au même moment.

***

Dylan fait les cent pas dans son salon, essayant de se calmer. Sauf qu'il n'y arrive pas. Qu'est-ce qui lui a pris d'acheter tout ça, sérieusement ? Comme d'habitude, dès qu'il s'agit de Sean, il n'a pas réfléchi. Et maintenant, il regrette.

Il se dit qu'il est probablement allé trop loin et trop vite. Il a envie de tellement de choses avec l'humain. Trop certainement. Mais comment pourrait-il se restreindre quand tout ce qu'il veut est juste à porter de main ? Surtout qu'il ne va l'avoir que pour un temps limité.

Dylan se passe nerveusement la main dans les cheveux. Si seulement Sean réclamait de connaître son Dom. Mais non, le jeune homme n'a, semble-t-il, pas changé d'avis. Il a exigé un inconnu et c'est ce qu'il continue de demander. Dylan sait que c'est une excuse bidon qu'il se donne. Ne croyez pas qu'il n'en est pas conscient, mais c'est le seul moyen qu'il trouve pour ne pas se noyer dans la culpabilité et le dégoût de lui-même. Et ça ne fonctionne pas vraiment en plus. Parce que si la première séance était peut-être pour Sean, toutes les autres ont été pour lui-même. Il aurait dû avouer la vérité quand Sean a dit qu'il souhaitait continuer.

Arrrgh !! C'est à s'arracher les cheveux. Ce qu'il est en train de faire d'ailleurs. Il faut qu'il se calme, parce que sinon, il va se déclencher une crise d'angoisse et un loup-garou qui subit ce genre de crise, ça n'existe pas. Ou en tout cas, il n'en a jamais entendu parler et n'a pas la moindre envie de devenir le premier supposé cas répertorié. Et plus, il voit d'ici les explications qu'il pourrait fournir au corps médical :

« Eh bien, en fait, ça a débuté quand j'ai commencé à sortir avec le jeune homme dont je suis amoureux. Sauf qu'il ne sait pas que c'est moi. Parce qu'il veut être dominé par quelqu'un qu'il ne connaît pas et il me connaît. Vous voyez le problème ? »

Le problème, c'est qu'il a besoin d'être enfermé, parce que, clairement, il devient complètement cinglé. Ou peut-être qu'il l'était déjà avant, allez savoir.

Son téléphone annonçant l'arrivée d'un SMS le sort de ses pensées.

« C'est fait. »

CHAPITRE 13

Dylan expire bruyamment. Merci à Mac qui a accepté de le prévenir lorsque Sean serait venu chercher la mallette qu'il lui a laissée au club.

Il doit bien avouer que quand il a reçu sa commande, il ne s'attendait pas à ce que le carton soit aussi volumineux. Certes, il s'est un peu lâché sur le site BDSM, mais pas tant que ça. Enfin, c'est l'impression qu'il avait en tout cas.

En ouvrant le colis, il comprend. Outre une montagne de petits cartons et de sachets en velours, s'y trouvaient en plus deux mallettes rigides à la finition argentée. Quand il les a ouvertes, il a découvert que l'intérieur était garni de mousse découpée pour accueillir… eh bien, un peu de tout. Ça va du plug anal au gode, en passant par les lubrifiants et les chapelets thaïs. Dylan s'est alors rendu compte que la mousse avait été évidée pour intégrer tout ce qu'il avait commandé. Le site lui a fait un super cadeau.

Il a alors eu l'idée saugrenue – non, mais sérieusement, à quoi il pensait ? – de remplir la plus petite des mallettes et de la faire parvenir à Sean. Et voilà pourquoi il est là, comme un con, à s'angoisser de la réaction de l'humain. Il vient d'offrir une mallette pleine de sex-toys à son soumis qui ne veut rien de lui, à part du sexe. Bon, OK, là, il est injuste. Sean n'a pas fait appel au Club Fantasy pour le sexe, mais bien pour avoir de l'aide, pour s'obliger à faire confiance à un inconnu, afin de ne plus être aussi suspicieux tout le temps et envers tout le monde.

Dylan regarde sa montre et estime que Sean a eu le temps de rentrer chez lui. Reprenant son téléphone, il clique sur le nom du jeune homme avant de porter l'appareil à son oreille. Il coupe sans attendre que l'appel se connecte.

Il a failli appeler Sean. Il a failli appeler Sean alors qu'il porte la puce qui modifie sa voix. Il a failli appeler Sean alors qu'il porte la puce qui modifie sa voix et qu'il n'est pas passé par l'application MCF. Ah ! Vous voyez que, vous aussi, vous l'insultez ! Probablement pas pour les mêmes raisons, mais quand même.

Bref, on en était où ? Ah oui, Dylan est un crétin. Un crétin qui a besoin de se calmer les nerfs. Il prend une profonde inspiration qu'il relâche lentement, vérifie que la puce est toujours en place sur sa gorge et appuie sur l'icône de MCF pour appeler Sean via l'application. Il sait, pour avoir testé, que même s'il passe le coup de fil depuis son propre numéro, la seule chose qui s'affiche de l'autre côté, c'est son pseudo, DWolf. En faisant ça, il respecte la volonté de Sean, n'est-ce pas ?

Encore un mensonge, susurre une petite voix au fond de son esprit.

— Oh la ferme, la petite voix, gronde-t-il tout haut.

Qu'est-ce qu'on disait ? Bon à enfermer !

La tonalité résonne une, deux, trois fois avant que, enfin, Sean, ou plutôt Bambi, ne décroche.

« Bonjour, Monsieur », souffle l'humain.

Il a l'air choqué et légèrement essoufflé. DWolf se demande si c'est une bonne chose.

— Bonjour, Bambi. Comment vas-tu ?

« Je… Euh… Bien. Je vais bien, merci. Et vous ? »

Le Dom décide de jouer un peu, de faire durer les choses avant d'en venir à la raison de son appel.

Il a soudain l'impression de souffrir d'un trouble de personnalités multiples. Il suffit qu'il mette la puce et qu'il entende la voix de Bambi pour que Dylan disparaisse et que DWolf prenne sa place. C'est assez déconcertant. Il se demande vaguement si le plus jeune ressent la même chose avant de repousser cette pensée. Ce n'est vraiment pas le moment.

— Je vais bien. Très bien même. Allez, raconte-moi ta journée et celle d'hier. Comment se passe ta punition ? Tu as trouvé un moyen pour attirer l'attention sur cette belle bouche qui est la tienne ?

Il écoute Bambi bafouiller un peu, avant qu'il ne se reprenne et se lance dans le récit des deux jours. Il sourit quand le jeune homme avoue avoir utilisé des sucettes et une paille et ne peut s'empêcher d'imaginer la scène, la façon dont la langue de l'humain s'est enroulée autour de la friandise, ou celle dont la paille devait entrer et sortir de cette bouche aux lèvres charnues. Sans même y penser, DWolf se réajuste dans son jean et s'assoit sur son canapé, les jambes écartées pour laisser de l'espace à son érection grandissante.

— Donc, ça a été un franc succès ? questionne-t-il, interrompant le jeune dans sa description de la réaction du capitaine de l'équipe de Basket, peut-être pas si homophobe que ça finalement.

« Euh… », hésite Bambi. « Oui. Je crois que oui. »

Après un instant de silence que DWolf ne cherche pas à rompre, Bambi demande d'une voix hésitante :

« Monsieur, est-ce qu'on va en parler ? »

— Je ne sais pas, Bambi. Parler de quoi ? le taquine DWolf.

« Ben, de la mallette ! » s'exaspère Bambi.

— Eh bien, eh bien, soupire-t-il. Que nous sommes impatient aujourd'hui. Tu l'as ouverte ?

« Oui, Monsieur », répond le soumis d'une voix plus calme.

— Bien. Et qu'est-ce que tu en penses ? Quelque chose qui t'inquiète ? Ou, au contraire, qui te fait envie ?

« Eh bien, je dois avouer que je ne m'attendais pas à une surprise de ce genre-là. Mais c'est une bonne surprise ! » ajoute-t-il précipitamment. « Et il n'y a rien qui m'inquiète, même si je ne sais pas à quoi servent les perles. »

DWolf entend parfaitement la note interrogative dans la dernière phrase et décide d'y répondre, même si aucune question n'a réellement été formulée.

— Ça s'appelle un chapelet thaï et les perles vont stimuler ta prostate et ton anus.

« Oh. D'accord », acquiesce le jeune homme. « Les perles ne sont pas très grosses, alors je suppose que… Euh… D'accord. »

DWolf ne retient pas le petit rire qui s'échappe de sa gorge.

— Il en existe avec des perles plus grosses, explique-t-il. Je me suis dit qu'on allait commencer doucement et petit.

« Oh, d'accord. Merci, Monsieur. »

— Bien. Maintenant, si je te demandais ce qui te fait le plus envie et que je te disais que je voulais que tu l'utilises immédiatement, quelle couleur tu me répondrais ?

Il y a un petit silence, d'à peine quelques secondes, et la réponse arrive.

« Vert, Monsieur. »

À nouveau, le silence règne et DWolf hausse un sourcil inquisiteur, ce qui n'a aucun effet puisque Bambi ne peut pas le voir.

— Eh bien ?

« Eh bien quoi ? » fait Bambi, clairement surpris. « Oh… Euh… Le plug… Le rouge ? »

Le Dom se fige un instant. Pas parce qu'il ne s'attendait pas à… Non, rayez ça, évidemment que c'est parce que Bambi a choisi ce plug-là. Qu'est-ce que ce jouet a de si spécial ? Eh bien, c'est juste la reproduction très réaliste d'une queue. Pas la longue crinière tombante d'un cheval, hein. On parle ici du pénis d'un homme. Bon, dans la taille, forcément, le plug est plus petit, deux centimètres de diamètre pour quatre de longueur, mais quand même, ça reste une queue. Très réaliste en plus, avec veines et nervures. Est-ce que ça veut dire que Bambi se sent prêt à aller plus loin ? Il faudra que DWolf s'en assure avant de faire quoi que ce soit, décide-t-il.

— Excellent choix, croasse DWolf, qui a soudain du mal à parler tant sa gorge est sèche. Prends un lubrifiant, déshabille-toi et mets-toi sur ton lit.

« Euh, je choisis quel lubrifiant ? » demande Bambi. « Il y en a quatre, et à part des étiquettes de couleur, il n'y a rien. »

— Prends celui que tu veux, mais évite le jaune, déclare simplement DWolf.

« Pourquoi ? Il a quoi le jaune ? »

Le Dom retient un grognement.

— On se sent un peu aventureux aujourd'hui, non ? On teste les limites ? Et moi qui pensais que tu avais envie de jouir.

« J'ai envie de jouir », murmure Bambi.

— Bambi, est-ce que tu me fais confiance ? demande DWolf le plus sérieusement du monde.

« Je… Oui, oui, je vous fais confiance. »

Il gérera sa culpabilité une autre fois. Pourquoi s'en occuper aujourd'hui, quand il pourrait le faire plus tard ? Beaucoup plus tard.

— Parfait. Alors, crois-moi quand je te dis que tu n'es pas prêt pour le lubrifiant jaune.

« D'accord. Du coup, je vais prendre le bleu. »

— Le classique, excellent choix, approuve DWolf. Allez, mets-toi à l'aise, Bambi, et doigte-moi ce petit cul. Doigte-toi jusqu'à ce que tu aies l'impression de mouiller autant qu'une fille.

Un gémissement lui répond et il sourit tout en écoutant les bruissements des vêtements de l'autre côté de la ligne. Et puis, il y a cette espèce d'écho qui lui apprend que Bambi vient de passer sur haut-parleur.

D'un coup, DWolf a envie d'avoir un visuel en plus du son. Il se demande s'il ne serait pas possible d'organiser une session Skype pour qu'il puisse voir et pas seulement imaginer ce que son soumis est en train de faire. Ou peut-être une deuxième séance par semaine ? Il se posera la question plus tard. Pour l'instant, il veut profiter des sons que le jeune homme produit.

— Parle-moi, Bambi, murmure-t-il. Dis-moi ce que tu ressens, ce que tu fais.

Il n'essaye même pas de paraître stoïque et en contrôle. Il estime que Bambi a le droit de savoir l'effet qu'il produit sur son Dom. Après tout, ils essayent de travailler sur la confiance de l'humain, non ? Eh bien, booster son ego en fait partie.

C'est presque sans y penser que DWolf défait sa ceinture, ouvre sa braguette et baisse pantalon et boxer d'une seule main. Est-ce que ça fait de lui un pervers s'il se branle tout en écoutant Bambi insérer le plug en lui ? Bien sûr que oui, surtout qu'il respire très fort dans le combiné, alors que le jeune homme décrit ce qu'il est en train de faire. Mais DWolf s'en fiche parce que, de toute façon, s'il croyait à ce genre de chose, il serait déjà bon pour aller en enfer. Autant que la descente vaille le coup, non ?

***

Comme la dernière fois qu'il a obéi à ce genre de demande de la part de son Dom, Bambi est à genoux sur son lit, les cuisses largement écartées. Il passe la main sous ses bourses pour taquiner son entrée de ses doigts lubrifiés. Depuis le temps qu'il fait ça, il a découvert qu'il n'aime pas quand il est trop préparé. Il préfère sentir sa chair s'étirer un peu trop vite, la douleur qui l'accompagne et va directement se loger dans son sexe déjà érigé. Ce qui explique probablement pourquoi il met le plug en place alors qu'il n'a utilisé que deux de ses doigts. Mais franchement, deux doigts ou le plug, c'est quasiment la même circonférence.

Il siffle légèrement quand il pousse le jouet en lui parce que, finalement, peut-être qu'il est allé un poil trop vite.

« Bambi ? » fait DWolf dans le téléphone.

— Monsieur ? halète-t-il.

« Pourquoi j'ai le sentiment que tu viens de te faire mal ? »

Sean ferme les yeux et grimace. Il a la très nette impression que Monsieur n'est pas content.

— Euh, j'ai juste été un peu trop vite, Monsieur. Mais je vais bien ! promet-il. Vert !

Un grondement sourd lui répond et il frissonne alors que son érection s'agite légèrement. C'est devenu un réflexe pavlovien à ce niveau-là. Grondement = frisson = érection. La prochaine fois qu'ils se feront attaquer par une meute ennemie, Sean va se taper la honte de sa vie au premier grondement.

Mais déjà, la voix rauque et profonde de DWolf l'empêche d'imaginer plus avant cette situation qui serait, avouons-le, bien plus qu'embarrassante.

« Laisse ton cul un peu tranquille », ordonne Monsieur. « Joue avec tes tétons. »

Bambi geint. Au fil des semaines, ses tétons sont devenus bien plus sensibles. Si au début il devait utiliser ses ongles pour obtenir une réaction, désormais, un simple effleurement du bout des doigts suffit à les faire durcir. Ça ne l'embête pas de les titiller, bien au contraire, mais il a quand même envie de savoir si ce soir, il va être frustré ou non.

— Monsieur, est-ce que j'ai le droit de jouir aujourd'hui ? demande-t-il en commençant à rouler ses tétons entre ses pouces et ses index.

« Ça dépend si tu es un bon garçon ou non », répond franchement Monsieur. « Tu vas être un bon garçon, Bambi ? Tu vas suivre mes ordres et je vais pouvoir savourer tous les jolis sons qui vont sortir de ta bouche délectable ? »

Les paroles de son Dom font gémir Bambi.

« C’est ça, fais-moi écouter », ronronne presque Monsieur. « La prochaine fois, je serai là et tu me suceras en même temps. Je veux entendre tes gémissements à moitié étouffés par ma queue. Ça te plairait ? »

Bambi peut l’imaginer sans peine. Le goût du sexe de Monsieur dans sa bouche, son poids sur sa langue, il peut même quasiment sentir le liquide séminal s’écouler dans sa gorge.

— S’il vous plaît, souffle-t-il.

« Tu en as envie, Bambi, pas vrai ? Je peux l’entendre dans tes soupirs. Tu veux ma queue dans ta bouche pendant que tu joues avec ton cul et tes tétons ? »

— S’il vous plaît, répète-t-il.

Quelques secondes passent sans que le loup ne réponde, puis :

« Comment va ton cul ? Moins douloureux ? »

Le soumis peut bien avouer qu’il a oublié qu’il est allé trop vite avec le plug, qu’il l’a enfoncé trop tôt et avec trop peu de préparation. Mais la douleur est différente. Elle ne provient pas de son anus trop étiré ni de sa chair qui doit s’accommoder de l’intrusion trop vite. Cette fois, c’est la souffrance de n’avoir que ça. Le tourment de ne pas pouvoir jouir, là, maintenant.

— Monsieur, s’il vous plaît ! pleurniche-t-il.

Bambi ne veut plus jouer avec ses tétons qui commencent à être irrités. Il veut pouvoir poser la main sur son membre bandé et se masturber. Il veut pouvoir passer la main derrière lui et manipuler le plug pour qu'il stimule sa prostate. Il veut faire les deux en même temps. Il veut jouir, bon Dieu !

« Je vais prendre ça pour un oui », commente DWolf, avec un sourire perceptible dans la voix. « Tu vas t'asseoir, Bambi, et baiser ton poing. Tu peux faire ça pour moi ? »

— Oui, oui, se dépêche de dire le soumis tout en s'exécutant. Merci, Monsieur.

« Ne me remercie pas tout de suite, Bambi » tempère le loup. « Je n'ai pas dit que tu avais déjà le droit de jouir. »

Cette fois, un sanglot en partie étouffé s'échappe de la gorge de Bambi alors qu'il s'assoit au bord de son lit, la fermeté du matelas enfonçant un peu plus le jouet en lui. Et quand il commence à bouger son sexe dans son poing serré, il comprend ce que son Dom a voulu dire quand il a certifié qu'il ne devait pas déjà le remercier. Il a juste ce qu'il faut de stimulation pour devenir dingue.

— Monsieur ! proteste-t-il sans réellement dire ce qui ne va pas.

« Un souci, Bambi ? » s'amuse DWolf. « Pas assez de stimulation dans ton petit cul ? Ou alors c'est ton poing qui ne te suffit pas ? Peut-être que tu préférerais que ce soit ma main qui te branle ? Ou que ce soit ma queue dans ton petit cul ? »

— Oui, s'il vous plaît, s'écrit aussitôt Bambi.

« Oui à quoi, Bambi ? »

— Aux deux !

Et il ne peut s'empêcher de l'imaginer.

Il n'a aucun mal à sentir la main de son Dom sur lui ou à évoquer son sexe en lui. Il en a envie, tellement envie. Certains diront qu'il est juste submergé par les hormones et le désir de jouir, mais c'est plus que ça. C'est le besoin d'appartenir complètement à cet homme et, dans la tête de Bambi, il n'y a pas trente-six façons d'y parvenir. Il devrait flipper, non ? Que quelque chose qui ne devait être que temporaire lui donne des rêves de permanence comme ça. Mais en fait, non, il ne s'inquiète pas, il a hâte.

Il met un moment à se rendre compte que son téléphone est devenu silencieux. Pendant un instant, il a peur. Peur que le loup ait raccroché. Peur qu'il ne veuille pas de lui comme ça. Peur d'être seul quand il veut être deux.

— Monsieur ? demande-t-il en cessant tout mouvement.

***

DWolf fixe son téléphone comme s'il pouvait répondre à ses questions.

Est-ce que Bambi a vraiment dit… ? Non, c'est impossible. Il a mal entendu. Il a halluciné. Ou alors il projette ses propres pensées et, quelque part, son cerveau essaye de lui faire croire que Bambi le veut en lui. Parce qu'il est impossible que le jeune homme ait réellement envie de lui comme ça. Pas comme le loup le désire.

Et Dieu qu'il en rêve. Il aimerait se perdre dans la chaleur des reins de Bambi, dans leur étroitesse accueillante et en même temps étouffante. Il espère pouvoir marquer l'humain comme sien, à l'extérieur comme à l'intérieur, et que tout le monde sache qu'il est à lui, les humains comme les êtres surnaturels. Apparemment, Bambi le souhaite également.

Dylan sait que ce n'est pas vraiment lui que Bambi/Sean veut, mais il va devoir s'en contenter. Après tout, il s'est mis tout seul dans cette situation, il va falloir qu'il fasse avec maintenant. « Comme on fait son lit, on se couche » comme on dit.

— Tu me veux en toi, Bambi ? demande-t-il d'une voix basse et grondante.

« Oui, s'il vous plaît ! » répond aussitôt le soumis.

— Pas encore, décide-t-il.

Oui, il en crève d'envie, mais ce n'est pas une raison pour précipiter les choses. Il a un autre motif pour refuser, évidemment, mais il n'est pas prêt à l'analyser, ou même à en reconnaître l'existence pour l'instant.

— Tu n'es pas prêt, continue-t-il. Mais ne t'inquiète pas, un jour, je me glisserai en toi et te baiserai tellement fort et tellement longtemps que tu me sentiras pendant des jours.

Un geignement, presque une pleurnicherie, lui répond.

— Allez, Bambi, baise ton poing bien serré et remue bien les hanches. Mais ne jouis pas sans mon autorisation.

DWolf passe de longues minutes à l'écouter et à parler à son soumis, lui disant quand accélérer et le Dom laisse le jeune homme le supplier. Quelque chose de sombre en lui s'en délecte.

« Je vous en supplie ! Monsieur, s'il vous plaît ! Laissez-moi jouir, s'il vous plaît ! »

— Ça fait mal, Bambi ? De ne pas pouvoir jouir ?

« Oui ! » s'exclame le soumis. « S'il vous plaît ! »

— Encore un peu, l'enjoint le loup. Tiens encore un peu pour moi. Imagine comme ça va être bon quand l'orgasme te submergera. Imagine la délivrance que tu ressentiras.

DWolf écoute pendant encore un moment les bruits de frottements de la peau contre la peau qui lui parviennent, l'accélération de la respiration du jeune homme, ses supplications, tout ce qui lui indique que Bambi est au bord de la jouissance. Il caresse un instant l'idée de le retenir encore quand le soumis parle à nouveau mais, cette fois, il y a du désespoir dans sa voix.

« Monsieur, je peux plus… S'il vous plaît… »

— Tu es si bon, souffle le Dom. Si bon pour moi. Un si bon garçon. Les bons garçons ont droit à une récompense. Jouis, Bambi ! Jouis !

Le hurlement de plaisir et de douleur mêlés qui suit quelques instants plus tard lui perce presque le tympan, tellement il est puissant.

DWolf écoute la respiration du jeune homme ralentir tranquillement. Quand il n'entend rien d'autre que le souffle apaisé du soumis, il parle à nouveau.

— Bambi ?

« Hum ? »

Le loup fronce les sourcils. On dirait que l'humain est en train de s'endormir.

— Bambi, ne t'endors pas ! ordonne-t-il.

« Hum ! »

Mais cette fois, l'onomatopée est moins endormie et plus irritée, et DWolf estime que c'est une bonne chose, même si ça l'agace. Après tout, ce n'est pas de gaieté de cœur qu'il réveille le soumis comme ça. C'est décidé : c'est la dernière fois qu'ils font une scène par téléphone. Il n'aime pas ne pas être là, avec le jeune homme, pour vérifier qu'il va bien et prendre soin de lui. Il doit se retenir pour ne pas foncer chez les Matthews afin de nettoyer Bambi, le mettre au lit et planquer la mallette et son contenu. Sauf qu'il ne peut pas débarquer comme ça chez Sean, n'est-ce pas ?

DWolf pourrait expliquer qu'il connaît l'adresse de l'humain en disant qu'il l'a lue dans son dossier, mais débouler avec son masque ? Ça fait un peu trop cambrioleur pour sa tranquillité d'esprit. Si un voisin le voit, il est bon pour passer la nuit au poste. Et s'il y va sans son masque, à tous les coups, Sean va se réveiller et demander des explications. Dylan n'en aura évidemment pas, à moins de s'enfoncer encore plus dans le mensonge. Donc plus de scènes par téléphone, point.

— Bambi ! s'exclame-t-il.

« Hein ? Quoi ? » répond Bambi, comme s'il venait de sursauter.

— Ne t'endors pas maintenant ! ordonne le loup. Tu te lèves, tu bois, tu te nettoies, tu ranges et ensuite tu pourras dormir. Tu as compris ?

« Mais, Monsieur… » tente de protester l'humain, sauf que DWolf ne lui en laisse pas le temps.

— Sauf si tu veux que ton père découvre tes activités extrascolaires, bien évidemment.

Ça a le mérite de faire taire le jeune homme et le loup l'entend bientôt remuer, puis le froissement d'un tissu tombant sur le sol et le bruit de la mallette qu'on referme et qu'on pousse sous le lit.

« Monsieur ? »

— Oui, Bambi ?

« Est-ce que je peux dormir sans enlever le plug, s'il vous plaît ? »

— Si tu penses que ça ne va pas te gêner pour dormir, bien sûr, agrée-t-il. N'oublie pas de boire.

Ils se disent rapidement au revoir après ça.

CHAPITRE 14

Dylan est nerveux. Il ne se souvient pas d'avoir déjà été aussi nerveux avant une soirée de la meute. Sauf qu'il a pris une résolution. Oui, encore une. Il a décidé qu'il allait se rapprocher de Sean en tant que lui-même. Avec un peu de chance, quand Sean découvrira la vérité, il verra que Dylan ne voulait pas simplement coucher avec lui. En tout cas, il croise les doigts pour que ça se passe comme ça.

Prenant une profonde inspiration, il frappe à la porte de la maison Matthews et essuie ses mains moites sur son jean. Neuf le jean. Chut, il n'a absolument pas fait d'efforts particuliers ce soir. La chemise qu'il porte n'est pas neuve. Absolument pas. Bon d'accord, il ne l'a jamais mise avant et elle était encore dans son emballage quand il l'a sortie de son armoire, mais comme ce n'est pas lui qui l'a achetée, il estime que ça ne compte pas. Laissons-lui ses illusions, voulez-vous ?

Quand Sean ouvre la porte, Dylan a envie de se mettre des claques, parce que DWolf aurait vraiment dû donner une soirée de congé à Bambi. Pourquoi ? Parce que le jeune a une glace dans la bouche. Une glace à l'eau pour être précis. Une glace à l'eau que l'humain lèche sur toute la longueur, avant de la mettre dans sa bouche et de recommencer le processus. Dylan n'a plus de sang au niveau du cerveau, tout est descendu au Sud. C'est une chose à laquelle il est en train de s'habituer, vu le nombre de fois où ça lui arrive. Malgré tout, il déglutit péniblement.

— Salut, Dylan, entre ! lui fait Sean en s'écartant pour le laisser passer.

Dylan hoche la tête pour le saluer, mais n'ouvre pas la bouche. Il ne se fait pas assez confiance pour ne pas dire une connerie. Du genre « T'as pas envie de remplacer ta glace par ma queue ? » Ce serait totalement inapproprié. Mais franchement, c'est dur. Sans jeu de mots.

— Les autres ne sont pas encore là ? demande Dylan alors qu'il pénètre dans le salon.

En temps normal, quand ils se réunissent tous chez Sean, la pièce est transformée en une espèce de dortoir où les tables ont disparu, avec des coussins et couvertures partout.

— Zach et Amanda ont un rencard, du coup les autres ont décidé de ne pas venir non plus, répond Sean en le rejoignant. Un truc à propos de nous laisser tranquilles, j'ai pas tout compris.

Dylan sent ses mains devenir moites. Il n'y a qu'une raison pour laquelle la meute pourrait vouloir les laisser tranquilles, c'est s'ils pensent qu'ils sont un couple. Merde, l'alpha a dû ouvrir sa bouche et maintenant le loup doit s'inquiéter que quelqu'un commette une gaffe. Ce qui veut dire qu'il faut qu'il se décide à avouer la vérité. Et vite.

— Sean, j'ai…

— Ça te dit de regarder « Les Évadés » ?

— Hein ? Euh… Ouais. Ouais, pourquoi pas. Écoute, tente-t-il à nouveau.

— Tiens, fait Sean en lui tendant un boîtier de DVD, mets le film, je vais nous chercher à boire.

Et il quitte la pièce. Dylan grogne et baisse la tête. Il va falloir qu'il soit un peu plus offensif s'il veut pouvoir avouer. Ce qui, soyons lucides, ne va déjà pas être facile, mais si en plus Sean ne le laisse pas parler, ça va vite devenir impossible.

Il oublie ce qu'il voulait dire et referme la mâchoire dans un claquement de dents qui résonne comme un coup de canon quand l'humain revient dans le salon. Sean a une banane dans la bouche. Il ne la mange pas, pas encore, parce qu'il a les mains prises par des boissons et des en-cas salés et sucrés. Mais dès qu'il a posé son chargement, il déguste le fruit et Dylan a du mal à se retenir de lui sauter dessus.

Sean enfonce la banane dans sa bouche et la ressort en la raclant avec ses dents. Néanmoins, du point de vue du loup, ce n'est pas à ça que ça ressemble. Non, on dirait que Sean suce le fruit. C'est une image un peu trop proche de celle de Bambi qui apprend à pratiquer une fellation pour la première fois, et Dylan ne sait pas s'il va arriver à ne pas le tacler pour lui faire subir les derniers outrages si Sean continue ainsi toute la soirée. Il essaye de détourner son attention de ses pensées lubriques.

— Je… Euh… Tu as déjà fini ta glace ? demande-t-il d'une voix enrouée.

Est-ce que c'est lui ou Sean vient de rougir ? Pourquoi rougirait-il ? Il n'y a pas de raison, si ? Non, il doit se faire des idées. Et comme il a lui-même un peu chaud, ça veut juste dire qu'il y a un problème de chauffage. Absolument.

— Euh, j'en avais plus envie, répond l'humain. T'as pas mis le film ?

Dylan se secoue et installe le DVD. C'est une bien meilleure distraction que sa tentative foireuse.

La soirée est une torture. Il est incapable de se concentrer sur le film qui est pourtant l'un de ses préférés. Pas ce soir apparemment. La seule chose dont Dylan est conscient, c'est que Sean mange quatre bananes, sept sucettes et détruit quatre pailles pendant les deux heures vingt que dure le film. Il serre les poings à ses côtés, enfonçant ses griffes dans ses paumes, espérant que la douleur l'empêchera de faire une connerie. Comme sauter sur Sean. Il l'a déjà dit, non ? Oui. Peut-être. Il ne sait plus, ses neurones se sont fait la malle.

Heureusement, après la fin du film, les deux jeunes gens se lancent dans une discussion sur les passages qu'ils aiment, ce qui aide Dylan à refroidir ses ardeurs.

— Non, mec, moi je te le dis, quand ils sont en train de goudronner le toit et qu'Andy manque de peu de se faire balancer de je ne sais pas combien d'étages, ça reste mon moment préféré, s'enflamme Sean.

Dylan esquisse une espèce de petite moue.

— Je sais pas. Je crois que je préfère quand Andy s'enferme dans le bureau et passe un disque de Mozart pour que tous les détenus en profitent et qu'ils s'arrêtent pour écouter.

— Han ! Et quand il se rebelle contre les « trois sœurs » !

— C'que le chef se prend, agrée Dylan. J'aurais pas aimé être à sa place.

— Tu m'étonnes.

Ils discutent encore un peu du film, puis Dylan rentre chez lui, content de sa soirée. Il a la sensation qu'ils se sont rapprochés.

***

Sean referme la porte sur Dylan et pose son front sur le battant. Non mais sérieux, il lui a pris quoi d'allumer le loup comme ça ?

Il a perdu la tête ou quoi ? Surtout que si lui trouve Dylan chaud comme la braise, l'inverse n'est clairement pas vrai.

Pourtant…

Pourtant, il n'a pas pu s'empêcher de remarquer la façon dont les yeux de Dylan se sont régulièrement attardés sur sa bouche et comme il a serré les poings, comme pour s'empêcher de bouger. Peut-être qu'il plaît à Dylan finalement.

Sean ne doit pas penser à ça. OK, il a admis être bi, ce n'est pas une raison pour devenir une Mary-Couche-Toi-La version masculine. Un Gary-Couche-Toi-Là ? Bref. En plus, il est avec Monsieur et même si ça ne dure pas, ce n'est pas une raison pour penser à l'après-rupture.

Parce qu'il sait, sans l'ombre d'un doute, qu'un jour, ce sera terminé. Sean n'arrive même pas à être en colère. Il est plus résigné qu'autre chose. Parce qu'après tout, qu'a-t-il à offrir à DWolf ? Certes, il fait ce qu'il faut pour être un bon soumis, mais il a encore beaucoup à apprendre et Monsieur finira par se lasser de devoir attendre et de tout lui enseigner.

Pour l'instant, Sean ferait mieux de ne pas penser à ce genre de chose. Il est engagé dans une histoire, certes un peu bancale, mais qui fonctionne. Il a passé une excellente soirée avec un compagnon de meute qui pourrait devenir un ami très proche. Il fait partie d'une meute unie et soudée qui tient à lui. OK, ses relations avec les autres sont loin d'être au beau fixe, mais ce n'est rien qu'il ne puisse arranger.

***

Dylan passe la journée du samedi à lire. La vérité ? Il passe sa journée sur le net. Il a envie d'essayer quelque chose de nouveau avec Sean, sauf qu'il ne sait pas trop quoi. La seule idée qui lui vienne est de prendre l'humain et, non, il s'y refuse. Pas alors que le jeune homme ne sait pas qui est DWolf. Certes, il pourrait utiliser un des accessoires qu'il a commandés, mais ce n'est pas ce qu'il veut. Il va les garder pour une autre occasion.

Au cours de ses pérégrinations webesques, il tombe sur un terme qui l'intrigue.

Intercrural… Qu'est-ce que c'est que ce truc ?

Après quelques recherches supplémentaires, il ne peut s'empêcher de saliver en imaginant l'action. C'est ce qui se rapproche le plus de la pénétration et la position qu'il veut essayer lui permettra en plus de ne manquer aucune expression sur le visage de Sean.

C'est décidé, c'est ce qu'il va faire ce soir à Bambi.

Se connectant rapidement à CFM, il envoie un message à son soumis avec ses instructions, puis va prendre une douche avant de choisir ce qu'il va porter. Son problème majeur à ce stade – autre que dire la vérité – c'est qu'il a envie de sentir la peau de l'humain contre la sienne. Enfin non, ce n'est pas son plus gros problème, c'est son plus grand désir même si, bien sûr, il y a une complication. Il y a toujours quelque chose pour se mettre en travers de son chemin quand il veut quelque chose.

Le souci, c'est qu'il a un tatouage et pas un petit qu'il peut planquer d'un claquement de doigts. Évidemment que non, ce serait trop facile. Le dessin représente une immense faucheuse qui s'étale sur toute la surface de son dos, et la faux continue même jusqu'à son triceps. De plus, Sean en connaît parfaitement le dessin.

Ce n'est pas que l'humain l'ait plus observé que les autres, mais chaque fois que la meute va à la plage, Dylan enlève son t-shirt. Plusieurs membres de la bande lui ont déjà posé des questions dessus. Il y répond de bonne grâce, sauf pour une. Pourquoi une Faucheuse ? C'est trop personnel pour qu'il s'explique. Seules deux personnes connaissaient la signification de la Faucheuse dans son dos. Sa sœur et lui. Ce qui… Ouais, ne laisse plus que lui.

Tout ça pour dire que maintenant qu'ils n'utilisent plus le bandeau avec Bambi, Dylan n'a aucun moyen de masquer son tatouage, à part en portant un t-shirt, ce qui contrecarre son envie d'être peau à peau. Ou alors peut-être qu'exceptionnellement, il peut dire à Sean de remettre le masque ? Pour l'obliger à se concentrer sur le toucher plutôt que sur la vue ? *Oui,* se dit-il, *il peut faire ça*. Absolument.

Problème réglé.

***

Sean voit, mais ce n'est pas lui qui regarde. Il ouvre la bouche, mais ce n'est pas lui qui parle. Il entend, mais ce n'est pas lui qui écoute. Son corps bouge contre sa volonté. Il tente de hurler, de dire quelque chose, mais les sons qui sortent de sa bouche ne sont pas les siens. Le coin de ses lèvres se redresse, mais ce n'est pas lui qui sourit.

— Sean ! Qu'est-ce que tu fais ? hurle Zach.

Dans ses mains, il tient un couteau. C'est un de ces couteaux professionnels de boucher et il n'a absolument aucune idée de la manière dont il a pu l'obtenir. Il essaye de desserrer ses doigts, mais ses muscles refusent de lui obéir, mus par une volonté qui n'est pas la sienne.

Et quand la lame s'enfonce dans la chair tendre, les bruits qui sortent de sa bouche ne sont pas les hurlements d'horreur qui se répercutent dans son esprit, mais le ricanement heureux de quelqu'un qui a enfin ce qu'il veut.

— Pourquoi Sean ? Pourquoi vouloir me tuer ? demande Zach, la voix pleine d'une accusation rageuse.

L'humain rit, un rire machiavélique qui vrille les tympans.

— Je suis désolée, petit loup. Sean n'est pas là pour l'instant, mais je peux prendre un message si tu veux ?

— Qui es-tu ? Qu'est-ce que tu veux ? demande l'alpha en montrant les crocs.

— Je veux ton cœur, bien sûr, ricane le faux Sean. Le cœur d'un alpha aussi jeune que toi, encore si pur, vaut beaucoup. Tu devrais le savoir.

Le loup se prépare à attaquer, mais la sorcière ricane encore.

— Comme si tu allais blesser ton frère, se moque-t-elle. Allons, un peu de sérieux.

***

Sean se demande ce qui l'attend ce soir. DWolf lui a dit que ce serait une surprise et lui a promis que ça lui plairait. Il lui a aussi demandé de porter un autre plug que celui de leur séance par téléphone, plus long, moins épais et terminé par une petite boule. Au départ, Sean n'a pas compris à quoi servait cette boule. Ce n'est qu'une fois le plug en place, qu'il a percuté. La boule masse sa prostate à chacun de ses mouvements. S'habiller et conduire n'a jamais été aussi compliqué. Pourtant, il y arrive. Il ne gémit pas et ne se mord pas les lèvres quand il passe la sécurité du club. Sa démarche n'est pas étrange alors qu'il suit l'hôtesse jusqu'à la chambre. Non, rien de tout ça.

Il entre dans la chambre – toujours la même. Pourquoi est-ce que le personnel s'embête encore à l'accompagner demeure un mystère – et se fige une seconde, étonné. À part pour la lampe placée sur la table de chevet, la pièce est plongée dans la pénombre. Un léger grondement lui apprend que son Dom est déjà là, ce qui est plutôt inhabituel.

Sans bouger la tête, Bambi cherche Monsieur des yeux. Normalement, les iris du loup devraient refléter la lumière, trahissant sa nature nyctalope, mais ce n'est pas le cas à cet instant, ce qui le conforte dans l'idée que DWolf porte des lentilles. Pas qu'il ait besoin d'obtenir confirmation sur ce point, il l'a deviné depuis un moment.

— Déshabille-toi, ordonne tranquillement Monsieur. Et mets-toi en position.

Un frisson parcourt l'échine de l'humain en entendant cette voix si rugueuse qui le met presque en transe.

Le jeune soumis se déshabille rapidement et se place comme demandé. Quand Monsieur lui prend les poignets et les menotte au creux de ses reins, Bambi a la soudaine impression de se faire arrêter. Il se demande s'il peut suggérer les jeux de rôles parce que, franchement, ça ne lui déplairait pas de se faire malmener par un flic sexy qui lui ferait subir les derniers outrages alors qu'il le supplie de ne pas l'emmener au poste.

— À quoi tu penses, Bambi ? gronde DWolf en lui empoignant les cheveux pour lui basculer la tête en arrière. Ton odeur devient très intéressante. Alors dis-moi, qu'as-tu sous ton joli crâne ?

Monsieur passe légèrement sa main griffue sur la colonne de chair dévoilée. L'humain déglutit distinctement.

— Je… J'étais en train de me dire que j'avais l'impression que vous me mettiez en état d'arrestation, Monsieur.

— Vraiment ? répond le Dom. Et c'est tout ce à quoi tu as eu le temps de penser ? Je suis sûr que non. Je sais que ça mouline vite dans ce cerveau.

— Je…

Bambi hésite un peu, puis se lance. S'il ne pose pas la question, il ne saura pas, n'est-ce pas ? Et puis, il n'a rien à perdre. Au pire, Monsieur lui dira non.

— Je me demandais si vous accepteriez qu'on fasse un jeu de rôles ?

DWolf vient s'accroupir devant lui et Bambi essaye de ne pas gigoter sous le regard scrutateur de son Dom. Il s'oblige à rester immobile et garde les yeux fixés sur le sol.

— Quel genre de jeu de rôles ? veut savoir Monsieur.

— Je… En fait, quand vous m'avez menotté, je… Euh…

***

DWolf réfléchit à ce que vient de dire Bambi alors qu'il hésite, tout en étudiant la position du soumis. Il comprend soudain ce qu'essaye de lui expliquer le jeune homme.

— Debout, ordonne-t-il en se relevant également.

Bambi obéit comme il peut. Apparemment, il n'a pas l'habitude de se lever sans s'aider de ses bras. Quand il perd un peu l'équilibre, DWolf doit se retenir de tendre la main pour l'aider. Il ne le fait pas parce qu'il doute qu'un vrai Dom se donnerait cette peine. Le soumis arrive à se stabiliser seul de toute façon.

— Jeu de rôles, tu as dit ? Murmure-t-il d'une voix pensive. Ça me plaît. Disons que je suis le flic qui vient de t'arrêter et, toi, tu es le pauvre jeune homme qui est prêt à tout pour que son père ne sache pas qu'il conduisait en ayant bu.

La respiration soudain haletante de Bambi est la seule indication dont il a besoin pour savoir que l'idée lui plaît beaucoup. Il n'a même pas à lui demander sa couleur. Le Dom esquisse un rictus alors qu'il entre dans son rôle.

— Alors, jeune homme, on conduit en ayant bu ? questionne-t-il sur un ton sévère.

— Je n'ai rien bu, Monsieur ! proteste Bambi en relevant les yeux et en regardant le loup avec bravade.

— Ne mens pas, gamin ! Je sens l'alcool dans ton haleine.

L'humain relâche un bruit indigné et se défend à nouveau.

— Je ne bois pas en conduisant, je le jure !

— Mais oui, c'est ça, se moque DWolf. Je connais bien les fanfarons dans ton genre. Je sais que vous cachez toujours beaucoup de choses. Écarte les jambes, je vais te fouiller.

Le soumis déglutit, mais obéit sans discuter. DWolf se lance immédiatement dans une parodie de fouille. D'une main d'acier, il oblige le jeune à ouvrir en grand la bouche et enfonce deux doigts pour en explorer le moindre recoin. Il ricane quand Bambi a un haut-le-cœur.

— On n'est jamais trop prudent avec des vauriens dans ton genre, pas vrai ?

Il sort ses doigts et descend pincer les tétons qui se dressent aussitôt.

— Regarde-moi ça. Si ça se trouve, tu as fait exprès de boire, ronronne presque DWolf. En fait, tu avais envie d'être arrêté. Je me demande ce que ton père va dire quand je vais l'appeler pour lui annoncer que son fils aime que des flics le tripotent.

— Non, s'il vous plaît ! panique aussitôt Bambi. Ne dites rien à mon père !

DWolf renifle pour vérifier que l'affolement est bien feint et qu'ils sont toujours dans le jeu de rôles, avant de poursuivre.

— Ah, mais c'est mon boulot, gamin, répond presque tristement DWolf. Je suis obligé.

— Non ! S'il vous plaît ! Je ferai tout ce que vous voudrez, mais n'appelez pas mon père !

— Tout ce que je veux ?

— Oui, répond fermement Bambi.

— Très bien. À genoux ! Exige le Dom. Je reprendrai la fouille plus tard.

Bambi se laisse tomber à genoux avec une maladresse qui leur arrache à tous deux une grimace quand ses rotules entrent en contact avec le sol, mais personne ne dit rien. DWolf ne demande pas si ça va et le soumis n'arrête pas la scène pour constater les dégâts. En parlant de ça…

— Tu ne pourras pas parler. Si tu as besoin d'une pause ou si quelque chose ne va pas, claque deux fois des doigts. Couleur ?

— Vert, Monsieur, murmure le soumis.

Sans attendre, DWolf ouvre son jean et en sort sa queue en semi-érection.

— Allez, fais-moi bander, gamin, ordonne-t-il.

— Je… Euh… Je vais avoir besoin de mes mains, Monsieur, constate l'humain.

— Non. Je suis sûr que tu es très doué avec ta bouche. Allez, suce.

Prenant la tête de son soumis entre ses mains, il l'oblige à se pencher et, ce faisant, le déséquilibre. Encore une fois, il ne l'aide pas, ne lui met pas sa queue dans la bouche et le regarde avec un petit sourire jusqu'à ce que l'humain arrive enfin à le prendre en entier.

Bambi s'attelle aussitôt à la tâche, bougeant sa tête d'avant en arrière et jouant de la langue, faisant rapidement durcir le membre qui lui écartèle peu à peu les mâchoires.

— C'est ça, murmure DWolf en passant la main dans les cheveux ébouriffés. Je savais que tu serais une bonne petite suceuse, surtout avec une bouche pareille.

Au même moment, DWolf se souvient que Sean lui a dit qu'il ne voulait pas d'humiliation. Il ouvre la bouche pour s'excuser quand l'embarras teinte l'odeur de l'humain mais, en même temps, Bambi gémit et s'active un peu plus vite, rendant la fellation légèrement baveuse. DWolf se dit qu'un peu d'embarras est donc acceptable. Il décide malgré tout de ne pas aller plus loin sur ce chemin-là avant d'en avoir parlé avec Bambi. À la place, il fait autre chose.

— Stop ! gronde-t-il.

Raffermissant sa prise sur les cheveux qu'il empoigne, il bouge les hanches de plus en plus rapidement, baisant la bouche offerte avec un abandon qu'il n'avait pas la dernière fois que son soumis l'a sucé.

S'il est surpris par la manœuvre, Bambi n'en montre rien et reste immobile en détendant sa gorge. Ça ne l'empêche pas de s'étouffer et d'avoir des hauts le cœur lorsque son Dom s'enfonce trop vite et trop fort, mais à aucun moment il ne claque des doigts.

DWolf arrête rapidement, parce que ce n'est pas comme ça qu'il veut jouir. Il a prévu autre chose. Or son orgasme se construit déjà. S'il ne passe pas à l'étape suivante, il va se déverser dans la gorge accueillante et, aussi tentante que soit l'idée, il préfère s'en tenir au programme initial et se retire.

— Tu ne veux vraiment pas que j'appelle ton paternel à ce que je vois, dit-il avec un sourire narquois.

— Non, Monsieur, confirme Bambi en secouant la tête.

— Je me demande jusqu'où tu es prêt à aller, dit pensivement DWolf. Va te mettre à genoux sur le lit.

Alors que le soumis commence à se relever, Monsieur abat une main ferme sur son épaule, le gardant au sol.

— Est-ce que je t'ai dit que tu pouvais te lever ? demande-t-il d'une voix grondante.

— Non, Monsieur. Je suis désolé.

— Écoute un peu mieux si tu ne veux pas que je te punisse.

— Me punir ?

— Tu as dit que je pouvais faire tout ce que je voulais, rappelle-t-il. Si j'ai envie de te coller une fessée jusqu'à ce que ton cul te brûle, rien ne m'en empêche. Maintenant, obéis !

La façon qu'a Bambi de rejoindre le lit est tellement drôle que DWolf doit se mordre la joue pour ne pas éclater de rire. On dirait un pingouin sur une plaque de glace. Les essais infructueux de l'humain pour monter sur le matelas sont encore plus hilarants et, cette fois, il a du mal à se retenir.

— Un problème ? ricane-t-il.

— J'y arrive pas, grogne Bambi, frustré.

— Oh, pauvre petit chou, se moque DWolf. Attends, je vais t'aider.

Il le rejoint, enroule ses bras autour de la taille souple et le jette sans cérémonie sur le matelas. Le jeune homme atterrit tête la première dans un coussin et proteste.

— Hey !

Une claque sèche sur son cul nu le rappelle à l'ordre.

— Tu as un souci ? demande DWolf. Tu veux qu'on en parle ?

— Euh… Non, Monsieur.

— Je préfère ça.

Ce qui est un gros mensonge. Il a très envie de punir Bambi, de pouvoir envelopper les fesses rondes de ses mains et de sentir la chaleur en irradier. Est-ce que c'est mal de sa part de vouloir que le soumis se plante ? Peut-être mais, en fait, il s'en moque. Un soumis parfait doit être le summum de l'ennui, non ? Faudra qu'il se renseigne. Mais en attendant, il a quelque chose à faire.

Il observe Bambi batailler pour se mettre dans la position demandée. Il n'est pas tout à fait à genoux, les cuisses encore trop écartées pour que la posture soit confortable, mais c'est pourtant le moment que choisit le Dom pour lui dire de s'arrêter.

— Eh bien, eh bien, qu'avons-nous là ? demande-t-il en s'approchant lentement et en traçant la base du plug du bout des doigts. Et dire que je te croyais sage alors qu'en fait, tu es un petit pervers.

Avant que Bambi puisse protester, il commence à jouer avec le plug, le retirant légèrement avant de brutalement le repousser. À en juger par les gémissements et couinements que pousse Bambi, le jouet doit frapper sa prostate à chaque fois et le Dom ne se lasse pas d'entendre ces sons. Il joue avec le cul de son soumis pendant un petit moment avant de le branler au même rythme. Il ne faut pas longtemps pour que Bambi ne s'exclame :

— Monsieur ! Je vais jouir !

DWolf arrête aussitôt ses attouchements.

— Oh que non, gamin, susurre-t-il. Ce n'est pas comme ça que tu vas jouir, et uniquement si tu fais ce que je te dis.

— S'il vous plaît, plaide Bambi.

— C'est exactement ça. Si ça me plaît et, pour l'instant, c'est loin d'être le cas. Sur le dos !

DWolf le regarde se tortiller pour se mettre dans la position et il ne peut s'empêcher de le comparer à un poisson au bout d'une ligne. Quand le soumis est enfin sur le dos, DWolf place le bandeau sur les yeux de Bambi.

— Je veux que tu te concentres sur tes sensations au lieu de ta vue, explique-t-il. C'est pour ça que je te mets le bandeau. Couleur ?

— Vert, Monsieur. Est-ce que je peux vous demander ce que vous allez me faire ?

— Tu peux et je vais même être gentil et te répondre, sourit le Dom. Je vais te donner un avant-goût de ce que tu ressentiras quand je baiserai ton petit cul. Mais pour ça, il faut quelques ajustements. Ne bouge pas.

DWolf quitte le lit pour enlever son jean et son t-shirt avant de fourrager dans la table de chevet. Il n'a pas à fouiller longtemps puisqu'il n'y a que trois choses dedans : des lingettes nettoyantes, du lubrifiant et un plug. Le sex-toy est plus gros que ceux que Bambi a déjà utilisés, mais ce ne sera pas un problème.

— Détends-toi, murmure-t-il.

Vous avez déjà remarqué qu'on se crispe toujours quand on nous demande de nous détendre ? C'est exactement ce qui arrive à Bambi. Il se tend, comme s'il s'attendait à se faire fouetter ou battre. DWolf ne dit rien parce que, de toute façon, même s'il parlait, ça n'aiderait pas l'humain. Au lieu de ça, il retire le stimulateur de prostate avec douceur, s'enduit les doigts de gel et plonge aussitôt son index entre les reins qui se relaxent progressivement. Il peut rapidement ajouter un second doigt.

— Monsieur…

Le soumis tente de ne pas gigoter mais, apparemment, avec deux doigts qui travaillent son canal, c'est un peu compliqué.

— Un problème, Bambi ?

Il se rend compte un poil trop tard qu'il est sorti de son rôle, mais l'humain ne semble pas s'en formaliser. Bien au contraire.

— Monsieur, ça brûle, se plaint le soumis. Vos doigts sont plus gros que les miens.

DWolf ralentit ses mouvements, mais ne s'arrête pas.

— Détends-toi, répète-t-il. Fais-moi confiance.

Il ressent une pointe de culpabilité mais la chasse très vite. Il ne la laissera pas gâcher ce qu'ils partagent en ce moment. Il va garder ça pour plus tard. Beaucoup plus tard. Comme d'habitude.

— Dis-moi quand tu n'as plus mal, ajoute-t-il.

Il faut un peu de temps pour que l'humain se relaxe assez pour qu'il puisse ajouter un doigt supplémentaire. Il les retire, rajoute du lubrifiant et les renfonce en Bambi qui geint à nouveau.

— Gros, balbutie le soumis. Trop gros.

— Tu as des doigts de pianiste et les miens sont ceux d'un bûcheron, reconnaît le Dom. Ne t'inquiète pas, ça va passer.

Certains diraient probablement qu'il est trop doux, mais il s'en moque. Infliger plus de douleur que nécessaire n'est pas son but. Certes, la pénétration anale fait mal, du moins quand on n'est pas habitué, mais rien qui ne puisse s'arranger avec une bonne préparation et un receveur détendu.

Peut-être qu'il ne devrait pas lécher la queue bandée à l'extrême de son soumis, peut-être qu'un Dom n'est pas censé faire ce genre de chose mais, franchement, DWolf s'en moque royalement. S'il a envie de sucer l'humain tout en le doigtant, rien ne l'en empêche.

D'un geste assuré, il prend le membre dans sa bouche alors que ses doigts s'activent un peu plus vite dans l'antre étroit.

— Monsieur ! Monsieur ! Vous allez me faire jouir ! le prévient l'humain.

DWolf délaisse la queue dégoulinante de salive le temps de dire :

— Et alors ? Qui te dit que ce n'est pas exactement ce que je veux ?

Et il se remet aussitôt à sa tâche.

Il a bien compris que Bambi ne résistera pas longtemps à ce rythme-là et il s'active un peu plus vite, en massant ferment la petite glande de Bambi et en le prenant plus profondément dans sa gorge.

Quand le soumis jouit, DWolf ne doute pas que s'il l'avait pu, l'humain aurait enfoncé les mains dans ses cheveux pour les tirer. Merci les menottes et le masque, parce qu'il n'aime pas se faire arracher la moitié du scalp.

Il avale une grande partie de la jouissance de l'humain, mais en garde un peu en bouche alors qu'il retire ses doigts de l'anus dilaté et qu'il rampe sur le corps à sa merci pour embrasser passionnément le soumis. Le jeune homme gémit quand la semence passe entre leurs bouches, mais ne se dérobe pas.

DWolf se redresse après avoir mordillé les lèvres offertes pour les faire gonfler et rougir.

— À mon tour, annonce-t-il, le souffle un peu court.

— Vous allez me prendre ? demande l'humain d'une voix rêveuse.

DWolf prend le temps de lubrifier le plug et de l'enfoncer entre les reins de Bambi avant de répondre.

— Tu n'es pas encore prêt, explique-t-il.

Le soumis a l'air de vouloir dire quelque chose, mais ferme la bouche sans qu'aucun son ne franchisse la barrière de ses lèvres. DWolf n'en tient pas compte, parce que si Bambi voulait utiliser son mot de sécurité, il ne se priverait pas. Ce qui est la raison pour laquelle il continue comme si de rien n'était. Il reprend le lubrifiant et l'étale sur l'intérieur des cuisses fermes. Il ne répond pas au petit gémissement interrogatif du jeune homme alors qu'il rassemble ses jambes et les pose sur son épaule gauche. Puis il glisse sa queue dans l'écrin doux et humide qu'il vient de créer.

DWolf se dit que la première personne qui a découvert le sexe intercrural a eu une idée de génie et, surtout, que tout le monde devrait remercier le brave homme d'avoir partagé sa trouvaille. Parce qu'il doit bien reconnaître, alors qu'il baise doucement les cuisses de Bambi, qu'il n'est pas loin du Nirvana.

— Monsieur, halète Bambi.

— Ça te plaît ? demande-t-il alors qu'il se penche et accélère ses coups de reins.

Sa queue glisse contre celle de Bambi et frotte contre ses bourses.

— Monsieur, répète l'humain, sur un ton un peu plus désespéré cette fois.

— Réponds-moi ! commande le Dom. T'aimes ça ?

— Oui ! s'exclame Bambi. S'il vous plaît, prenez-moi !

— Non ! gronde DWolf.

Il accélère encore ses mouvements et quand il sent l'orgasme lui brûler les reins, il ne fait rien pour le retenir. Une fois qu'il a joui, il reste dans la même position. Il se dit que c'est juste le temps qu'il retrouve une respiration normale mais, la vérité, c'est qu'il est hypnotisé par la vue de son sperme sur les abdos et la queue de son soumis, qui a retrouvé toute sa vigueur.

D'un doigt qu'il voudrait un peu moins tremblant, il étale sa semence, dessinant des arabesques sur la peau qui frémit sur son passage. Il sourit avant de se dégager et de reposer les jambes de Bambi sur le lit. Rapidement, il se rhabille, attrape une bouteille d'eau dans le sac qu'il a laissé dans un coin de la chambre et revient sur le lit pour enlever le bandeau et les menottes.

Bambi cligne des yeux pour les réhabituer à la luminosité et une étrange lueur passe dans son regard. Le loup ne sait pas trop comment interpréter cet éclair qui a disparu aussi vite qu'il est apparu. Rien dans l'odeur du soumis ne trahit ce qu'il ressent. Tout est couvert par la sérénité et… l'envie.

DWolf promène son regard sur le corps à ses côtés pendant que le jeune boit et il sourit à nouveau quand la queue toujours bandée se soulève légèrement avant de retomber sur le bas-ventre.

— Tu as encore envie de jouir, Bambi ? demande-t-il, connaissant parfaitement la réponse à cette question.

Bambi prend le temps d'avaler la moitié de la bouteille d'eau puis répond.

— S'il vous plaît, Monsieur.

DWolf se penche, dépose un léger baiser sur ses lèvres et murmure :

— Non. Tu as insisté pour que je te prenne alors que je t'ai déjà dit non. Donc en punition, pas d'orgasme et tu gardes ce plug jusqu'à ce que tu rentres chez toi.

Il se tourne pour pêcher les lingettes dans le tiroir, mais Bambi l'arrête avant qu'il ne puisse le nettoyer.

— Pas tout de suite, s'il vous plaît. J'ai envie de garder votre odeur sur moi un peu plus longtemps.

— Comme tu veux, répond le Dom en haussant les épaules. Ça va te gratter en séchant, par contre.

— Pas grave, souffle l'humain en se tournant pour nicher son visage contre l'épaule de DWolf.

Celui-ci l'entoure de son bras pour pouvoir le serrer contre lui et ils restent là, paisiblement. Ils s'endorment collés l'un à l'autre.

CHAPITRE 15

Quand Sean se réveille quelques heures plus tard, il est seul. Évidemment. Même s'il s'y attendait, il ne peut s'empêcher d'être déçu. Il se demande si, un jour, ils dépasseront le stade du « Je tire mon coup et je me casse. » Il a conscience d'être injuste envers Monsieur, mais c'est quand même ce qu'il ressent.

Il fixe le plafond en soupirant et se repasse mentalement la soirée. Même s'il a adoré ce qu'ils ont fait, il ne peut s'empêcher de se sentir amer.

Tu n'es pas encore prêt...

C'est ce que lui a dit le Dom. Pourtant, quelque part, Sean ne peut s'empêcher de se dire que ce n'est pas lui qui n'est pas prêt, mais bien DWolf. Sinon, pourquoi lui dire non ? Ça n'a aucun sens. À moins que… À moins que Monsieur ne pense pas qu'il soit sincère. Peut-être qu'il croit que Sean ne lui demande de le prendre que parce qu'il pense que c'est ce que le Dom veut. L'humain y réfléchit très sérieusement, parce qu'après tout, c'est plus que possible.

Il prend alors une résolution. Il va continuer de demander, encore et encore, jusqu'à ce que le Dom entende la vérité et la sincérité dans ses mots et dans ses battements de cœur.

***

Bon plan sur le papier. Sauf qu'il fonctionne uniquement en théorie. Dans la réalité, alors que Sean réclame encore et encore que son Dom le prenne, celui-ci finit par perdre patience et lui colle une fessée. Et pas une fessée sexy et prélude à des jeux coquins. Oh que non. Sean a droit à la vraie fessée, le pantalon baissé, calé en travers des genoux du Dom et frappé jusqu'à avoir des bleus.

Il a dû dire qu'il était tombé dans les escaliers pour expliquer pourquoi il a du mal à s'asseoir. Et ce n'est même pas le pire. Non, le pire, c'est que Monsieur lui interdit de jouir pendant trois semaines et refuse qu'ils se voient pendant cette période. Une véritable torture.

Plus le temps passe, moins l'humain se sent bien. Il dort de plus en plus mal, a du mal à se concentrer et est de plus en plus irritable, au point qu'il s'embrouille presque avec Zach. Et les cauchemars ne l'aident pas, surtout qu'ils contiennent de plus en plus de détails.

***

Sean se débat, hurle et frappe les murs de son propre esprit. Malgré tous ses efforts, il n'y a rien qu'il puisse faire.

Un rire éclate autour de lui et une voix féminine le raille.

— Bouh, pauvre petit chou. Tu ne devrais pas avoir confiance en n'importe qui. Ou plutôt en n'importe quelle aura. Elles sont tellement faciles à modifier.

Il connaît cette voix, non ?

***

Sean se lève ce matin-là, la tête prise dans un étau, les yeux lourds et la bouche pâteuse. Après s'être douché et habillé, il se traîne lamentablement jusqu'à la cuisine avec la ferme intention de se faire un café le plus fort possible, un de ceux où la cuillère tient debout toute seule une fois plongée dedans. Il en est au point où s'il pouvait s'envoyer la cafetière en intraveineuse, il le ferait.

Alors qu'il mesure les cuillères de poudre marron, son regard tombe sur le calendrier aimanté à la porte du frigo. La boite de café rejoint le sol, répandant son contenu sur le carrelage, mais Sean ne s'en rend même pas compte. Tout ce qu'il voit, c'est la date.

C'est comme être poignardé en plein cœur. Comme s'il s'écrasait après être tombé d'un gratte-ciel. Comme s'il ne pouvait plus respirer. La date l'accuse d'avoir oublié.

Il a *oublié* !

Trop obnubilé par sa petite vie, il ne s'est même pas aperçu que l'anniversaire de la mort de Kathy approchait. Maintenant, il se prend la date de sa mort en pleine tronche. Comme si elle mourrait encore une fois. Par sa faute, une fois de plus.

Avant même de s'en rendre compte, il est à quatre pattes sur le sol, la respiration laborieuse, la gorge nouée et les larmes dévalent ses joues sans retenue.

Il a oublié qu'il a tué sa meilleure amie, sa sœur de cœur. Il a oublié qu'il était coupable. Les yeux rivés sur lui-même, il a repoussé les souvenirs. Comment ose-t-il vivre alors qu'elle ne sourira plus jamais ? Alors qu'elle ne parlera plus jamais ? Alors qu'elle est allongée dans une boîte en bois sous une terre dure et froide, une simple pierre marquant son passage sur terre ? Depuis quand ne s'est-il pas dit « Il faut que Kathy voie ça ? » ou « Qu'est-ce que Kathy en aurait pensé ? » ? Depuis quand n'est-il pas allé lui rendre visite ? Trop longtemps ! Ça fait trop longtemps ! C'est lui qui devrait être mort. Lui et pas elle ! Et il a osé l'oublier !

En colère contre lui-même, Sean frappe le carrelage de ses poings. Il hurle à s'en écorcher la voix. Rien ne change le fait qu'il a oublié et que la culpabilité et le dégoût viennent réclamer leur dû.

Pourquoi est-il toujours en vie et pas elle ? Pourquoi l'avoir sauvé et ainsi s'être rendue vulnérable ? Sean sait qu'elle était comme ça, à toujours penser aux autres, à essayer de protéger tout le monde. Mais cette fois, elle l'a fait aux dépens de sa propre vie.

— Elle aurait dû me laisser mourir ! hurle-t-il. Je devais mourir !

Il ne se rend pas compte qu'il le dit à voix haute.

Une voix hurle soudain, proche de son oreille. Sans s'en apercevoir, il s'est allongé sur le sol et a passé un appel sur son téléphone. Quand est-ce qu'il a fait ça ?

« Bambi ! » hurle à nouveau la voix.

Bambi ? Pourquoi Bambi ? se demande-t-il confusément.

Une seule personne le surnomme comme ça.

— Monsieur ? balbutie-t-il.

« Putain, Bambi ! Ne me fais plus jamais une peur pareille ! » explose le Dom. « Parle-moi ! »

— Elle est morte, murmure Sean. Elle est morte et je suis vivant.

« Pourquoi est-elle morte ? » demande Monsieur.

— Parce que j'ai été assez stupide pour me laisser piéger par la sorcière, répond-il. C'est moi qui devrais être mort.

Un soupir exaspéré lui répond, puis :

« Que ferait-elle si elle t'entendait parler comme ça ? »

Étonnamment, Sean a un petit rire. Étouffé et à moitié étranglé, mais un rire quand même.

— Elle me botterait le cul. Elle me dirait de vivre pour nous deux et d'arrêter de perdre du temps.

Pour la première fois depuis un an, il lui semble percevoir une colère qui ne vient pas de lui. Comme si, au-delà des portes de la mort, Kathy était furieuse. Néanmoins, il n'a pas l'impression que cette émotion soit dirigée contre lui. C'est plutôt comme si elle lui en voulait de s'en vouloir. C'est un peu confus, mais c'est ce qu'il ressent.

« Bambi, pourquoi voulais-tu une relation BDSM ? » questionne Monsieur. « Et ne me sors pas ta connerie sur la confiance. On sait tous les deux que c'est le beau mensonge que tu as concocté si jamais on te posait la question. »

Sean déglutit nerveusement et se rassoit, le dos appuyé contre les portes du placard sous l'évier.

— Je…

« Ne pense même pas à me mentir ! » prévient le Dom.

Mais s'il ne peut pas mentir, qu'est-ce qu'il a le droit de dévoiler ? Il ne veut pas donner la vraie raison. Qu'est-ce que

Monsieur penserait de lui s'il savait ? Il refuse de lui dire. S'il lui dit, Monsieur ne voudra plus de lui et il a besoin du loup, de leur relation. Alors, il se tait.

« Bambi ! » gronde DWolf.

Sean secoue la tête, comme si Monsieur pouvait le voir, ce qui n'est pas le cas. Pourtant le Dom semble comprendre.

« Très bien. Tu ne veux pas me dire ? C'est pas un problème. Prévois ton week-end, tu vas en avoir besoin. Vendredi soir, dix-neuf heures. Préviens ta meute. »

Et Monsieur raccroche.

Sean reste comme un débile avec son téléphone à l'oreille pendant une bonne minute avant de réagir. Il se lève, range l'appareil dans sa poche et va chercher un balai. C'est en pilote automatique que le jeune homme nettoie le bazar qu'il a mis dans la cuisine, puis il remonte dans sa chambre, se déshabille et se recouche. Personne ne lui en voudra de rater les cours. Pas aujourd'hui.

Alors même qu'il se laisse de nouveau submerger par le chagrin et le deuil, il ne peut s'empêcher de se sentir inquiet.

Qu'est-ce que Monsieur a prévu pour lui ?

***

Quand il revoit Maïka, Sean est déterminé à ne pas l'approcher. Il fait même tout pour qu'elle ne le voie pas. Alors pourquoi est-il avec elle à l'arrière de sa voiture ? Pourquoi la déshabille-t-il ? C'est la dernière chose qu'il voit avant que tout devienne noir.

***

Quand Dylan raccroche, il se laisse tomber sur le canapé, les larmes aux yeux. Il ne savait pas, ne doutait pas une seule seconde que Sean ressentait encore ce genre de choses vis-à-vis de la mort de Kathy. Tout le monde a dit et répété au jeune homme que ce n'était pas sa faute.

Pourtant, le bêta aurait dû savoir. Il aurait dû comprendre la vraie raison de la venue de Sean au club. Une relation BDSM, ça aurait dû lui mettre la puce à l'oreille, bon Dieu !

Pourquoi ? Pourquoi n'a-t-il rien dit ? Pourquoi Sean n'est-il pas venu pour lui parler ? Kathy était sa sœur. Si quelqu'un est à même de comprendre, c'est bien lui ! À moins que…

À moins que l'humain ne pense que le bêta le tienne pour responsable de la mort de la jeune femme. Après la conversation qu'ils viennent d'avoir, ça ne l'étonnerait même pas.

Eh bien, il va changer ça. Il a deux jours pour décider quoi faire et tout préparer. Finalement, certaines choses qu'il a commandées sur le site vont lui servir.

Enfin, si Sean ne se rend pas compte qu'il a téléphoné à Dylan et pas à DWolf. Il prie pour que Sean ne vérifie pas son journal d'appels. Avec un peu de chance, ses grondements et son imitation de la voix qu'il prend quand il porte la puce ont été assez convaincants pour que Sean ne se pose pas de questions. Parce que Dylan ne l'a pas sur lui en permanence, mais il va peut-être penser à la garder dans son portefeuille au cas où.

N'empêche, heureusement qu'il a eu la présence d'esprit de passer en mode DWolf, parce qu'appeler Sean par son prénom ne fonctionnait pas alors qu'étrangement, il a réagi au premier « Bambi » que le loup lui a beuglé dans les oreilles. Comme quoi, cette relation D/s aura au moins eu ça de bon…

***

Zach a laissé son meilleur ami tranquille la veille. Probablement parce que lui-même avait besoin d'être seul. Ça fait quelques semaines que lui et Amanda sortent ensemble, pourtant ils n'ont pas ressenti le besoin d'être physiquement proches. Au contraire. Ils désiraient être seuls. Seuls pour pleurer leur sœur de meute et compagne perdue. Seuls sans personne pour les voir au plus bas.

Aujourd'hui, c'est différent. La meute a envie de resserrer les liens, d'être en contact rapproché. Tous les membres de la meute, sauf Sean.

Même si l'humain se tient à l'écart, ce n'est pas pour que ça que la meute l'abandonne. Il y a toujours quelqu'un pas très loin de lui, mais ils essayent de tous le laisser tranquille, de respecter son besoin de solitude. Tous, sauf Amanda.

Alors qu'ils déjeunent tous à la cafétéria, elle observe Sean qui est seul, quelques tables plus loin. Soudain, un air déterminé prend place sur son visage et elle se lève brusquement, surprenant tout le monde autour d'elle. C'est d'un pas martial qu'elle rejoint la table de Sean. Il sursaute sur sa chaise quand elle abat ses mains sur la table.

— Amanda ? couine-t-il.

Vous aussi vous couineriez à sa place, ne mentez pas.

— Ta gueule ! le coupe-t-elle violemment. J'en ai ras le cul de tes conneries. Jusqu'à présent, je n'ai rien dit parce que je te laissais le temps de faire ton deuil. Sauf que visiblement, ta méthode ne fonctionne pas, alors on va passer à la mienne. Bouge ton cul, tu viens manger avec nous.

— Amanda, soupire son ex-petit ami.

— Je vais te coller mon talon dans l'œil ! le menace-t-elle. Ne crois pas que j'hésiterais !

Sean se sent obligé de jeter un petit coup d'œil aux dits talons et déglutit péniblement. Comment arrive-t-elle à marcher sans se casser la figure avec des échasses pareilles aux pieds ? Après ça, il ne prend même pas le temps de réfléchir – franchement, réfléchir à quoi ? Perdre un œil ou obéir. De toute façon, il sait depuis longtemps qu'il est plus simple d'écouter Amanda plutôt que de discuter.

Il prend son sac à dos, son plateau et la suit à la table de la meute. Personne ne commente, mais il n'a pas besoin de ça pour se sentir accueilli et accepté.

***

Le vendredi arrive bien trop tôt et, en même temps, pas assez rapidement au goût de Sean. C'est donc fébrile et anxieux qu'il entre dans le club. Le vigile hausse un sourcil, probablement intrigué par son retour après trois longues semaines. Néanmoins, il ne fait aucune remarque, mais Sean peut voir le jaune de la curiosité se mêler à l'aura de l'homme et il n'a pas envie de le distinguer. Il s'y refuse. Après quelques instants de concentration, les couleurs ont disparu.

Quand il arrive dans ce qu'il considère désormais comme sa chambre, il est surpris des changements qui y ont été apportés. Ce sont de gros changements, de ceux qu'on ne peut pas louper. En lieu et place du lit, il y a maintenant un immense fauteuil qui donne envie de s'y pelotonner, des miroirs couvrent tous les murs et des spots ont été ajoutés. À côté de la porte, se trouve une longue table recouverte d'un drap noir. Les nombreuses bosses suggèrent que le tissu cache un certain nombre d'objets.

Ce n'est pas ce qui interpelle le plus Sean. Non, ce qui attire immédiatement son regard, ce sont les deux anneaux en acier fixés au plafond, à environ un mètre cinquante de distance. Une épaisse corde de chanvre est passée entre eux et pend des deux côtés. Et c'est justement cet endroit que les spots éclairent.

Il déglutit. Qu'est-ce que Monsieur lui a préparé ? La question traverse son esprit alors même qu'il se déshabille et se met en position juste sous les cordes. Les mains croisées derrière la nuque, le dos bien droit, les fesses alignées avec ses genoux et les jambes légèrement écartées, il attend. Il attend que son Dom le rejoigne.

Il ne sait pas combien de temps il reste là. Ça pourrait être une heure comme dix minutes. Il ne porte jamais de montre quand il vient au club et il n'y a pas d'horloge dans la pièce. Tout ce qu'il sait, c'est que quand DWolf entre, il a la tête dans du coton.

Il se sent loin de tout, mais ce n'est pas comme quand on se détache des choses, à tel point qu'on a l'impression que tout cela arrive à quelqu'un d'autre. C'est même plutôt l'inverse. Il est hyper conscient de tout son environnement. Et en même temps, rien d'autre ne compte que son Dom et les désirs de celui-ci.

Sub-space, fournit son esprit.

Ou sous-espace. Bambi a rencontré ce terme lors de ses recherches et a trouvé ce que ça voulait dire.

Certains appellent cet état une « extase masochiste » : une forme d'exaltation qui transforme la douleur en plaisir. C'est une sorte de transe méditative où tout est sublimé. C'est se plonger dans un état de semi-conscience et accueillir la douleur. Bambi comprend confusément que c'est pour ça que Monsieur l'a laissé seul un moment.

Quand il a découvert le terme ou même la théorie du *sub-space*, Sean s'est dit que c'était quelque chose qu'il ne connaîtrait jamais. Visiblement, il se trompait, parce que ça a été plutôt facile. Maintenant, son cerveau habituellement empli de trop de choses n'a plus de place que pour son Dom et ce qu'il attend de lui.

Monsieur ferme la porte et s'appuie contre, observant son soumis. Les yeux baissés au sol, tout ce que Bambi peut voir, ce sont les bottes de motard de DWolf qui ne bouge pas. Ça ne le dérange pas. Il peut attendre. Parce qu'il n'y a que Monsieur qui soit important.

Finalement, après un autre temps indéterminé, Monsieur s'approche, plaçant son entrejambe gonflé au niveau du visage de Bambi et celui-ci sent la salive envahir sa bouche. Machinalement, il lèche ses lèvres desséchées, parce qu'il crève d'envie que Monsieur lui ordonne de le sucer.

Il a aimé… Il aime cette sensation d'être utilisé uniquement pour le plaisir de son Dom. Dans ces moments-là, tout ce qu'il a à faire, c'est laisser son esprit se vider et sa gorge s'ouvrir. Il se sent également puissant. Parce que son Dom prend son plaisir grâce à lui. C'est lui qui lui donne ça. C'est un sentiment euphorisant.

— Bonjour, Bambi, gronde Monsieur.

Bambi frissonne. Parce que cette voix rugueuse lui fera toujours autant d'effet. Seulement, même dans son état, il se rend compte qu'elle a quelque chose d'étrange. Il ne sait pas ce que c'est et il ne peut pas relever la tête pour regarder le visage de son Dom et tenter de décrypter son expression. De toute façon, Monsieur porte cette saleté de masque.

— Bonjour, Monsieur.

— Comment te sens-tu ?

Bambi ne comprend peut-être pas l'état d'esprit de son Dom, mais il ne manque pas la note d'avertissement dans le grondement.

— Je vais mieux, dit-il avec une totale honnêteté.

Monsieur grogne seulement avant de se mettre en mouvement. D'un léger coup de pied, il oblige le soumis à écarter un peu plus les jambes.

— Mieux.

Puis il revient se placer devant son soumis.

— Si tu te sens mieux, tu vas pouvoir m'expliquer ce qui t'est arrivé, il y a deux jours.

Ça a l'air d'une suggestion, mais Bambi ne s'y trompe pas. C'est un ordre. Sauf qu'il n'a pas envie de répondre. Il ne veut pas parler. Apparemment, il ne va pas avoir le choix.

— Je…, commence-t-il avant de se couper abruptement.

Il ne poursuit pas, parce qu'il ne sait pas quoi dire.

Monsieur s'accroupit devant lui et, du bout du doigt, l'oblige à pencher la tête en arrière pour qu'il le regarde.

— Tu ne veux pas répondre ? demande DWolf avec un sourire, mais sa bouche laisse voir des dents un peu trop pointues. Ce n'est pas grave. Tu finiras par parler.

Le Dom se relève et repasse derrière lui.

— Debout !

C'est tremblant que Bambi obéit. Il ne sait pas trop ce qui se passe. Monsieur n'a pas l'air en colère, pourtant, il véhicule comme une aura de dangerosité, accentuée par la présence des crocs.

— Lève les bras, continue Monsieur, toujours sur le même ton.

Bambi obéit encore. Alors même qu'il se demande s'il ne devrait pas dire « jaune » ne serait-ce que pour obtenir quelques explications, il obtempère et se laisse faire lorsque son Dom noue la corde autour de ses poignets et de ses avant-bras. Puis Monsieur rejoint la table et Bambi a l'impression de voir quelque chose dépasser de la manche du t-shirt du loup. Un tatouage, peut-être.

Il est détourné de ses pensées quand DWolf enlève le drap de la table et dévoile ce qu'il y a dessus.

Bambi a la gorge plus que sèche alors qu'il détaille les martinets, les palettes et les cravaches que le Dom caresse du bout des doigts.

— Tu sais pourquoi tu es là, n'est-ce pas, Bambi ?

— Pour réapprendre à faire confiance, balbutie-t-il.

Le regard que lui jette le loup lui fait comprendre qu'il n'aurait pas dû mentir. Le Dom lui avait bien dit qu'il n'en avait pas le droit. Même s'il n'a pas réellement menti, c'est plutôt qu'il n'a pas dit toute la vérité.

Monsieur ne répond rien alors qu'il se remet à observer les différents accessoires sur la table. Il se décide pour un chat à neuf queues. Bambi déglutit bruyamment. Il connaît cet instrument. Il l'a découvert lors de ses recherches et a poussé un peu plus loin ses investigations pour savoir ce que c'était exactement.

Un chat à neuf queues est presque identique à un martinet, excepté que les neuf lanières sont tressées et peuvent être terminées par des griffes en métal. Heureusement, ce n'est pas le cas de celui choisi par le Dom. Malgré tout, les lanières se terminent par des perles en bois à leurs extrémités. À la base, c'est un instrument de torture dont la fonction première a été détournée, comme c'est le cas pour beaucoup d'accessoires BDSM. Bambi pourrait vous donner des cauchemars avec ce qu'il a découvert au cours de ses recherches. Lui a juste été intrigué, ce qui prouve qu'il a probablement pris la bonne décision en demandant une relation D/s.

Un coup de chat contre sa cuisse le ramène au présent et le fait siffler de douleur.

— Concentre-toi ! exige DWolf.

— Monsieur, commence Bambi.

— La ferme ! Les seules choses qui ont le droit de sortir de ta bouche sont tes mots de sécurité et les réponses aux questions que je vais te poser. Compris ?

Encore une fois, Bambi a envie de crier « jaune », peut-être même « rouge ». La seule raison qui l'empêche de le faire, c'est sa satanée curiosité. Intrigué, il l'est. Au point qu'à cet instant, il est prêt à tout endurer pour déchiffrer ce mystère.

— Je comprends, Monsieur, assure-t-il.

— Parfait.

DWolf passe dans son dos et grâce aux miroirs, Bambi le voit parfaitement armer son bras et asséner deux coups rapides du chat sur ses fesses. Il crie de surprise et de douleur.

— Ça, c'est pour m'avoir menti, lui explique Monsieur. Couleur ?

— V-Vert, bégaye Bambi.

— Parfait, répète le Dom. Je te repose donc la question : pourquoi es-tu venu au club ?

Bambi ne bouge pas, n'ouvre pas la bouche et c'est presque comme s'il avait cessé de respirer. Il ne peut pas, il ne *veut* pas parler.

— Bambi ! gronde DWolf. Parle !

Il secoue la tête.

— Elle est belle ta confiance, constate amèrement le loup.

Bambi redresse la tête, les yeux écarquillés. Il ne voulait pas ça. Il ne voulait pas que Monsieur le regarde avec ce regret dans les yeux, cette déception. C'est insupportable. Il faut qu'il fasse quelque chose ! Le désir de plaire à son Dom devient soudain presque plus fort que la honte et la peur.

— Je…

— Tu me fais confiance ? demande DWolf. Prouve-le !

Bambi prend une inspiration tremblante et marmonne quelque chose. Ça lui vaut un troisième coup, cette fois en travers de l'arrière des cuisses.

— Articule !

— Si je vous le dis, vous ne voudrez plus de moi, objecte-t-il.

Monsieur penche la tête sur le côté. Il semble réfléchir quelques instants, puis déclare :

— C'est si tu ne parles pas que je ne voudrai plus de toi. Si tu ne me dis pas la vraie raison de ta venue au club, j'en conclurai que tu ne me fais pas confiance et, dans ces conditions, à quoi ça sert de continuer ?

— Mais…

— C'est toi qui vois.

Monsieur recule, croise les bras et attend.

Bambi sait qu'il peut partir, dire à DWolf qu'il n'a rien à ajouter sur ses raisons et tout s'arrêtera. Mais la conséquence serait de ne plus jamais revoir Monsieur. Et il s'y refuse.

— Je veux être puni ! cède-t-il soudain. Ils devraient tous m'en vouloir : tous ! Mais non, ils sont là à s'assurer que je vais bien ! À me dire que c'était pas ma faute ! C'est ma faute !

Monsieur revient se placer devant lui et sourit.

— Eh bien, tu vois. Ce n’est pas si difficile d’être un bon garçon, le félicite-t-il. Maintenant, attention, plus complexe. Pourquoi devrais-je te punir ?

— Je… J’ai laissé la sorcière me posséder.

— Vraiment ? fait le Dom en se mettant à lui tourner autour. Tu veux dire que tu ne t’es pas battu ? Elle est venue et t’a dit : « Je vais prendre le contrôle de ton corps » et toi, tu as juste répondu : « OK » ?

— Quoi ? Bien sûr que non ! s’offusque Bambi.

— Donc, tu t’es battu pour essayer de la faire sortir ou l’empêcher de blesser d’autres personnes ?

— Évidemment !

Monsieur lui assène un nouveau coup, cette fois en travers du dos.

— Fais attention à ta façon de me parler, le prévient-il. Donc si tu ne veux pas être puni pour l’avoir laissé te contrôler, je me demande quelle peut bien être la raison.

À ces mots, Bambi perd son attitude belliqueuse et il se serait même écroulé au sol si les cordes ne le retenaient pas. Sans tenir compte du changement de position de son soumis, le Dom continue, tout en effleurant la peau de Bambi avec le chat.

— Tu vois, je n'achète absolument pas cette histoire de confiance, explique le Dom, presque trop calmement. Parce que tu n'as eu aucun mal avec moi. Par contre, que tu veuilles être puni, ça c'est crédible. Ce que je voudrais savoir, c'est pourquoi je devrais te punir. Tu peux me dire ça, Bambi ?

Pendant un long moment, Bambi est incapable de répondre. Il ne trouve pas les mots. DWolf attend patiemment, sans rien dire, mais il continue de caresser la peau de Bambi avec les lanières.

Finalement, le soumis chuchote un mot et un seul.

— Kathy…

DWolf marque une pause en entendant le prénom. Il penche à nouveau la tête sur le côté et, à un autre moment, Bambi rirait presque tant le geste est résolument canin. Sauf qu'il n'a aucune raison de rire, pas dans la situation présente.

— Qui est Kathy ? demande le Dom.

Bambi ne peut retenir un sanglot.

— Elle… Au départ, elle n'était que la sœur d'un nouveau loup de la meute, explique-t-il d'une voix entrecoupée. Et puis j'ai appris à la connaître et elle est devenue comme une sœur.

— Et ? insiste le Dom.

— Et elle est morte à cause de moi ! hurle Bambi, lâchant d'un coup la bride. Il a fallu qu'elle intervienne ! Qu'elle me sauve ! Et elle en est morte ! Elle aurait dû me laisser crever !

Le coup de chat qu'il reçoit sur le ventre le prend par surprise et il émet un cri. Il se retrouve soudain avec un loup en colère devant lui.

— Es-tu en train de minimiser son sacrifice ? gronde Monsieur. Es-tu en train de dire que ce qu'elle a fait ne servait à rien ? Que tu n'en valais pas la peine ?

— Oui !

— Tais-toi ! rugit Monsieur. Tu en as assez dit ! Tu vas m'écouter très attentivement et avec tes oreilles grandes ouvertes ! Kathy est morte en te sauvant la vie ! C'était son choix, pas le tien ! Dire qu'elle n'aurait pas dû faire ça, ça revient à dire qu'elle était incapable d'assumer ses propres décisions. C'est la sorcière qui a choisi de prendre le contrôle sur toi. Tu t'es battu, mais elle a quand même gagné, parce qu'au final, même si tu es fort et indépendant, tu restes humain !

Bambi ouvre la bouche pour protester, mais un autre coup l'oblige à se taire.

— Je t'ai dit de te taire et d'écouter ! Quand je dis que tu es humain, je ne le dis pas pour être méchant ou insultant. Je le dis parce que c'est la vérité. Tu as tes forces et tes faiblesses, comme tous les êtres qui existent dans ce monde. C'est comme ça. Tu n'aurais pas pu la contrer, tu entends ?! Croire le contraire, c'est de l'arrogance !

DWolf recule, le souffle court et les yeux emplis de colère.

— Je ne vais pas te punir parce que tu aurais dû vaincre cette sorcière et que tu n'y es pas parvenu, annonce-t-il. Je ne vais pas te punir parce que ta presque sœur a donné sa vie pour la tienne. Par contre, je vais te punir pour gâcher et dévaluer son sacrifice. Je vais te punir parce que tu es assez arrogant pour croire que tu aurais dû réussir à vaincre une sorcière vieille de plus de cinq cents ans. Pour pouvoir vivre aussi longtemps, elle devait pratiquer la plus noire des magies. Et toi, tu as cru que tu pouvais t'en sortir seul ? rit-il, mais il n'y a aucune joie, aucun humour dans sa voix. Orgueil ! Et c'est un pêché, tu sais ?

La main du Dom se raffermit sur la poignée du chat, alors qu'il promet :

— Dix coups pour ne pas être reconnaissant que Kathy t'ait sauvé. Dix de plus pour ne pas vivre pour vous deux, en profitant de chaque instant. Et enfin, dix de plus pour ton orgueil déplacé. Couleur ?

Bambi en reste bouche bée. Monsieur lui demande vraiment de donner son consentement pour être frappé avec cet engin de torture ? C'est une blague, pas vrai ? Quand il a admis qu'il voulait être puni, il pensait à une fessée, du genre de celle qu'il a reçue parce qu'il n'arrêtait pas de réclamer que Monsieur le prenne. Il ne pensait pas à ce que son Dom lui propose actuellement.

Pourtant… Pourtant, il se surprend à ouvrir la bouche pour dire : « Vert, Monsieur. » Le Dom hoche la tête, satisfait.

— Redresse-toi et compte, lui dit-il pour tout avertissement.

Et la punition commence. Aussitôt que Bambi se remet droit, le Dom ne perd pas de temps et le frappe presque sans aucune pause entre les coups. Il n'épargne aucune zone du corps du jeune homme.

Son dos, ses fesses, ses cuisses, ses mollets, ses épaules, son torse et même son sexe ne sont plus que douleur. Bambi pleure alors qu'il compte d'une voix hachée et entrecoupée de sanglots, mais dans le même temps, il se sent plus léger à chaque « schlack » sur sa peau. Enfin quelqu'un le punit pour ce qu'il a fait. Même si ce n'est pas pour ce qu'il se reprochait, quelqu'un le châtie. S'il choisit de penser qu'il est puni pour ne pas avoir vaincu la sorcière seul, ça ne regarde que lui, non ?

Pour la première fois de sa vie, il comprend cette phrase : « Se servir de la douleur physique pour noyer celle de l'esprit. » Il comprend, parce que c'est comme si les deux types de douleur ne pouvaient coexister en lui et c'est quelque chose de libérateur.

— Vingt-sept, sanglote-t-il.

Les coups cessent sans raison et le Dom entreprend de le détacher. Pourquoi ? se demande Bambi. Est-ce que même pour une punition, il n'est pas capable d'être bon ? Il est si incompétent et nul que ça ?

— Monsieur ? balbutie le soumis.

— Les trois derniers coups vont être un peu différents, lui apprend Monsieur. Tu vas te mettre à genoux, poser ton torse au sol et écarter tes fesses avec tes mains.

DWolf aide le soumis à rester debout le temps qu'il le détache et à se mettre dans la position demandée.

Pour une raison que Bambi ignore, ses muscles tremblent de fatigue et ses cheveux sont collés à son crâne par la sueur qui couvre l'intégralité de son corps. C'est comme s'il venait de terminer une séance de sport intensif. Au moins, il n'aura pas de problèmes pour dormir ce soir-là.

Dans la position où il se trouve, il ne peut pas voir ce que fabrique Monsieur. Il ne peut que faire des suppositions basées sur les bruits qu'il entend. Par exemple, là, DWolf a sûrement posé le chat à neuf queues, ce qui doit vouloir dire qu'il a pris un autre instrument.

Le bruit des bottes du Dom sur le sol indique qu'il revient vers lui. Sans même savoir ce qui l'attend, Bambi se crispe. Une main douce et apaisante passe lentement sur son dos, probablement pour l'aider à se détendre et il doit bien avouer que ça fonctionne plutôt bien.

Monsieur se penche et souffle à l'oreille de son soumis :

— Les trois derniers coups vont faire plus mal que les autres. Pour la simple et bonne raison que je vais utiliser une tapette sur ton anus. Avec un peu de chance, tu auras mal assez longtemps pour te rappeler que l'orgueil mal placé est une mauvaise chose. Couleur ?

Encore une fois, Bambi devrait s'indigner, dire son mot d'alerte maximum et laisser la place à Sean. Encore une fois, il n'en fait rien. Au lieu de ça, il pose une question.

— C'est quoi une tapette, Monsieur ?

Dans sa tête, la seule chose qu'il parvient à visualiser, c'est une tapette à mouches et il n'arrive pas à comprendre comment ça pourrait fonctionner.

— Regarde dans les miroirs, soupire le Dom, un brin exaspéré.

Ah oui, les miroirs. Comment le soumis a-t-il fait pour les oublier alors qu'il n'y a que la porte qui n'en soit pas couverte ? Bonne question. Il y répondra plus tard. Ou pas.

Quand il regarde, il voit que le loup tient ce qui ressemble à une cravache en un peu plus large. Oh, pu… tréfaction, il va douiller. Il sait sans l'ombre d'un doute que s'il dit « jaune » ou

« rouge », Monsieur arrêtera tout. Parce que, comme Monsieur l'a souligné un peu plus tôt, Bambi n'a aucun problème pour lui faire confiance, parce que Monsieur ne l'a jamais déçu. Parce que Monsieur ne l'a jamais laissé tomber. Parce que Monsieur lui a prouvé qu'il pouvait compter sur lui. C'est pour cette raison qu'il ne dit pas ses mots. Il regarde son Dom et dit :

— Vert, Monsieur.

DWolf se lance aussitôt.

Le premier coup pince un peu, mais ne fait pas vraiment mal. Le suivant le pousse à couiner. Le dernier… Le dernier lui arrache un hurlement de douleur. Pendant un horrible moment, Bambi craint que le Dom ne lui ait fendu la peau et il pleure encore plus. Monsieur jette aussitôt la tapette dans un coin et le prend dans ses bras pour le porter jusqu'au fauteuil dans lequel il s'assoit, le soumis pelotonné sur ses genoux et contre son torse.

— Chut, c'est fini, murmure le Dom. Tu n'as pas une seule éraflure, il n'y a pas une goutte de sang, je te le promets. Tu vas avoir des bleus, mais rien d'insurmontable.

Bambi met longtemps à se calmer, des heures peut-être, où il pleure tout le chagrin, la douleur et la culpabilité qui l'étouffent. Monsieur ne le lâche pas une seule seconde, le berçant et lui murmurant des paroles de réconfort.

Quand il se calme enfin, Monsieur le redresse pour pouvoir le regarder dans les yeux.

— Je veux que tu comprennes quelque chose, quelque chose de très important pour la suite. Tu m'écoutes ?

— Oui, Monsieur, murmure Bambi d'une voix enrouée d'avoir trop pleuré.

— Bien. Ce qui est arrivé aujourd'hui ne se reproduira plus. Ne m'interromps pas ! s'exclame le loup alors que le soumis ouvre la bouche pour parler. Je ne pense pas que ton cul en supporterait beaucoup plus.

Bambi ferme prudemment la bouche. Il doute également que son postérieur puisse tolérer une fessée en plus de tout le reste.

— C'est mieux, fait le Dom, satisfait. Je disais donc que ce qui est arrivé aujourd'hui ne se reproduira plus. Parce que nous n'avions pas le même objectif. Tu cherchais une punition. Je voulais te donner le pardon. Tu estimes peut-être ne pas avoir atteint ton objectif, mais moi j'ai atteint le mien. Tu es pardonné.

Bambi attend prudemment quelques instants pour être sûr que son Dom ait terminé, puis il argue :

— Mais je ne vous ai rien fait.

Monsieur lui tord presque vicieusement un téton, lui arrachant un cri de douleur.

— Ce n'est pas important, gronde-t-il. Ce qui est important, c'est que tu m'as donné le contrôle. Tu m'as demandé de prendre le contrôle. Ce qui veut dire que si j'estime que tu mérites une punition, c'est ce que tu auras une. Si tu mérites une récompense, je te donnerai. Mais c'est moi qui décide. Tu as été puni et tu es maintenant pardonné. Complètement et totalement pardonné. Parce que c'est toi-même qui m'en as donné le pouvoir.

Un nouveau sanglot échappe à Bambi alors que le loup lui embrasse le front.

— Tu as été un si bon garçon, murmure Monsieur. Tu as accepté et reçu ta punition. Tout est pardonné.

Bambi secoue la tête.

— Non ? semble s'amuser DWolf. Je vais te prouver très simplement que tu es pardonné. Tu vas aller voir la personne à qui tu estimes avoir fait le plus de mal et tu vas t'excuser. Tu verras que j'ai raison. Et nous allons ajouter quelque chose à nos scènes. Désormais, chaque fois que nous nous verrons, tu recevras dix fessées de ma main. Pour te rappeler que je suis celui qui décide et que tu ne peux pas tout combattre. Parfois, il faut demander de l'aide. Un peu de discipline ne te fera pas de mal. Couleur ?

— Vert, Monsieur, soupire Bambi, soudain très fatigué.

L'adrénaline qui quitte son système le laisse complètement déphasé et épuisé.

— Dors, Bambi, dors, souffle DWolf à son oreille. Tout va bien se passer, tu verras.

Il s'endort avec le bruit des battements du cœur de son Dom dans la tête.

CHAPITRE 16

Quand Sean se réveille, il est groggy et désorienté. Il lui faut un long moment pour comprendre que le réveil qui indique onze heures vingt-sept est le sien. Ce qui veut dire qu'il est dans sa chambre. La question est donc : « quand et comment est-il rentré ? » Parce que clairement, il ne s'en souvient pas. Est-ce que Monsieur l'a ramené ? C'est la seule explication, non ?

Étrangement, ça ne l'inquiète pas. Il ne se demande pas comment Monsieur a eu son adresse, il sait qu'elle est dans son dossier au club. Mais même avec cette explication plus que logique, il ne panique pas qu'un inconnu soit entré chez lui et l'ait mis au lit. Quelque part, ça le rassure. C'est une raison de plus de faire confiance à Monsieur.

Sean sourit. Sourire qui se transforme en grimace quand il s'étire et que des muscles dont il ne connaissait même pas l'existence hurlent en guise de protestation. Nom d'un chien – sans mauvais jeu de mots – qui aurait cru que se laisser frapper pouvait donner autant de courbatures ?

Les événements de la veille lui reviennent en mémoire et il grogne.

Il en a trop dit, s'est rendu vulnérable, même si c'est dans ce but qu'il est allé au club en premier lieu. Il a déposé les armes trop vite, presque sans combattre. Il a donné à Monsieur ce qu'il voulait trop rapidement.

Il n'a pas menti quand il a dit qu'il désirait réapprendre à se fier à quelqu'un et être moins suspicieux. Pas plus qu'il n'a menti quand il a dit avoir besoin d'être puni pour ce qu'il a laissé arriver. C'est simplement qu'il n'a pas tout dit.

Sean voulait également se placer dans une position où il serait vulnérable et rester fort. Parce qu'avec la sorcière, il a été vulnérable et faible. Est-ce qu'il a atteint son objectif ? Il décide que non. Il sait qu'il faut une grande force morale pour se soumettre volontairement et se donner comme il le fait, il en est conscient. Seulement, s'il admet être fort et vulnérable en même temps, qu'il a le droit d'être les deux, alors il a atteint son objectif. Ce qui veut dire qu'il n'a plus aucune raison de continuer à voir Monsieur, et ça, c'est juste hors de question.

Il se rend compte qu'il est devenu accro à ces rencontres avec le Dom. Est-ce qu'on peut dire qu'il a développé une addiction ? Peut-être bien. Mais du coup, s'il arrête de voir Monsieur, il sera en état de manque et peut-être même qu'il fera un *subdrop.*

Subdrop...

Encore un terme qu'il a découvert lors de ses recherches. D'après ce qu'il a compris, c'est un genre de dépression qui peut arriver à un soumis après une scène particulièrement intense, si le Dom ne prend pas soin de lui correctement. Avec le bol qu'il se traîne, Sean se dit qu'il sera au trente-sixième dessous cinq minutes après avoir décidé de ne plus voir Monsieur, avec ou sans scène intense au préalable. À bien y réfléchir, il se peut même que ce soit ce qui lui est arrivé lorsque Monsieur et lui ne se sont pas vus pendant trois longues semaines. C'est plausible, non ?

De toute façon, un *subdrop* n'est pas dans ses intentions, parce qu'il est absolument hors de question qu'il cesse de voir Monsieur. Sean se dit qu'il faudra certainement que ce soit le Dom qui mette fin à leur relation, parce que lui n'a aucune intention d'arrêter quoi que ce soit.

Sa vessie pleine le rappelle à l'ordre en lui disant qu'il est bien gentil et que c'est super chouette qu'il paresse au lit mais que, maintenant, il faut qu'il se lève s'il ne veut pas finir dans une flaque malodorante. Ça devient même urgent, là.

C'est avec un sourire grimaçant que Sean quitte la chaleur de son lit, et à la vitesse d'un nonagénaire sortant d'une opération des hanches qu'il se traîne jusqu'à la douche. Sérieusement, à cet instant, s'il faisait la course avec un escargot, il perdrait.

Il passe près d'une demi-heure sous la chaleur liquide tombant du pommeau de douche. Au diable la facture d'eau et l'environnement, ses muscles ont besoin des bienfaits que ce flux presque bouillant leur apporte. Il finit malgré tout par se laver en chantonnant doucement.

Quand il sort de la douche, il se place dos au miroir pour admirer les marques que Monsieur a laissées sur sa peau. Il n'a pourtant qu'à baisser les yeux pour les voir sur le devant de son corps, mais dans son esprit, allez savoir pourquoi, celles de son dos et de ses fesses sont plus importantes que celles qui marbrent son torse et l'avant de ses cuisses.

Peut-être qu'il devrait s'inquiéter d'aimer autant porter ce genre de traces sur lui, mais il décide de s'en moquer. Il adore ça et c'est tout. *Il en est fier,* se dit-il alors qu'il admire le travail que Monsieur a réalisé sur lui. Il suit les lignes qui se croisent et s'entrecroisent et les couleurs qui explosent sur sa peau, presque blanche malgré tous ses efforts pour bronzer. Le vert, le bleu, le jaune et le pourpre se mêlent en un kaléidoscope qui le laisse incapable de se concentrer sur un seul endroit. Il en a presque le tournis.

Sur une impulsion, Sean va dans sa chambre, fouille dans la mallette, récupère un des objets et empoigne son téléphone avant de retourner dans la salle de bains. Quelques minutes plus tard, il a envoyé une nouvelle photo à Monsieur, via CFM. Il sourit, heureux et léger pour la première fois depuis bien longtemps.

Sean sait que cet état ne durera pas éternellement, qu'à un moment ou un autre la culpabilité et les cauchemars reviendront le hanter. Mais peut-être qu'il lui suffira alors de se rappeler des paroles de Monsieur pour se sentir mieux ?

Tu as été puni et tu es maintenant pardonné. Complètement et totalement pardonné.

C'est ce qu'a dit Monsieur et, sur le moment, Sean s'est senti tellement soulagé. À cet instant, cet état est encore bien présent dans son esprit et il compte bien en profiter.

Malgré tout, son sourire s'affadit légèrement quand il se souvient de ce que Monsieur lui a expliqué. Est-ce qu'il a réellement fait preuve d'arrogance ? Est-ce que c'était si mal de se sentir coupable de la mort de Kathy ? Lui pense que non, que c'était une réaction normale. Mais peut-être que Monsieur a raison. Peut-être qu'il s'est complu un peu trop longtemps dans sa misère…

Seulement… Seulement, Monsieur ne connaissait pas la jeune femme, alors il ne sait pas ce que le monde a perdu. Monsieur penserait probablement comme Sean s'il l'avait connue, non ?

Il a peut-être un moyen de vérifier cette théorie et, sans même le savoir, Monsieur lui a fourni l'excuse parfaite pour le découvrir.

Tu vas aller voir la personne à qui tu estimes avoir fait le plus de mal et tu vas t'excuser…

***

Dylan fixe l'heure et tourne comme un lion en cage dans son appartement. Il crève d'envie de savoir comment va Sean, mais n'ose pas appeler. C'est ironique, non ? Pas plus tard que la veille, il a rappelé à Sean… Bambi… peu importe, que c'est lui qui a le contrôle. Pourtant, ce n'est pas Sean qui tremble de peur. Il se passe une main dans les cheveux, irrité et frustré. Encore une fois, il regarde l'heure.

Midi quarante-neuf.

Sean devrait être réveillé maintenant, non ? Bien sûr qu'il devrait l'être. N'empêche que pour une raison inconnue, il n'a pas appelé DWolf.

Peut-être qu'il dort encore ? C'est possible après tout. La scène de la veille a été particulièrement intense, il est tout à fait possible que Sean soit toujours dans les bras de Morphée.

Peut-être que, justement, la scène a été trop intense et que Sean ne veut plus le revoir ? Ça colle des sueurs froides à Dylan. C'est son seul moyen d'être proche de Sean, s'il perd ça…

Ou alors, peut-être qu'il y est allé trop fort et que Sean est mort dans son sommeil d'une hémorragie interne.

— Et merde ! s'écrit Dylan en prenant son téléphone, prêt à appeler.

C'est là qu'il remarque la petite icône qui clignote. Il a un message sur CFM et, trop plongé dans son angoisse, Dylan n'a rien remarqué. Il clique sur l'enveloppe et constate que s'il avait été un peu plus attentif, son inquiétude aurait pu être apaisée presque dix minutes plus tôt.

Pourtant, son agacement est très vite oublié devant la photo qui s'affiche sur l'écran de son téléphone. Bouche bée, Dylan ne réagit pas tout de suite, mais quand il le fait... Son téléphone atterrit entre les coussins du canapé alors qu'il le jette pour se précipiter sur son ordinateur jusque-là fermé sur sa table basse. Il pianote nerveusement sur le bois de la table pendant que l'appareil s'allume, puis lui laisse à peine le temps de démarrer correctement avant de double-cliquer sur l'icône CFM disponible sur le bureau. Évidemment, ça veut dire que la photo met une éternité à s'afficher sur l'écran de dix-sept pouces.

Enfin, il peut admirer Sean dans toute sa splendeur. Comme la dernière fois, l'humain ne s'est pas photographié de face, afin que l'objectif se concentre sur son dos et ses fesses. Ce ne sont pas les marques qui émaillent la peau de couleurs vives qui laissent à nouveau Dylan la bouche ouverte comme un imbécile.

Sur l'image, Sean écarte l'une de ses fesses pour que le bijou qui orne son anus soit bien visible. Un bijou rouge qui ressemble à une tache de sang entre les deux globes opalins. Dylan connaît ce bijou. Il l'a choisi lui-même. La fausse pierre dont est dotée la base d'un plug anal semble se moquer de lui.

Le plug ne sert absolument pas à stimuler la prostate ou à fournir un quelconque plaisir. En fait, c'est comme si Sean se préparait à le recevoir avec deux de ses doigts.

Dylan déglutit péniblement.

Il ne sait déjà pas combien de temps il va pouvoir résister à son envie de prendre Sean, mais s'il continue de prendre ce genre d'initiatives et de lui envoyer des photos, son *self-control* va foutre le camp et ne jamais revenir. Dylan détourne les yeux des fesses fermes et tentatrices et, d'un doigt léger, caresse l'écran pour suivre les lignes colorées que le chat à neuf queues a laissées derrière lui.

Il peut bien le reconnaître maintenant. Si au début, il faisait ça pour aider Sean, ce n'est désormais plus le cas. C'est pour lui. Il découvre qu'être le Dom de Sean lui plaît vraiment beaucoup.

Il est temps qu'il arrête de se comporter comme un menteur et un hypocrite. Cette comédie doit cesser. De toute façon, après ce qui s'est passé la veille, il n'a plus trop le choix. Il va tout avouer, être franc et croiser les doigts pour que Sean ne le vire pas de sa vie.

La gorge nouée, Dylan envoie une rapide réponse avant d'éteindre et de refermer son ordinateur.

Un coup frappé à sa porte le sort de la misère dans laquelle il est lentement en train de s'enfoncer. Par réflexe, il renifle l'air pour vérifier qui vient le voir un samedi après-midi. Il est étonné de découvrir que c'est Sean.

Même à travers l'épaisseur de la porte, Dylan peut sentir l'anxiété et la culpabilité que dégage Sean. Ça fait bien longtemps qu'il n'a pas émis ce genre d'émotions à un tel niveau. Est-ce que ça veut dire que ce qu'ils ont partagé la veille n'a servi à rien ? Merde, Dylan espère bien que non, parce qu'il pensait ce qu'il a dit. Hors de question qu'il recommence ça. Certes, il aime le résultat, la fierté qu'il a ressentie en regardant la photo le prouve, mais il a détesté l'exécution. Plus jamais il ne frappera Sean comme ça. Plutôt crever !

Puis une pensée traverse Dylan. Qu'est-ce que Sean vient faire ici ? Peut-être qu'il y a un problème avec la meute ? Non, Zach aurait poussé un hurlement pour rallier tout le monde. Alors… Alors, peut-être que Sean est venu lui avouer son amour éternel ?

Mais oui, c'est ça, Dylan, continue de rêver.

Ou… Putain ! Ou alors, Sean a compris qu'il est DWolf et il est venu l'étriper. Merde !

Vous savez le pire ? C'est qu'il va se laisser faire.

Il ne lui vient pas à l'esprit que si Sean avait tout découvert, il sentirait la colère et non pas l'anxiété et la culpabilité. À croire que l'amour le prive en partie de son odorat. Ou de ses neurones… Le jury délibère encore.

C'est donc les mains moites et le pas tellement lent qu'il pourrait tout aussi bien ne pas se déplacer que Dylan va ouvrir la porte.

— Hey, Sean, le salue-t-il, la voix légèrement incertaine.

Heureusement, Sean semble trop concentré par ce qu'il a en tête pour se rendre compte de son malaise.

— Salut Dylan, je peux entrer ?

— Bien sûr.

Dylan se décale sur le côté et ouvre plus largement la porte. Sean s'engouffre aussitôt dans l'appartement et commence à faire les cent pas dans le salon.

Dylan fronce les sourcils. Le comportement de l'humain n'est pas normal. Il a l'impression de voir Sean quand il réfléchit à un problème particulièrement ardu. Or le tuer ne devrait pas requérir autant de cogitation. Alors, que se passe-t-il ?

— Sean, tout va bien ? demande-t-il en le rejoignant.

Le jeune homme s'arrête de marcher, le fixe et déclare soudain :

— Je suis désolé d'avoir tué ta sœur !

Dylan se fige, ne sachant comment réagir.

Il se passe quoi là ?

***

Sean a très envie de se frapper.

« Je suis désolé d'avoir tué ta sœur ? » Vraiment ? Il avait pourtant préparé un discours, essayant d'anticiper toutes les questions et remarques de Dylan. Il devait parler d'une voix mesurée et calme. Au lieu de ça, il a balancé sa bombe au milieu de la pièce et maintenant qu'elle a explosé, il doit s'occuper de la victime.

— Je suis désolé, répète-t-il très vite. Je n'avais pas l'intention de te le dire comme ça. Je jure que j'avais préparé tout un *speech* pour amener le sujet en douceur et prendre en compte ton deuil. Je...

— Sean, de quoi est-ce que tu parles ? le coupe Dylan.

Sean prend une profonde inspiration et avant même d'avoir fini de la relâcher, il se lance.

— Je suis désolé. J'aurais dû m'excuser il y a un an, mais je ne pensais pas que tu accepterais de m'écouter, explique-t-il. Je pensais que tu me détestais et que tu ne voulais rien avoir à faire avec moi. Et puis dernièrement, on a commencé à passer du temps ensemble. Juste tous les deux, je veux dire, et je me suis rendu compte que, finalement, peut-être que tu ne me détestais pas. Tu as toutes les raisons de me haïr et pourtant tu m'as offert ton amitié. Alors il est temps que je m'excuse d'avoir tué le dernier membre de ta famille et…

Dylan lève la main et Sean se tait immédiatement. Il retient un sourire parce que c'est une réaction qu'il aurait pu avoir avec Monsieur et il trouve ça drôle d'agir en « Bambi » alors qu'il est avec Dylan. Pourtant la situation n'est absolument pas amusante.

— Assieds-toi, ordonne Dylan d'une voix grondante.

Sean obéit encore. Il ne se pose pas de question. Le loup a parlé en grondant et c'est presque comme si Monsieur était là, à la place de Dylan. Il faut réellement qu'il arrête de réagir de la même façon avec les deux loups-garous, parce que si ça continue, il va finir par les confondre. Il pourrait appeler Dylan, « Monsieur » et avoir des réactions physiques totalement inappropriées. Il faut qu'il se maîtrise. *Ce n'est pas parce qu'il a découvert sa bisexualité qu'il doit se jeter sur Dylan,* se raisonne Sean. Certes, le loup est beau comme un dieu, drôle et gentil, mais Dylan ne le voit absolument pas de cette manière, sinon il aurait tenté quelque chose, non ? *Absolument. Donc, on se calme,* se fustige-t-il.

Dylan s'assoit à ses côtés et se passe une main sur le visage en soupirant.

— Sean, commence-t-il. Est-ce que tu es réellement en train de t'excuser d'avoir tué Kathy ?

Sean ne peut pas manquer la trace d'incrédulité qui émaille la question. Il a été clair pourtant, non ? Peut-être pas après tout. Il a parlé assez vite, alors peut-être qu'il a mâché la moitié de ses mots. C'est possible, non ?

— Eh bien, oui, avoue-t-il.

Ils restent silencieux pendant de longues minutes et Sean essaye de ne pas se trémousser, refusant de dévoiler son inconfort. Finalement, c'est Dylan qui brise le silence.

— Est-ce que tu as déjà raconté à quelqu'un ce qui s'est passé ?

— Un psy, tu veux dire ? tente de clarifier Sean. Mon père m'a envoyé en consulter un, après. Il était probablement très compétent, mais je n'ai jamais été assez à l'aise avec lui pour parler. Au final, ça n'a été qu'une perte de temps et d'argent.

— Alors, depuis un an, tu gardes tout pour toi ? Tu n'as raconté ça à personne ? Pas même à Zach ? s'exclame Dylan.

— Je me voyais mal raconter ça à Zach, marmonne Sean.

Une franche résolution s'inscrit sur le visage du bêta alors qu'il déclare :

— Raconte-moi.

— Euh Dylan, si je n'ai pas voulu raconter à Zach pour ne pas le blesser, je ne me vois pas le faire pour toi.

— Je comprends, dit Dylan en hochant la tête. Sauf qu'à la différence de Zach, je ne te laisse pas le choix.

— Attends, tu veux vraiment que je te raconte comment j'ai tué ta sœur ? s'exclame Sean avec incrédulité.

Clairement, le mec est maso pour vouloir entendre ça.

— Je veux que tu m'expliques comment ma sœur est morte, confirme Dylan.

Sean baisse la tête, parce qu'il est incapable de regarder le loup alors qu'il commence à raconter.

Il explique comment il a rencontré Maïka dans une librairie, la façon dont il a tout de suite été attiré par elle. Pas physiquement, mais comme s'il existait un lien mental entre eux. Il était fasciné, au point d'en négliger Amanda.

Sean rencontre Maïka alors qu'il déambule dans une librairie ésotérique. Il croise son regard, elle lui sourit, et bien qu'il soit en couple avec Amanda, le jeune homme ne peut s'empêcher de lui parler, de flirter.

Quelque chose au fond de son esprit lui dit qu'il y a un truc qui n'est pas normal, mais c'est distant, brumeux et il évacue la pensée d'un haussement d'épaules. Les deux jeunes gens parlent pendant des heures et ils ont tant en commun qu'aucun d'eux ne voit le temps passer.

La culpabilité s'abat sur Sean dès qu'il n'est plus en présence de la jeune femme. Il a ignoré la meute, dont sa petite-amie, pendant presque toute une journée. Il n'a jamais refusé de prendre un appel de ses frères et sœurs de meute, jamais ! Qu'est-ce qui lui est passé par la tête ?

Il détaille la façon dont il s'est retrouvé piégé dans sa relation avec Maïka, mentant et trompant. Et puis un jour, il n'a plus été que spectateur de sa propre vie.

Quand il revoit Maïka, Sean est déterminé à ne pas l'approcher. Il fait même tout pour qu'elle ne le voie pas. Alors pourquoi est-il avec elle à l'arrière de sa voiture ? Pourquoi la déshabille-t-il ? C'est la dernière chose qu'il voit avant que tout ne devienne noir.

Sean se débat, hurle et frappe les murs de son propre esprit. Malgré tous ses efforts, il n'y a rien qu'il puisse faire.

Un rire éclate autour de lui et une voix féminine le raille.

— Bouh, pauvre petit chou. Tu ne devrais pas avoir confiance en n'importe qui.

Il a dû regarder Maïka agir, parler, marcher et aller en cours à sa place pendant des semaines avant qu'elle ne passe à l'attaque. Il raconte comment elle lui disait que la meute se fichait de lui, qu'il ne comptait pas, qu'aucun de ses amis ne voyait de différence dans son comportement parce que personne ne prêtait attention à lui. Elle l'a torturé psychologiquement pendant des semaines, en lui parlant ou en l'obligeant à contempler des horreurs, ou encore en l'enfermant dans le noir pendant des heures, parfois des jours. Il explique tout ce qu'il a tenté pour essayer de briser le contrôle de Maïka, même une minute, juste le temps de signaler à la meute qu'il y avait un problème. Il explique comment il a échoué, encore et encore. Et enfin, il raconte ce qui s'est passé ce jour fatal.

Sean voit, mais ce n'est pas lui qui regarde. Il ouvre la bouche, mais ce n'est pas lui qui parle. Il entend, mais ce n'est pas lui qui écoute. Son corps bouge contre sa volonté. Il tente de hurler, de dire quelque chose, mais les sons qui sortent de sa bouche ne sont pas les siens. Le coin de ses lèvres se redresse, mais ce n'est pas lui qui sourit.

— Sean ! Qu'est-ce que tu fais ? hurle Zach.

Dans ses mains, il tient un couteau. C'est un de ces couteaux professionnels de boucher et il n'a absolument aucune idée de la manière dont il a pu l'obtenir. Il essaye de desserrer ses doigts, mais ses muscles refusent de lui obéir, mus par une volonté qui n'est pas la sienne.

Et quand la lame s'enfonce dans la chair tendre, les bruits qui sortent de sa bouche ne sont pas les hurlements d'horreur qui se répercutent dans son esprit, mais le ricanement heureux de quelqu'un qui a enfin ce qu'il veut.

— Pourquoi Sean ? Pourquoi vouloir me tuer ? demande Zach, la voix pleine d'une accusation rageuse.

L'humain rit, un rire machiavélique qui vrille les tympans.

— Je suis désolée, petit loup. Sean n'est pas là pour l'instant, mais je peux prendre un message si tu veux ?

— Qui es-tu ? Qu'est-ce que tu veux ? demande l'alpha en montrant les crocs.

— Je veux ton cœur, bien sûr, ricane le faux Sean. Le cœur d'un alpha aussi jeune que toi, encore si pur, vaut beaucoup. Tu devrais le savoir.

Le loup se prépare à attaquer, mais la sorcière ricane encore.

— Comme si tu allais blesser ton frère, se moque-t-elle. Allons, un peu de sérieux.

— Maïka avait décidé que ce jour-là serait parfait, parce que Zach était censé être seul. Elle voulait son cœur pour un rituel de puissance ou un truc dans ce genre-là. Elle avait tout prévu. Je me souviens qu'elle a été en colère que Kathy arrive. Ce n'était pas prévu et elle s'était dévoilée, alors elle ne pouvait plus faire machine arrière, tu comprends ? Elle a donc décidé de continuer. Elle m'a fait sortir son couteau de ma poche et je l'ai planté dans le ventre de Kathy. Et puis, d'un coup, j'étais libre, et Kathy… Kathy était en train de mourir. Je ne sais pas ce qui s'est passé exactement pour que Maïka me libère au dernier moment.

Le silence retombe entre eux. Sean entend un reniflement et il se dit que Dylan doit être en train de pleurer. Il devrait partir, le laisser tranquille, surtout quand c'est de sa faute si le loup est dans cet état. Mais avant qu'il puisse se lever, Dylan prend la parole à son tour.

— On te surveillait depuis des semaines, lui apprend-il. On avait remarqué que tu agissais bizarrement. Tu étais silencieux, tu ne te rappelais pas de certaines choses qui étaient pourtant évidentes. Tout ça nous a mis la puce à l'oreille. Elle n'était pas une très bonne actrice. C'est Kathy qui était de surveillance ce jour-là, c'est pour ça qu'elle était dans le coin. Quand Zach a hurlé pour appeler la meute en renfort, j'étais le plus près, parce que j'allais prendre la relève de Kathy.

Sean met ses mains sur son visage et retient un sanglot. Il n'est pas sûr de vouloir entendre la version de Dylan et, en même temps, ça lui fait du bien de savoir que la meute avait compris qu'il se passait quelque chose. Contrairement à ce que Maïka lui avait dit, ses amis avaient remarqué qu'il n'était pas lui-même.

Ce n'est qu'à ce moment-là qu'il se rend compte que jusqu'à présent, il leur en voulait. Il croyait que personne ne s'était aperçu de rien et, quelque part dans son esprit, une rancune tenace vient de trouver son apaisement. Sa meute, ses amis, sa famille ne l'ont pas abandonné.

À nouveau, le silence s'installe.

***

Dylan ne sait plus quoi faire. Il pensait aider Sean, mais il se rend compte qu'il a été complètement à côté de la plaque. Ça n'avait rien à voir avec le contrôle ou la confiance. C'était… Sean avait besoin d'être rassuré. Il a besoin qu'on lui fasse comprendre que ce n'était pas sa faute. Et il a surtout besoin de le croire.

Alors certes, il le lui a dit la veille, mais ce n'est pas la même chose quand ça vient de DWolf, qui reste malgré tout un étranger. Et avec une clarté étonnante, Dylan sait ce qu'il doit faire.

— Est-ce que tu sais qui est Claire ? Kathy t'a déjà parlé d'elle ? demande-t-il.

À ses côtés, Sean secoue lentement la tête, mais toujours sans regarder Dylan. Le loup ne lui en veut pas, il agirait probablement de la même façon si les rôles étaient inversés.

— Je sais que tu sais ce qui est arrivé quand Kathy et moi étions petits, continue Dylan. Je sais qu'elle t'en a parlé, mais même sans ça, tu le savais certainement avant. L'histoire de Robert et Lydia Hamilton est plutôt célèbre. Je veux dire, un loup-garou qui devient fou et perd le contrôle de sa nature animale au point d'attaquer sa compagne et ses enfants, ce n'est pas commun.

C'est à son tour de ne pas regarder Sean. Il ne veut pas voir la pitié dans ses yeux.

— Certains disent que ma mère n'a eu que ce qu'elle méritait, parce qu'elle était une sorcière. D'autres pensent qu'elle tenait mon père sous son contrôle grâce à un sort. D'autres encore soutiennent que l'union d'une sorcière et d'un loup-garou est tellement contre nature que Mère Nature elle-même s'est insurgée et a fait en sorte que mes parents s'entretuent. Beaucoup parlent, mais très peu savent réellement ce qui s'est passé. Zach est au courant parce que je lui ai tout raconté quand il nous a acceptés dans la meute.

Pendant un moment, Dylan ne sait pas s'il pourra continuer. Il le faut pourtant. S'il veut vraiment aider Sean comme il le clame depuis le début, il parlera jusqu'à en avoir le visage bleu si besoin. Alors il reprend.

— La vérité, c'est que mon père a toujours été un peu sauvage et, plus le temps passait, moins il était humain. Il était très exactement ce que les humains craignent : un monstre. Ce jour-là, il a simplement laissé tomber la façade et a lâché la bride à sa violence quand ma mère lui a annoncé qu'elle le quittait en nous emmenant. Elle avait peur pour nous. Ce que personne ne sait, c'est que ce n'est pas ma mère qui l'a tué. C'est moi, avoue-t-il dans un souffle.

— Mais tu n'avais que…

— Douze ans, complète Dylan, sentant les yeux de Sean sur lui. Tania et Julian ont été tués les premiers parce que ma grande sœur et mon grand frère ont essayé de nous protéger. Mon père leur a brisé la nuque sans même avoir à se défendre. Ma mère a été blessée et je pense que mon père a cru l'avoir tuée, parce qu'il s'est ensuite tourné vers moi. Kathy était derrière moi, j'essayais d'attirer l'attention sur moi pour qu'il ne la voie pas. J'ai vraiment cru qu'on allait mourir. Je veux dire, j'avais douze ans, je n'allais pas tenir longtemps contre lui. Tania avait dix-huit ans et Julian dix-sept, et ils avaient survécu à peine trois secondes chacun. Alors moi, du haut de mes douze ans et Kathy qui en avait huit ? On était des cadavres. C'est juste qu'on ne le savait pas encore. Mais ma mère vivait toujours et elle a réussi à lancer un sort qui a affaibli mon père assez longtemps pour que je lui tranche la gorge avec mes griffes. Ce geste a pompé tellement d'énergie que ma mère en est morte.

Dylan se lève brusquement et va chercher deux verres d'eau à la cuisine. Il revient s'asseoir, en donne un à Sean, descend le sien en trois gorgées et reprend son récit.

— Quand j'ai rencontré Claire, j'étais en colère. En colère contre Kathy parce que j'avais tué notre père pour la protéger, en colère contre ma mère pour être morte et ne pas avoir quitté mon cinglé de père avant, en colère contre moi-même pour l'avoir tué. C'est Claire qui m'a aidé à comprendre que pour ceux qu'on aime, on est capable de mourir, que leur en vouloir est inutile et que ça reviendrait à dire que leur sacrifice est vain. Un sacrifice n'est jamais vain. Il découle toujours d'une décision libre et la personne qui le fait ne cherche aucune reconnaissance ou quoi que ce soit de ce genre. Elle a juste estimé que c'était son devoir. Claire m'a aidé à me pardonner et à accepter que pour sauver ce qu'il me restait de famille, je devais en passer par là.

Dylan porte son verre à ses lèvres, seulement pour se rendre compte qu'il est vide. Avant qu'il ne puisse se lever pour aller le remplir, Sean le lui prend des mains et le remplace par le sien auquel il n'a pas touché. Après avoir bu, Dylan poursuit encore une fois son récit.

— Après la mort de notre famille, Kathy et moi avons été recueillis par notre tante Laura. Elle était humaine et ne savait pas trop comment s'occuper de nous. Elle n'avait pas d'enfants et, d'un coup, elle s'est retrouvée avec un pré-ado en colère et une gamine traumatisée. Mais elle a essayé et on n'en demandait pas plus, alors ça se passait pas trop mal. Pendant quatre ans, elle s'est évertuée à nous élever tout en nous aidant à ne pas perdre de vue nos origines. Elle a trouvé un mentor pour Kathy et un alpha pour moi. Je ne me suis jamais réellement intégré à la meute Garrison, mais au moins je ne suis pas devenu un solitaire et c'était le principal. Laura a essayé de m'aider à ne plus être autant en colère. Elle a vraiment tout fait. Quand mon comportement a commencé à changer, elle n'en a jamais parlé, mais je suppose qu'elle s'est dit que ses efforts avaient fini par payer. Elle ne savait pas pour Claire, ajoute-t-il après une courte pause. Kathy non plus. C'était une relation illégale après tout. Claire avait vingt-deux ans et moi, seize. Quand elle m'a demandé de garder le secret, j'ai dit « Oui bien sûr ». Je ne voulais pas qu'elle aille en prison et qu'on soit séparés. Je me fichais de ne pas pouvoir être avec elle au grand jour du moment qu'on était ensemble. J'ai compris qu'elle avait d'autres raisons de ne pas vouloir qu'on s'affiche le jour où je suis rentré du lycée avec une heure et demie d'avance. Je faisais partie de l'équipe de football américain et l'entraînement avait été annulé. Je ne me souviens plus pourquoi. Enfin, bref, je suis rentré et j'ai trouvé Laura morte dans l'entrée. On lui avait tiré une balle dans la tête.

Sean halète, mais Dylan refuse de se laisser distraire. Maintenant qu'il est lancé, il veut terminer au plus vite son histoire.

— J'ai couru pour trouver Kathy, parce que si Laura était morte, Kathy pouvait l'être aussi. Claire était là, assise sur le canapé, un verre de vin dans une main, une arme dans l'autre et elle la braquait sur la tête de ma petite sœur. Je me souviens avoir pensé que Kathy était bien trop calme. Je trouvais étrange qu'elle ne pleure pas, qu'elle ne dise rien. À sa place, j'aurais été mort de trouille. Surtout à douze ans. Mais pas elle. Quand elle m'a vu, le soulagement qu'elle a ressenti m'a donné envie de vomir. C'était ma faute si elle se trouvait dans cette situation et, elle, elle était contente de me voir.

Dylan se tait un instant, revivant la scène, revoyant le sourire carnassier de Claire et entendant les mots avec lesquels elle l'avait accueilli : « Et le loup sort du bois ».

Sean pose la main sur son bras et sans même y penser, Dylan la recouvre de la sienne, puisant dans ce simple contact la force de continuer.

— Je ne me souviens pas vraiment de ce qui s'est passé, mais j'ai dû demander à Claire pourquoi elle était là avec une arme, parce que je me rappelle qu'elle m'a dit qu'elle était venue pour venger la mort de sa mère, violée et assassinée par le monstre qui nous avait engendrés. C'est le mot qu'elle a utilisé. « Engendrer ». Comme si on était des démons tout droit sortis de l'enfer. Après ça, c'est le trou noir. Ce que je me rappelle ensuite, c'est de Kathy qui est emmené en ambulance avec une balle dans l'épaule et moi qui suis menotté. Apparemment, j'ai presque arraché la tête de Claire à mains nues. Kathy hurlait qu'il ne fallait pas me blesser, que je l'avais sauvée. J'ai dit aux flics qu'elle mentait, que j'avais failli la tuer. L'enquête a prouvé que c'était de la légitime défense. Visiblement, ma petite amie secrète aimait expliquer à qui voulait bien l'écouter comment elle allait nous tuer, ma sœur et moi. Malgré tout, je n'ai jamais pu m'empêcher de penser que c'était ma faute. Si j'avais fait plus attention, j'aurais pu comprendre qu'elle ne m'aimait pas, qu'elle mentait. Je n'ai rien vu. Je me dis que je ne voulais pas voir.

— Dylan, intervient Sean, ce n'était pas ta faute. Elle t'a manipulé. Tu n'avais aucune raison de penser qu'elle te voulait du mal. Elle était plus âgée et tu n'avais que seize ans, tu n'aurais rien pu…

Il s'arrête abruptement de parler et Dylan sait qu'il a compris. Il a fait le parallèle.

— Ça n'a rien à voir ! s'exclame Sean en se levant pour arpenter la pièce. Ton histoire et la mienne sont différentes !

— En quoi ? demande Dylan. En quoi c'est différent ? Nous avons tous deux été manipulés. Nous n'étions que des pions, de simples outils utilisés pour atteindre un objectif.

— Mais…

— Sean, si c'était de ta faute… si tu es responsable, alors je le suis aussi. Tu l'as dit toi-même, tu n'y étais pour rien. On s'est retrouvé dans la même situation, pourquoi tu serais fautif et pas moi ?

Sean s'arrête de déambuler et lui jette un regard noir.

— C'est petit et moche de retourner mes propres arguments contre moi.

Dylan hausse les épaules.

— Tu es la seule personne que tu écoutes, à part Amanda, et elle n'est pas là. Je me bats avec ce que je peux. Tu ne peux pas m'en vouloir, si ?

L'humain soupire.

— Je vois ce que tu essayes de faire, admet-il. Et je comprends le parallèle, mais j'ai du mal à me voir en victime.

— Pourtant, c'est ce que tu es. Une victime. Il n'y a rien de mal à être une victime. Ça ne nous rend pas faibles. Ça fait de nous des survivants.

— Peut-être, convient Sean. Sauf qu'on reproche rarement aux victimes d'avoir tué quelqu'un.

— Qui ? Qui t'a reproché d'avoir tué Kathy ? gronde Dylan, prêt à aller casser la gueule de cette personne.

— Zach, souffle-t-il.

— Quoi ?!

Pour le coup, ça coupe efficacement la chique du loup. Comment leur alpha a-t-il pu accuser Sean alors qu'il sait très bien que son meilleur ami n'est pas responsable ? C'est juste incompréhensible.

— Quand… À ce moment-là, il m'a demandé pourquoi j'avais fait ça, pourquoi je l'avais tuée, révèle l'humain.

Dylan fronce les sourcils. Il était là quand sa sœur a rendu son dernier souffle et à aucun moment il n'a entendu l'alpha déclarer une telle chose.

— Sean, Zach n'a jamais dit ça, contre-t-il. Il a demandé à Kathy pourquoi elle avait pris cette décision, pourquoi elle avait absorbé la sorcière pour la détruire, mais il n'a jamais prétendu que tu l'avais tuée.

— Je sais ce que j'ai entendu, ronchonne Sean.

— Ça, j'en doute. Tel que je le vois, je pense que tu as inconsciemment arrangé tes souvenirs pour qu'ils coïncident avec ton sentiment de culpabilité.

Sean ouvre la bouche pour répliquer, mais Dylan ne lui en laisse pas l'occasion.

— Écoute, n'en parlons plus pour l'instant. Je sais que je n'arriverai pas à te convaincre et je suppose que c'est normal. Mais penses-y, OK ? Et si ça peut t'aider, je te pardonne, même si pour moi, tu es innocent

Sean ferme les yeux, exhale fortement et murmure :

— Merci.

Dylan décrète qu'ils ont assez parlé pour aujourd'hui et lance un film afin de les distraire de cette atmosphère lourde et déprimante qui plane autour d'eux. Il décide de mettre « Paul » parce que, parfois, tout ce dont on a besoin, c'est d'un film ridicule au scénario improbable. Et ça fonctionne, puisqu'ils sont tous deux morts de rire au bout de quelques minutes.

Si les rires sonnent parfois un peu forcés et faux, aucun d'eux n'en parle.

***

Quand Sean rentre chez lui, il doit bien reconnaître que parler avec Dylan lui a fait du bien. Passer l'après-midi avec lui était une bonne idée, même si ça a été douloureux. Il faudra qu'il pense à remercier Monsieur pour ça d'ailleurs. Après tout, c'est lui qui l'a poussé à aller s'excuser. Et grâce à ça, Sean découvre que lui et Dylan ont plus de choses en commun qu'il ne l'avait cru au premier abord.

Qui sait ? Peut-être que Dylan et lui pourraient finir par devenir de vrais amis ? Il faudra juste qu'il fasse attention à ce que cette amitié n'aille pas plus loin. Sean se voit sans trop de problèmes tomber amoureux de Dylan, et il faut qu'il étouffe ce genre d'émotion dans l'œuf, avant que ça ne devienne un truc monstrueux et ingérable.

Plongé dans ses pensées, Sean sursaute quand il découvre son père dans l'encadrement de la porte de la cuisine.

— Oh purée, papa ! Tu m'as fait peur !

— Désolé, fils, s'excuse John avec un petit sourire. T'as passé une bonne journée ?

— Ouais, on a regardé un film avec Dylan. Et toi ?

Croyez-le ou non, mais ils n'ont pas autant parlé depuis des semaines.

— La routine d'un samedi. Je mange juste un morceau et j'y retourne.

« Évidemment », pense Sean, « ça ne te viendrait pas à l'idée de passer du temps avec ton fils. »

— Comment va Dylan depuis hier ? Enfin, cette nuit.

Sean écarquille les yeux.

— Dylan est venu à l'hôpital cette nuit ? s'inquiète-t-il.

Pourquoi est-ce que le loup serait allé à l'hôpital ? Il n'en a absolument pas besoin pourtant. En plus, il n'a rien dit quand ils se sont vus.

— Non, dit John avec un sourire. Je l'ai vu quand il t'a ramené.

CHAPITRE 17

Sean regarde son père, incapable de comprendre ce qu'il lui dit. Dylan l'a ramené ? Qu'est-ce que c'est que cette histoire ? Bon, pas de panique, il y a forcément une explication logique, non ?

— Dylan m'a ramené ?

John fronce les sourcils.

— Tu ne t'en souviens pas ? Qu'est-ce que tu as fait hier soir ? Vous avez bu avec la meute ? Sean, tu as à peine dix-huit ans ! Est-ce que tu sais que l'alcool nuit aux neurones et aux organes ? C'est…

Sean sort de la maison sans plus prêter attention à ce que lui raconte son paternel. Tout ce qu'il a en tête, c'est : « Pourquoi Dylan m'a-t-il ramené ? ».

Est-ce que lui et Monsieur se sont croisés au club ? Dylan a-t-il reconnu l'odeur de DWolf ou celle de Sean sur l'autre loup ? Ce serait logique. C'est même la seule explication qui tienne la route. Pourtant, quelque part au fond de son esprit, il ne peut s'empêcher de penser que c'est trop logique, trop facile, trop…

Trop il ne sait pas quoi, mais clairement trop quelque chose. Une voix au fond de son esprit lui offre une autre explication, une qu'il ne veut pas considérer. Mais son cerveau ne l'écoute pas et lui fournit quand même une liste de coïncidences qui n'en sont peut-être pas. Une liste de faits qui sont probablement sans rapport les uns avec les autres, mais que ses instincts et sa curiosité insatiable relient quand même entre eux.

Alors qu'il monte dans sa voiture et reprend la route, Sean examine ces points.

* Il a trouvé le nom du club chez Dylan. Il a supposé qu'il était un client, mais n'a jamais cherché à savoir pour quelle raison.

* DWolf est un bêta, comme Dylan.

* Il n'a jamais vu la totalité du visage de DWolf ou même entendu sa vraie voix. À part peut-être cette première fois, lorsque Monsieur lui a à peine parlé.

* Il n'a jamais vu DWolf torse nu. La seule fois où il aurait pu, le loup lui a fait remettre le bandeau. Parce qu'il avait quelque chose à cacher ? Un tatouage par exemple ? Dylan en a un qui lui couvre tout le dos, mais qui est invisible sous un t-shirt.

* DWolf savait pour l'âge de la sorcière, alors que Sean ne le lui a jamais dit.

Le dernier point peut cependant être expliqué par le fait que la confrontation a fait grand bruit dans la communauté surnaturelle mais, quelque part, Sean n'y croit pas vraiment.

Tout ça n'est pas très concluant, ce qui veut dire qu'il ne lui reste qu'une seule solution : poser directement la question à Dylan. Ou à DWolf. Il imagine sans problème les conversations.

« Es-tu DWolf ? »

— Sean, t'as pris un coup sur la tête ? Qui est DWolf ? Tu ne te sens pas bien, c'est ça ? C'est encore à cause de la mort de Kathy ? Je savais que tu ne m'avais pas réellement cru et blablabla. »

Ça, ce serait pour Dylan.

« Monsieur, êtes-vous Dylan ? »

— Eh bien, Bambi, tu veux que ton frère de meute soit ton Dom ? Est-ce que ça veut dire que tu bandes quand tu le vois ? Est-ce que tu imagines sa queue dans ta bouche quand c'est moi que tu suces ? Tsk, vilain garçon. »

Sean est quasiment sûr que la conversation avec DWolf ressemblerait à ça.

Ce n'est peut-être pas une bonne idée en fait, décide-t-il alors qu'il se gare à nouveau devant l'immeuble de Dylan. Sauf qu'il ne voit pas comment il pourrait découvrir la vérité autrement.

Peut-être qu'il pourrait appeler DWolf alors qu'il est avec Dylan ? Les sourcils froncés, légèrement dubitatif quant à sa propre idée, il sort son téléphone. C'est là qu'il se rend compte qu'un message l'attend sur CFM. Pourquoi n'a-t-il pas entendu la notification ? Il n'en sait rien et, à cet instant, ce n'est pas spécialement important.

C'est avec une certaine appréhension qu'il clique sur la petite icône et lit le message que DWolf lui a envoyé.

« DWolf

Nous devons parler. »

« Nous devons parler. »

Sean n'aime pas ce genre de phrase, ça peut vouloir dire tout et son contraire. De « Je suis amoureux de toi » à « Je ne veux plus jamais te revoir », en passant par « J'ai une maladie incurable et je suis mourant » et « Je suis Dylan ». Vous voyez, ça peut tout vouloir dire.

Sa poitrine se serre, alors que son angoisse grimpe en flèche. Sean n'aime pas ce genre d'incertitude, ça le stress et lui fait imaginer les pires scenarii. Étrangement, le pire scénario dans sa tête n'est pas que Dylan soit DWolf, mais qu'il ne le soit pas. Et ça le met en colère contre lui-même. Il se trouve dérangé et pathétique. Ce qui explique probablement pourquoi il prend une décision plutôt radicale alors qu'il arrive dans le couloir qui mène à l'appartement de Dylan.

Il va appeler DWolf pendant qu'il est avec l'autre bêta et se soumettre à quelque chose qu'il refuse depuis un an. Il va arrêter de brider son don. De cette manière, il saura avec certitude si Dylan lui ment.

Sean n'est pas un garou. Il ne peut pas, comme eux, détecter n'importe quelle émotion grâce à une odeur ou une manifestation physique comme les battements de cœur ou la transpiration. Mais ça ne veut pas dire qu'il n'a pas ses propres ressources.

Alors qu'il va frapper à la porte de l'appartement, le pouce de l'autre main prêt à appuyer sur l'icône qui va lui permettre d'appeler DWolf, Sean s'inquiète soudain que son don ne fonctionne plus. Il a passé tellement de temps à réprimer la partie *auraenas* de son être qu'il a peut-être réussi à totalement la supprimer.

Il a passé un an terrifié par sa capacité à lire les auras autour de lui, et maintenant il est pétrifié à l'idée de ne plus en être capable. Il se secoue en se rappelant fermement qu'il attrape parfois des éclats de couleur, ce qui veut dire qu'il peut toujours voir et décrypter les auras.

— Sean, arrête de repousser l'inévitable, murmure-t-il, bouge ton c… tes fesses, bon Dieu !

Il frappe et appuie sur l'icône en même temps, pour éviter de se dégonfler.

Dylan ne doit pas être très loin de la porte, parce que Sean entend distinctement la sonnerie de son téléphone à travers le panneau de bois.

Ça ne veut rien dire, n'est-ce pas ? Les coïncidences, ça existe, après tout. Sauf que connaissant sa chance, Dylan est en train de répondre à l'appel que Bambi vient de passer.

C'est cette pensée qui pousse Sean à entrer sans attendre. Il ouvre la porte et découvre Dylan à quelques mètres dans le couloir, le corps dégoulinant d'eau et une simple serviette autour de la taille, son téléphone presque à son oreille. Quand le bêta découvre Sean, ses yeux s'écarquillent et son aura se teinte de jaune terne, d'orange et d'une pointe de noir. Ces couleurs seules ne veulent rien dire en elles-mêmes, mais mélangées, elles expriment la culpabilité, la dissimulation et de la tristesse. Et Sean sait. Juste comme ça, il sait. Il n'a besoin d'aucune confirmation.

Avec un calme qu'il ne pensait même pas posséder, Sean raccroche et range son téléphone dans sa poche arrière.

— Fils de pute, dit-il d'un ton plat, presque sans émotion.

— Sean, je peux tout t'expliquer ! s'écrie Dylan en laissant tomber son téléphone sur le sol.

Sean garde fermement les yeux sur le visage de Dylan. Il est hors de question qu'il se laisse distraire par tout… tout… par lui ! Même si une petite voix dans sa tête murmure une litanie de

« Tombe ! Tombe ! Mais allez !!! Tombe, bordel ! », concentrée sur la serviette comme si sa seule force psychique pouvait la faire glisser.

— Je me fous de tes explications, gronde Sean.

Mais il ment. Il veut savoir, il veut comprendre et en même temps, n'en a absolument rien à foutre.

La colère commence à le gagner. Il est en colère contre Dylan pour lui avoir menti, en colère contre lui-même pour avoir cru à ses mensonges. Il se sent trahi, utilisé et sale. Ce qu'il a cru être de beaux moments, n'ont été que tromperie. Il étouffe fermement la petite voix dans sa tête qui lui rappelle qu'il a fugacement regretté que Dylan ne soit pas DWolf. Sa fureur prend trop de place pour que cette pensée ait lieu d'être de toute façon.

— Je voulais juste t'aider, s'exclame Dylan en s'approchant lentement, les deux mains levées.

— M'aider ? hurle soudain Sean parce que, merde, cette voix !

Soudain, il voit rouge. Il veut faire mal, autant qu'il a mal. Il veut frapper et regarder la même souffrance que la sienne s'inscrire sur le visage de Dylan. Il veut lui faire payer ses mensonges. Il y a cru, lui. Il a cru que DWolf et Dylan, indépendamment l'un de l'autre, tenaient à lui. Alors il parle sans réfléchir.

— M'aider ? répète-t-il, toujours en hurlant. Vraiment ? Dis plutôt que tu voulais te venger de la mort de ta sœur !

— Non ! s'insurge Dylan. Tu n'as pas tué Kathy ! Ce n'était pas ta faute ! Oui, j'ai menti et j'en suis désolé, mais je pensais chaque mot que je t'ai dit. Je n'ai menti que sur mon identité ! Le reste est réel ! Tout ce que je voulais, c'était t'aider !

Sean ricane méchamment et rejoint Dylan jusqu'à ce que leurs nez se touchent quasiment.

— Tu voulais tellement m'aider que j'ai dû payer pour avoir cette aide, dit-il, narquois. T'as été obligé de faire la pute pour m'aider tellement tu en avais envie.

Dylan recule, comme s'il venait de se brûler, son aura devient complètement grise, montrant clairement son désarroi et sa douleur. Sean sourit, mais il n'y a aucune joie dans son geste, aucune fierté d'avoir atteint son but. Il a juste un goût de cendres dans la bouche et ne reste que la trahison. Il se détourne pour partir quand il entend :

— Je l'ai fait parce que je suis amoureux de toi.

Ça ravive sa colère qui devient rage.

D'un bond, il est sur Dylan et lui colle son poing dans la figure. Quand les os de sa main rencontrent ceux de la pommette du loup, un craquement presque sinistre se fait entendre. Malheureusement, le bruit ne provient pas du loup-garou, mais bien de ses phalanges. La douleur éclate dans sa main et remonte le long de son bras. Sean serre les dents, décidé à ne pas montrer sa souffrance plus qu'il ne l'a déjà affichée en venant ici, et gronde :

— Je ne croirai plus un seul mot qui sort de ta bouche. Ne t'approche plus jamais de moi, ne me parle plus. Si je pouvais, je te ferais virer de la meute.

Et juste avant de sortir de l'appartement, il jette sans même se retourner :

— Kathy aurait tellement honte de toi.

Il part en sachant parfaitement que Kathy n'aurait pas seulement honte de son frère…

***

Sean est tellement en colère qu'il ne sent pas la douleur qui irradie de sa main avant de la laisser reposer sur sa cuisse. Merci les boîtes automatiques parce qu'avec la chance qu'il a, il se l'est cassée. *Merde ! Merde ! Merde !* Il frapperait bien le volant, mais ce n'est franchement pas le moment. Au lieu de ça, il démarre et conduit comme il peut jusqu'à l'hôpital. Avec un peu de chance, son père ne sera pas encore sur place.

Évidemment, en entrant dans le service des urgences, la première personne qu'il voit est John Matthews, appuyé contre le comptoir de l'accueil, occupé à lire un dossier. Le médecin relève la tête et écarquille les yeux quand il aperçoit son fils, tenant sa main blessée contre son torse.

— Sean ?

Sean soupire. Il n'a aucune envie d'avoir affaire à son père, mais on dirait qu'il ne va pas avoir le choix, parce que comme pour presque tout ce qui lui arrive ces derniers temps, personne ne lui demande son avis et se contente de le lui imposer. Il commence sérieusement à en avoir ras la casquette, et encore, il reste poli.

Quand son père approche et veut se saisir de sa main qui a doublé de volume, il recule avec un grognement qui lui vaudrait un regard fier de la part d'un loup-garou.

— Sean ?

— Pas toi ! siffle-t-il, et en voyant l'expression blessée sur le visage de son père, il ajoute : un médecin ne doit pas traiter un membre de sa famille. C'est pas ce que dit le serment d'hypocrite ?

— Hippocrate, corrige le médecin.

— Si tu veux.

L'avantage d'être le fils du chef des urgences, c'est qu'il est placé en tête de la liste d'attente des patients non prioritaires, ce qui fait qu'un interne l'appelle vingt minutes plus tard.

John regarde son fils partir en radio et se demande comment ils ont pu en arriver à ne même plus pouvoir se parler. Il a l'impression qu'hier encore, il était le héros de son enfant et aujourd'hui ils ne sont presque plus que des étrangers. John a conscience que c'est principalement de sa faute, qu'après la mort de sa femme, il aurait dû être plus présent pour Sean au lieu de s'abrutir de travail. Mais à l'époque, il était incapable de regarder son fils sans voir sa défunte femme dans ses grands yeux bruns et sa manière d'être. Sean et Sandra Matthews se ressemblent tellement que c'en est douloureux.

Il ne sait même plus de quelle façon parler à Sean et n'a aucune idée de comment arranger les choses. Est-ce qu'il a seulement le droit d'essayer ? Est-ce qu'il n'est pas trop tard ? Il espère vraiment que non. En soupirant, il va prendre des nouvelles de son fils.

***

Sean sort de l'hôpital deux heures plus tard, avec la main enfermée dans un bandage serré et la tête cotonneuse à cause des puissants antidouleurs que l'interne qui l'a examiné lui a donnés. Il est tellement *stone* qu'il ne se souvient même pas de ce qu'il a, mais comme il n'est ni plâtré ni passé sur le billard, il suppose que rien n'est cassé. Il se rappelle quand même que quelqu'un lui a expliqué de ne pas conduire pendant qu'il est sous l'influence d'opiacés et, à bien y réfléchir, ça sonne comme un truc que son père pourrait lui dire, alors il y a des chances que ça vienne de John.

Sean se demande pendant une seconde qui il va appeler quand une main plonge soudain dans sa poche pour en sortir ses clés de voiture. Dans d'autres circonstances, il aurait sursauté et frappé la personne qui le moleste comme ça. Là, sa seule réaction est de lever les yeux pour voir qui lui a piqué ses clés.

Oh…

— Hey, Zach ! déclare-t-il avec un sourire benêt. Toi au moins, tu seras toujours là pour moi et tu ne me mentiras jamais.

Zach secoue la tête et lève les yeux au ciel avec un sourire attendri. Quand Sean est camé jusqu'aux sourcils, il est toujours hilarant et en plus on peut lui soutirer toute sorte d'informations sans qu'il s'en rende compte. C'est profiter de la situation ? Oui, certainement, mais l'alpha ne va pas hésiter. D'après ce qu'il a senti dans les liens de meute toute la journée, il y a grand besoin qu'il mette son museau dans les affaires des autres. Et si en temps normal Sean est plus glissant qu'une anguille quand il s'agit de parler de lui, là il ne pourra pas lui échapper.

— Allez viens, dit Zach, je te ramène. Tu veux que je te dépose chez Dylan ?

Oui, il va à la pêche aux informations, vous ne pouvez pas lui en vouloir. De plus, lorsque Zach a appelé Dylan pour savoir ce qui se passait, celui-ci lui a juste dit d'aller voir Sean. Dylan a ensuite précisé que Sean devait se trouver à l'hôpital. Il a dit ça d'une voix tellement éteinte qu'un instant, Zach a cru que Sean était en train de mourir. Il a été plus que soulagé de voir Sean en – presque – un seul morceau. Pourtant, quelque chose le dérange. Le commentaire de Sean lui parait bizarre. Et la réaction à sa question somme toute innocente l'est encore plus.

— Je ne veux plus jamais revoir ce fils de pute de merde !!!

Ah, donc il y a de l'eau dans le gaz entre les deux tourtereaux. *Bon, au moins,* se dit Zach, *ça devrait être facile à régler.* Mais avant de s'occuper de ça, il aide Sean à s'installer sur le siège passager de la voiture, l'attache, monte à son tour et démarre. Alors qu'il sort du parking des urgences et qu'il s'engage dans la circulation, Zach demande :

— Qu'est-ce que Dylan a fait ?

Et là, c'est l'explosion. Il n'y a pas d'autres mots.

— IL M'A MENTI ! IL S'EST SERVI DE MOI ! hurle Sean. SI ÇA SE TROUVE, C'ÉTAIT JUSTE POUR SE VENGER DE LA MORT DE SA SŒUR !

Zach se dit que, finalement, ça ne va pas être si facile à régler.

— Sean, tu sais très bien que c'est pas le genre de Dylan, tente-t-il de tempérer.

— Et qu'est-ce que j'en sais, hein ? rétorque Sean sur un ton plus calme. Je le connais à peine moi, ce mec.

— Frangin, s'exaspère Zach, ça fait trois ou quatre mois que vous êtes ensemble, tu as dû apprendre plein de choses sur lui.

— Ouais, c'est ça, gronde Sean, la voix dégoulinante de sarcasme. En trois ou quatre mois, j'ai appris que c'était un putain de menteur en qui je ne peux pas avoir confiance !

— Merde, mais il a foutu quoi pour que tu sois aussi remonté ? s'étonne Zach. Il ne peut pas t'avoir trompé, alors c'est quoi le problème ?

Sean refuse de répondre et regarde par la fenêtre. Pourtant, il ne reste pas silencieux très longtemps.

— Tu sais ce qui me met le plus les nerfs ? S'il m'en voulait autant d'avoir tué Kathy, il n'avait qu'à le dire. Il n'avait pas à aller jusque… *LÀ* ! Je veux dire, regarde, toi par exemple, tu m'en veux, mais tu ne cherches pas à te… ZACH !

Dès qu'il entend ça, Zach se rabat sur le bas-côté et pile, envoyant presque la tête de son meilleur ami dans le pare-brise.

— Non, mais t'es pas bien ? Ça te prend souvent de…, s'énerve Sean avant de s'interrompre quand il voit que Zach est partiellement transformé. Zach ?

Le jeune alpha se tourne vers l'humain, ses crocs lui déformant la mâchoire et un grondement transformant sa voix.

— *Auraenas* Miller, commence l'alpha.

Sean écarquille les yeux. Zach n'utilise que rarement les titres des personnes à qui il parle. À moins de vouloir être pris extrêmement au sérieux.

— Tu n'as pas tué ma compagne, *auraenas*. La sorcière l'a fait. En reniant son choix, tu transformes le sacrifice de ma compagne en une chose creuse et vide de sens. Je ne le permettrai pas. Je ne tolérerai pas qu'elle soit morte pour rien. En tant qu'alpha de la meute Miller, et donc, *ton* alpha, je t'interdis de penser que tu es responsable. Me suis-je bien fait comprendre ?

Sean hoche frénétiquement la tête.

— Dis-le !

— J'ai compris, couine l'*auraenas*.

— Bien.

Zach pivote pour être à nouveau face à la route et prend de profondes inspirations pour se calmer. Une fois redevenu humain, il se tourne vers son meilleur ami.

— Si je t'entends encore une seule fois raconter un truc pareil, je t'arrache les cordes vocales, comme ça tu ne pourras plus débiter de conneries, promet-il.

Sean déglutit difficilement et hoche encore une fois la tête.

— Merde, continue Zach. Je savais que tu te sentais fautif, mais je croyais que c'était à cause de cette saloperie de culpabilité du survivant ou je sais pas comment ça s'appelle, pas parce que tu pensais avoir tué Kathy.

Il frappe le volant.

— Tu sais que si Kathy était là, elle te botterait le cul jusqu'à la lune ?

— Si Kathy était là, je n'aurais aucune raison de me sentir coupable, puisque je ne l'aurais pas tuée, murmure Sean.

— Quand tu te retrouveras la tête encastrée dans ton tableau de bord, tu ne te demanderas pas d'où ça vient, gronde Zach. Maintenant, revenons-en à Dylan. Il ne t'a jamais rendu responsable de la mort de Kathy. En fait, il aurait même plutôt tendance à prendre la responsabilité sur lui.

— Quoi ? Pourquoi ? s'exclame Sean.

— Des conneries comme quoi il aurait dû être là plus vite, il aurait dû vous protéger, blablabla. À lui, je lui ai pété tous les os jusqu'à ce qu'il comprenne que ce n'était pas sa faute, explique

Zach avec un regard en coin vers son meilleur ami. Estime-toi heureux d'être humain.

Sean ouvre la bouche et la referme sans parler.

— Je ne sais pas ce qui s'est passé entre vous, continue l'alpha, et je ne veux pas le savoir. Si tu veux en parler, très bien, mais je ne te poserai pas de questions. Tu dis qu'il a menti et je n'ai aucune raison de mettre ça en doute. Mais est-ce que tu lui as demandé pourquoi ?

Sean ne répond rien et baisse les yeux, jouant avec le bandage de sa main. Zach soupire.

— Sérieux, mec, tu crains. Tu demandes toujours « pourquoi » pour tout et là rien ?

— Il a dit…, hésite Sean avant de prendre son courage à deux mains. Il a dit qu'il était amoureux de moi et qu'il voulait m'aider.

— Alléluia ! s'exclame Zach. Il a enfin eu les couilles de te l'avouer !

— Quoi ?! s'écrie Sean en relevant les yeux. Tu savais ?

— Sean, mon pote, tout le monde sait que Dylan est complètement raide dingue de toi. La ville entière le sait. Je suis sûr que même des gens qui n'habitent pas ici le savent. Bobby a offert une tournée générale pour fêter ça quand il a appris que vous étiez ensemble.

Sean écarquille un peu plus les yeux. Bobby est le pingre du coin, celui qui ne paye que s'il n'a vraiment pas le choix. Le mec amène l'expression « avoir des oursins dans les poches » à un niveau supérieur.

— Mais pourquoi ?

— Parce que Dylan est amoureux de toi depuis la première fois qu'il t'a vu, que tu es le seul à ne pas l'avoir remarqué et que tout le monde était désolé pour lui.

— Depuis la première fois qu'il m'a *vu*, répète Sean avec incrédulité. C'est pas de l'amour ça ! C'est du désir !

— Mauvais choix de mot, grimace l'alpha. Depuis la première fois qu'il t'a senti, ça te convient mieux ?

— C'est encore pire ! crie Sean. Il ne me connaît pas ! Pas vraiment ! Il aime mon odeur !

— Putain, mais c'est pas possible d'être aussi con ! explose Zach. T'es dans une meute depuis que tu es gamin et tu ne sais toujours pas l'importance que l'odeur a pour nous ?! Ton odeur, c'est pas juste tes émotions ou ce que tu es en train de faire. C'est pas juste si tu es en train de suer parce que tu viens de courir vingt kilomètres, par exemple. Ton odeur, c'est aussi tous les endroits où tu as été, les gens qui ont compté, les choses que tu as aimées.

Tu portes encore l'odeur de ta mère et elle est morte depuis des années. Ton odeur hurle qui tu es à qui sait l'interpréter correctement. Tu sens la loyauté, la curiosité, la protection que tu montres envers ceux qui comptent pour toi. Tout est dans ton odeur. Alors ouais, OK, Dylan ne sait peut-être pas quelle est ta couleur préférée ou quel film tu peux regarder cinquante fois de suite sans te lasser, mais il *te* connaît.

Sean en reste bouche bée. Pourquoi ne savait-il pas ça ? Pourquoi personne ne lui a jamais dit ? Pourquoi ne l'a-t-il jamais découvert lors de ses nombreuses recherches ? Il s'est toujours plus ou moins amusé du fait que les garous de la meute reniflent tout le temps tout le monde, mais il croyait que c'était juste un instinct bizarre, une façon de savoir ce que ressentent les autres, un truc qui lui passerait toujours au-dessus de la tête. Il n'a jamais pensé que l'odeur puisse avoir une telle importance.

— Tu renifles aussi, tu sais ? remarque Zach.

— Hein ? Et merde, maintenant tu vas me dire qu'en plus, vous êtes télépathes ?

— Non, imbécile, ricane son meilleur ami. J'ai juste de bonnes oreilles. Tu as pensé tout haut.

— Oh.

Sean fait ça, parfois. Quand c'est sur ses recherches, ce n'est pas bien grave, mais quand c'est sur des choses plus personnelles, ça peut être gênant.

— Je renifle ? Moi ?

— Ouais. Tu renifles l'air quand tu rencontres une nouvelle personne, explique Zach.

— Ah bon ?

— Ouais, je trouve ça rigolo. Maman m'a un jour expliqué que les humains d'une meute finissent par avoir des instincts un peu plus proches des nôtres que ceux d'une personne lambda. Si je me souviens bien de ce qu'elle m'a dit, même avec ton nez, tu peux savoir à l'odeur si tu peux faire confiance à quelqu'un ou pas.

Oh. Donc ça explique peut-être pourquoi il ne s'est jamais réellement posé de questions sur DWolf, se dit Sean. Apparemment, à un niveau instinctif, il a su qu'il était en sécurité avec le loup. Peut-être qu'il a inconsciemment reconnu Dylan.

Ça ne change rien au fait que le bêta lui a menti, mais ça apaise un peu sa colère.

***

Dylan est assis sur son lit et n'en a pas bougé depuis il ne sait combien de temps. Il a l'impression d'être anesthésié, déconnecté de la réalité.

Pourtant, il ne devrait pas se sentir comme ça, parce qu'il savait que ça allait arriver. Après tout, il a menti à Sean.

Néanmoins, s'il avait la capacité de changer le passé, il n'en ferait rien. Parce que tout ce qu'il voulait, c'était aider Sean et qu'il espère y être parvenu. Oui, il a probablement tout perdu, mais quelque part, ça valait le coup. Il en sourirait presque s'il n'était pas aussi misérable.

C'est dans ce genre de moment que l'absence de sa petite sœur est la plus palpable. Sa disparition est cruelle tous les jours, mais encore plus quand il a besoin d'être physiquement proche de quelqu'un. Si elle était là, elle l'engloutirait sûrement dans un gros câlin, lui dirait que tout finirait par s'arranger et puis elle entreprendrait de proprement lui botter le cul pour s'être lancé dans un truc aussi stupide.

Elle lui manque atrocement. Il n'avait qu'elle et maintenant, il est seul.

Il se demande s'il peut aller chercher du réconfort auprès de Zach avant de se mettre une claque mentale. Outre le fait que l'alpha ne serait pas content, c'est également le meilleur ami de celui qu'il a trahi. Idée plus que mauvaise, surtout quand il s'attend à ce que ses liens avec la meute soient coupés à tout moment. En tout cas, c'est comme ça qu'il réagirait à la place de l'alpha. Après tout, Dylan est dans la meute Miller depuis quoi ? Trois ans ? Alors que Sean en fait partie intégrante depuis toujours ou presque. Le choix est rapide, non ?

Il ne pense pas non plus pouvoir appeler Chloé. Ça l'étonnerait beaucoup que la lionne ressente énormément de compassion à son endroit. Mais elle vit seule, sans clan depuis des années, elle a sûrement quelques tuyaux à lui donner, non ? Et puis, être un solitaire, ça ne doit pas être si terrible, si ? Il va juste être seul. Totalement et complètement seul. Chloé y arrive, pourquoi pas lui ? Peut-être qu'il peut lui proposer de former une meute/clan à deux. Après tout, il n'y a pas forcément besoin d'un alpha.

Il continue à rester sans bouger sur son lit, à attendre d'être complètement seul. Ça n'arrive pas et il ne comprend pas pourquoi.

CHAPITRE 18

Zach rentre chez lui et se laisse tomber sur son canapé avec un soupir de découragement. Très franchement, quand il est allé chercher Sean à l'hôpital, il ne s'attendait pas à découvrir ce sac de nœuds. Rien qu'à l'idée que Sean pense avoir tué Kathy, il a envie de ramener la sorcière à la vie pour pouvoir la tuer à nouveau. Ça le démange tellement que ses crocs sortent et qu'un grondement menaçant prend naissance au plus profond de sa poitrine.

— Zach ? Qu'est-ce qui se passe ?

Amanda, uniquement vêtue d'un t-shirt qui ne la couvre que jusqu'en haut des cuisses et qui ne lui appartient clairement pas, sort de la chambre et vient s'installer sur ses genoux. Il rentre aussitôt les crocs.

— Sean et Dylan ont rompu, annonce-t-il, la mine sombre.

— Quoi ? Mais pourquoi ?

— Sean m'a juste dit que Dylan lui avait menti, mais j'ai beau réfléchir, je ne vois pas sur quoi il aurait pu mentir. Surtout qu'il a avoué à mon aveugle de meilleur ami qu'il était amoureux de lui.

— Ah ben, c'est pas trop tôt, grogne-t-elle.

Selon elle, Dylan aurait dû sauter sur Sean à la seconde où l'*auraenas* et elle ont rompu. Elle l'aurait bien dit à voix haute, mais Zach lui a fait promettre de ne pas s'en mêler. Au vu de la situation, ça n'aurait probablement pas été une bonne idée de toute façon. De même qu'intervenir maintenant n'arrangerait rien. Une pensée traverse l'esprit de la jeune femme.

— Zach, tu sens encore Dylan dans les liens de la meute ?

Il fronce les sourcils, se concentre légèrement et soupire de soulagement quand il trouve facilement le bêta. Bien que le sentiment de dure pas. Dylan dégage tellement de misère et de culpabilité que c'en est douloureux.

— Ouais, mais… Il ne va pas bien. Pourquoi tu me demandes ça ?

— Parce que ce serait bien son genre de croire qu'il va être jeté de la meute s'il n'est plus avec Sean, soupire-t-elle.

Zach regarde sa petite amie et se mordille la lèvre. Ils avaient prévu de passer la soirée en amoureux, mais Dylan a besoin de lui. Amanda lui sourit, compréhensive.

— File. Il est misérable et je ne t'en voudrai pas, lui assure-t-elle. Et puis tu te rattraperas quand tu reviendras.

— T'es la meilleure, lui dit-il en l'embrassant.

— Je sais, sourit-elle en se levant. Pendant que tu parles à Dylan, je vais voir Sean.

***

Dylan est toujours assis sur son lit quand un coup est frappé à sa porte. Il n'a pas besoin de renifler pour savoir que Zach se trouve de l'autre côté du battant. Il a senti que l'alpha allait venir bien longtemps avant qu'il n'arrive.

Pendant quelques instants, il caresse l'idée de ne pas répondre. Il sait que ça ne fera que retarder l'inévitable, mais on ne peut pas lui reprocher de vouloir faire partie de la meute Miller pendant encore quelque temps, non ? Malgré tout, il se lève et va ouvrir la porte, comme un condamné monte à l'échafaud. C'est exactement ce qu'il ressent.

Il garde la tête baissée pour ne pas croiser le regard de Zach quand celui-ci entre. Dylan ne veut pas voir le dégoût ou la colère qui doivent marquer les traits du loup dominant. Il ne fouille pas non plus dans les liens qui unissent tous les garous de la meute à l'alpha. Quoique Zach lui dise ou fera, il mérite cent fois pire, alors il encaissera. Il n'y aura pas d'esclandre, et quand Zach lui dira de partir, il obéira calmement. Il s'effondrera plus tard, quand il sera seul.

Malgré sa résolution de rester digne, quelque chose doit trahir Dylan parce que Zach l'enlace soudain.

— Oh Dylan, murmure Zach. Je suis là, frangin. Je te tiens, tu peux lâcher prise maintenant. Je suis là et je ne te laisserai pas. Vas-y, frangin, ça te fera du bien.

Dylan reste figé. Il ne s'attendait absolument pas à ça. Et puis…

Et puis, c'est comme si les paroles de Zach ouvraient une vanne en lui et il s'accroche désespérément à l'alpha. Très vite, il sanglote.

— J-je l-l'ai p-p-perdu, gémit-il.

— Je suis sûr que non, lui assure Zach en resserrant sa prise autour de lui. Quoi qu'il se soit passé, je suis certain que ça peut s'arranger.

Dylan pleure un peu plus fort, parce qu'il sait. Il sait que ça ne s'arrangera pas. Sean ne lui pardonnera jamais.

***

Sean fait les cent pas dans sa chambre. Il n'arrive pas à se sortir de la tête la conversation qu'il a eue avec Zach. C'est la deuxième personne à lui assurer que Kathy n'est pas morte à cause de lui. Et ce n'est pas n'importe qui, qui le lui a dit. Non, ce sont le frère et le compagnon de la jeune femme, des gens en qui il peut avoir confiance. Enfin, au moins pour Zach, parce qu'il ne peut pas vraiment dire la même chose de Dylan.

Pourtant… Sean ne peut s'empêcher de penser que ça ne colle pas avec la première idée qu'il s'est faite du comportement de Dylan.

Zach a été très ferme sur le sujet. Dylan ne lui a pas menti dans le but de se venger et de le blesser. Alors quoi ? Est-ce que Sean peut réellement croire que c'était par amour et pour l'aider ? Mais comment Dylan pourrait-il réellement l'aimer ? Zach a beau dire que Dylan sait qui il est grâce à son odeur, Sean reste sceptique. Pour lui, apprendre à connaître quelqu'un, c'est tout un processus

Ça demande de passer du temps ensemble, des conversations, des activités en commun, ce genre de choses. Même si on peut dire qu'ils ont fait tout ça en tant que membres de la même meute, mais c'est différent, non ?

Sean voudrait pouvoir discuter de la situation avec quelqu'un, mais raconter à Zach ou Amanda tout ce que Dylan et lui ont partagé… Non, il ne pense pas en être capable. Sean n'est même pas sûr que ses deux amis comprendraient la logique de son raisonnement. Pire, ils lui en voudraient peut-être même de ne pas être venu à eux pour parler de ses problèmes.

Ironiquement, Sean se dit que là, tout de suite, s'il le pouvait, il appellerait DWolf, parce que lui l'écouterait, comprendrait et lui donnerait de vrais conseils. Sauf qu'il se voit mal appeler Dylan pour lui demander de passer en mode DWolf le temps qu'ils discutent.

Non l'idéal, ce serait de pouvoir parler à quelqu'un qui connaîtrait au moins les grandes lignes et qui resterait neutre. Mais qui ? Le nom de Chloé lui vient à l'esprit sans qu'il ait besoin de réfléchir.

Dans les faits, ça pourrait être une bonne idée… S'ils se connaissaient. Oui, ils se « connaissent », mais pas suffisamment pour que Sean débarque et lui déballe ce qu'il a sur le cœur. Ils se sont vus une fois, quand il a signé le contrat le liant au Club Fantasy.

Ce qui l'amène à se demander pourquoi elle a accepté, alors qu'elle savait probablement qui il était par rapport à Dylan. Et là, il ne parle pas des sentiments que le bêta est supposé avoir pour lui. Non, Sean pense à leur lien de meute. Sachant qu'ils faisaient partie du même groupe, Chloé devait bien se douter que quelqu'un finirait par lâcher le morceau, non ? C'est déjà bien assez bizarre que ce ne soit pas arrivé avant, surtout si on prend en considération le fait que tout le monde était au courant. Chloé a pris un énorme risque et Sean ne comprend pas pourquoi.

À moins que son but n'ait été de créer des dissensions au sein de la meute ? Si c'est ça, à quelles fins ? Les affaiblir ? Prendre la place de Zach ? Il faut qu'il en ait le cœur net.

Ce n'est qu'au moment où il arrive devant sa voiture qu'il se souvient qu'avec sa main, il ne peut pas conduire. Il n'hésite même pas avant de sortir son téléphone afin d'appeler un taxi. Toutefois, il n'a même pas le temps d'appuyer sur « appeler ».

— Sean ?

Il sursaute et se retourne.

— Amanda ? Qu'est-ce que tu fais là ?

— Je venais te voir pour qu'on puisse parler un peu.

C'est tentant. C'est même plus que tentant, mais non. Il a déjà décidé qu'Amanda et Zach n'étaient pas les bonnes personnes pour discuter de ce genre de chose. Pas que Chloé le soit plus, mais faute d'avoir quelqu'un qui s'y connaît un peu en relation D/s, elle fera plus l'affaire que son meilleur ami et son ex-petite amie.

— J'ai pas le temps, là, lui dit-il.

— Qu'est-ce que tu as fait à ta main ? questionne-t-elle soudain en plissant les yeux.

— J'ai frappé un truc en béton, dit Sean en fixant sa main bandée.

— Du béton qui s'appelle Dylan ? suggère-t-elle d'une voix légèrement acide.

— Écoute, soupire-t-il. J'adorerais discuter avec toi, mais là, je suis pressé, je dois…

Il s'interrompt abruptement, les yeux fixés sur la voiture d'Amanda. En fait, la jeune femme tombe bien puisqu'ayant pris des antidouleurs, il n'a pas le droit de conduire.

— Tu peux m'emmener ? demande-t-il.

Amanda hausse un sourcil, légèrement déconcertée par le changement de sujet plutôt soudain.

— Où ça ?

— Tu verras, répond-il en rejoignant le côté passager de la voiture.

Amanda n'a pas le temps de protester que Sean est déjà installé sur le siège. Elle soupire et prend place derrière le volant.

— Si tu veux que je te conduise quelque part, il va quand même falloir que tu me dises où, sinon on n'ira pas loin.

C'est avec réticence que Sean lui donne une adresse et elle se demande pourquoi. C'est donc plus qu'agacée qu'Amanda rentre l'adresse dans son GPS et démarre pour suivre les instructions que Sean ne s'est pas donné la peine de lui fournir. Elle découvre avec surprise que leur destination est un simple immeuble de style victorien dans le centre d'une ville voisine.

— Sean ? Qu'est-ce que… ? commence-t-elle, mais le jeune homme a déjà quitté le véhicule.

Pendant une seconde, elle caresse l'idée de le suivre, mais décide finalement que ça n'apporterait rien de bon. Sean est un grand garçon, il doit savoir ce qu'il fait, non ? Et puis ça le braquerait si elle entrait également dans le bâtiment et ça le lancerait dans une longue diatribe sur le manque d'intimité dans la meute et elle ne veut surtout pas entendre ça encore une fois. Non, clairement, ça ne vaut pas le coup. Elle redémarre et décide que Sean n'aura qu'à appeler un taxi pour rentrer chez lui.

***

Sean entre dans l'immeuble qui abrite le Club Fantasy sans prendre le temps de s'arrêter au bureau d'accueil. Dans sa tête, s'il laisse Mac prévenir Chloé de sa venue, elle va trouver une parade, dire qu'elle n'est pas là ou trouver un quelconque prétexte pour ne pas le recevoir et s'expliquer sur son implication dans le mensonge de Dylan.

— Monsieur Matthews ! Attendez ! entend-il derrière lui, mais il n'en tient pas compte.

Il est un homme en mission et rien ne pourra le détourner de son but. Chloé lui doit des explications. Enfin, elle en doit à la meute, mais c'est pareil. Pendant le trajet en voiture, il a eu le temps de réfléchir et surtout de laisser monter sa colère, c'est donc comme une furie qu'il entre sans frapper dans le bureau de Chloé.

— Tu es démasquée ! explose-t-il aussitôt.

Chloé ne sursaute même pas, ce qui veut dire qu'elle l'a entendu arriver, ou senti, ou les deux, mais en fait, il s'en fiche. Il est là pour obtenir des réponses et il ne partira pas sans. Une main ferme se pose sur son épaule et Sean essaye de se dégager, mais c'est peine perdue. Mac commence à le tirer en arrière pour le sortir, quand Chloé parle.

— Laisse, Mac, je vais m'occuper de monsieur Matthews.

La porte se referme derrière Sean et Chloé le fixe sans ciller. Il soutient son regard, refusant de baisser les yeux. Elle finit par soupirer.

— Tu ferais mieux de t'asseoir. J'ai l'impression qu'on va en avoir pour un petit moment.

— Je ne veux pas m'asseoir, crache Sean. Je veux que tu m'expliques pourquoi tu t'en es pris à la meute Miller. Je veux savoir pourquoi tu m'as utilisé, et si Dylan… si Dylan est de mèche avec toi.

Après tout, ce serait logique non ? Dylan peut croire que la mort de Kathy est de la faute de Zach. Du coup, il se serait servi de Sean pour atteindre son meilleur ami. Il pense peut-être que Zach n'a pas rempli correctement son rôle d'alpha, non ? Oui c'est totalement plausible.

Les raisons de l'implication de Chloé dans la machination sont encore un peu nébuleuses, mais les suppositions ne manquent pas. Elle peut être la maîtresse de Dylan et faire ça par amour. Elle peut vouloir une place dans la meute et Zach la lui a déjà refusée. C'est possible, parce que Sean n'est pas nécessairement au courant des refus et des acceptations dans la meute. Il a été présent pour la demande de Kathy et Dylan, mais seulement parce que les deux jeunes gens avaient exprimé le désir que tout le monde soit là.

— Je peux savoir de quoi tu me parles ? s'exclame Chloé avec incrédulité.

— Tu sais très bien de quoi je parle ! Dylan et toi vous êtes servis de moi pour atteindre Zach et/ou déstabiliser la meute.

Un éclair de compréhension traverse les yeux de Chloé et elle passe une main lasse sur son visage.

— Tu as découvert que Dylan est DWolf.

Ça ne sonne pas comme une question, aussi Sean ne se donne-t-il pas la peine de répondre.

— La seule raison pour laquelle j'ai accepté que Dylan s'occupe de toi, c'est parce qu'il était persuadé de pouvoir t'aider, explique-t-elle. Sinon, je t'aurais confié à quelqu'un d'autre. Il a insisté et j'ai cédé, alors même que je savais que ça lui exploserait à la figure. Je l'avais prévenu, mais il n'a pas voulu écouter.

Sean observe attentivement l'aura de Chloé alors qu'elle s'explique, mais il n'y a aucune fluctuation dans les couleurs. Ça veut juste dire qu'elle ne ment pas, mais pas forcément qu'elle lui dit tout.

— Parce qu'il voulait s'en prendre à Zach à travers moi !

Après tout, ce ne serait pas la première fois qu'il est le maillon faible pour atteindre l'alpha. Si ça se trouve, c'est même le plan de la sorcière qui a donné l'idée à Dylan et il a juste sauté sur l'occasion.

Chloé grogne.

— Putain, toi, quand tu as une idée derrière la tête, tu l'as pas ailleurs, s'exaspère-t-elle. Dylan n'en a rien à foutre de la position d'alpha ! Il ne veut pas s'en prendre à Zach et il veut encore moins se venger ! Il est amoureux de toi, bougre d'âne ! Alors ouais, il n'a pas choisi la meilleure solution pour te le montrer, mais parfois, quand on est amoureux, on fait des choses stupides. Ça n'excuse rien mais, au moins, ça prouve que vous êtes aussi débiles l'un que l'autre.

Avant que Sean ne puisse ouvrir la bouche pour répliquer, elle continue.

— Donc, pour être parfaitement claire, je me fous de ta meute et Dylan n'a pas fait ça pour se venger ou devenir l'alpha. Compris ?

Les couleurs de l'aura de Chloé se teintent légèrement de rouge, ce qui veut dire qu'elle commence à s'énerver, mais autrement, ça ne bouge pas. Sean repense à ce que Zach lui a dit. Sur le fait que même humain, ou au moins, moins surnaturel qu'un garou, il a quand même quelques instincts qui lui viennent de sa connexion avec la meute. Alors, pour tester ça, il prend une profonde inspiration, mais ne sent rien de spécial. Peut-être parce qu'il n'a jamais fait ça avant. Il faut probablement entraîner cette capacité comme son don. Il en parlera à Zach à la première occasion. Pour l'instant, il a d'autres préoccupations.

— Bon d'accord, convient-il, mais ça n'explique toujours pas pourquoi Dylan a agi comme ça.

Chloé grogne et son aura devient totalement rouge.

— T'as l'air de ne pas croire que Dylan puisse être amoureux de toi et ça commence à sérieusement me gonfler.

— Il ne peut pas être amoureux de moi !

— Pourquoi ? Parce que tu l'as décidé ? T'es un petit con en fait. Tu penses que tu peux dire aux autres ce qu'ils ressentent ? Flash info, mon petit père : c'est pas comme ça que ça marche ! Dylan t'aime et ne te tient pas pour responsable de la mort de sa sœur ! Accepte-le ou pas, mais écrase !

Sean écarquille les yeux et en reste bouche bée. Depuis un an, tout le monde marche sur des œufs autour de lui et, étrangement, ça lui fait du bien que quelqu'un lui parle franchement, sans prendre de gants. Même si c'est surprenant.

— Tu veux savoir ce que je pense ? enchaîne-t-elle. Je pense que tout ça, c'est des conneries ! Je pense que tu te montes le bourrichon au lieu de t'avouer la vérité. Je pense que tu savais que Dylan était DWolf, mais que tu as fait l'autruche, parce que c'était plus simple. Plus simple que de reconnaître que Dylan te fait bander ! Sauf qu'en te désignant comme responsable de la mort de Kathy et en te focalisant sur le mensonge de Dylan, hop, plus besoin de s'en faire. T'as plus qu'à te dire que rien n'est possible entre vous à cause de tout ça et plus de souci. Tu sais quoi ? En fait, t'es un putain de lâche !

— C'est faux ! s'insurge Sean. Je ne… Ce n'est pas… Je… Ça n'a rien à voir !

Il ne sait pas quoi dire et pour cause. Il doit bien reconnaître qu'il a toujours eu un œil sur Dylan. Pas de façon perverse, attention ! Mais chaque fois que le loup s'est mis torse nu ou porte des vêtements moulants, Sean ne peut s'empêcher de le mater. Il y a un an ou même trois ou quatre mois plus tôt, il aurait juré que ce n'était que par jalousie, parce qu'il envie la plastique de Dylan. Aujourd'hui ? Il peut bien avouer que Dylan lui plaît. Est-ce que ça veut dire que Chloé a raison et que jusqu'à présent, il a été lâche ? Peut-être bien.

Sean se laisse tomber sur une chaise et grogne.

— Bon, ça, c'est fait, se félicite Chloé avec un grand sourire, sa colère s'évaporant déjà. Tu sais, y a quand même une question qui me turlupine. Pourquoi choisir de venir au club et non pas d'aller chez un psy ?

Sean ouvre la bouche, la referme et la rouvre, aucun son n'en sort. Pourtant, il est sûr qu'il connaît la réponse à cette question. Sauf qu'à cet instant, son esprit est totalement blanc.

— Cette décision aurait-elle été prise parce que tu pensais que Dylan était client chez nous ? interroge Chloé sur un ton un peu trop innocent pour être honnête. D'après ce que Dylan m'a dit, tu es un *auraenas*, c'est ça ?

Il hoche la tête, légèrement confus parce qu'il ne voit absolument pas le rapport.

— De ce que je sais, un *auraenas* commence son entraînement aux alentours de ses quinze ans et ne s'arrête presque jamais ensuite, parce qu'il y a plus à apprendre que la lecture des auras, non ?

— Comment je pourrais le savoir ? Mon don s'est éveillé à la mort de ma mère et je n'avais que neuf ans. On commençait seulement à en parler, mais j'étais trop petit pour que ça m'intéresse vraiment ou pour commencer mon entraînement.

— Ah oui, ça explique bien des choses, soupire-t-elle. J'ai un livre sur les *auraenas* et leurs capacités à la maison, j'essaierai de remettre la main dessus, ça pourrait t'aider.

— Ce serait génial, merci, répond Sean avec gratitude.

— De rien, mais si je te parle de ça, c'est parce que, pour ce que j'en sais, un *auraenas* ne lit pas seulement les auras. Il les décrypte évidemment, mais il est aussi capable de savoir intimement qui est une personne. De savoir rien qu'en étant en présence de quelqu'un, qui il est et ce qu'il vaut.

— Ce qu'il vaut ?

— Je ne sais pas trop comment le décrire autrement, avoue-t-elle. Prenons un exemple : la première fois que tu m'as vue, c'est quoi le premier truc que tu as pensé ?

— Que tu pourrais me bouffer au petit-déjeuner mais que si, un jour, j'avais la chance de faire partie des gens qui comptent pour toi, ce serait comme avoir une grande sœur, répond-il sans réfléchir. Agaçante, un brin moqueuse, prompte à me botter le cul, mais toujours là en cas de besoin.

Elle sourit et Sean a même l'impression qu'elle rougit légèrement.

— Merci.

— De rien. OK, je vois ce que tu veux dire par « ce que vaut une personne ». En quoi ça m'aide avec Dylan ?

— Ça t'aide, parce que ça prouve qu'inconsciemment, tu savais que c'était Dylan, rétorque-t-elle.

— Non !

— Non ? Alors comment tu expliques que tu lui aies fait confiance aussi vite ? Tu es en colère, mais avoue que c'est juste parce que Dylan n'a pas eu les couilles de l'ouvrir ?

— Je ne savais que c'était lui !

Chloé hausse simplement un sourcil moqueur et attend. Sean commence par soutenir son regard, mais plus les secondes passent, plus il est mal à l'aise. Il repense à toutes les coïncidences, tout ce qui lui aurait mis la puce à l'oreille dans d'autres circonstances et qu'il a évacué d'un haussement d'épaules.

Il finit par détourner les yeux. Qu'est-ce que vous voulez qu'il fasse d'autre ? Elle a raison. Au fond de lui, il savait, même s'il a refusé de le reconnaître. Et il continuera, parce que sinon, il n'aura plus de raison d'être en colère. De toute façon, tant qu'il ne le dit pas à voix haute, ce n'est pas la vérité. Il est puéril s'il veut, OK ?!

La porte du bureau s'ouvre soudain à la volée.

— Désolée, je suis en retard ! s'exclame la jeune femme qui entre.

Sean la détaille rapidement, sans chercher à voir ses couleurs, comme pour tester ce que vient de lui dire Chloé. En regardant la nouvelle venue, il se fait la réflexion qu'elle ressemble beaucoup à Chloé au niveau du caractère. Indépendante, hargneuse et ultra protectrice, avec une pointe de fierté.

— Oh merde ! s'exclame encore l'arrivante. J'avais pas vu que t'étais avec un client. Je reviens plus tard.

— Serena, attends ! la retient Chloé. En fait, ton timing est parfait. Pour une fois.

— Rappelle-moi pourquoi on est amies déjà ? demande Serena avec dérision.

Sean ajoute le sens de l'humour à la liste des caractéristiques de la jeune femme.

— Arrête, tu m'aimes, s'amuse Chloé.

— Et on se demande bien pourquoi, soupire Serena en fermant la porte et en venant s'asseoir sur la seconde chaise qui fait face au bureau de Chloé.

Sean s'interroge soudain sur le nombre de couples qui viennent au club et pourquoi. Mais ça ne le regarde absolument pas, alors il ne pose pas la question, même si ça le démange.

— Alors ? demande Serena.

— En fait, je pense que tu peux aider Sean, explique Chloé en désignant le jeune homme.

— C'est vrai que je suis un tel modèle de compréhension et de sagesse, ironise Serena. Très bien, aider avec quoi ? Faut planquer un corps ? Les cochons, j'arrête pas de le répéter !

Sean écarquille les yeux et se dit que si la jeune femme pense automatiquement qu'il faut faire disparaître un corps, alors son « don » n'a pas fonctionné ou a foiré. Encore. Ou alors au contraire, il a parfaitement cerné le personnage, puisqu'il est possible que, par amitié, Serena soit prête à tout. C'est difficile à dire.

— Serena, tu fais peur au petit, prévient Chloé.

— Tu crois ? s'enquiert Serena. Je te fais peur, gamin ? ajoute-t-elle en se tournant vers Sean.

Il regarde Serena, puis Chloé, puis à nouveau Serena, mais ne sait pas quoi dire. Ce n'est pas qu'il a peur, c'est juste qu'il n'est pas tranquille.

— Je plaisante, assure Serena en levant les yeux au ciel. Mais si jamais tu as vraiment besoin de faire disparaître un corps, souviens-toi des cochons. Ils bouffent tout, sauf les dents.

Avec hésitation, Sean hoche la tête.

— Bon, si on en revenait à nos moutons ? intervient Chloé avec exaspération. Serena, comme tu fais partie du milieu, je me suis dit que tu pourrais donner quelques conseils à Sean.

Milieu ?

— Comment me faire passer pour une mafieuse en une phrase, s'agace la jeune femme. Le gamin doit être en train de s'imaginer avec des chaussures en béton aux pieds.

Sean ne dit rien, mais elle a presque raison. En réalité, il est à deux doigts de prendre ses jambes à son cou parce qu'il flippe à mort.

Chloé soupire.

— Sean est engagé dans une relation BDSM un peu compliquée et je me suis dit que tu pourrais l'aider à y voir plus clair.

Serena fronce les sourcils et se tourne vers Sean.

— Elle t'a demandé ton avis ou bien c'est la première fois que tu entends parler de ça ? questionne-t-elle.

— Euh…

— C'est bien ce que je pensais, soupire-t-elle en se tournant à nouveau vers son amie. Chloé, je sais bien que tu n'es pas familière avec la scène, et pas le milieu, mais c'est un putain de manque de considération d'avouer un truc pareil sur quelqu'un, même en dehors du BDSM, n’est-ce pas ?

C’est assez étrange de voir Chloé baisser la tête de cette façon. Si elle était debout, Sean ne doute pas qu’elle se dandinerait de gêne.

— Désolée, Sean, marmonne la lionne.

Serena soupire et reporte son attention sur Sean.

— Est-ce que tu veux me parler de ta relation D/s ? demande-t-elle gentiment. Je te promets de ne pas juger et de ne rien raconter à personne.

Sean y réfléchit sérieusement.

La raison pour laquelle il est venu voir Chloé, c’est parce qu’elle connaît les tenants et les aboutissants de sa relation avec Dylan. Et il s’est également dit que parler avec quelqu’un du milieu, pardon, de la scène, pourrait être utile… Alors peut-être est-ce l’occasion ?

Malgré tout, évoquer quelque chose de si intime avec une inconnue… Il ne sait pas s’il en sera capable. C’est quand même vachement gênant et privé.

Inspirant profondément, il se rend compte qu’il y a de la curiosité dans l’air et également de la compréhension et de la patience. Il faut vraiment qu'il discute avec Zach de cette histoire d'odeur, parce qu'à cet instant, c'est ce qui le pousse à se lancer.

Il s'installe confortablement sur sa chaise et commence à parler.

CHAPITRE 19

Après avoir écouté l'histoire de Sean, Serena prend quelques instants pour réfléchir. Puis elle ouvre la bouche et la referme sans rien dire. Quand elle prend enfin la parole, elle le fait avec une telle prudence que Sean est aussitôt sur ses gardes.

— Avant de te dire ce que j'en pense, je vais te poser une question et j'aimerais que tu sois aussi honnête que possible. Tu crois pouvoir faire ça ?

Sean se dit à cet instant qu'elle doit être une super Domme, douce, compréhensive, mais autoritaire et charismatique. Une main de fer dans un gant de velours.

— Ouais, pas de problème, répond-il.

— Pourquoi un homme ? Je veux dire, jusqu'à récemment, tu te pensais strictement hétéro, clarifie-t-elle. Du coup, ça ne me semble pas très logique de vouloir un homme pour une relation alors que tu savais qu'il y aurait un aspect sexuel.

Sean pourrait mentir. Il en est parfaitement capable. Il pourrait même trouver un mensonge plausible et convaincant en quelques secondes, mais outre le fait que Chloé le saurait, il n'a pas envie de décevoir Serena. C'est étrange, parce que c'est quelque chose qu'il n'a ressenti qu'avec DWolf. Alors il donne la vraie raison.

— Je me suis dit qu'avec un homme, il n'y aurait aucune chance que j'aie des sentiments.

Serena ricane et Chloé lève les yeux au ciel.

— Sean, dit la lionne. C'était évident que tu finirais par développer des sentiments pour ton Dom, ne serait-ce que du respect.

— Non, mais ça oui, je m'en doutais, s'empresse-t-il de dire. Mais je pensais que je serais à l'abri de la tendresse, l'attirance…

— L'amour ? suggère Serena.

— Je ne suis pas amoureux de Dylan ! rejette-t-il avec force.

— Mais ce serait facile, non ? continue-t-elle. C'est pour ça que le mensonge fait aussi mal, pas vrai ? Parce qu'avec un peu plus de temps, tu aurais pu tomber amoureux.

Sean baisse la tête et refuse de répondre. Serena décide de laisser couler, parce qu'elle a encore beaucoup d'autres choses à dire.

— Ce qui nous amène au sujet suivant : comment réparer votre relation et faire en sorte qu'il te reprenne.

— Mais je ne veux pas qu'il me reprenne ! s'insurge Sean.

— Mensonge, note calmement Chloé.

— Ah ! s'exclame Serena. C'est tellement pratique d'avoir un garou dans la pièce. On va plus vite à l'essentiel comme ça. Bref… Mon p'tit chou, tu peux te mentir autant que tu veux, mais ça ne te mènera à rien. Estime-toi déjà heureux que ton Dylan soit un Dom novice. Un Dom plus chevronné t'aurait mis en travers de ses genoux et t'aurait collé la fessée du siècle pour toutes les méchantes choses que tu lui as sûrement dites afin de lui faire le plus de mal possible. Et il en aurait profité pour s'expliquer. Ensuite vous auriez discuté calmement de vos punitions respectives et ça aurait été terminé. On n'en serait pas là si vous étiez réellement de la scène. C'est pour ça que je n'aime pas les novices sans mentor, ils font des conneries. Heureusement, dans le cas présent, il n'y a rien d'irréparable.

— Quand tu dis « punitions respectives », tu parles de quoi exactement ? demande Chloé.

Sean écoute attentivement, parce que la réponse l'intéresse beaucoup.

— Eh bien, si on prend la situation présente, explique Serena, Dylan a menti, et même si c'était pour donner à Sean ce qu'il voulait, il aurait dû dire la vérité dès la seconde scène. Donc Sean est en droit de réclamer une punition. En le privant de sa présence ou d'un truc qu'il aime particulièrement pendant une durée précise. C'est le genre de choses qu'on trouve dans le contrat. Et

Sean doit être puni parce qu'il a été blessant exprès, simplement parce que son Dom lui a donné ce qu'il voulait.

— Euh, j'ai du mal à suivre, là, avoue Sean.

— Ah bon ? s'étonne-t-elle. Je pensais être claire pourtant. C'est quoi que t'as pas compris ?

— La partie sur le fait qu'il m'a donné ce que je voulais.

— C'est la partie la plus simple pourtant, soupire-t-elle. Très bien. Tu es venu au club pour avoir une scène avec un inconnu, correct ?

— C'est ça, acquiesce-t-il.

— Ensuite, en accord avec ton Dom, tu as décidé de continuer sur les mêmes bases. J'ai toujours bon ?

— Toujours.

— Après environ quatre mois de relation, tu as découvert qu'en fait l'inconnu était un frère de meute. Toujours bon ?

— Ouais, répond-il.

— Et du coup, tu es en colère parce que ton Dom ne t'a pas dit qu'il était Dylan.

Cette fois, Sean se contente de hocher la tête, parce que la colère qui s'était un peu calmée le reprend.

Serena soupire et lève les yeux au ciel.

— Oh la la, tu vas tellement devoir ramper pour qu'il te reprenne, grimace-t-elle. Tu vas en chier, mon pote. Franchement, j'aimerais pas être à ta place.

— Quoi ? s'écrit Sean en se relevant d'un coup. Ça va pas non ? C'est lui qui…

— Assis !

La voix de l'humaine claque, chargée d'une telle autorité que le jeune homme obéit avant même de savoir ce qu'il fait.

— C'est mieux, approuve-t-elle. Maintenant, tu la boucles et tu m'écoutes.

Sean ouvre la bouche, puis la referme avec un claquement audible. Chloé ricane, ce qui lui vaut un regard noir de la part de son amie.

— Tu veux t'en charger ? lui demande-t-elle.

— Non, non, tu t'en sors très bien, sourit la lionne.

— Connasse ! Bref, résumons. Encore ! Tu as demandé à ce qu'un inconnu te domine sexuellement pour une scène. Note l'emphase sur les mots « inconnu » et « une », c'est important. Le mot « une » est ensuite devenu « beaucoup ». Sauf que tu n'as changé aucun autre terme de ton contrat. De mon point de vue, ton Dom t'a donné exactement ce que tu voulais. Tu voulais un inconnu, tu l'as eu.

Sean grogne. Expliqué comme ça, elle a raison, bien sûr. N'empêche que Dylan aurait dû lui dire la vérité. Le loup le connaît assez pour savoir que Sean préfère ça au mensonge et il l'explique à Serena.

— Dis oh ! T'as fini tes gamineries ? s'agace-t-elle. Je peux comprendre que tu te sentes trahi. Sérieux, je comprends. Mais Dylan est un loup, pas un télépathe. Si tu ne lui as pas dit que tu voulais changer la partie « inconnu » de l'équation, comment voulais-tu qu'il le sache ? Désolée de te dire ça, mais c'est toi qui as tort sur ce coup-là.

— Les torts ne peuvent pas être partagés ? suggère Chloé.

— Pfff, crache Serena. Genre quatre-vingts pour cent pour Sean et vingt pour Dylan, si tu veux.

— Hey ! proteste Sean. Pourquoi c'est moi qui prends le plus ?

— Parce que, mon p'tit père, fallait dire ce que tu voulais et que tu ne l'as pas fait. Quoi ? Tu aurais préféré que ce soit réellement quelqu'un que tu ne connaissais pas ? Franchement, je comprends pourquoi Dylan a fermé sa gueule. Putain, sérieux, je me répète, mais n'importe quel autre Dom t'aurait foutu en travers de ses genoux et collé la fessée du siècle, jusqu'à ce que tu apprennes à dire ce que tu veux ! s'énerve-t-elle.

— C'est ce que… euh… Ce que tu fais à ton soumis ? demande Sean en hésitant.

Bien sûr qu'il hésite. Il est relativement nouveau dans le milieu, il ne connaît pas encore les usages et étiquettes. Et puis, il peut le dire, Serena lui fait un peu peur.

Les deux femmes braquent leurs regards sur lui et il se trémousse, mal à l'aise. Soudain Chloé explose de rire. Littéralement. Elle s'écroule sur son bureau et hurle de rire en tapant du poing sur le bois, des larmes d'hilarité glissant sur ses joues. Elle met bien cinq minutes à se calmer et pendant tout ce temps, Serena la regarde comme si elle voulait la frapper. Fort. Avec une chaise. En fer forgé. De façon répétée.

Sean, pour sa part, se demande ce qu'il a bien pu dire de si drôle.

— Mais t'as fini, oui ? s'exaspère Serena.

— Avoue que c'est tordant, commente Chloé entre deux éclats de rire. Attends que je raconte ça à Stephen.

Serena plisse les yeux et grogne.

— Je peux savoir ce qu'il y a de drôle ? s'agace Sean.

Ce qui, bien entendu, suffit à faire repartir Chloé dans un nouveau fou rire. Il attend patiemment qu'elle s'arrête en pianotant sur sa jambe. Il est presque sûr que Serena pourrait lui expliquer, mais la jeune femme a croisé les bras sur sa poitrine et s'est renfrognée.

— Aaaah, soupire la lionne. Putain, ça fait du bien.

— Parle pour toi, ronchonne Serena. Moi, j'en ai ras le cul qu'on me prenne toujours pour une Domme.

— Le drame de ta vie, ma pauvre chérie.

— Attends ! intervient Sean, en fixant Serena, éberlué. Tu es une soumise ?

— Et alors ? Ça te défrise ? Quoi ? Parce que je suis une soumise, je devrais être une pauvre chose vulnérable et pathétique qui a besoin que son Dom soit avec elle en permanence ? Va chier, OK ? Soumis, ça ne veut pas dire paillasson, merde ! Ça m'énerve quand les gens supposent que je suis une Domme, juste parce que je ne ferme pas ma gueule !

— Oh ! Oh ! Oh ! fait soudain Chloé. Tu te souviens de cette fois-là, quand on a été au Club Écarlate ?

Serena gronde à nouveau.

— Oh que oui, je me souviens. Chaque fois que j'y repense, j'ai la main qui me démange !

— T'es un peu une violente quand même, commente son amie.

— Il l'avait cherché !

— Le mec t'a juste touché le bras.

— Sans permission ! J'avais mon collier, ma marque bien visible, j'étais aux pieds de mon Maître et l'autre, il me touche ! Non, mais, vas-y, fais comme chez toi, c'est Open-Bar ! Va chier, ouais !

Chloé se tourne vers Sean pour lui expliquer.

— Il est arrivé avec une voix de baryton. Il est reparti en faisant concurrence à la *Castafiore*. C'était très drôle. Même si on est interdits d'entrée depuis.

— C'était drôle pour toi, pointe à nouveau Serena. Je veux dire, OK ça se fait de prêter son soumis, mais on demande avant ! C'est pas du libre-service !

— Euh… Comment ça, ça se fait ? Mais je veux pas que mon Dom me prête, moi !

Les deux femmes fixent à nouveau Sean, mais ne commentent pas. Au lieu de ça, Serena explique.

— Ne t'inquiète pas. Ce genre de chose se décide par un commun accord entre le Dom et le soumis. Si le soumis refuse, le Dom ne pousse généralement pas. Sauf si c'est pour prouver au soumis qu'il est désirable aux yeux des autres, mais ça, c'est encore autre chose. Et puis il suffit de le mettre dans le contrat et, hop, plus besoin de s'en soucier.

— Oh, commente Sean. Et c'est ce que vous avez fait, ton Dom et toi ?

— Oh que oui, dit-elle avec emphase. Je crois bien que c'est même la première chose qu'on a mise dedans. Mon Maître et moi sommes monogames dans tous les aspects de notre couple.

— Euh, ça fait deux fois, dit Sean, clairement mal à l'aise.

— Deux fois quoi ? s'étonne sincèrement la jeune femme.

— Que… Euh… Tu appelles ton Dom « Maître ».

— Et donc ? Ça te met le chignon à l'envers ?

Serena se laisse aller contre le dossier de sa chaise et sourit.

— Tu sais, Sean, t'as l'air d'être un gentil gamin, mais les choses qui, toi, te mettent mal à l'aise, perso, ça me fait rien. Ce n'est qu'un mot. Je connais des soumis qui appellent leur Dom « Amour ». J'appelle le mien « Maître », parce que c'est ce qui me vient naturellement et me met le plus à l'aise. Et pas seulement moi. Le Dom a son mot à dire aussi. Avec mon Maître, on en a testé plusieurs et celui-ci nous convenait le mieux. Comme il préfère m'appeler « Ma Belle » plutôt que « Chaton » ou « Sac à foutre ».

Sean écarquille les yeux au dernier. La jeune femme éclate de rire.

— Oh mon Dieu, tu es tellement innocent ! C'est trop mignon.

Puis elle reprend sur un ton plus sérieux.

— Le BDSM permet de s'adonner à toutes sortes de choses, sans être jugé ou moqué. L'humiliation en fait partie. Certaines personnes aiment ça plus que d'autres, c'est tout. Perso, du moment que tout le monde est majeur et consentant, je me fiche de ce qu'ils fabriquent.

— Ouais, mais quand même ! « Sac à Foutre », quoi, grimace le jeune homme.

— Je vais éviter de te parler uro et scato, je crois bien…

Sean grimace.

— Je suis tombé là-dessus quand je faisais des recherches, explique-t-il. Dis, y a vraiment des personnes qui servent de toilettes humaines ?

C'est au tour de Serena de grimacer.

— Bon, OK, j'avoue, pour certains trucs, je ne comprends pas non plus, mais j'essaye de ne pas juger. Tant qu'on ne me demande pas de faire ce genre de choses, tout va bien.

Serena regarde sa montre et se lève d'un bond.

— Putain, j'suis en retard ! Je devais juste m'arrêter cinq minutes, ça en fait trente et on n'a même pas parlé de la semaine prochaine, Chloé !

— En même temps, un texto aurait suffi, sourit la lionne.

— Haaaan t'avais pas envie de me voir en fait, avoue !

— T'étais pas en retard, toi ? demande Chloé comme si elle voulait se débarrasser de son amie.

— Franchement ? Punie pour punie, autant que ça vaille le coup, pas vrai ? s'amuse Serena avec un clin d'œil à Sean. Bref, le Velvet, samedi prochain, vingt heures ?

— Vendredi, c'est possible ?

— Ça m'arrange pas du tout, avoue Serena.

— Va pour samedi alors.

— Hey, Sean, tu veux venir ? demande ensuite la jeune femme en se tournant vers lui avec un regard qu'il n'arrive pas à interpréter.

— Euh, c'est quoi le Velvet ?

Le téléphone de Serena sonne deux fois et elle fonce vers la porte.

— Désolée, le Maître a sonné, Chloé t'expliquera. À la semaine prochaine !

Elle quitte les lieux comme elle est arrivée, en coup de vent. Sean se tourne vers Chloé et lui lance un regard interrogateur. Elle soupire.

— Le Velvet, c'est un club BDSM. Ça pourrait être une bonne idée, qu'est-ce que tu en penses ?

— Mais si j'y vais… il faudra que je… participe ?

Chloé a un petit rire.

— Seulement si tu le veux. J'y vais souvent et je ne suis ni une soumise ni une Domme. Tu peux venir, boire un verre avec nous et observer. Et si tu t'en sens l'envie, tu pourras poser des questions ou jouer si tu trouves un Dom à ton goût.

— Oh.

Sean n'a aucune idée de ce qu'il peut dire. Il sait déjà qu'il ne voudra pas « jouer » comme dit Chloé, mais la visite le tente, il doit bien l'avouer. Ça pourrait être intéressant. En même temps, il a un peu peur de ce qu'il pourrait découvrir dans ce genre d'endroit. Ça lui fiche légèrement la trouille.

Comme si Chloé savait parfaitement ce qu'il a dans la tête, elle déclare :

— Prends le temps d'y réfléchir. T'es pas obligé de décider là, tout de suite. Je t'envoie un SMS dans la semaine, ça marche ?

Il hoche la tête.

— Ouais, ça marche. Je vais te laisser.

Il se lève et va jusqu'à la porte. Avant de partir, il se retourne.

— Chloé ?

— Hum ?

— Merci.

— De rien, lui répond-elle avec un sourire.

En sortant de l'immeuble qui abrite le Club Fantasy, il se rend compte qu'il n'a aucun moyen de rentrer puisqu'Amanda est repartie sans l'attendre. En même temps, il ne peut pas lui en vouloir. Avec un soupir, il sort son téléphone pour appeler un taxi.

***

C'est la tête pleine de questions et de réflexions que Sean rentre chez lui. Qu'est-ce qu'il doit faire par rapport à Dylan ? Est-ce que Serena a raison ? Est-ce à lui de s'excuser ? Il n'en a pas envie, principalement parce que le loup lui a menti et qu'on aura beau lui dire ce qu'on veut, ça lui reste en travers de la gorge.

Il ne peut s'empêcher de penser à tout ce qu'il a partagé avec DWolf, à tout ce qu'il a laissé DWolf lui faire, à ce que DWolf savait et à tout ce qu'il n'a pas dit, à tout ce que Sean lui a confié, à tout ce que DWolf a trafiqué pour être certain que Sean ne sache pas qu'il était en réalité Dylan : les lentilles de contact, le changement de sa voix, le masque et le bandeau qu'il lui a demandé de remettre, certainement pour cacher quelque chose qui lui aurait permis de le reconnaître.

Sean se rend compte de tout ce que Dylan a fait pour protéger son identité, et même si Serena a raison, c'est quand même difficile à encaisser.

Pourtant, une petite voix au fond de son esprit lui souffle qu'il avait deviné depuis longtemps. Et l'honnêteté l'oblige à avouer que c'est vrai. Il n'aurait jamais accepté tout ça sans savoir – même si ce n'était qu'à un niveau instinctif – que c'était Dylan. Est-ce que ça rend la situation pire ou meilleure ? Difficile à dire.

Il réfléchira à tout ça demain. Pour l'instant, il va monter dans sa chambre et dormir. Il est épuisé nerveusement et physiquement. C'est le pas lourd et traînant qu'il gravit les escaliers et ouvre la porte… Avant de la refermer précipitamment.

C'est une blague ? Pitié, dites-lui que c'est une blague. Sean n'est pas prêt pour ce genre de chose. Pas maintenant, pas alors qu'il n'a pas eu le temps de réfléchir et de décider ce qu'il devait faire. Il pose le front contre le battant et dit :

— Tu as trente secondes pour te rhabiller et poser ton cul sur une chaise. Ne pense même pas à te barrer parce que, sinon, ça va très mal aller pour toi. Dis-moi quand c'est bon.

Très franchement, après la journée qu'il vient de passer, Sean ne pensait pas trouver Dylan à genoux entre son lit et son bureau, nu, un bâillon boule dans la bouche. Il le suspecte même de s'être attaché les mains dans le dos.

Ça l'épuise encore plus que le reste.

***

Avant même de mettre son plan à exécution, Dylan savait que c'était une mauvaise idée.

Après le départ de Zach qui l'a consolé comme il a pu en ne connaissant pas toute l'histoire, Dylan a réfléchi au meilleur moyen de regagner la confiance de Sean. Or, la soumission, c'est avant tout une histoire de confiance, non ? Alors, c'est l'idée qu'il a eue : attendre Sean dans sa chambre, en position de soumission et offert pour que Sean sache sans l'ombre d'un doute que Dylan a confiance en lui.

C'était une mauvaise idée parce que ce n'est pas la confiance de Dylan qui a été mise à mal.

Le voilà maintenant rhabillé, assis sur la chaise de bureau de Sean, les mains serrées en poings sur ses cuisses et les yeux baissés. Il se sent ridicule et mortifié. Pourquoi continue-t-il à inventer des trucs pareils ? Est-ce qu'il ne pouvait pas se mettre à la place de Sean trente secondes et imaginer ce qu'il voudrait ? Ben non, ça aurait été top facile sinon.

— C'est bon, dit-il.

Quand la porte de la chambre s'ouvre, il ne relève pas la tête. Il a trop honte et ne veut surtout pas voir quel sentiment se reflète sur le visage de Sean. Il prend les plus petites inspirations possibles pour ne pas avoir l'odeur de l'*auraenas* dans le nez et pouvoir tricher en décryptant les émotions qu'elle contient En plus, il a déjà bien trop ignoré les souhaits du jeune homme – *ne t'approche plus de moi, ne me parle plus* – la moindre des choses, c'est de respecter au maximum son intimité. Même s'il a attendu Sean dans sa chez lui sans avoir demandé la permission avant.

C'est pour ça que quand Sean s'assoit sur son lit, Dylan ne lève pas la tête et ne bouge pas. On pourrait même dire qu'il tente d'être le plus petit possible. Pourtant les mots quittent sa bouche sans son autorisation.

— Je suis désolé.

L'éclat de rire qui lui répond le heurte comme un mur de briques. Ce n'est pas un rire heureux, loin de là, et il fait mal.

Peut-être qu'il n'aurait pas dû venir aussi tôt, se dit Dylan. Il aurait pu être patient et laisser à Sean le temps de se calmer, au lieu de débarquer comme ça et de s'imposer.

— J'peux pas, lâche Sean.

Il y a quelque chose dans sa voix qui pousse Dylan à lever la tête et à le regarder. Il le regrette aussitôt. Sean n'a pas l'air en colère, il a l'air malheureux. En fait, il a presque la même tête que juste après la mort de Kathy et ça intensifie la culpabilité du loup. Il ne voulait pas ça ! Il a fait tout ça pour aider Sean et voilà le résultat ! Dylan ferme les yeux et serre un peu plus fort les poings, ses griffes s'enfonçant dans ses paumes.

— Je ne peux pas être dans la même pièce que toi, continue Sean. Je ne peux pas te parler. Je… Va-t'en. Je me moque de savoir pourquoi tu étais à poil dans ma chambre… Non, je veux savoir, mais… Va-t-en.

Chaque mot est comme un coup de poignard dans le cœur de Dylan, mais il ne discute pas, ne cherche pas à se défendre, il obéit simplement. Il se dirige vers la porte. Juste avant de sortir, il essaye quand même, parce que de partir maintenant est plus douloureux que de perdre un membre.

— Sean…, souffle-t-il avant d'être sèchement coupé.

— Rouge, DWolf !

Cette fois, Dylan sait avec une certitude absolue qu'il n'y aura aucun retour en arrière. C'est bel et bien terminé.

Il quitte la maison de Sean comme s'il avait tous les chiens de l'enfer lancés à ses trousses. Se transformant en loup sans ralentir, il lance un long hurlement de douleur, auquel les autres membres de la meute répondent. Il n'en tient pas compte.

Il a tout perdu.

***

Sean entend parfaitement le hurlement de Dylan, mais il ne bouge pas. Qu'est-ce qu'il pourrait bien y faire de toute façon ? Ce n'est pas comme s'il pouvait répondre. En plus, étant responsable de ce son, il ne peut pas consoler le loup, n'est-ce pas ? Même s'il se sent coupable de faire du mal à Dylan, lui qui a déjà tant souffert, Sean ne peut s'empêcher de penser que le bêta l'a quand même un peu cherché. C'est moche, méchant et peu charitable probablement, mais c'est quand même ce qu'il ressent.

Se secouant, il se change pour se mettre en pyjama et enfin se coucher. Sauf que même avec la fatigue émotionnelle, ou peut-être bien à cause d'elle, il est incapable de s'endormir. Après avoir tourné pendant plus d'une heure entre ses draps, il abandonne et se relève. Autant qu'il en profite pour faire quelques recherches sur le Velvet.

À sa fatigue générale s'ajoute bientôt la frustration de ne pas pouvoir se servir de sa main droite comme il le veut, mais également celle de ne rien trouver. Pourtant il cherche toutes les combinaisons auxquelles il peut penser.

Velvet, ça lui parle d'une série télévisée.

Velvet BDSM, il tombe sur des sites qui vendent des colliers pour chats ou la liste des meilleurs films BDSM.

Velvet avec le nom de la ville, *« error 404, not found. »*

Bon, c'est pas comme ça qu'il va trouver ce qu'il cherche. Frustrant, on vous dit.

Résigné, il se recouche et se demande ce qui pourrait assez le fatiguer pour qu'il s'endorme enfin. Une séance de masturbation ? En général, ça fonctionne et l'aide à tomber comme une masse, mais rien que l'idée de se tourner pour prendre la bouteille de lubrifiant qu'il garde dans le tiroir de sa table de chevet l'épuise encore plus que le reste.

Il grogne. Qu'est-ce qu'il va bien pouvoir faire ?

Il ferme les yeux quand un coup est frappé à sa porte. Il espère vraiment que ce n'est pas Dylan, parce qu'il n'a pas assez d'énergie pour l'écouter et encore moins pour le foutre dehors.

Contre toute attente, c'est son père qui passe la tête par l'entrebâillement de la porte.

— Hey, je peux entrer ?

— Ouais, soupire Sean.

Ce n'est pas qu'il a spécialement envie de parler avec son père, mais comme dit précédemment, il n'a vraiment plus d'énergie pour quoi que ce soit d'autre. John doit le sentir ou alors ça se voit sur son visage, parce que c'est presque avec précaution qu'il pénètre dans la pièce et vient s'asseoir aux côtés de son fils sur le lit.

— Ça va ?

— Ça va, répond Sean avec lassitude.

— Écoute, je sais que nous ne sommes pas dans les meilleurs termes et que c'est de ma faute. Je ne suis presque jamais à la maison et quand j'y suis, c'est uniquement pour manger et dormir avant de repartir au travail. Mais tu sais que si tu as besoin de quelque chose, je serai toujours là pour toi, n'est-ce pas ? Tu peux me parler de tout ce que tu veux, je t'écouterai toujours et je ne te jugerai jamais.

Sean n'a qu'une envie, c'est de dire à son père de garder ses conneries pour lui. Au fond de lui, il sait sans l'ombre d'un doute que l'adulte ne peut pas tout entendre sur son fils et le jugera. Peut-être même qu'il le jettera dehors. Après tout, ce ne serait pas le premier parent à renier son enfant à cause de sa sexualité. Sean se fiche de finir à la rue, principalement parce qu'il sait qu'il n'y restera pas. Un coup de téléphone à Zach et une chambre l'attendra.

Mentalement, il se prépare déjà à faire ses valises et à appeler son meilleur ami pour lui dire de venir le chercher. Mais avant ça, il faut que son père le rejette et le meilleur moyen d'y parvenir, c'est encore qu'il l'ouvre.

— Je suis bi, déclare-t-il abruptement.

Son père se contente de le regarder sans réagir pendant une bonne minute.

— Pardon, finit-il par ajouter. Il faut que je dise quelque chose tout de suite ou je dois encore attendre un peu pour que tu trouves le courage de m'annoncer un truc grave et qui te travaille visiblement ?

Sean se redresse vivement.

— Parce que ça te suffit pas comme nouvelle ? s'écrie-t-il, incrédule.

— Ça me suffirait si je n'étais pas déjà au courant et si je ne savais pas qu'il y a plus.

— Comment ça, au courant ? Tu ne peux pas être au courant ! Comment t'es au courant ?

John lève les yeux au ciel devant la naïveté de son fils.

— Sean, je suis peut-être un père absent, mais je reste quand même ton père. Je suis désolé de te décevoir si tu pensais que je serais catastrophé ou scandalisé, mais je suis sûr qu'il y a des choses plus graves dans la vie qu'aimer les filles et les garçons. Tu pourrais être membre d'un gang ou tueur en série. Et même ainsi, je t'aimerais quand même. J'aurais du mal à accepter, mais je t'aimerais. Être bisexuel ? Ce n'est même pas dans la liste des choses qui peuvent m'inquiéter.

Sean en reste bouche bée. Ben merde alors, son père s'en fiche ! S'il s'attendait à ça… Néanmoins, ça ne veut pas dire qu'il va réagir de la même façon à l'annonce du reste.

— Sean, parle-moi, l'enjoint son père.

Sean baisse la tête et fixe ses mains. Est-ce qu'il peut vraiment le dire ? Après tout, qu'est-ce qu'il a à perdre ? Il sait déjà qu'il ne finira pas sous un pont ou dans un refuge, alors autant y aller, non ? Et qui sait, son père le surprendra peut-être encore ?

Sans relever la tête, regardant John par en dessous, il lâche :

— Je suis un soumis.

Et il attend la réaction paternelle.

John reste un instant figé, parce qu'il ne s'attendait vraiment pas à ça. Pour autant, ça ne l'inquiète pas. Pas encore.

— Qui est ton Dom ? Ou ta Domme ? questionne-t-il sur un ton un poil plus dur que ce qu'il voulait au départ.

— Euh, Dylan…, avoue Sean à voix basse.

John retient le soupir de soulagement qu'il a très fortement envie de pousser, parce que ce n'est pas le moment de braquer son fils. Bon, il ne lui a dit que deux phrases et demie, mais Sean parle et, surtout, il parle de choses importantes, alors John s'estime heureux. C'est plus que tout ce qu'ils ont partagé ces dernières semaines.

— Pourquoi t'as l'air aussi soulagé ? demande Sean, les yeux plissés.

Visiblement, John n'a pas aussi bien réussi à cacher sa réaction que ce qu'il pensait.

— Je suis soulagé, explique-t-il, parce que si tu te lances dans une relation de ce genre, je préfère que ce soit avec quelqu'un que tu connais, en qui on peut avoir confiance tous les deux et, surtout, qui se coupera un bras avant de te faire du mal.

— Marrant, il a toujours ses deux bras, marmonne Sean.

— Ça veut dire quoi ça ? gronde John.

Si ce loup-garou de mes deux a fait du mal à son unique enfant, il est mort.

Il est médecin, il sait comment fonctionne un corps humain et il est capable de faire des choses qui garantiront un arrêt complet et permanent du dit-corps, même s'il est surnaturel.

— Wow, wow, wow, on se calme ! s'exclame Sean. Pas besoin de le tuer !

John se rend compte à ce moment-là qu'il a parlé à voix haute.

— Il t'a blessé !

— Rien qui ne mérite de mourir, promis, assure Sean. Et en plus… Enfin, je… Enfin, il y a encore plein de choses que je dois démêler, mais, promis, si je finis par vouloir le tuer, je t'appelle en priorité.

John le fixe intensément et quoi qu'il puisse lire sur son visage, Sean le voit se détendre.

— Si tu es sûr…

— Je suis sûr.

Eh bien, ils ne sont pas passés loin de la catastrophe. Qui aurait cru que son père réagirait comme ça ? Pas Sean en tout cas.

Pendant un instant, il a eu l'impression qu'il venait d'embêter un serpent venimeux avec un bâton pointu et bien trop court pour sa sécurité. En l'occurrence, il a plutôt joué avec la sécurité de Dylan et ça le met mal à l'aise. Ce qui prouve qu'il a eu raison de dire qu'il fallait qu'il démêle tout ça.

— Tu prends ça bien mieux que ce que je pensais, dit Sean.

— Fils, comme je te l'ai déjà dit, il y a des choses pires que ça dans la vie, répond John en se levant. Je vais te laisser dormir, je suis juste passé voir comment tu allais. Qu'est-ce que tu dirais si on prenait le petit-déjeuner ensemble demain matin ? On pourrait aller à la maison du pancake ?

Sean écarquille les yeux. Du vivant de sa mère, le dimanche matin était réservé aux petits déjeuners en famille et ils allaient toujours à la maison du pancake. Ça avait brutalement cessé après son décès.

— Ouais. Ouais, ce serait bien, acquiesce-t-il, la gorge nouée.

Son père se penche pour l'embrasser sur le front, comme quand il était gosse, et sort de la pièce.

Sean se laisse retomber sur son lit et fixe le plafond. Finalement, il y a encore quelque chose à sauver dans sa relation avec son père…

CHAPITRE 20

Sean voit, mais ce n'est pas lui qui regarde. Il ouvre la bouche, mais ce n'est pas lui qui parle. Il entend, mais ce n'est pas lui qui écoute. Son corps bouge contre sa volonté. Il tente de hurler, de dire quelque chose, mais les sons qui sortent de sa bouche ne sont pas les siens. Le coin de ses lèvres se redresse, mais ce n'est pas lui qui sourit.

Dans ses mains, il tient un couteau. C'est un de ces couteaux professionnels de boucher et il n'a absolument aucune idée de la manière dont il a pu l'obtenir. Il essaye de desserrer ses doigts, mais ses muscles refusent de lui obéir, mus par une volonté qui n'est pas la sienne.

***

Tu es maintenant pardonné. Complètement et totalement pardonné.

***

Si ça peut t'aider, je te pardonne, même si pour moi, tu es innocent.

***

Dylan se réveille avec un mal de crâne comme il n'en a jamais connu avant, ce qui en soi ne veut absolument rien dire puisqu'il n'a jamais eu mal à la tête de toute sa vie.

Il aurait dû se douter que passer son vendredi soir à boire de l'alcool étudié pour affecter les garous avec Chloé ne donnerait rien de bon. S'il se souvient du tiers de la soirée, il est encore généreux.

Avec un grognement, il ouvre difficilement un œil pour vérifier l'heure. Dix heures sept. *Trop tôt, beaucoup trop tôt,* décide-t-il en se tournant pour se rendormir.

***

Après une semaine merdique où la moitié de la meute l'a traité comme s'il allait se briser, et l'autre comme s'il avait tué leur chiot, Sean est plus qu'heureux de ne rien glander de tout son samedi. Enfin, ne rien faire, c'est vite dit, puisqu'il passe une bonne partie de la journée à stresser pour la soirée qui l'attend.

Quand il a reçu le SMS de Chloé le mercredi après-midi pour savoir s'il venait au Velvet, il a hésité quelques minutes avant de finalement répondre : « Oui, je viens ». Ont suivi des questions sur où ils allaient se rejoindre, comment il devait s'habiller et sur le coût de l'entrée et des boissons. Les réponses avaient été très simples. Vêtements noirs, cuir s'il en a, elle venait le chercher à vingt heures et il ne devait pas s'occuper de l'argent. Mais Chloé n'a absolument rien voulu répondre sur leur destination et ça l'angoisse.

C'est pour cette raison qu'à dix-neuf heures cinquante-sept, il est toujours planté devant son armoire grande ouverte, en boxer noir et rien d'autre. Chloé va arriver et il est loin d'être prêt et… et… et non, ce n'est pas la peine de faire une crise d'angoisse à cause de ça. Il dira juste à la lionne qu'il ne peut finalement pas venir et puis c'est tout. Rien de grave, n'est-ce pas ? Alors pourquoi sa poitrine se comprime-t-elle ? Pourquoi sa respiration devient-elle plus laborieuse ? Il faut qu'il se calme, ce n'est qu'une soirée, pas une mission pour sauver la galaxie.

Inspirant profondément, il prend un simple jean noir et l'enfile. Maintenant, le haut. Sean se rend compte qu'il n'a pas une seule chemise noire. Il en a trois blanches et une rouge, mais noire, non. Il a bien quelques t-shirts, mais ils ont tous des dessins ou des messages humoristiques. Ça ne va pas du tout. Pourquoi n'a-t-il pas vérifié avant pour pouvoir aller acheter ce qu'il fallait ? Est-ce qu'inconsciemment, il a cherché une excuse pour ne pas y aller ? C'est fort possible.

La sonnette retentit et il se retient de se frapper le crâne contre la porte de son armoire, parce que Chloé est là, qu'elle est une garou, ce qui veut dire qu'elle l'entendrait forcément.

Il ne sort pas de sa chambre, laissant son père ouvrir.

Depuis leur discussion la semaine précédente, le médecin a décidé de réduire un peu ses heures à l'hôpital et de profiter de son fils tant qu'il est encore là. Après tout, Sean va à une université locale, mais il pourrait vouloir poursuivre ses études plus loin et ce n'est pas à ce moment-là qu'ils pourront passer du temps ensemble. Ils n'ont rien fait de spécial, juste regardé un match de foot et hurlé ensemble sur les talents d'acteurs de certains joueurs et les décisions de l'arbitre. De l'extérieur, on a l'impression que rien n'avance, alors qu'en réalité, juste passer deux heures ensemble, c'est un pas de géant quand on considère l'abysse dans lequel se trouvait leur relation.

C'est pour cette raison qu'il est assez confiant pour laisser son père et Chloé se rencontrer. Surtout que John est au courant pour le BDSM. Du coup, il n'y a rien à cacher.

***

John Matthews ouvre la porte d'entrée sans se douter de ce qui l'attend.

— Euh…

— Bonjour ! s'exclame la jeune femme en tendant la main. Je suis Chloé, une amie de votre fils. Il est là ?

— Euh, en haut, première porte à gauche, balbutie-t-il.

Elle sourit en le dépassant, parfaitement capable de sentir l'attraction immédiate qu'il a ressentie pour elle. Quelque part, heureusement qu'il n'est pas un garou, il aurait senti sa réaction à elle dès qu'elle le voit. Elle monte les escaliers, accentuant légèrement le balancement naturel de ses hanches, alors qu'elle sent le poids du regard du père de Sean sur ses fesses moulées par une jupe en dentelle noire.

Chloé entre dans la chambre de Sean sans frapper, referme le battant et fait semblant de s'éventer.

— Pourquoi tu ne m'as jamais dit que ton père était comme ça !?

Sean se tourne vers elle, les yeux écarquillés, torse nu et un t-shirt noir avec un énorme logo jaune sur le devant dans les mains.

— Comme ça, comment ?

— Ton père est un DILF, bon Dieu ! s'exclame-t-elle. Et j'espère pour toi que ce n'est pas ce que tu mets ce soir, ajoute-t-elle en désignant sa tenue générale.

— Euh non, je cherche encore en fait, avoue-t-il en se retournant pour fouiller dans son armoire. C'est quoi un DILF ?

Chloé prend quelques instants pour observer les marques qui parcourent le dos du jeune homme, mais ne dit rien à ce propos.

— DILF, c'est "*Daddy I'd Like to Fuck*". Un père qu'on crève d'envie de se taper ! Il est baisable, quoi !

— Dis, oh ! Tu parles de mon père, là !

— Et alors ? Ça en fait un être asexué ? Bon pousse-toi, on va pas s'en sortir sinon, dit-elle en le bousculant.

Elle commence à passer en revue les hauts qu'il possède.

— Non… Non plus… Certainement pas… Non… Non… Beurk, la personne qui t'a laissé acheter ça devrait être brûlée vive… Non… Non… Non… Et encore non. Bon t'as rien à te mettre. Fous le premier truc venu qui te tombe sous la main, on va faire des courses.

Elle ressort de la chambre comme une tornade et Sean regarde la porte avec des yeux ronds. Ce n'est que lorsqu'il entend les voix de la jeune femme et de son père s'élever de l'étage inférieur qu'il se dépêche, parce qu'il est hors de question de les laisser seuls trop longtemps. Chloé pourrait en profiter.

***

Sean est… Stupéfait ? Confus ? Oui, les deux à la fois. Après seulement dix minutes dans un magasin, il porte maintenant un pantalon en cuir tellement serré qu'il donne l'impression d'avoir été peint sur lui, une chemise noire transparente qui lui colle l'envie persistante de croiser les bras pour planquer ses tétons et des bottes type rangers.

— Chloé…, essaye-t-il juste avant de monter dans la voiture de la lionne.

— Pour la troisième fois, oui je suis sûre ! grogne-t-elle. Maintenant, pose ton cul dans cette voiture, on est déjà en retard.

Il se le tient pour dit et ferme sa bouche. Ça ne l'empêche pas d'être mal à l'aise au possible, mais quelque chose lui dit que s'il essaye de prendre sa veste sur la banquette arrière, Chloé va lui arracher les bras pour lui taper dessus avec. Rien que l'idée lui colle des sueurs froides.

Après environ trente minutes de trajet, ils arrivent devant une espèce de hangar perdu au milieu des bois. C'est avec réticence que Sean descend de la voiture. Il a l'impression d'être dans un mauvais porno où l'héroïne est traînée dans un endroit comme celui-ci pour être ensuite « violée » en groupe.

— Ne flippe pas comme ça, s'exaspère Chloé. Je sais que l'extérieur fait film d'horreur, mais l'intérieur est vraiment sympa. Je te promets que je te ramène chez toi à la seconde où tu veux partir, lui assure-t-elle.

Par acquit de conscience, il vérifie ses couleurs, juste pour être sûr. C'est fou ce qu'il utilise ses capacités alors qu'il s'était pourtant juré de ne plus jamais s'en servir, il y a un an. En plus de ce que son instinct lui dit, les couleurs de Chloé sont principalement constituées de rose, avec des touches de vert, de bleu et de violet, ce qui veut dire qu'elle n'est absolument pas inquiète, au contraire. Elle est contente, impatiente et légèrement exaspérée. L'irritation provient probablement du fait qu'il les a mis en retard et qu'en plus, il traîne des pieds pour entrer.

Chloé l'attrape par le bras et le tire vers la porte. Sean peut voir une petite plaque discrète apposée à côté de ladite porte. « The Velvet, club pour adultes » peut-on y lire. Avant que Sean puisse expliquer qu'il a fait quelques recherches sur le lieu sans rien trouver, le battant s'ouvre, révélant une armoire à glace. Impossible de le décrire autrement.

L'homme est immense, plus de deux mètres, noir comme l'ébène et avec les épaules assez larges pour bloquer complètement l'accès. Pourtant, ce n'est pas ce qui attire l'attention de Sean. Ce qui magnétise son regard, c'est le torse sculpté et couvert d'une toison fine qui s'offre à sa vue, merci à l'homme qui ne porte qu'un pantalon en cuir et des bottes. Sean passe la main sur son menton pour vérifier qu'il ne bave pas comme un chien devant un os bien juteux. L'homme sourit, dévoilant des dents d'une blancheur éclatante, comme s'il savait exactement ce que Sean a en tête.

— Je finis à deux heures, petite chose, dit-il, faisant rougir Sean. En attendant, carte d'identité.

Avant que Sean puisse sortir son portefeuille – ça a été une vraie bataille pour le mettre dans sa poche arrière – Chloé intervient :

— Nous sommes des invités de Maître Stephen.

L'homme reprend son sérieux et se décale pour les laisser entrer, non sans détailler ouvertement Sean au passage. Celui-ci essaye de ne pas réagir, mais il est hyper conscient de sa tenue et ça ne l'aide pas à se sentir mieux. Alors qu'il passe à côté de lui, le videur se penche et lui souffle à l'oreille :

— Souviens-toi, petite chose, deux heures.

Sean ne couine absolument pas. Pas du tout. Chloé ricane et l'entraîne vers le vestiaire. Il ne comprend pas pourquoi parce qu'ils n'ont aucune veste à déposer. La jeune femme qui se tient derrière le comptoir porte juste un justaucorps en dentelle noire et une paire de talons à la hauteur vertigineuse. Les chevilles de Sean protestent juste en les regardant. L'hotesse jette un coup d'œil à Chloé et lui tend un bracelet qu'elle pêche sous son comptoir, puis elle demande :

— Dom ou sub ?

— Je… euh… sub, mais je…

— Je vois, soupire-t-elle avant de lui tendre deux bracelets.

Sean les prend, constate qu'il en a un blanc, comme celui de Chloé, et un bleu. Il interroge la lionne du regard.

— Bleu pour soumis et blanc pour neutre, lui explique-t-elle. En gros, tu n'es pas venu pour jouer, mais on peut te poser la question quand même.

Hochant la tête pour dire qu'il a compris, Sean enfile les bracelets avant d'attendre que Chloé le guide. Le vestiaire se situe juste à l'entrée d'un long couloir au bout duquel de lourds rideaux noirs cachent ce qui se trouve après.

Une fois devant les rideaux, Chloé se tourne vers lui et demande avec un petit sourire taquin :

— T'es prêt ?

— Non. Oui. J'en sais rien.

— Eh ben, on va vite le savoir.

Elle écarte le rideau et le pousse pour qu'il pénètre dans ce qui ressemble à… un bar ? Sérieusement, c'est ça le club BDSM qui l'a tant inquiété ? Il se sent stupide sur ce coup-là.

— C'est la partie tout public, lui explique Chloé alors qu'ils s'avancent dans la salle pour chercher Serena et son Dom. Les proprios ont créé un étage pour y installer des chambres privées et le fond de l'entrepôt est une salle de jeux commune. Mais l'entrée, c'est pour tout le monde.

Sean doit bien avouer qu'il est soulagé. Certes, il n'a rien trouvé sur le Velvet, mais il y a un bon nombre de clubs qui ne sont pas aussi discrets et ce qu'il a vu lui a collé des cauchemars. L'un des clubs lui a même donné l'impression de n'être qu'une excuse pour des orgies – en réalité, quatre-vingt-quinze pourcents des clubs sur le net lui ont fait ressentir ça – et il s'attendait vraiment à trouver ça ici.

À la place, l'ambiance est feutrée, les lumières tamisées et une musique discrète s'échappe de haut-parleurs disséminés un peu partout. Mais comme il y a une piste de danse au milieu de la pièce, on doit pouvoir danser à un moment ou un autre.

Chloé semble repérer Serena, puisqu'elle entraîne Sean vers le fond de la salle. Il laisse son regard errer et découvre quelques couples – il a parfois du mal à dire qui est Dom/Domme et soumise/soumis tant tout le monde a l'air « normal » – et quelques hommes seuls. Par contre, toutes les femmes sont accompagnées. Il trouve ça étrange, mais c'est peut-être une des règles du club.

Enfin, ils arrivent à la table de Serena et Sean se retient d'écarquiller les yeux comme des soucoupes. Sérieusement, c'est lui le Maître de Serena ? Il s'attendait à quelqu'un de plus… De moins… Enfin, plus dans le genre du videur, en fait. Au lieu de ça, il se retrouve face à monsieur tout-le-monde. Le genre de mec qu'on croise dans la rue tous les jours et qu'on oublie aussitôt. Jusqu'à ce qu'on se retrouve la cible de ses intenses yeux bleus. Eux sont inoubliables et perçants. C'est presque redevenu un réflexe pour Sean d'activer son don et il le fait sans même réfléchir. Il ne pensait pas que ça arriverait, mais l'homme devant lui lui donne envie de se mettre à genoux sans qu'il comprenne pourquoi.

L'aura du Dom de Serena ne lui apprend rien et ça lui porte sur les nerfs. Du bleu, c'est tout ce qui entoure l'homme. Et même pas plusieurs nuances de bleu. Non, un bleu pâle uniforme. Ou l'homme est le mec le plus zen du monde ou il cache bien son jeu. Sean se sent une fois de plus mal à l'aise. Il n'essaye même pas de renifler, parce que l'air doit être saturé de trop de choses pour lui apprendre quoi que ce soit.

— Ah, vous voilà ! s'exclame Serena et Sean la regarde pour la première fois depuis qu'ils ont atteint la table. On se demandait où vous étiez passés !

Sean ne l'écoute pas parce qu'il détaille sa tenue et il ne s'attendait pas à ça. Elle porte une simple jupe flottante, un débardeur et des sandales. Sur toutes les photos qu'il a vues, les soumises étaient presque nues, quand elles ne l'étaient pas totalement, il est donc surpris de la trouver comme ça. Néanmoins, Serena porte un collier autour du cou. Une simple bande de cuir noir avec un anneau sur le devant. Sean est presque sûr d'avoir déjà vu des chiens avec des trucs plus élaborés. Décidément, cette soirée est pleine de surprises.

— Asseyez-vous, dit la jeune femme, on a encore un peu de temps. Vous voulez boire quelque chose ?

En attendant les boissons qu'ils ont commandées, tous les quatre discutent tranquillement. Sean apprend que l'homme s'appelle Stephen, et qu'avec Serena, ils sont ensemble depuis presque vingt ans et qu'ils ont quatre enfants.

— Quatre enfants ? s'exclame Sean. Comment vous faites pour… euh…

Il fait un vague geste de la main que Stephen semble comprendre, parce qu'il répond.

— Avec prudence et grâce à des grands-parents qui adorent garder leurs petits-enfants.

— C'est juste une question d'organisation, ajoute Serena avec un sourire.

La serveuse revient avec leurs boissons et annonce :

— La cérémonie va bientôt commencer. Si vous souhaitez y assister, je vous invite à rejoindre la salle commune.

— Merci, Althéa, répond Stephen, le regard dur.

— Arrête de lui flanquer la trouille, fait Serena une fois la serveuse partie.

— Elle m'horripile, je n'y peux rien, rétorque son mari. Allez, on y va.

Alors qu'ils se lèvent, Sean voit Stephen faire quelque chose auquel il ne s'attendait absolument pas. Pendant quelque temps, il a oublié qu'il était en présence de couples D/s, mais le geste de Stephen le lui rappelle.

Stephen sort une laisse – Sean ne sait même pas où elle était planquée – et l'attache au collier de sa soumise. Presque instantanément, le regard de la jeune femme tombe au sol et c'est comme si elle devenait une autre personne, plus réservée, presque timide.

— N'oublie pas nos verres, Ma Belle, dit Stephen qui donne un petit coup sur la laisse.

C'est à ce moment-là que Sean réalise. Il n'est plus en présence de Serena, mais de Ma Belle, la soumise. Il comprend d'autant plus le processus qu'il l'a vécu, effaçant Sean pour devenir Bambi. Il se demande si la même chose arrive au Dom. Il aura peut-être l'occasion de poser la question plus tard.

Il suit le couple, Chloé à ses côtés, et ils passent une porte qui mène à une salle qui doit faire dans les cinq cents mètres carrés, mais qui a certainement donné son nom à l'endroit. Il y a du cuir et du bois partout, sur les fauteuils, sur les murs et même au plafond. Où que son regard se porte, Sean voit des slings – ces espèces de balançoires – des croix de Saint-André, de chevaux d'arçon et d'autres instruments dont il ne connaît pas le nom. Il est quand même presque sûr que l'un de ces trucs est un pilori.

Pour l'instant, personne n'utilise aucune des installations, bien qu'il y ait une cinquantaine d'individus présents. Tous les yeux sont braqués sur deux femmes et deux hommes debout sur une estrade. Ils fixent la salle, le regard neutre et le visage impassible. Sean sait que ce sont des Doms, uniquement parce qu'ils portent un bracelet rouge, comme Stephen, et des fouets et martinets accrochés à leurs ceintures.

L'un des hommes s'avance et Sean déglutit. Le Dom dégage un charisme impressionnant et presque écrasant. Sean se colle à Chloé qui passe une main rassurante sur son bras.

L'homme prend la parole.

— Il y a longtemps que nous n'avons pas eu de jugements, parce qu'il y a longtemps que personne n'a commis de faute assez grave pour que cela requière un châtiment public. Ce soir, nous en avons deux. Qu'on fasse entrer le premier !

Alors qu'un homme uniquement vêtu d'un collier clouté est amené devant les quatre juges, Stephen explique à mi-voix ce qui se passe pour Chloé et Sean.

— Parfois, un sub et un ou une Domme n'arrivent pas à se mettre d'accord sur une punition appropriée ou même sur qui a commis la faute. Ils peuvent alors en appeler aux Doms Impartiaux. C'est ce qui se passe ce soir.

Sean regarde la chose se dérouler avec curiosité. On dirait vraiment un procès, à l'exception de la présence d'avocats.

L’homme à genoux au sol se défend seul, si on peut appeler ça se défendre.

L’affaire est simple, du moins aux yeux de Sean. L’homme est un soumis qui est tombé amoureux d’une femme mariée et mère de trois enfants. À force de cajoleries et de promesses, il a amené cette femme à le dominer, ne tenant pas compte de son statut d’épouse. Quand le mari l’a découvert, il a demandé le divorce et obtenu la garde des enfants.

— Est-ce qu’elle a objecté à ta demande ? questionne l’une des femmes.

— Eh bien… Je…, marmonne le soumis.

— Réponds ! ordonne l’homme à la présence écrasante en donnant un vigoureux coup de fouet en travers du dos du soumis.

— Oui, Madame ! hurle-t-il. Elle ne voulait pas, mais j’ai réussi à la convaincre.

— Es-tu resté avec elle une fois que son mari l’a rejetée ? demande un autre juge.

— Non, répond cette fois franchement le soumis. Ce n’était pas une très bonne Domme.

Les quatre juges le regardent, implacables, avant d’énoncer leur sentence.

— Coupable, déclarent-ils à l’unisson.

— Ta punition sera une scène publique avec moi, complète l'homme écrasant. Qu'on l'amène dans une chambre privée, je m'en occuperai après.

Le soumis, maintenant sanglotant, est emmené sous les regards écœurés de l'assistance. Sean se demande vaguement ce que va être la punition, mais n'a pas le temps de poser la question à Stephen.

— La personne suivante ne va pas parler en son nom, mais pour aider quelqu'un, annonce ensuite le juge.

Ma Belle s'avance avec grâce, la laisse pendant à son cou, maintenant que son Maître ne la tient plus.

Sean réalise, horrifié, qu'elle va parler de lui. Il tente de reculer pour quitter la pièce, mais les mains de Stephen et de Chloé l'en empêchent.

— Ne bouge pas ! ordonne le Maître et Sean se surprend à obéir.

Ma Belle s'agenouille et, la tête haute et le dos droit, commence à raconter, mais contrairement à ce qu'il croyait, elle ne parle pas de Bambi et DWolf. Non, elle parle de Sean, de Kathy et de la sorcière. Répétant presque mot pour mot ce qu'il a lui-même dévoilé à Dylan, expliquant comment la sorcière a pris le contrôle. Comment Sean a essayé – et échoué – à la combattre, comment elle a tenté de tuer Zach et comment Kathy est morte en les sauvant. Ma Belle n'oublie rien. Aucun détail n'est apparemment assez intime pour qu'elle le taise. Et lui reste là, à l'écouter expliquer à quel point il se sent coupable.

Sean ne regarde pas le visage des juges. Il ne veut pas voir leurs réactions. C'est probablement pour cette raison qu'il est surpris d'entendre quatre « Non coupable ! » déclarés à l'unisson.

— Dis à ton ami qu'il peut venir me voir quand il veut, ajoute l'homme écrasant – Sean va l'appeler HE, même s'il apprend son prénom par la suite – Je pense qu'il mérite une bonne punition pour se sentir coupable quand il devrait être reconnaissant.

— Je le lui dirai. Merci, Monsieur.

Ma Belle se relève et revient vers son Maître qui reprend la laisse et les guide vers la sortie de la salle pour retourner dans la partie bar. Leur table est toujours libre et ils s'y réinstallent. Stephen enlève la laisse et Ma Belle redevient Serena en un battement de cils.

— Sean, je suis désolée, lui dit-elle aussitôt en lui prenant les mains. Je devais faire quelque chose. Quand j'ai su pourquoi tu t'étais tourné vers le BDSM, il fallait que je t'aide, tu comprends ?

Il hoche simplement la tête. Oui, il comprend. Même si ça ne doit rien changer, quelque part, il se sent plus léger. Quatre personnes qui ne le connaissent pas, qui *ne l'aiment pas*, l'ont jugé non coupable. Un petit gloussement lui échappe avant qu'il ne se mette à rire plus franchement, pour finir par éclater en sanglots dans les bras de Serena et Chloé.

***

Il est six heures du matin quand Sean rentre de sa soirée, un sourire légèrement tordu accroché au visage. Après avoir pleuré tout son soûl – et il en avait gros sur la patate, comme on dit – il a passé le reste de la nuit à danser et à se faire draguer. Ça lui a fait un bien fou.

HE est même venu lui parler, lui apprenant qu'il s'appelait Mark. Sean a poliment décliné l'offre de faire une scène avec lui, même s'il y a sérieusement réfléchi. Seulement, quand il a imaginé les mains d'HE sur lui ou seulement lui obéir, Sean s'est senti nauséeux. Il n'a pas tenté d'analyser sa réaction et HE ne lui a posé aucune question, mais quelque chose dans son regard a mis Sean légèrement mal à l'aise. Probablement parce qu'il a eu l'air de voir jusqu'aux tréfonds de son âme et que Sean n'a pas aimé cette sensation.

Quand HE s'est assis à côté de Stephen pour discuter, Serena a attrapé Sean et Chloé pour aller danser. Elle n'est retournée s'asseoir qu'une fois qu'HE a déserté la place. Quand Sean a demandé si c'était un mauvais Dom – ça le rassure d'avoir dit non, pour le coup – elle a simplement répondu : « C'est un excellent Dom. Il est dur, mais bon psychologue et patient. J'ai confiance en lui, mais je ne l'aime pas ! ». Chloé a ri et l'a embrassée sur la joue.

Somme toute, il a passé une excellente soirée. Il a même dansé avec le videur qui n'a pas insisté quand Sean a dit non, mais ne l'a quand même pas lâché d'une semelle. Il est épuisé. Il se couche sans voir la petite clé USB innocemment posée sur son bureau.

CHAPITRE 21

Il est quatorze heures trente lorsque Sean se réveille d'une nuit sans rêve. Quoiqu'il paraît que l'on rêve tous, mais qu'on ne s'en souvient pas forcément. Bref, c'est frais et dispo – autant qu'on puisse l'être après une nuit à faire la fête, même sans alcool – qu'il se lève en bâillant.

En descendant prendre son petit-déjeuner, il trouve un mot sur la table.

« J'étais dans la cuisine quand tu es rentré. Tu as l'air d'avoir passé une bonne soirée et tu ne sentais pas l'alcool. Point bonus !!! ☺ »

Sa relation avec son père ne sera peut-être plus jamais la même, elle s'améliore pourtant lentement, mais sûrement. C'est donc avec un sourire amusé qu'il mange avant de remonter prendre une douche. Une fois habillé, il se demande ce qu'il va faire de sa journée. Il n'a pas de devoirs à rendre et son père travaille. Il a le choix entre se larder sur le canapé pour s'abrutir devant une série quelconque, et se poser devant son pc et dézinguer des monstres en ligne.

Son cerveau fait une drôle d'association d'idées puisque « dézinguer des montres » l'amène à se dire qu'il y a longtemps que la meute n'a pas été attaquée. En fait, la dernière fois remonte à la sorcière. C'est étrange. Ou alors, tuer Maïka a envoyé un message clair et tous ceux qui pensaient s'en prendre à eux l'ont entendu sans problème.

Sean ne va pas s'en plaindre, parce que ne pas avoir à se battre pour repousser des ennemis, c'est loin d'être désagréable. N'empêche, la montée d'adrénaline lui manque un peu. Peut-être qu'il est drogué. Il se décide pour un jeu vidéo, parce que ça suffira sûrement à lui donner sa dose.

Alors qu'il s'installe devant son ordinateur, il remarque une clé USB qu'il ne connaît pas. Il la prend et la retourne dans tous les sens, mais rien n'indique sa provenance.

Curieux, Sean l'engage dans un port de sa tour et attend que son logiciel l'ouvre. La clé ne contient qu'un seul fichier vidéo. Un instant mal à l'aise, il se demande s'il doit le lancer. C'est peut-être quelque chose de très personnel. Ou alors c'est la vidéo d'un chaton qui bâille. Allez savoir.

Sauf qu'encore une fois, sa curiosité le perdra. Il lance le fichier. Il n'est pas de très bonne qualité. C'est filmé avec un téléphone portable pas toujours en position très stable ce qui rend l'image floue. Sean se dit que la personne qui possède ce téléphone devrait en changer. Il observe attentivement l'environnement, mais ne distingue que ce qui ressemble à l'intérieur d'une maison ou d'un appartement.

Il voit le haut d'une plante verte, une large portion de plafond et l'angle d'un chambranle de porte. Il se demande ce que le propriétaire de la clé a bien pu vouloir faire en filmant ça et, surtout, pourquoi le garder. En attendant, rien ne lui indique à qui il doit rendre le petit appareil de stockage.

Il y a soudain du mouvement ; l'appareil est déplacé, montrant une cuisine américaine dans le fond, avant de se stabiliser sur un bout de canapé et de table basse.

Sean se concentre d'abord sur la table basse où se trouve une quantité impressionnante de bouteilles d'alcool. Il ne reconnaît pas les marques, mais sait quand même que si son père l'attrapait à en ouvrir une, il serait consigné dans sa chambre jusqu'à la fin de sa vie.

Son regard se porte ensuite sur la personne assise le bout de canapé visible. Il a retardé au maximum ce moment, mais il ne peut plus différer plus longtemps.

Dylan est avachi et porte les mêmes vêtements que le jour où tout a déraillé entre eux. Sean fronce les sourcils. Est-ce que ça veut dire que la vidéo date de la semaine précédente ? Peut-être, mais ce n'est pas sûr et ce n'est pas le plus important.

— Tu veux en parler ? demande gentiment la voix de Chloé hors écran, renseignant Sean sur l'identité du propriétaire de la clé.

— Pour quoi faire ? grogne Dylan. Tu m'avais prévenu et je ne t'ai pas écouté. Je n'ai pas besoin que tu me sortes un « Je te l'avais bien dit ».

— Très bien, schtroumpf grognon, soupire-t-elle. Sers-toi à boire dans ce cas.

— On n'est pas atteint par l'alcool, objecte Dylan.

— Non mais ça t'arrive de sortir le dimanche ? se moque-t-elle. Ce sont des alcools spéciaux garous. Bois.

Il empoigne une bouteille emplie d'un liquide ambré sans même le regarder, l'ouvre et en descend la moitié sans reprendre sa respiration.

— Doucement ! C'est pas du jus de pomme !

— Je sais, grimace-t-il avant d'en reprendre.

— Et tu sais également que boire n'aide à oublier que le temps d'une soirée, n'est-ce pas ? ajoute-t-elle. Ça n'efface pas les problèmes. Sean sera toujours là demain.

— Ne dis pas son prénom, murmure-t-il en fixant la bouteille d'un œil morne.

— Pourquoi pas ? Tu ne veux plus en entendre parler ? Ou le voir ? C'est pas lui qui devrait dire ça ?

— Oh, il l'a dit. En termes très clairs. Non, c'est juste… Entendre son prénom me fait mal. Parce que ça me rappelle ce que j'ai perdu. Par ma faute. Parce que je n'ai pas été capable de prendre mon courage à deux mains pour lui demander de tenter le coup avec moi.

— Wow ! Eh bien, au moins tu es lucide sur toi-même. C'est bien, approuve Chloé.

Dylan lui jette un regard noir. Sean se demande si ce regard lui est venu naturellement ou s'il s'est entraîné pour le mettre au point et le perfectionner. Sean sourit en imaginant un Dylan adolescent, devant son miroir, testant plusieurs expressions jusqu'à trouver celle qui lui semble parfaite.

Chloé, elle, se contente de faire un drôle de bruit, entre le ricanement et le ronflement, ce qui donne un curieux mélange, mais montre bien qu'elle se fiche du regard censé la pousser à se taire.

— C'est pas la peine de me regarder comme ça, tu sais, fait-elle remarquer. J'ai complètement raison. Bois.

Sean voit distinctement le moment où la vidéo est coupée avant de reprendre. Chloé ne s'est visiblement pas donné la peine de l'éditer, elle a juste filmé et collé ça dans une clé USB.

Comment Dylan ne s'est pas rendu compte qu'il était filmé est un mystère que Sean n'a pas envie de résoudre. À cet instant, regarder le loup-garou se vautrer dans sa misère est à la fois satisfaisant et douloureux. Il essaye de se concentrer au maximum sur la partie satisfaisante, parce que même si la vengeance c'est moche, c'est également tellement bon… Tout le monde le sait.

La vidéo reprend quasiment selon le même angle. La seule chose qui indique que du temps a passé, c'est le nombre de bouteilles vides sur la table basse.

— Pourquoi tu as fait ça, Dylan ?

Sean peut dire grâce à la voix claire et parfaitement maîtrisée de la lionne qu'elle n'est pas franchement responsable du nombre de cadavres. *A contrario*, l'élocution de Dylan est pâteuse.

— J'aurais pas dû, je sais. Mais je ne pouvais pas laisser quelqu'un d'autre le toucher. Pas comme ça. Tu sais, tu avais raison. Je me disais que je voulais faire ça pour l'aider, mais… et je l'ai aidé ! Un peu… J'espère que je l'ai aidé. Tu crois que je l'ai aidé ?

— Concentre-toi, Dylan. Sur quoi j'avais raison ?

— Tu as toujours raison, boude-t-il avant de prendre une longue gorgée de la bouteille qu'il tient. Je devrais toujours t'écouter, mais non. Y a fallu que je me croie plus malin. Je suis pas malin, je devrais le savoir depuis le temps. Rien que l'histoire avec Claire aurait dû me faire comprendre ça, mais non. J'aurais dû t'écouter et lui parler. Il m'aurait dit non et ça aurait été vaaaaaaachement moins douloureux. Je saurais pas quel goût à sa bouche, à quel point il est beau quand il jouit ou à quel point j'aime l'avoir dans mes bras. Si je m'étais contenté de son amitié, j'aurais au moins pu continuer à le voir et lui parler, mais non, j'ai fait le malin. Tu sais ce qu'on dit ? « Qui fait le malin tombe dans le ravin. Plus le ravin est profond, plus le malin est con. » Mon ravin, c'est une putain de falaise.

Dylan ne s'interrompt que le temps de terminer sa bouteille et d'en prendre une nouvelle qu'il attaque aussitôt.

— En même temps, c'était prévisible, non ? reprend-il. Qui voudrait d'un mec comme moi ? J'ai tué mon père, la première personne avec qui je suis sorti était une haineuse qui a failli nous plomber, ma sœur et moi, je n'ai pas pu protéger Se… Le protéger et cette salope de sorcière a tué ma sœur. Une merde, voilà ce que je suis.

Sean met la vidéo sur pause. À aucun moment, il n'a deviné que Dylan se sentait encore coupable pour tout ça. Au contraire, lorsqu'ils en ont parlé, le loup a eu l'air de savoir que ce n'était pas de sa faute. En tout cas, ça explique pourquoi il tant voulu l'aider. Sean se dit que Dylan a probablement également besoin d'aide.

Il relance la vidéo.

— Je devrais le savoir depuis le temps, non ? continue Dylan. Je suis les muscles, les autres sont le cerveau. C'est comme ça et pas autrement.

— Ne te rabaisse pas de cette façon, gronde Chloé. Tu sais que je n'aime pas ça.

— Pourquoi pas ? ironise-t-il. C'est la vérité après tout. Tu en connais beaucoup, toi, des gamins qui s'entichent d'une nana qui n'est avec eux que pour mieux les buter ?

— Ça arrive tous les jours, Dylan. Ce n'était pas ta faute, tente de le réconforter Chloé.

— C'est ça, gronde-t-il. Enfin, bref. De quoi on parlait déjà ? Ah oui. Pourquoi tu as toujours raison. Eh bien, ma chère Chloé, tu avais raison parce que je me planquais derrière de fausses excuses. Je voulais aider Se… Lui, mais je voulais surtout l'avoir tout à moi. Tu sais ? Juste à moi pour une fois. Qu'il me regarde et qu'il ne voit que moi. Tu avais raison, parce que c'est le seul moyen que j'avais de le toucher, de ne le partager avec personne. Et c'était bon, putain ! Tu peux pas savoir comme c'était bon. Sauf que maintenant, je regrette ! Parce que tout ce que je voulais, c'était qu'il se sente bien avec moi. En confiance, tu sais. Et tout ce que j'ai réussi à faire, c'est tout détruire. Comme d'habitude. Il ne veut plus me parler. Il ne veut plus me voir. S'il le pouvait, il me ferait virer de la meute. Il me l'a dit.

Sean n'aurait jamais cru que Dylan pouvait autant parler. Le discours est un peu décousu, mais il pense avoir quand même saisi l'essentiel.

Dylan voulait tellement être avec lui qu'il a pensé que *ça*, c'était l'unique solution. Ce qui n'est pas complètement stupide avec le recul, parce qu'avant toute cette histoire, si le loup était venu le voir et lui avait demandé de sortir avec lui, Sean aurait certainement répondu un truc dans le genre de : « Non merci. Je suis hétéro et je ne te vois que comme un ami. » Au moins maintenant, Sean sait qu'il n'est pas si hétéro que ça et que s'il avait confiance en Dylan, il dirait oui.

Ça ne change rien au fait que toute cette situation est merdique, mais désormais, il comprend. Enfin, il pense comprendre.

La vidéo marque une nouvelle coupure et la séquence suivante laisse Sean bouche bée. Parce que voir Dylan comme ça, c'est juste incroyable.

Les cheveux du bêta partent dans tous les sens, comme s'il avait passé et repassé la main dedans. Il est débraillé et un sourire stupide orne son visage. Cette fois, la caméra est directement pointée sur lui et prend son visage en gros plan. Il est impossible que Dylan ne se rende pas compte qu'il est filmé.

— Parle-moi de Sean, demande doucement Chloé en arrière-plan.

— Pourquoi tu me filmes ? marmonne-t-il, le sourire quittant son visage tellement vite que c'est douloureux à voir.

— Je te promets que tu me remercieras plus tard, assure-t-elle. Allez, parle-moi de lui.

— Tu le connais, objecte Dylan. C'est cet humain, grand, tout en muscles fins, mais bien dessinés, avec ses putains de grands yeux bruns qui peuvent passer du chocolat au miel suivant la lumière et son humeur. Il a cette putain de bouche et je dois toujours faire attention à ne pas la regarder trop longtemps, comme un gamin bourré d'hormones. Cette bouche, putain… Je pourrais l'embrasser pendant des heures sans me lasser.

— Une telle guimauve, le taquine malicieusement la jeune femme. Qui l'aurait cru ?

— La ferme, grogne Dylan en attrapant ce qui semble être la dernière bouteille encore pleine.

Chloé recule précipitamment son téléphone, ce qui brouille un peu l'image avant qu'elle ne se stabilise à nouveau.

— Et ses mains, bordel ! continue Dylan. Est-ce que tu as vu ses mains ? Il a des mains fortes, avec de longs doigts que j'ai envie de sentir partout sur moi.

— Est-ce que c'est juste son physique qui t'attire ?

Honnêtement, Sean se posait justement la même question. Parce qu'autant savoir qu'il plaît à ce point au loup, c'est flatteur, mais ça n'évoque que du désir physique, pas de l'amour.

— T'as jamais parlé avec lui, n'est-ce pas ? Non, bien sûr que non.

Sean est en train de se dire que si ça a vraiment été filmé une semaine plus tôt, il y a de grandes chances pour que ça ait été fait quelques heures après son passage dans le bureau de Chloé. Pas son moment le plus glorieux mais, du coup, si, la lionne a parlé avec lui.

— Sinon tu saurais qu'il est intelligent, loyal à l'extrême, généreux, sarcastique à mort. Tu sais, au départ, il me détestait. Je crois qu'il m'a détesté au premier coup d'œil. Ça ne l'a pas empêché de m'accueillir dans la meute, simplement parce qu'il savait que, sinon, Kathy et moi serions seuls. Il ne voulait pas que je sois un solitaire et l'ingrat que je suis ne l'a jamais remercié. On dirait une gamine bégayante et pathétique.

— T'es un peu dur avec toi, non ?

— Dur avec moi ? ricane Dylan – et c'est un rire tellement amer que Sean a envie de couper le son – pas assez au contraire. Tu sais ce qu'il m'a dit ? Que j'étais tellement amoureux de lui que j'avais dû faire la pute pour me sentir capable d'être avec lui.

— C'est méchant ça.

Il est possible que Sean se sente un peu coupable parce que, oui, il est peut-être allé trop loin sur ce coup-là. Mais il était en colère. On dit souvent des choses qui dépassent nos pensées dans ces moments-là, non ? Oui, il est conscient que c'est une excuse plus que bancale.

— C'est vrai ! contre Dylan. Tu sais comment je vois les choses ? Coucher avec quelqu'un en mentant sur son identité, c'est du viol. Même si je ne l'ai jamais pris, parce que je savais que ça, ce serait plus qu'impardonnable. Mais c'est beau, non ? Je trouve qu'il y a un genre de poésie symétrique au fait qu'il peut m'envoyer en taule pour viol. La pute en prison pour viol.

— Ne parle pas de toi comme ça, gronde Chloé.

— Pourquoi pas ? C'est comme ça qu'il me voit, après tout.

— Et tu ne te dis pas qu'il a tort ?

— Non. Moi, muscles, lui, cerveau.

Sean entend Chloé soupirer, clairement exaspérée.

— Sauf qu'il n'a jamais été question d'argent, rétorque-t-elle. Je veux dire, il a été assez stupide pour ne pas se rendre compte qu'il ne payait que cinquante dollars la séance et ne pas se demander d'où sortaient les quatre cent cinquante manquants. T'es sûr que ça fait de lui un cerveau, ça ?

Sean met la vidéo en pause. Ouvrant une page internet, il va vérifier son compte bancaire – heureusement alimenté par son père et l'héritage qu'il tient de sa mère – et constate qu'en effet, le club ne prélevait que cinquante dollars et, qu'en plus, depuis qu'il a tout découvert, l'intégralité lui a été remboursée. Confus, il relance la vidéo.

— Je sais, mais en fait, je pense qu'il ne l'a même pas remarqué. Son père est médecin, chef de service même, du coup Sean ne s'est jamais inquiété de l'argent. Ou alors, il a remarqué, mais il s'en fout. Imagine ma défense devant le juge : « Mais Monsieur le juge, c'est pas du viol. J'ai fait ça par amour ! ». Pathétique, je te dis.

Sean déglutit péniblement. Même si le discours de Dylan saute du coq à l'âne pour repartir sur le sujet initial, il en revient toujours au même point. *Amour*. Le mot est lâché et ne dit-on pas : « *In vino veritas* » ? Alors peut-être que Dylan est réellement amoureux de lui.

— Va te coucher, Dylan, enjoint Chloé.

— Ouais. Et quand je me lèverai demain, peut-être que toute cette merde n'aura été qu'un putain de cauchemar.

Il se lève et quitte le salon. L'objectif du téléphone est tourné vers le visage de Chloé et son expression est plus que sérieuse lorsqu'elle demande :

— Et maintenant, Sean, qu'est-ce que tu vas faire ?

Sean n'en sait absolument rien. Tout est confus dans son esprit. Oui, Dylan a menti, et contrairement à ce que Serena a dit, ce n'est pas parce que Sean a demandé un inconnu et n'a pas changé les termes du contrat ensuite. En même temps, Dylan avait une bonne raison de mentir, non ? Ou en tout cas de continuer. Si on regarde bien la réaction de Sean, le loup avait raison d'avoir peur de dire la vérité. Toutefois Sean n'est pas du genre à croire qu'on peut tout faire ou tout pardonner par amour. L'amour n'est pas une excuse, mais une raison.

Sean ne sait plus quoi penser.

Il faut qu'il regarde la vidéo encore quatre fois et qu'il réfléchisse intensément pendant trois longues heures pour enfin être certain de ce qu'il veut et de ce qu'il reproche réellement à Dylan.

Il prend son téléphone.

« Allô ? »

— J'ai besoin de ton aide.

***

Dylan rentre chez lui avec l'impression qu'un rouleau compresseur lui a roulé dessus. Sérieusement, Chloé avait réellement besoin de lui pour réaménager huit pièces du club ? Non. En temps normal, Chloé – qui n'était même pas là ! – fait appel à une équipe de décorateurs professionnels. Mais il n'a rien dit parce que la distraction était la bienvenue. Surtout depuis qu'il a démissionné et qu'il s'est lui-même mis à l'écart de la meute.

Quand il s'est rendu compte que Se… Lui était de toutes les activités communes de la meute, Dylan a décidé d'arrêter les frais et de ne plus participer. Étrangement, sa connexion à la meute n'a pas faibli.

Évidemment, penser à la meute l'amène inévitablement à penser à Se… Lui. Près de trois mois qu'il ne l'a pas vu et il ne peut toujours pas dire ou penser son prénom sans se sentir mal. Il est temps qu'il se secoue. Il ne peut pas rester comme ça, c'est juste impossible ! Il a vingt-cinq ans, pour l'amour du ciel ! Il a passé l'âge de se morfondre comme ça !

C'est décidé, il va quitter Forest Hill et recommencer à zéro. Après tout, quitte à être un solitaire, autant l'être à un endroit qui ne lui rappellera pas chaque jour ce qu'il a perdu. Ce qui exclut automatiquement La Nouvelle-Orléans, la ville où il a vécu avec Kathy et Laura. Mais le monde est vaste, il n'a que l'embarras du choix.

En quelques instants, il se décide pour un endroit chaud et beau. Le Guatemala ou le Honduras le tentent bien. Son espagnol est plus que correct, la barrière de la langue ne sera pas un problème, pas plus que l'argent. De plus, il y a pas mal de meutes là-bas, en rejoindre une ne devrait pas être trop difficile. Et même s'il reste seul, il s'y fera. Des milliers de garous se retrouvent sans meute et le vivent très bien, pourquoi pas lui ?

Se sentant tout de même très lâche de prendre cette décision, Dylan s'assoit sur le canapé et attrape son ordinateur portable. Il a beaucoup de choses à faire : prévoir son voyage, mettre en vente son appartement, choisir son pays d'adoption, trouver un logement là-bas et, bien sûr, prévenir Zach. Est-ce qu'il doit appeler l'alpha ou bien va-t-il être trouillard jusqu'au bout et lui envoyer un simple email ? Il décidera de ce dernier point plus tard.

Quand il soulève l'appareil, une grande enveloppe blanche est dévoilée. Dylan la prend, étonné par son poids. Même si elle n'est pas très épaisse, il n'y a clairement pas que du papier là-dedans.

Reniflant, Dylan ne détecte pas la moindre odeur connue dessus. La personne qui l'a déposée a vraiment fait très attention à ne laisser aucun indice. Inspirant un peu plus profondément et rapprochant l'enveloppe de son nez, il ne sent rien, que ce soit chimique ou magique. Ni une bombe ni un sort, alors.

Dylan n'essaye même pas de réfléchir à qui pourrait entrer chez lui. Chaque membre de la meute a les clés de chez tout le monde et, de toute façon, il oublie régulièrement de verrouiller sa porte.

Finalement, après avoir retourné maintes et maintes fois l'enveloppe sans rien découvrir de plus, il hausse les épaules et l'ouvre. Il fait lentement glisser le contenu sur la table basse, découvrant une autre enveloppe, marron celle-ci, et un CD. Qu'est-ce que ça veut dire ?

La seconde enveloppe est beaucoup plus petite que l'autre et quelqu'un a écrit au marqueur « 2 » et « lis-moi » dessus. Il ne reconnaît pas l'écriture, mais ça ne veut rien dire, il est facile d'en changer.

Le boîtier du CD est marqué d'un « 1 » et d'un « regarde-moi », toujours de la même écriture.

Dylan reste quelques instants incertain, à fixer les deux objets comme s'ils allaient le mordre. Ou pire…

Après un long moment passé à les observer sans qu'il ne se passe rien, il allume son ordinateur et insère le CD. Il fixe le petit sablier qui tourne pendant que la machine fait son travail. Enfin, une fenêtre s'ouvre et il clique lentement sur « ouvrir ». Il y a un fichier vidéo et de nombreuses images. La vidéo est titrée d'un simple « 1 » et chaque photo porte le numéro suivant.

Pointant la flèche de la souris sur la vidéo, Dylan hésite longuement à la lancer. La petite fenêtre de prévisualisation est complètement noire et il ressent encore plus d'appréhension. Pourtant, il est curieux. Il y a un adage qui dit que la curiosité est un vilain défaut.

On dit aussi que l'enfer est pavé de bonnes intentions, supplée une petite voix dans sa tête.

Elle sonne étrangement comme la voix de Se… Lui.

Bon là, il devient ridicule. Ça suffit, bon sang ! Sean ! Voilà ! Il vient de le penser et il n'en est pas mort. Il peut même le dire à voix haute sans s'écrouler en une myriade de morceaux sur le sol. Parfaitement. D'ailleurs, il va le prononcer le prénom de l'humain autrement que dans sa tête. Maintenant.

Au lieu de ça, il lance la vidéo.

Pathétique, dit la petite voix.

— Ta gueule ! rétorque sèchement Dylan.

Oui, il en est à ce point-là.

Au début de la vidéo, il n'y a rien à voir. L'écran est sombre. Pas noir, juste sombre. Comme si quelqu'un se tenait très près de l'objectif. Puis la personne recule et le cœur de Dylan manque un ou deux battements. Probablement plus de cinq, mais on ne va pas chipoter, si ? Parce que, voyez-vous, la personne qui emplit l'écran, c'est Sea… Lui. Non, Sean. Dylan se retrouve à mettre la vidéo en pause pour avidement détailler Sean. Il ne l'a pas vu depuis tellement longtemps que c'en est douloureux. Bien sûr, il avait conscience que Sean lui manquait, mais il n'avait simplement pas réalisé que c'était à ce point.

Après deux mois passés sans ne serait-ce qu'apercevoir Sean, une vidéo, c'est presque le paradis. Presque, parce que le vrai paradis serait de le rencontrer en personne et de lui parler. Le réel paradis serait de pouvoir le sentir. Cette vidéo, c'est juste la montée au ciel. Reste à espérer que la chute ne sera pas trop dure.

Dylan sait que Sean a probablement tourné cette vidéo dans la seule intention de lui en mettre plein la gueule, qu'il n'a trouvé que ce moyen de lui dire tout ce qu'il pense sans avoir besoin d'approcher. Dylan s'en fiche. Il va regarder cette vidéo une fois en entier et si les mots sont trop durs, il la mettra encore et encore, mais sans le son. Pathétique oui. La petite voix l'a déjà dit. Et si Sean ne l'incendie pas, mais lui dit qu'il ne veut plus le revoir, Dylan gardera quand même le CD. Après tout, c'est tout ce qu'il lui reste de l'humain.

Dylan occulte délibérément les papiers ou les photos. Il ne sait pas ce qu'il y a dessus et après avoir regardé le film, il est presque sûr qu'il s'en fichera. Ou alors, poussé par son envie de s'auto-flageller encore plus, il les regardera quand même.

Prenant une profonde inspiration, se préparant au pire, Dylan clique sur lecture.

« Hey… Euh salut, DWolf… Dylan… Purée, c'est chiant, je ne sais plus comment t'appeler maintenant. » Il soupire. « Enfin bref. Tu te doutes que si je réalise cette vidéo, c'est parce que je suis super en colère contre toi. Mais, et tu peux remercier Chloé et Serena sur ce coup-là, je crois que je comprends pourquoi tu as fait ça. Pas me mentir, mais ne pas me dire que c'était toi. »

Dylan fronce les sourcils. Mentir et ne pas dire, c'est la même chose, non ? Ne rien dire, c'est un mensonge par omission, non ?

Mais il réfléchira à ça plus tard parce qu'il n'a pas envie de mettre la vidéo en pause pour se pencher sur cette notion qui peut, de toute façon, encore attendre.

« Je veux dire. Je sais ce que ça fait d'avoir peur d'être rejeté. Non pas que tu puisses avoir peur de moi, mais… J'ai ressenti ça avec Amanda. Quand Kathy et toi avez rejoint la meute, elle est moi étions ensemble depuis déjà six mois, alors tu n'as pas vu ma période « Et si elle ne veut pas de moi ? Et si elle préfère qu'on reste amis ? Merde ! Si ça se trouve, rien que le fait de lui demander de sortir avec moi va casser notre amitié ! » C'était pas très joli. Du coup, je comprends probablement ton raisonnement. Je me suis quand même dit que tu aurais pu essayer. Après avoir beaucoup discuté avec Chloé et Serena, je me suis aperçu que ça, cette relation qu'on avait en tant que DWolf et Bambi, c'était peut-être ta tentative. Alors je voulais que tu saches que je comprends. Je ne pardonne pas, mais je comprends. »

Dylan ferme les yeux avant de les rouvrir. Sean comprend, mais ne lui pardonne pas. Il ne lui pardonnera peut-être jamais, mais rien que le fait qu'il comprenne est déjà énorme. C'est plus que ce à quoi Dylan s'attendait.

« Tu sais, Chloé m'a posé une question. Elle m'a demandé pourquoi je t'en voulais autant. Est-ce que je t'en voulais parce que tu m'avais menti ou parce que tu ne m'avais rien dit ? J'ai cru que c'était la même chose. Avec le recul et beaucoup de réflexion, j'ai saisi ce qu'elle voulait que je comprenne. Parce qu'à aucun moment tu ne m'as menti. »

Dylan est prêt à objecter quand il se souvient que ce n'est pas une visioconférence. Même s'il dit qu'il n'est pas d'accord, Sean n'en tiendra pas compte et pour cause !

« Tu n'as jamais fait semblant d'être quelqu'un que tu n'es pas. Tu n'as pas changé de nom, enfin pas plus que moi, tu ne m'as pas fait croire que tu étais humain ou autre chose qu'un loup-garou bêta, tu n'as jamais dit que tu étais membre d'une autre meute. Donc techniquement, tu n'as pas menti. Tu n'as juste pas précisé que tu étais Dylan. Et je n'ai pas posé la question, non plus. Attention ! Je ne dis pas que c'est de ma faute ! Ne rêve pas ! Serena peut raconter tout ce qu'elle veut ; que j'aurais dû expliquer que je ne désirais plus que Monsieur soit un inconnu et que je dois apprendre à affirmer clairement ce dont j'ai besoin ; je ne suis pour rien dans le bordel monstre que tu as créé. Mais tu as des circonstances atténuantes. »

Sean marque une légère pause pendant laquelle il regarde le plafond, avant de reprendre.

« Tu sais… Il y a quand même un truc que je dois t'avouer, parce que j'ai décidé qu'à partir de maintenant, mon credo serait : « Honnêteté totale ». Oui, même avec mon père. Je t'ai toujours regardé. Je t'ai toujours trouvé séduisant et j'ai toujours cherché des excuses pour être proche de toi. Même si je refusais de me l'avouer. J'étais avec Amanda, hétéro et très heureux de ces deux états de fait. Et puis, Kathy est morte, Amanda et moi avons rompu et je suppose que j'avais deux parfaites excuses pour me cacher encore plus. Parce que c'est ce que je faisais. Je me cachais. »

Sean a un petit rire de dérision.

« Franchement, combien de fois un mec peut en tripoter un autre sous prétexte de mieux voir son tatouage, si ce n'est parce qu'il a quelque chose à cacher ? Sauf que je n'étais pas prêt à le reconnaître. Amanda a essayé de m'en parler, elle m'a assez souvent surpris à mater ton cul, mais j'ai toujours refusé d'avouer quoi que ce soit. Honnêtement, c'est la nouvelle politique, pas vrai ? L'honnêteté. Bref, si tu m'avais proposé un rendez-vous, j'aurais répondu non. Alors on va dire que ton stratagème a au moins servi à me faire voir la réalité en face. Je suis bisexuel et fier de l'être. »

Nouvelle pause.

« Bon, c'est pas pour ça que je vais te pardonner plus facilement… »

Dylan met la vidéo sur pause, certain d'avoir mal entendu.

Te pardonner plus facilement…

Ça implique qu'il va lui pardonner, non ? Dylan fixe l'écran avec incrédulité. Ça ne peut pas être ça. Il a mal compris. Parce que les mots impliquent une notion de pardon qui le fait espérer et il ne peut pas se le permettre. Il relance la vidéo avant de faire une connerie, comme sauter dans sa voiture et aller voir Sean.

«… Parce que j'ai compris autre chose. On a appris à se connaître ces trois dernières années et je croyais qu'on avait confiance l'un dans l'autre. Et en fait, j'avais confiance en toi, alors que toi tu n'avais pas confiance en moi. Ou en tout cas, c'est comme ça que j'interprète ton silence. Après, je comprends que tu avais peur de ma réaction et tu n'avais probablement pas tort, mais je sais, non j'espère, que j'aurais mieux réagi si tu m'avais dit la vérité tout de suite. Au lieu de ça, tu t'es caché sous un masque. Je sais, je sais ! Tu vas raconter que tout ce que tu voulais, c'était m'aider et que c'est le seul moyen que tu as trouvé. Je ne dis pas que c'était une mauvaise idée parce que tu m'as clairement aidé, mais j'aurais largement préféré que ce soit du fait de Dylan Hamilton et pas de DWolf. »

Sean s'interrompt encore une fois, soupire profondément, puis reprend à nouveau.

« Maintenant, la balle est dans ton camp. Je vais te laisser regarder les photos. Je ne sais pas combien il y en a puisque je ne les ai pas encore faites. Et ensuite, il y a les papiers à lire. Sur la dernière page, il y a une question. J'attendrai ta réponse. »

Dylan regarde Sean se lever et se rapprocher de l'écran, certainement pour éteindre la caméra. Puis le visage de Sean emplit à nouveau l'écran.

« Oh, avant que j'oublie. Je devrais probablement m'excuser pour t'avoir frappé et traité de pute, mais je ne le ferai pas. Tu n'auras qu'à me punir… Monsieur », conclut Sean avec un clin d'œil.

Dylan fixe avec des yeux écarquillés l'écran où la vidéo s'est figée.

Punir ? Monsieur ?

Qu'est-ce que… ? Est-ce que… ? Dylan s'était pourtant juré de ne pas se faire d'idées, mais face à ce genre de mots, comment pourrait-il en être autrement ? L'espoir fleurit sans qu'il puisse l'en empêcher.

Dylan veut se précipiter sur les papiers pour connaître la question. Il veut prendre son téléphone et appeler Sean. Merde, pour la seconde fois, il veut sauter dans sa voiture. Mais l'*auraenas* lui a demandé de regarder les photos et c'est ce que Dylan va faire. Contrairement à tout ce qui s'est passé depuis le début de cette histoire, le loup va écouter ce que lui dit Sean.

Il y a une cinquantaine de fichiers image. La première montre un carton et deux mallettes en aluminium. Dylan n'a aucun mal à les reconnaître. Ce sont ceux qu'il a reçus quand il a fait des emplettes sur internet. L'une des mallettes est celle qu'il a donnée à Sean, l'autre et le carton devraient se trouver tout au fond de son placard à bordel – nous avons tous un placard à bordel qu'on se promet de ranger un jour, mais dont on ne s'approche que pour rajouter du bordel. Ne niez pas ! –. Comment le jeune homme a-t-il réussi à mettre la main dessus ?

Il posera la question à Sean, parce que vraiment, ça l'intrigue. Ou pas ; il n'est pas sûr d'apprécier la réponse, parce que Sean a quand même beaucoup cité Chloé dans sa vidéo. Est-ce que ça veut dire que la lionne a quelque chose à voir là-dedans ? Et si c'est le cas, est-ce qu'il doit la remercier ou la maudire ? Parce que malgré la note d'espoir à la fin de la vidéo, Dylan doute encore. Et si tout ça n'était qu'une vengeance ? Une façon de lui dire : « regarde tout ce que tu aurais pu avoir et n'aura jamais » ? Il n'a pas l'impression que Sean soit du genre cruel, mais après tout, qu'est-ce qu'il en sait ? Dylan ne veut pas se tromper et souffrir. Il a déjà donné.

C'est avec réticence qu'il clique afin que les photos défilent. Il sait que rien ni personne ne l'oblige à faire ça, mais peut-être qu'il a un fond masochiste après tout. Il doit aimer avoir mal.

Certaines photos sont drôles. Comme celle de Sean fixant avec concentration la petite bouteille de lubrifiant jaune, dont la fonction reste indéterminée. L'humain a collé un point d'interrogation au-dessus de sa tête et Dylan sourit en le voyant. La plupart des autres photos sont loin d'être aussi comiques. En fait, elles sont soit sexy, soit érotiques, voire carrément pornos.

Sean a tout essayé. Chaque plug, chaque stimulateur de prostate, chaque gode, chaque paire de pinces à tétons, chaque article des mallettes et du carton a été mis en situation et photographié. Il n'y a que la lingerie qui manque à l'appel et Dylan se dit que Sean n'a pas dû aimer.

Le loup est scotché à son canapé alors que les photos défilent une à une sur l'écran. Son sexe bandé pousse durement contre la braguette de son jean, mais il ne fait rien pour se mettre dans une position plus confortable. C'est sa punition et il l'endurera jusqu'au bout.

C'est en tout cas ce qu'il se dit, avant de voir les trois dernières photos. Sur la première, Sean s'entraîne à la fellation avec un sexe en silicone. Il en a pris à peine la moitié dans sa bouche et a l'air sur le point de vomir.

Sur la seconde photo, Sean a pris un peu plus des deux tiers du gode, et si son visage est rouge et ses yeux larmoyants, ce n'est qu'à cause du manque d'air. Il a l'air plus à l'aise.

La troisième et dernière photo montre Sean à genoux face à un mur, les mains croisées dans le dos. La photo est prise de côté et permet de bien visualiser la base à ventouse du gode collé contre la paroi. Il n'y a qu'un petit espace entre la bouche de Sean et la fin du gode, ce qui veut dire qu'il a la totalité du jouet entre les lèvres.

Cette fois, Dylan est obligé de presser la main sur sa queue douloureuse pour ne pas jouir ici et maintenant. Pare que Sean s'est entraîné à réaliser des gorges profondes.

Il laisse l'espoir s'enflammer en lui. La vidéo et les photos montrent clairement que Sean serait d'accord pour une relation D/s entre eux. Ce n'est pas ce que Dylan voulait au départ, mais il ne peut nier que le BDSM lui a beaucoup plu. Plus le temps passait, plus il aimait ça. Et puis, qui sait, peut-être que Sean acceptera un jour de pousser leurs rapports plus loin ? Pas seulement en tant que Dom et soumis, mais aussi en tant que couple ?

C'est avec espoir et appréhension qu'il prend la seconde enveloppe et en sort les papiers qu'il doit lire. Le titre lui saute immédiatement aux yeux.

Putain ! De ! Merde !

CONTRAT DE SOUMISSION

Ce contrat est présenté comme un accord durable et sécurisant qui tente de définir, en termes spécifiques une relation et l'interaction entre deux personnes. Il intervient entre Bambi (AKA Sean Matthews), après nommé le soumis, qui souhaite être tenu dans un état de soumission et Monsieur (AKA Dylan Hamilton) après nommé le Dom qui souhaite le maintenir dans cette soumission.

1- Portée du contrat

1.1 Ce contrat prendra effet dès la signature par les deux cocontractants. La durée de celui-ci n'est pas limitée dans le temps, mais il sera caduc le jour même de sa destruction. Il restera aux mains du dominant et sera disponible à volonté, y compris pour le lire ou le modifier. L'un ou l'autre des partenaires pourra le détruire et stoppera de ce fait l'engagement.

1.2 Ce contrat est un contrat d'intention, il ne peut en aucun cas servir en justice.

2- Règles inconditionnelles

2.1 Le soumis accepte que son corps devienne la propriété de son Dom qui pourra en faire ce que bon lui semble, dans les limites définies dans le présent contrat.

2.2 Le soumis admet que sa condition l'oblige à une attitude respectueuse envers son Dom. Ainsi, il accepte d'obéir sans retenue à tous les ordres, quels qu'ils soient. Tout manquement entraînera une punition plus ou moins sévère. Il est conscient de ses obligations envers celui qui est en charge de son éducation.

2.3 Le soumis a bien conscience de son statut de soumis sexuel et assume pleinement ce rôle. Le Dom pourra à ce titre l'utiliser comme bon lui semble pour sa satisfaction personnelle.

2.4 Le soumis a une obligation d'hygiène de son corps et de ses orifices. Le soumis se brossera les dents avec minutie et des lavements anaux devront être effectués régulièrement.

2.5 Le devoir du Dom est de prendre en charge l'éducation de son soumis. Il devra en faire un soumis docile et obéissant en utilisant les moyens mis à sa disposition dans le présent contrat. Il devra, en outre, savoir récompenser son soumis lorsqu'il est méritant. Ceci passera par des récompenses psychologiques, mais aussi par des faveurs sexuelles comme le droit de jouir en se masturbant, et même l'exécution de divers actes sexuels par le Dom.

3- Lieux et limites du contrat.

3.1 En famille : aucun article du présent contrat n'a pour dessein de nuire à la vie de famille du soumis. Le Dom ne pourra se prévaloir de ce contrat qu'à la condition qu'en aucune manière la famille ne puisse s'apercevoir de cette relation, sauf demande explicite du soumis.

3.2 En public : Aucun article du présent contrat n'a pour dessein de nuire à la vie sociale du soumis. Le Dom ne pourra se prévaloir de ce contrat qu'à la condition qu'en aucune manière l'entourage personnel ou professionnel du soumis ne puisse s'apercevoir de cette relation, sauf demande explicite du soumis.

3.3 Les pratiques ne devront pas porter atteinte de façon générale au corps du soumis en entraînant des modifications ou altérations à long terme.

4- Règles élémentaires

4.1 Il est entendu que le soumis ne devra en aucun cas exciter sexuellement ou montrer de l'excitation sexuelle envers une autre personne que le Dom, sauf ordre contraire du Dom.

4.2 Attitude générale : en dehors des scènes, le soumis s'engage à se comporter comme habituellement en présence de son Dom. Les scènes ne seront pas forcément discutées préalablement. Le soumis saura qu'une scène débute quand le Dom placera un bijou distinctif (tel que bracelet ou collier) sur le soumis.

4.3 Le soumis s'engage à porter un signe distinctif et permanent montrant son appartenance à son Dom.

5- Domaine d'application du contrat

5.1 Domination physique : le corps du soumis devient la propriété du Dom qui pourra en faire ce que bon lui semble dans les limites du contrat. Le bondage prendra une place de plus en plus importante dans la vie du soumis. Qu'il s'agisse de corde, de bracelets maintenant les poignets ou les chevilles, le cou, le bassin ou tout autre moyen de contrainte, le soumis devra se laisser totalement entraver et s'engage à ne pas supplier son Dom de le libérer, quelle que soit la durée de l'épreuve, sauf ordre contraire du Dom. De même, lors des scènes, le soumis se doit de demander à son Dom la position dans laquelle il souhaite le voir. Il devra adopter cette position, quelle qu'elle soit.

5.2 Domination sexuelle : les orifices du soumis doivent être offerts au Dom sur simple demande de ce dernier. Il se réserve le droit de les pénétrer ou de les dilater selon ses désirs. Aucune autre personne, sous aucun prétexte, n'aura le droit d'utiliser l'un des orifices de quelque façon que ce soit. L'anus devra pouvoir supporter aisément la pénétration. La bouche devra être à la disposition du Dom à tout moment. Le soumis devenant la propriété du Dom, le soumis ne pourra se masturber ou jouir qu'avec l'accord de son Dom. Le Dom se réserve le droit de demander à son soumis d'exécuter n'importe quel acte sexuel pouvant le satisfaire. Ceci inclut la prise et l'envoi de photos ou de vidéos de son soumis lorsqu'il se livrera à des actes sexuels. Ces photos et vidéos resteront la propriété exclusive du Dom et ne seront en aucun cas révélées, sous peine de cession immédiate du présent contrat (cf section 3 et 6).

5.3 Domination psychologique : Si le corps du soumis est totalement dévoué à son Dom, la soumission psychologique devra elle aussi être totale. Le soumis accepte de confier sa capacité de décision à son Dom et de s'en remettre totalement à lui. Des frustrations seront pratiquées comme l'impossibilité de parler, de bouger, de jouir, de regarder le Dom dans les yeux ou même de le voir. Le soumis devra, sur demande de son Dom, réaliser les envies de celui-ci, même à distance. La webcam et tous les autres outils de communication pourront être utilisés à cet effet. Le soumis devra accepter un langage de plus en plus direct, mais ne devra en aucun cas utiliser un langage très cru, voire vulgaire.

5.4 Domination en direct : lors des scènes reprenant tous les aspects vus précédemment, il sera instauré un « rituel ». Ce rituel devra être exécuté au tout début de la scène. Il pourra s'agir de faveur sexuelle, de position spécifique, de lecture, d'exhibition ou de toute autre chose définie par le Dom. Ici, le rituel est défini comme étant dix fessées administrées selon le choix et l'envie du Dom. Le rituel pourra être modifié à tout moment.

5.5 Domination à distance : en raison de la distance séparant les deux parties, des scènes de domination pourront avoir lieu par webcam, email ou téléphone. Le soumis devra se livrer en obéissant à ces ordres de la même manière qu'en réel. Il se soumettra aussi bien aux échanges qu'à des actes sexuels, comme la masturbation, la pénétration de ses orifices ou encore la frustration. Lors de ces échanges, il veillera en permanence à assurer l'état d'excitation de son Dom.

5.6 Le soumis s'engage à respecter les désirs de son Dom sans délai. Son libre arbitre étant devenu la propriété de Monsieur, le soumis ne devra pas être troublé ou rester interloqué et sans voix. Tout cas de non-réponse ou de délai non respecté sera considéré comme une désobéissance.

6- Sanctions et punitions

6.1 Le soumis accepte par avance toutes pratiques et punitions choisies par son Dom pour le sanctionner, et ceci en tous lieux et à toute heure du jour et de la nuit.

6.2 En cas de non-respect des règles de la part :

*Du Dom : Le soumis n'a pas à respecter l'ordre donné et peut décider de la suspension du contrat pour une durée maximale de quarante-huit heures. Après ce délai, le Dom devra justifier son attitude. Si le soumis lui donne raison, il devra s'acquitter de l'ordre précédemment refusé. Si le Dom avait tort, la suspension du contrat pourrait être prolongée, constituant une sanction contre celui-ci pour une durée ne pouvant excéder une semaine.

La durée devra être déterminée par les deux parties. Et il est entendu que pendant la durée de la sanction, les deux parties ne pourront être en présence l'une de l'autre ou se trouver en contact de quelque manière que ce soit.

*Du soumis : Si le soumis n'accepte pas l'exécution d'une sanction donnée par le Dom ou s'il désobéit, la sanction sera doublée. La première sanction se déroulera le plus rapidement possible. Une seconde sanction sera effectuée en fin de semaine, regroupant toutes les fautes commises durant ce laps de temps. Le soumis se doit de tenir compte de ses fautes et sanctions.

7- Clauses particulières

7.1 SAFEWORD ou mots de sécurité : le soumis s'engage à utiliser les mots « JAUNE » pour demander de ralentir ou pour un besoin de discuter de la scène et « ROUGE » pour tout stopper, comme seul signe réel d'une impossibilité de répondre aux exigences du Dom ou en cas de douleur accrue lors de l'application du contrat. Ceux-ci ne seront utilisés qu'en dernier ressort et avec de très bonnes raisons.

7.2 Lors des scènes où le silence est imposé au soumis, celui-ci aura un foulard qui lâchera pour remplacer ses mots ou pourra claquer des doigts.

8- Ce que le soumis refuse

8.1 LE MENSONGE, SOUS QUELQUE FORME QUE CE SOIT.

8.2 Tout ce qui implique le sang et tout fluide autre que le sperme et la salive.

8.3 Tout ce qui pourrait laisser des marques permanentes, telles que des morsures profondes ou des coups de griffes.

8.4 Une forte humiliation (cf section 10). Le soumis refuse absolument d'être insulté ou que des mots tels que « CHIEN », « SAC À FOUTRE » et autres termes dégradants soient utilisés à son encontre.

8.5 L'exhibitionnisme total. Le soumis ne se mettra pas nu devant d'autres que son Dom, sauf absolue nécessité, comme une douche après le sport.

8.6 Le soumis refuse avec véhémence le partage. Que ce soit de son corps ou de son Dom.

9- Ce que le Dom refuse

À compléter

10- Ce que le soumis trouve acceptable

10.1 Le soumis aime porter les marques de son Dom. Les suçons, marques de brûlure de cordes – toutes marques non permanentes – sont accueillies avec joie.

10.2 Avaler le sperme de son Dom.

10.3 Une légère humiliation verbale et physique n'excédant pas une réaction d'embarras.

10.4 Tout le reste et qui n'a pas été mis dans la section 8 du présent contrat.

10.5 Certaines pratiques devront faire l'objet de négociations entre le Dom et le soumis.

11- Ce que le Dom trouve acceptable

À compléter

Signature du soumis, Bambi (AKA Sean Matthews)

Signature du Dom, DWolf (AKA Dylan Hamilton)

CHAPITRE 22

Dylan lit et relit le document. Incroyable. C'est juste… C'est… Il ne sait même plus comment formuler une seule pensée cohérente tellement c'est énorme.

C'est avec des mains tremblantes qu'il lit la dernière feuille et l'unique question qui s'y trouve.

« Monsieur

Bambi vous attend dans votre chambre transformée pour l'occasion.

Souhaitez-vous le rejoindre ? »

***

Sean est seul dans la chambre de l'appartement de Dylan qu'il s'est appropriée avec l'aide de Chloé, Serena, Stephen et HE – Mark, mais il n'y a pas moyen, Sean n'arrive pas à l'appeler comme ça. Ils ont placé un grand lit contre un des murs, couvert de miroirs le pan opposé, bloqué les fenêtres avec des rideaux sombres et installé une armoire et une longue table. HE s'est chargé d'isoler complètement la pièce. Puis, tous ensemble, ils ont recouvert les murs de tissu blanc. Un lustre équipé d'une télécommande permet de changer la couleur des ampoules, tamisant la pièce à l'envi.

Sur le coup, ça lui avait semblé une bonne idée. Sauf qu'après deux heures d'attente, Sean n'est plus aussi excité et impatient qu'il l'était avant d'arriver. Maintenant, il est juste nerveux.

Parce que, soyons honnêtes, Dylan et lui ne se sont pas quittés dans les meilleurs termes et ne se sont pas reparlé ensuite. C'est principalement de sa faute, Sean en est bien conscient, mais ne sachant pas par quel bout prendre la situation, il a décidé de frapper un grand coup avec un geste montrant l'importance de sa décision. Résultat, il se dit qu'ils auraient dû parler. Ils devraient parler, non ? Évidemment que oui. Sauf qu'il a pensé que s'ils parlaient avant, ils ne résoudraient rien du tout, parce qu'il y a des chances que Dylan s'excuse à n'en plus finir et que lui campe sur ses positions. Ils n'avanceraient à rien comme ça. Il y a quand même des fois où Sean maudit son impulsivité.

En plus, il se sent ridicule. Il n'est pas nu, mais au vu de ce qu'il porte, il pourrait tout aussi bien l'être. Alors d'accord, ce n'est pas la première fois qu'il est nu devant DWolf, mais avant, il ne savait pas que c'était Dylan. Et c'est toute la différence. Maintenant, le regard que le loup va porter sur lui le rend nerveux.

Sean va se lever et se rhabiller quand la porte de la chambre s'ouvre enfin. Il ferme les yeux, pas encore prêt à voir l'expression sur le visage de Dylan, et aussi parce qu'il ne veut pas accidentellement activer son don. Ce serait un peu de la triche, non ?

Sean tente de calmer sa respiration qui commence à devenir laborieuse. Cette fois, il y est. Il est agenouillé en position, attendant le bon vouloir de son Dom.

« *Oh mon Dieu !* », pense-t-il.

***

Dylan marque une longue pause devant la porte de la chambre. Il prend une profonde inspiration par le nez, mais aucune odeur ne s'échappe de sous le battant. Il a beau tendre l'oreille, il n'entend rien non plus. Sean a fait en sorte que tout soit hermétique et ça le rend nerveux. Enfin, encore plus qu'il ne l'était déjà.

Fermant les yeux, Dylan prend une profonde inspiration pour tenter de se calmer les nerfs avant d'entrer. Il attend d'avoir refermé la porte et de s'être appuyé contre pour ouvrir les yeux. Ce qu'il voit le fait se sentir encore plus à l'étroit dans son jean.

Il ne fait pas attention à son environnement, se fichant royalement des modifications apportées à la pièce. Tout ce qu'il voit, c'est Sean.

Putain de merde !

Sean est en position au milieu de la chambre, les mains croisées sur la nuque et le dos bien droit. Il a les yeux fermés et pue l'anxiété. Même si l'état émotionnel du soumis inquiète Dylan, il ne peut s'empêcher de parcourir le corps offert à son regard.

Sean a placé des pinces sur ses tétons et une chaînette les relie entre elles. Des manchettes ornées de boucles sont fixées à ses poignets et ses chevilles, attendant d'être attachées ensemble ou à quelque chose. Mais ce qui attire réellement les yeux de Dylan, c'est le sous-vêtement que porte Sean.

C'est satiné, d'un noir brillant, largement transparent et un petit volant en orne la taille. Sean porte une des culottes que Dylan a achetées sur internet. Peut-être que Sean a aimé la lingerie finalement.

Prenant une nouvelle fois une profonde inspiration, Dylan est submergé par l'anxiété qui s'échappe de Sean en vagues épaisses. Lentement, il s'approche et se met à genoux devant lui. Doucement, il place sa main sur la joue de Sean, lui caressant la pommette du pouce.

— Sean, regarde-moi, s'il te plaît, murmure-t-il.

Le jeune homme ne bouge pas, à part pour son torse qui se soulève au rythme de sa respiration bien trop rapide.

— Allez, Sean, regarde-moi, insiste Dylan.

Toujours aucune réaction. Il soupire et puis :

— Bambi, regarde-moi ! exige-t-il d'une voix grondante.

Enfin Sean ouvre les yeux et sa respiration se stabilise. C'est comme si Dylan avait appuyé sur un interrupteur. Quelque part, le loup comprend la réaction du jeune homme. Sean se sent plus à l'aise parce qu'il est en terrain connu.

Dylan inspire profondément et colle son front à celui de Sean.

— Tu es sûr de vouloir… Tu es sûr de vouloir ça ? Je ne veux pas te forcer ou… Je…

Sean enlève ses mains de sa nuque et les pose sur les côtés de la tête de Dylan.

— Je suis sûr, souffle-t-il. S'il te plaît. Je suis sûr.

L'odeur de Sean change, passant de l'anxiété au calme et à l'impatience. Les battements de son cœur ralentissent, retrouvant un rythme quasiment normal.

— Tu es sûr que tu ne veux pas une première fois un peu plus… Enfin, un peu moins perverse ? insiste Dylan.

— On n'est pas pervers, corrige Sean. Pas plus que ne l'est le BDSM. C'est juste une façon différente de faire les choses. S'il te plaît, Dylan, c'est ce que je veux.

Alors que Dylan ouvre la bouche pour objecter encore un peu, Sean ajoute :

— Vert, Monsieur.

Le loup capitule.

— OK… OK, très bien.

Il se relève et regarde réellement la chambre pour la première fois depuis qu'il est entré. Les tentures blanches, les miroirs, le lit, l'armoire et enfin la table. Il s'approche lentement de cette dernière et étudie les objets posés dessus. Il en reconnaît beaucoup, mais certains lui sont inconnus.

— Tu as fait quelques courses ?

— Chloé et Serena m'ont aidé.

Dylan prend mentalement note de remercier les deux jeunes femmes. Ou de les maudire si jamais ça foire. Avant de se saisir de quoi que ce soit sur la table, il demande encore :

— Tu es vraiment sûr ?

— Oui.

— Je peux faire tout ce que je veux ?

— Oui.

— Absolument tout ce que je veux dans les limites du contrat ?

— Oui.

— Très bien.

Dylan étudie un instant les quatre colliers posés sur la table. Il y en a un tout simple, une bande de cuir noir fermée par une boucle en métal. Il y en a un autre quasiment identique, avec une boucle sur le devant, probablement pour y accrocher une laisse. Le troisième est un véritable collier de chien et Dylan l'écarte en frissonnant, tout comme le second. Un peu trop canin à son goût et, surtout, trop humiliant. Sean a peut-être indiqué dans le contrat qu'il n'avait rien contre un peu d'embarras, Dylan lui, n'est pas encore prêt pour ça. Le quatrième collier attire son regard et il se retrouve incapable d'en détache les yeux. Comme pour le premier, c'est une simple bande de cuir fermée par une boucle, mais celui-ci est rouge. Ce qui l'interpelle vraiment, ce sont les deux petites faux qui encadrent son nom.

Sans même avoir besoin de réfléchir, c'est celui qu'il prend et il retourne vers Sean. Avant de l'attacher, il déclare :

— Dernière chance de tout arrêter. Une fois que j'aurais accroché ça, tu seras Bambi et je serai Monsieur. Tu n'auras plus rien à dire à part tes mots et les réponses aux questions que je te poserai.

— Je… Est-ce que tu peux mettre le modificateur de voix ? murmure Sean, avant de se racler la gorge.

— Tu aimes quand je le porte, Sean ? questionne Dylan avec un sourire.

— Oui.

Le loup attache le collier. Pas trop serré pour ne pas étrangler Bambi, mais assez pour qu'il soit conscient de sa présence à chaque fois qu'il déglutit.

— Couleur ?

— Vert, Monsieur.

Le Dom prend une minute pour admirer le jeune soumis qui a repris sa position. Le collier rouge tranche presque violemment sur la peau pâle et il ne peut se retenir. Monsieur se penche et d'un doigt sous le menton, oblige Bambi à redresser la tête au maximum et l'embrasse. Il prend le temps de découvrir les lèvres et l'intérieur de la bouche du soumis avant de caresser sa langue de la sienne.

Bambi participe activement et gémit dans la bouche de Monsieur. Un petit bruit de protestation lui échappe même quand le Dom met fin au baiser et s'écarte de lui.

— Chut, fait Monsieur. Sois sage.

Il recule et retourne vers la table. Il lui semble avoir repéré la puce tout à l'heure, juste à côté des colliers. Et en effet, elle est là. Avant de la placer sur sa gorge, il se débarrasse de son t-shirt qu'il jette dans un coin, bientôt rejoint par son jean et son boxer. Puis il colle le modificateur de voix sur sa peau et parle, observant attentivement la réaction du soumis à ce son râpeux.

— Par quoi on commence, déjà ? J'ai oublié.

Il n'a rien oublié du tout. Après tout, le contrat était plus que détaillé, mais voir le frisson qui parcourt Bambi vaut bien un peu de comédie.

— Le rituel, Monsieur, balbutie Bambi.

— C'est vrai.

Négligeant martinet et *paddle*, le Dom va s'asseoir sur le bord du lit et ordonne :

— Sur mes genoux !

Le soumis se dépêche d'obtempérer.

Monsieur prend un instant pour admirer la vue.

Sodomie Rapide.

C'est le nom de la culotte que porte Bambi et elle le mérite bien. L'arrière est découpé de manière à laisser la raie des fesses complètement à découvert.

Monsieur passe un doigt léger entre les fesses dévoilées et le gémissement qui échappe à son soumis le fait sourire. C'est là qu'il *le* voit à travers le voile de la culotte et se fige.

Une phrase du contrat lui revient à l'esprit.

Le soumis s'engage à porter un signe permanent et distinctif montrant son appartenance à son Dom.

Bambi porte une réplique miniature de sa faucheuse sur la fesse droite.

Dylan sort de son rôle quelques instants. Cette faucheuse a une signification particulière pour lui et seule Kathy la connaissait. Une messagère de la mort, et la porter sur lui était un rappel d'avoir été son agent. C'est également un moyen de dire à la mort : « Je t'accueillerai en amie quand le moment sera venu mais, s'il te plaît, ne me prends plus personne avant l'heure. »

Dylan n'est pas le seul à redevenir lui-même, Sean l'imite.

— Kathy m'avait expliqué en partie ce qu'elle représentait, dit-il doucement. J'espère que ça ne te dérange pas.

— Non, répond Dylan sur le même ton. Je suis content que tu saches. T'as pas eu trop mal ?

Sean remue sur les genoux sur lesquels il est étalé, mal à l'aise.

— En fait, c'est un tatouage éphémère, révèle-t-il. Je voulais être sûr que ça ne te dérange pas. Et puis, euh…

— Tu veux être sûr que ça fonctionnera entre nous avant de te marquer de façon permanente, conclut Dylan qui comprend parfaitement.

— Ouais.

— On verra plus tard ? propose le loup. Si tu le veux toujours, on pourra aller ensemble chez le tatoueur.

— Merci, répond simplement Sean.

Il leur faut plusieurs minutes pour se remettre dans le bon état d'esprit, parce que Dylan est submergé par l'émotion. Que Sean soit prêt à aller jusque-là, ça veut tout simplement dire qu'il est sérieux. Il souhaite réellement appartenir au loup.

Sean est à lui et Dylan a envie de lancer un hurlement de joie pour que tous sachent que l'humain l'a choisi, lui. Envers et contre tout, malgré tout ce qu'ils ont traversé, ou peut-être à cause de ça, Sean est à lui et il est à Sean.

Dylan se glisse enfin à nouveau dans la peau de Monsieur et demande d'une voix certainement trop douce :

— Compte pour moi, Bambi.

— Oui, Monsieur.

Et le Dom abat sa main sur les fesses offertes.

— Un, Monsieur.

Le Dom retient à peine sa force. Il n'y va pas carrément parce qu'il refuse de blesser l'humain, mais il veut donner à Bambi ce dont il a besoin et celui-ci a indiqué dans le contrat qu'il aimait porter les marques de son Dom. Monsieur a bien l'intention de lui donner satisfaction. Il espère que, dans les prochains jours, dès que le soumis se regardera dans le miroir, il verra les empreintes de la main de son loup sur sa peau blanche. Monsieur souhaite que chaque fois qu'il s'assiéra, la douleur rappelle ce moment à Bambi.

Quand Bambi sanglote le nombre dix, Monsieur passe une main apaisante sur la peau martyrisée.

— Un si bon garçon, murmure le Dom. Tu es un si bon garçon pour moi. Je suis fier de toi, Bambi.

Le soumis frissonne et geint de plaisir. Monsieur n'a pas oublié que le jeune homme aime quand il lui dit qu'il est un bon garçon. Il a bien l'intention d'utiliser au maximum cette information.

— Remets-toi en position, Bambi.

C'est presque distraitement qu'il regarde le soumis lui obéir, les yeux fixés sur la bouche rougie par les mordillements.

Monsieur passe son pouce sur la lèvre inférieure de Bambi et murmure.

— Je vais baiser ta bouche. Je sais que tu t'y es entraîné, alors je ne vais pas te ménager. Couleur ?

— Vert, Monsieur.

La voix de Bambi est basse, rauque, et sa fine culotte ne peut plus contenir son érection.

— Parfait. Allonge-toi, tête au pied du lit.

***

Bambi s'allonge sur le lit, comme demandé. Il sent le bord du matelas juste sous le haut de son crâne et se demande comment son Dom va pouvoir prendre sa bouche dans cette position. Un soixante-neuf peut-être ? Quoi que ça va être, il est impatient. Sa nervosité et son anxiété se sont envolées.

Ça ne l'empêche pas de laisser échapper un petit cri de surprise quand Monsieur l'attrape sous les bras pour le tirer encore plus au bord du lit, de manière à ce que sa tête pende dans le vide.

— Tu te souviens de ce que tu dois faire à la place de tes mots ? lui demande Monsieur.

— Tapoter votre cuisse, Monsieur, répond sans hésiter Bambi.

— Bon garçon. Ouvre la bouche, Bambi, et relaxe ta mâchoire. Tu peux te servir de ta langue, mais c'est la seule chose que tu as le droit de bouger. Couleur ?

— Vert, Monsieur, répond le soumis en s'humidifiant les lèvres.

Son Dom se penche sur lui et d'une main ferme, guide son membre entre les lèvres humides, s'enfonçant d'une poussée lente et régulière.

Bambi se rend compte que dans cette position, Monsieur peut aller plus profondément dans sa gorge que lors d'une fellation classique, au point qu'il se dit qu'il y aura des moments où il manquera d'air. Ça le fait saliver.

Monsieur pose les deux mains sur les hanches de Bambi pour se stabiliser et, les jambes légèrement écartées, commence à aller et venir dans la bouche de son soumis. Bambi ne sait pas combien de temps ça dure. Des minutes ou des heures. En fait, il n'en a aucune idée et s'en moque. Il a la tête vide et la seule chose qui compte, c'est le plaisir de son Dom.

Tout ce que son Dom lui demande, c'est de respirer quand il en a l'occasion et de caresser de sa langue la hampe qui lui écartèle les mâchoires. Il y a quelque chose de libérateur à se laisser utiliser ainsi, à ne penser qu'au plaisir de l'autre sans se préoccuper du sien.

Soudain, sa bouche est vide et Bambi ne peut s'empêcher de gémir pour protester.

— Chut, Bambi, murmure Monsieur. Ne m'oblige pas à te bâillonner.

Bambi gémit encore, d'envie cette fois.

— Tu voudrais ? demande Monsieur en souriant. Que je te bâillonne ? T'empêcher de crier alors que je prends mon plaisir ?

— S'il vous plaît, halète le soumis.

— Une autre fois, promet le Dom. Aujourd'hui, je veux t'entendre. D'ailleurs, je veux que tu parles tout le temps, compris ? Si tu ne parles pas, je ne bouge pas. Couleur ?

— Vert, Monsieur.

— Bon garçon. À quatre pattes.

***

Monsieur regarde Bambi se mettre en position et il doit presque se pincer pour arriver à croire que le jeune homme est bien là et qu'il fait ce qu'il lui dit. Après tout ce qui s'est passé, Sean… Bambi est là.

Ils devraient parler. Mettre à plat tout ce qui est arrivé et évacuer toutes les tensions, mais le loup est trop impatient, trop soulagé pour ça. Et puis, quelque part, il est aussi très égoïste. Et si Sean changeait d'avis ? Si aujourd'hui était sa seule chance ?

Dylan est conscient que c'est ce genre d'idée qui l'a mis dans la merde en premier lieu, mais il ne peut pas s'en empêcher. Pas alors que Bambi lui présente son cul de cette façon et qu'il peut voir que le soumis s'est préparé.

Monsieur retourne à la table pour prendre du lubrifiant et un stimulateur de prostate. Il aperçoit les quatre bouteilles de gel qu'il a données à Bambi, mais d'autres lui sont inconnues. Le Dom en prend un au hasard. « Goût chocolat ». Pourquoi chocolat ? Ce n'est pas comme s'il… Oh, il est comestible. Après vérification, les nouveaux lubrifiants le sont tous.

— Quel lubrifiant as-tu utilisé, Bambi ?

— Celui à la fraise, Monsieur, répond le soumis d'une voix légèrement haletante.

Monsieur sourit, parce qu'il sait parfaitement pourquoi Bambi halète. L'anticipation est en train de le rendre impatient. Le Dom décide d'en jouer et d'en rajouter. C'est pourquoi il prend tout son temps pour attraper la petite bouteille dont une fraise orne l'étiquette. Il l'ouvre très lentement et sent le produit qu'elle contient. Du coin de l'œil, il observe le reflet du soumis dans les miroirs. Bambi ne bouge pas, mais de légers frissons parcourent son corps, seuls signes montrant son impatience. Pour ajouter encore un peu d'anticipation, le Dom va jusqu'à goûter le lubrifiant. Pas mal, il n'y a quasiment pas d'arrière-goût chimique et pour lui qui est un loup-garou, ce genre de chose est toujours un plus.

Enfin, il retourne vers le lit. Posant le lubrifiant et le stimulateur près du genou de Bambi, il fronce soudain les sourcils et retourne chercher deux petits mousquetons sur la table. Puis, se rapprochant à nouveau du lit, il ordonne :

— Mets tes poignets contre tes chevilles, colle ton torse au lit et relève ton cul.

Quand Bambi obtempère, il fixe les mousquetons de manière à lier les manchettes ensemble. Monsieur recule légèrement et admire le tableau qu'offre le soumis. Satisfait, il annonce :

— Puisque c'est ta première fois, je vais te laisser jouir quand tu veux, mais ne compte pas que je sois aussi généreux après ça.

— Oui, Monsieur.

— Tu savais que l'anus est l'endroit du corps où se concentrent le plus de nerfs ? Voyons si tu peux jouir juste avec ça. Et n'oublie pas de parler.

Et sans attendre, de la langue, de la bouche et des dents, le Dom attaque l'entrée dévoilée par la lingerie du soumis.

— Oh mon Dieu ! s'exclame Bambi. Monsieur, je… Oh mon Dieu ! Je vais jouir trop vite ! S'il vous plaît !

Le Dom s'arrête juste le temps de dire : « Mais je veux que tu jouisses. », puis il retourne à son occupation. Il léchouille, mordille, suce et enfonce sa langue, alternant délicatesse et brusquerie. Il n'écoute pas vraiment le babillage de Bambi, mais quand le soumis s'arrête, il le fait également.

— Non ! proteste Bambi. Monsieur, s'il vous plaît ! Je vais mourir ! Ou jouir ! Ou les deux ! S'il vous plaît !

Monsieur n'a pas menti quand il a dit qu'il voulait que le soumis parle. Étrangement, c'est probablement la voix de Bambi qui lui a le plus manqué pendant la période où ils ne se sont pas vus.

Joueur, le Dom claque une des fesses du soumis juste pour l'entendre couiner. Le son lui plaît tellement que Monsieur recommence plusieurs fois. Il passe également la barbe plus dure de son menton sur l'entrée sensible de Bambi et celui-ci geint.

La sueur coule le long du dos du jeune homme. Lorsqu'il jouit enfin, il est presque délirant de plaisir.

Satisfait, Monsieur prend le lubrifiant, en étale sur le stimulateur et l'enfonce lentement entre les reins de Bambi. Une fois le jouet en place, il demande :

— Est-ce que tu sais ce que je viens de mettre dans ton petit cul, Bambi ?

— Non, Monsieur, balbutie le soumis qui n'a pas l'air d'être encore redescendu de son orgasme.

Monsieur tapote la base du jouet et Bambi halète.

— Essaye de deviner, l'enjoint-il.

— Un gode ?

— Presque.

Monsieur met en marche le stimulateur et regarde l'humain se tortiller et gémir alors que sa prostate est assaillie.

***

Bambi essaye d'échapper à ce qui vibre contre sa prostate. C'est trop de stimulation, surtout juste après son orgasme. En plus, même s'il a dix-huit ans, il est impossible qu'il bande à nouveau aussi vite. Pourtant, son membre est toujours engorgé entre ses cuisses. À croire qu'il n'a même pas débandé après avoir joui, ce qui est complètement possible.

Oh purée, mais combien de fois Monsieur va-t-il me faire jouir ?

Il a dû le dire à voix haute, parce que son Dom lui répond.

— Je ne sais pas. Mais il paraît qu'il est possible qu'un mec ait un orgasme à sec, c'est-à-dire sans produire de sperme. J'ai très envie de découvrir si c'est vrai. Pas toi ?

Quoi ? Non. Non, non, non, non. Bambi n'est pas d'accord ! Absolument pas ! Ça ressemble plus à de la torture qu'à du plaisir, ce truc !

— Tu veux dire ton mot de sécurité, Bambi ?

Le ton du Dom montre clairement qu'il ne fait que taquiner son soumis. Tous deux savent que Bambi est aussi proche de dire « jaune » ou « rouge » qu'un lion d'apprendre à voler. Ça n'empêche pas que Bambi supplie quand même. Il n'en a pas reçu l'autorisation, mais des supplications, ce sont des paroles, n'est-ce pas ? Et il a le droit de parler, aussi le fait-il.

***

Monsieur étouffe un rire alors que son soumis l'implore de ne pas trop le faire jouir. Il trouve ça ironique et très drôle quand on pense qu'il n'y a pas si longtemps, le jeune homme le suppliait pour obtenir exactement le contraire.

Prenant pitié de Bambi, le Dom passe le bras entre les jambes écartées de son soumis, colle son avant-bras à la queue rouge pour ajouter de la stimulation et, de la main, attrape et tire doucement sur la petite chaîne qui relie les pinces à tétons. Il relâche la pression et recommence. Encore et encore, le loup stimule toutes les zones érogènes les plus évidentes, puis quand il sent que Bambi n'est plus très loin de l'orgasme, il mord franchement la fesse gauche encore voilée par la culotte. Il n'y va pas assez fort pour percer la peau, mais suffisamment pour que ça laisse une belle trace.

La douleur surprend tellement Bambi qu'il en jouit, souillant un peu plus sa lingerie.

— Deux fois sans te toucher, je suis fier de toi, Bambi, le félicite Monsieur alors qu'il éteint et retire le stimulateur de sa prison de chair.

Bambi frissonne et s'avachit complètement sur le lit, la respiration sifflante et le corps baigné de sueur.

— Tu veux qu'on fasse une pause ? propose le Dom qui vérifie l'état de l'humain grâce à ses sens.

Bambi secoue la tête comme il peut, mais ne répond pas franchement. Monsieur lui claque fortement les fesses avant de gonder :

— Je ne t'avais pas demandé de parler ?

— Pardon, Monsieur, marmonne le soumis. Pas de pause, Monsieur, mais merci de demander.

— De rien, s'amuse le Dom. Maintenant, je te laisse le choix. Qu'est-ce qui te fait le plus envie, là tout de suite ? Que je te suce ou que je te baise ?

***

Bambi se fige. Le choix est plus que cornélien, non ? Il se souvient parfaitement de ce qu'il a ressenti quand il avait la bouche de son Dom sur son sexe. C'est une sensation divine. Mais… Monsieur lui à proposer de le prendre et c'est quelque chose qui lui fait envie depuis longtemps. En plus, plus rien ne les empêche d'aller jusqu'au bout, n'est-ce pas ? Pourquoi tergiverse-t-il encore ? Sa décision est prise, non ?

— Prenez-moi, Monsieur. S'il vous plaît. Je veux vous sentir en moi. S'il vous plaît.

— Bon garçon.

Bambi se demande si les louanges de son Dom cesseront un jour de lui faire autant d'effet. Il espère bien que non, parce qu'il adore la sensation que ça lui procure. Ça lui réchauffe le ventre d'une façon délicieuse.

— Avec ou sans préservatif ?

Mais pourquoi est-ce qu'il lui pose toutes ces questions ? C'est le Dom qui est censé prendre toutes les décisions, non ? Bon, ben qu'il fasse le Dom, zut !

Bambi ne vocalise absolument pas ses pensées, parce que quelque chose lui dit qu'il n'apprécierait pas la punition, contrairement au rituel qu'il a adoré. Il répond quand même aussi sincèrement que possible.

— Je sais… que vous ne pouvez rien me transmettre et je ne risque pas de tomber enceinte… Enceint… Bref. Sans, Monsieur. S'il vous plaît, sans.

Enfin, après tous ces mois d'attente, quelque chose d'humide et de plus gros que des doigts s'engage en lui. Le soumis se dit même qu'aucun de ses jouets n'est aussi gros que ça, alors qu'il tente de se relaxer au maximum. Ses propres expérimentations lui ont appris qu'un peu de douleur ne fait qu'ajouter à son plaisir, mais s'il est trop crispé, Monsieur aura plus de mal à le pénétrer et il veut vraiment être pris. Il a attendu ça assez longtemps.

— Pousse contre moi, comme si tu voulais me faire sortir, lui murmure Monsieur à l'oreille alors qu'il se drape sur son dos et lui mordille la nuque, peut-être pour le distraire de la douleur.

En effet, pousser contre l'invasion de son Dom fonctionne. La pénétration est plus facile, mais pas plus rapide, parce que Monsieur prend tout son temps. Et il fait même une pause une fois pleinement entré.

Bambi se tortillerait ou pousserait bien ses fesses contre le bassin de son Dom, mais il ne peut pas et ça va finir par le rendre dingue.

— S'il vous plaît, gémit-il. S'il vous plaît. Monsieur, bougez s'il vous plaît.

— Ton cul, putain, rétorque doucement le Dom. Je pourrais rester en toi pendant des heures.

— Si vous voulez, mais bougez !

Le Dom se redresse et lui claque encore les fesses.

— Ne me donne pas d'ordres !

***

Le Dom commence à lentement se retirer. Très lentement. Si lentement qu'il ne sait pas s'il va pouvoir tenir à ce rythme. C'est de la torture, mais c'est la punition de Bambi pour avoir été aussi autoritaire.

— S'il… S'il vous plaît… Oh mon… s'il vous plaît ! plaide Bambi.

Le Dom doit bien avouer qu'il aime la façon dont la voix de son soumis tremble et hésite. Il y a même quelque chose qui ressemble à un sanglot. Ça lui plaît. Ça lui plaît même beaucoup. Voyons voir combien de temps Bambi pourra supporter ce traitement avant de vraiment sangloter.

Monsieur commence à faire des va-et-vient à la vitesse d'un escargot shooté au Valium. Autant dire que ça ne va pas très vite.

Après près de trente minutes de ce traitement, le loup lui-même n'est pas loin de craquer. La transpiration lui brûle les yeux et le chatouille en coulant le long de sa colonne vertébrale, mais il va continuer à cette allure jusqu'à ce que…

— Je vous en supplie ! sanglote enfin Bambi. Pitié ! Monsieur, vous me tuez !

Rapidement, le Dom se retire, remet du lubrifiant sur sa queue et se réinsère dans le cul de Bambi. Puis d'un mouvement leste et énergique, il relève Bambi contre son torse, se tourne pour faire face aux miroirs et, assis sur le bord du lit, commence à réellement baiser Bambi.

— Regarde-moi te baiser, Bambi, ordonne le Dom en lui mordillant le cou. Regarde comme tu es beau sur ma queue.

En parlant, Monsieur place une main sur la gorge de Bambi et l'autre sur sa cuisse pour lui écarter la jambe, afin que l'endroit où ils sont joints soit bien visible.

***

Bambi ouvre les yeux, alors qu'il ne se souvient pas les avoir fermés et un hoquet de stupeur s'immisce dans ses gémissements de plaisir. Les miroirs lui renvoient leur reflet et c'est tellement obscène qu'il en rougit.

Le Dom a la tempe collée à la sienne, les yeux fermés, une main sur sa gorge et l'autre garde ses jambes grandes ouvertes pour ne rien manquer de l'action. Le membre de Monsieur coulisse entre ses fesses et il peut voir sa propre érection écarlate et humide de liquide séminal à travers sa culotte trempée de sperme. Il ne se demande pas comment il est encore capable de bander. Ça l'obligerait à se servir de son cerveau et il n'est pas en état. Disons que son Dom a des pouvoirs magiques en plus d'être un loup-garou et ça lui va.

— Monsieur, regardez-nous, geint Bambi. S'il vous plaît. Regardez-nous.

Monsieur obéit et plante ses yeux verts dans ceux ambrés à travers le reflet du miroir.

— À moi ! gronde le loup.

— À vous ! crie Bambi alors qu'un mouvement plus brutal fait exploser des étincelles dans son cerveau.

La main de son Dom se resserre sur sa gorge, mais Bambi n'a pas peur. Il sait que Monsieur ne lui fera jamais de mal. De toute façon, les doigts ne serrent pas assez pour l'étrangler. Ils sont plus lâches que le collier. C'est juste une façon de lui rappeler à qui il appartient. Le soumis doit être cinglé, parce qu'il adore cette possessivité.

Et puis son cerveau se met à déconner. Ça lui arrive parfois, mais là, ce n'est pas vraiment le moment.

— Vous saviez… que les pendus… éjaculent… toujours… au moment… de la mort ? réussit à gémir Bambi.

— Tu veux que je t'étrangle ?

Bambi peut sentir l'incrédulité de Monsieur, même si aucun geste ne trahit ce sentiment.

— Non… Juste… parler. Vous avez dit… de parler.

La main qui enserre sa gorge se déplace sur ses tétons et tire fort sur la chaîne, le faisant crier, puis remonte sur son cou et s'enroule un peu plus étroitement qu'avant. Les va-et-vient s'intensifient encore et deviennent plus brutaux alors qu'ils frottent sans merci-contre sa prostate.

Bambi ne s'arrête pas de parler pour autant. Il est trop submergé, il a besoin de s'exprimer, ne serait-ce que pour détourner son esprit du plaisir presque douloureux qu'il ressent.

— Je… n-n-n… je l'ai lu… Ah !… Je sais… Oh mon Dieu !… Plus où… Et les plantes… Pitié !… Qui poussent… Oh Oui !… Aux pieds… Aaaaah… Des gibets… Monsieur !… S'appellent… S'il vous plaît… Des mandragores… Plus fort ! S'il vous plaît !

***

Mais il va se taire ! pense presque avec désespoir le Dom.

Il n'est même pas sûr que le soumis se rende compte de ce qu'il balbutie. Et c'est en train de rendre le loup complètement dingue. En désespoir de cause, Monsieur enlève la main du cou de son soumis et lui fourre deux doigts dans la bouche.

— Suce !

Enfin, la pièce ne résonne plus que des gémissements, des grognements et des claquements de la peau contre la peau. Plus aucun mot sur l'asphyxie, érotique ou non, Dieu merci !

Le Dom enlève soudain ses doigts de la bouche de Bambi, passe les deux mains autour de sa taille et plutôt que de faire des mouvements de bassin, soulève le soumis et le laisse retomber sur sa queue, s'aidant de la gravité.

Les yeux fixés sur le miroir, le Dom regarde avidement Bambi rebondir sur lui.

— Putain, marmonne-t-il, juste avant d'arracher le devant de la culotte et de défaire les mousquetons. Branle-toi !

Et il reprend les mouvements, le regard scotché à la queue de son soumis qui disparaît et réapparaît de son poing serré.

— Putain ! répète le Dom avant de mordre Bambi à la jonction de l'épaule et du cou, alors qu'il se déverse longuement dans le canal qui le reçoit.

C'est les doigts tremblants que Monsieur enlève les pinces des tétons de Bambi, espérant que la sensation causée par le brusque retour du sang dans les mamelons fera jouir le soumis. Et ça ne manque pas. Dans un hurlement de douleur et de plaisir mêlés, Bambi se déverse sur sa main. Enfin si on peut appeler ça se déverser, parce que la quantité de sperme produite est risible – à peine une cuillère à café – mais il y en a quand même.

Bambi s'avachit sur son Dom, telle une marionnette dont on aurait soudain coupé les fils.

— Meilleur… orgasme… de toute… ma vie… Merci, Monsieur, halète le soumis.

Le Dom plante un baiser tendre sur sa joue, puis lui tourne la tête pour l'embrasser passionnément sur la bouche.

— Bambi ? fait le Dom en s'écartant.

Lorsqu'il ouvre les yeux, le regard du soumis est flou, comme s'il avait du mal à se concentrer.

— Monsieur ? marmonne-t-il.

— Tu vas encore éjaculer, lui apprend Monsieur.

Bambi le regarde sans comprendre avant d'écarquiller les yeux, quand son Dom s'empare de sa queue.

— Noooon ! crie-t-il en tentant de se soustraire à l'attention.

Mais le Dom a prévu le mouvement et le garde prisonnier en enroulant un bras autour de sa taille.

— Oh que si, susurre-t-il à son oreille.

***

Bambi va crever, c'est sûr. Les actions de son Dom ne sont pas humaines. Dans la convention de Genève, il doit y avoir toute une section détaillant les peines et sanctions que risque quelqu'un qui se montre aussi sadique.

La main de son Dom le masturbe fermement, mais lentement. Il tente de résister, mais n'est capable que de geindre, le visage enfoui dans le cou de Monsieur.

— Tu sais que les muscles de ton cul se contractent autour de ma queue ? lui apprend le Dom. Je pourrais jouir rien qu'avec ça.

Bambi va mordre son Dom. Parce que c'est un enfoiré qui se réjouit de son malheur. Vous savez ce que Monsieur fait ? Non ? Ben, il va vous le dire. Ce salopard le masturbe juste un peu trop fort et un peu trop serré pour que ce soit totalement agréable, mais en plus, il lui pince les tétons qui en ont déjà bien assez supporté. Et comme si ça ne suffisait pas, il se permet de tous petits mouvements de hanches qui enfoncent son sexe entre les reins de Bambi.

C'est sûr, Bambi va mourir. Ou au moins s'évanouir. Ou les deux, il va s'évanouir et en mourir.

Les vagues de plaisir qui partent de son sexe torturé – parfaitement, torturé ! – envoient comme des décharges électriques dans tout son corps.

Sans surprise, son Dom jouit avant lui. Bambi a l'impression qu'il lui faut une éternité pour suivre le même chemin. En plus, DWolf avait raison. Un orgasme à sec, c'est super douloureux, mais il n'a même pas la force de mordre Monsieur pour se venger. Il le fera plus tard. Après avoir dormi, par exemple.

***

Dylan se redresse et détache le collier, le jetant plus ou moins vers la table. Il allonge Sean sur le lit, lui enlève les restes malmenés de la culotte ainsi que les manchettes et lui caresse les cheveux d'une main tendre.

— Comment tu te sens, Sean ?

Le jeune homme ne s'embête pas à répondre verbalement. Il soulève légèrement le bras, comme si le membre pesait trop lourd, puis dresse le pouce en l'air pour dire que tout va bien et laisse le tout retomber.

Dylan a un petit rire attendri avant de se lever.

— Ça va aller le temps que j'aille te chercher à boire ?

— Armoire… Frigo, marmonne Sean d'une voix de plus en plus endormie.

Dylan parcourt la pièce des yeux et, en effet, il y a une armoire dans un coin. L'ouvrant, il y découvre des paquets de barres de céréales et des petites bouteilles d'eau sur l'étagère du haut. Juste en dessous, un frigo a été encastré. L'ouvrant, le loup constate qu'il a été rempli de fruits, de boissons énergisantes et d'eau. Ingénieux.

Quand Dylan revient vers le lit, les mains pleines d'eau, de fruits et de barres de céréales, Sean fait l'étoile de mer sur le matelas et le loup se fige parce que : « Et maintenant ? ».

Cette question tourne en boucle dans son esprit et il ne sait pas comment y répondre. Ils ne sont pas en couple, pas vraiment, et si lui a des sentiments, ce n'est pas le cas de Sean. Pas les mêmes que les siens en tout cas. Pourtant, ça lui convient. Il va bien. Il peut vivre avec ça et se réjouir de ce qu'il a. Au moins pour un temps… Et après ? Eh bien, il avisera quand il ne sera plus capable de supporter la situation.

— Je t'entends t'inquiéter d'ici, marmonne Sean, la tête à moitié enfoncée dans un oreiller.

Dylan lève les yeux au ciel et rejoint son… Son quoi ? Son soumis ? La scène est terminée, ils ne sont plus Bambi et Monsieur. Ils ne sont plus que Sean et Dylan et le loup ne sait pas comment les nommer. Il soupire, agacé et un peu malheureux aussi.

Il pose son chargement à côté de Sean et déclare :

— Je vais aller te faire couler un bain.

Dylan quitte précipitamment la pièce. Il sait qu'il ne devrait pas faire ça. Normalement, après une scène, surtout aussi intense que celle qu'ils viennent de vivre, un Dom est censé rester avec le soumis, s'assurer qu'il va bien. À cet instant, il en est incapable. Il a besoin de quelques minutes rien qu'à lui. Il vérifiera que Sean va bien grâce à ses sens, mais il le fera depuis la salle de bains. C'est pour cette raison qu'il laisse la porte ouverte en sortant.

***

Sean regarde Dylan se sauver – parce que oui, il n'y a pas d'autres mots pour décrire le départ du loup – sans chercher à le retenir. Il boit la bouteille et attaque une barre de céréales tout en se maudissant. Parce que maintenant, les choses sont bizarres entre eux. Au moins, avant, Dylan parvenait à le regarder dans les yeux. Bon, il lui mentait, mais il le regardait. Alors que là, le loup a fixé un point situé quelque part au-dessus de son épaule. Perturbant.

Sean rumine pendant ce qui lui semble être des heures avant que Dylan ne revienne enfin. Ça vient de lui ou les yeux du loup sont bordés de rouge ? Prudent, Sean ne commente pas. Ce n'est pas le moment d'en rajouter.

— Ton bain est prêt, annonce Dylan. Tu veux que je te laisse seul ?

Sean commence à comprendre ce qui se passe dans la tête du loup buté et borné.

— Dylan, regarde-moi.

Le bêta ferme les yeux quelques instants avant d'obéir.

— Dylan, est-ce qu'on est un couple ? En dehors de… Tu sais, Bambi et Monsieur. Parce que si je dois être honnête, j'y avais jamais pensé avant. Ou plutôt, je m'interdisais d'y penser. Être hétéro, c'était plus facile que d'analyser ce qui se passait dans ma tête. Mais quand je suis allé au club, j'ai demandé un homme. J'avais même une super raison pour justifier ça. Avec un homme, pas de risque de sentiments autre que le respect et l'affection. Et puis j'ai découvert que c'était toi et… J'ai mis un moment à comprendre ce que je ressentais, mais au final, avec un peu d'aide, j'y suis arrivé. Je me suis senti trahi et j'étais déçu. Parce que tu n'as pas eu assez confiance en moi pour me parler de tes sentiments. Et c'est là que j'ai percuté.

Sean s'interrompt et se frotte les yeux.

Une part de lui regrette un peu de ne pas avoir attendu d'avoir dormi pour avoir cette conversation, parce qu'après une journée à déplacer des meubles et une scène plus qu'intense, il est épuisé. Sauf qu'il sait que s'ils ne parlent pas maintenant, ils ne le feront probablement jamais et rien ne s'arrangera. Pire, ça se détériorera jusqu'au point de non-retour. Il s'y refuse. Sean sait ce qu'il veut, il ne reste plus qu'à espérer que Dylan soit d'accord.

— Chloé m'a donné cette vidéo de toi où tu es bourré, c'était d'ailleurs assez drôle avec le recul, dit Sean avec un léger sourire. Tu as à nouveau parlé d'amour et tu n'avais aucune raison de mentir à ce moment-là. Parce que tu ne pouvais pas savoir que j'allais voir cette vidéo. Au départ, tu ne savais même pas que t'étais filmé. C'est là que c'est devenu encore plus clair.

— Qu'est-ce qui est devenu plus clair ? Qu'est-ce que tu as compris ? demande Dylan en s'asseyant sur le lit.

Sean note l'urgence dans la voix du loup et c'est ce qui le pousse à continuer, même s'il sait que ça va faire mal.

— Je ne suis pas amoureux de toi.

Dylan se crispe et se détourne. Sean agrippe farouchement son poignet pour l'empêcher de partir et continue avec précipitation.

— Je ne dis pas ça pour te faire du mal ou pour être cruel. Je dis juste les choses comme elles sont. Je ne vais pas te dire que je suis amoureux de toi alors que c'est faux. Mais je suis attiré par toi. Beaucoup. Je sais qu'avec un peu de temps, ça pourrait grandir en quelque chose de plus fort. Alors, si tu es d'accord et si c'est ce que tu veux aussi, je voudrais tenter le coup. Tu sais… Former un couple… Toi et moi…

— Un couple D/s, tu veux dire ? questionne Dylan comme si, pour lui, Sean ne pouvait pas parler d'autre chose.

Sean grogne, exaspéré, parce que ce n'est pas humain d'être aussi obtus. Il comprend pourtant les réserves de Dylan. Même si lui n'en a pas.

— D/s et pas D/s, clarifie-t-il. Je veux que tu m'attaches pendant que tu me baises à en perdre la tête et je veux qu'on fasse lentement l'amour le dimanche matin. Je veux que tu me donnes des ordres et t'obéir parce que, sinon, je serais puni. Je veux pouvoir te hurler dessus parce qu'on sera en train de s'engueuler. Je veux des rendez-vous et des scènes. Je nous veux nous, si tu es d'accord.

Si le fait qu'il se retrouve soudain plaqué au matelas sous le poids d'un loup-garou qui l'embrasse comme si demain n'existait pas est une réponse, alors Dylan veut la même chose que lui. Ils s'embrassent longtemps, avec passion, avec tendresse, avec paresse. C'est agréable et Sean se perd dans ce moment.

— Il faut qu'on décide de ta punition pour m'avoir menti, murmure-t-il contre les lèvres de son petit ami.

Le mot lui monte à la tête, comme des bulles de champagne.

— Et aussi de la tienne pour m'avoir traité de pute, ajoute Dylan.

Ils se fixent quelques instants avant de dire en chœur :

— Une semaine sans se voir ?

Ils éclatent de rire et scellent leur accord d'un baiser plein de promesses.

***

Ce n'est que quelques heures plus tard que Sean pense à poser la question.

— Dylan ?

— Mmm ? répond le loup, à moitié endormi.

— Il sert à quoi le lubrifiant jaune ?

Parce que oui, cette question le tue depuis des mois maintenant et il veut savoir.

— C'est pour fister ton petit cul, répond honnêtement Dylan.

Vous y croyez, vous, que le membre de Sean fait un vaillant effort pour se redresser ?

ÉPILOGUE

— Un an plus tard –

Un an…

Si on avait dit à Dylan qu'il en serait là, il ne l'aurait pas cru une seule seconde. Et pourtant. Il est heureux, en couple avec l'homme dont il est amoureux. C'est pas beau, ça ?

Ça ne veut pas dire que tout est extraordinaire et magnifique. Parce que la vie n'est pas faite d'arc-en-ciel et de bisounours qui vivent avec Oui-oui au pays des jouets. Il y a des cris, des engueulades et des larmes, mais jamais rien d'insurmontable.

Avoir instauré la règle de l'honnêteté totale est pour beaucoup dans le fait que tout va bien dans leur couple, il faut bien l'avouer. Ça et aussi de reprogrammer les scènes prévues s'ils viennent de s'engueuler. Il est un peu trop facile d'en profiter pour passer ses nerfs ou ses frustrations. Donc pas de scène pendant au minimum deux jours après une dispute.

Ça leur réussit plutôt bien, non ? Regardez-les déambuler dans cette grande surface, Dylan poussant le chariot et Sean le remplissant. À croire qu'ils vivent déjà ensemble, ce qui n'est pas le cas. Sean est toujours à l'université. Mais ils en parlent.

En fait, s'ils sont là, c'est parce que John, le père de Sean, a décidé qu'un barbecue était parfait pour fêter l'annonce de la grossesse de Chloé. Qui aurait cru que la lionne et le médecin tomberaient amoureux ?

John s'est rendu compte à la dernière minute qu'il avait oublié une partie des courses et a envoyé le jeune couple acheter ce qui manque. C'est pour cette raison que Sean et Dylan s'occupent du plein de provisions au lieu de profiter de la meute et de leurs amis dans le jardin.

— Tu prends les tomates, je vais chercher le fromage et le dessert, commande Sean en s'éloignant.

Dylan ne peut s'empêcher de le suivre du regard. Il ne sourit pas, mais n'importe qui le regardant peut voir la tendresse et l'amour dans ses yeux. Le plus beau, c'est que Sean le regarde exactement de la même façon. Comme le dit régulièrement Chloé, les deux hommes sont « dégeulassement adorables » ensemble. Dylan trouve ça perturbant et Sean meurt de rire à chaque fois.

Le loup se secoue et se dépêche d'aller au rayon fruits et légumes.

— Bonjour, Dylan Hamilton, déclare une voix revêche quasiment à son oreille.

La seule chose qui retient Dylan de jurer comme un charretier, c'est la bonne éducation que sa mère lui a inculquée. Pourtant, ce n'est pas l'envie qui manque.

— Madame Simmons, comment allez-vous ? demande-t-il avec le sourire le plus hypocrite qui soit.

Ce n'est pas de sa faute, cette femme a le don de faire ressortir le pire en lui. Chaque fois qu'il la voit, il a l'impression d'être un gamin pris en faute et il n'aime pas ça.

— Ça irait mieux si mon allée n'était pas envahie par toutes ces voitures et si le bruit ne m'avait pas empêchée de faire ma sieste, bougonne la vieille dame.

Dans la mesure où tous les membres de la meute sont venus chez les Matthews à pied, la seule voiture qui pourrait éventuellement gêner est celle de Stephen et Serena, et elle est garée dans l'allée à la place de celle de Sean. Cette vieille pie aime juste se plaindre. Quant au bruit, il n'y a pas de musique, alors combien de décibels peuvent produire des conversations ? Pas beaucoup, assurément.

Le retour de Sean empêche Dylan de répondre et le loup en est soulagé. Ça lui évite d'être grossier.

— Oh Sean. Tu es là.

On dirait presque qu'elle est déçue. Probablement parce que le jeune homme est capable de la remettre à sa place tout en étant la politesse incarnée.

— C'est quand même étrange pour un jeune homme de ton âge de traîner avec autant de gamins, tu ne trouves pas, Dylan ? commente la commère.

Il rêve ou elle vient d'insinuer qu'il est pédophile ? Dylan n'a pas le temps d'ouvrir la bouche pour lui dire sa façon de penser que Sean répond déjà.

— Ah mais c'est pour rester jeune ça, madame Simmons, rétorque-t-il joyeusement. Vous savez ce que c'est… Si on le laissait dans son coin, il deviendrait un de ces vieux aigris qui passent leur temps à espionner leurs voisins à la jumelle et à se plaindre.

Un à zéro pour Sean.

Parce que, voyez-vous, madame Simmons est exactement comme ça. Elle passe son temps rivée à sa fenêtre, les yeux collés à des jumelles et observe tout, sauf la nature.

Dylan doit tousser pour camoufler son rire alors que la vieille dame se renfrogne. Avant que Sean puisse continuer sur sa lancée, avec une plaidoirie sur les dangers du commérage, son téléphone sonne.

— Salut Pa… Wow, wow, wow, calme-toi, papa ! Pense à ton cœur !

Quoi que le médecin ait à dire, c'est assez inquiétant pour que son fils écarquille les yeux et prenne un air paniqué.

— Attends, tu plaisantes ? Dis-moi que tu plaisantes !

Dylan fait un effort méritoire pour ne pas écouter toute la conversation, parce que ça lui vaudrait tout un exposé sur la vie privée et les limites à ne pas franchir. Ce dont il peut sans problème se passer.

— On arrive tout de suite, promet Sean avant de raccrocher.

— Un problème, mon petit Sean ? demande madame Simmons, ses yeux pétillants déjà à la promesse de cancans bien juteux.

— Non, ne vous inquiétez pas, madame Simmons. Tout va bien, promet Sean. Tu viens, Dylan ?

Ils laissent leur chariot en plan et sortent du magasin en quatrième vitesse.

— Qu'est-ce qui se passe ?

— Papa n'a pas pu me dire lequel mais, apparemment, un des membres de la meute a mis la main aux fesses de Serena.

— Oh le con !

— Voilà, t'as tout compris, agrée Sean. Résultat, Serena veut tuer le mec, Chloé refuse de bouger le petit doigt, Zach est introuvable, tout comme Amanda, et Stephen regarde sa femme essayer de buter un loup-garou en se marrant et en buvant une bière.

Quand ils arrivent dans le jardin, ce n'est pas le chaos, mais pas loin. Serena insulte de manière très créative celui qui s'est montré cavalier avec elle, Zach et Amanda font leur réapparition en étant beaucoup plus débraillés que lorsque Sean et Dylan sont partis, Stephen se bidonne toujours derrière sa bière, John tente de calmer les esprits et Chloé observe tout ça d'un œil paresseux, allongée sur une chaise longue, une main posée sur son ventre encore plat.

— Notre famille, je te jure, soupire Sean.

— On les aime comme ça, rappelle Dylan.

Ils se jettent dans la mêlée et parviennent non sans mal à calmer tout ce petit monde.

Plus tard, alors que les ventres sont pleins et que les éclats de rire résonnent dans le jardin, Sean se blottit dans les bras de Dylan et murmure :

— Je t'aime.

— Je t'aime aussi, répond le loup avec un sourire.

REMERCIEMENTS :

Comme d'habitude, merci à la Dream Team. Nouchette, Nanille, Junaite, T, Sarounette et Louloute, sans vous je ne m'en serais pas sortie.

Merci à Cha qui, encore une fois, m'a tenue la main tout le long de ce laborieux voyage. Ma Vilaine, je t'aime

Merci à tous ceux et celles qui m'ont envoyé des messages de soutien ou simplement pour me dire qu'ils aimaient cette histoire. Sachez que j'ai tout gardé !

Merci encore une fois à Mix Editions, vous êtes géniales !

Et enfin merci à tous ceux et celles qui donneront sa chance à cette histoire, j'espère que ça vous plaira.

Imprimé en France
FROC03n0837230617
17445FR00005B/12/P

9 782375 210420